히라바야시 다이코

平林たい子

히라바야시 다이코

平林たい子

히라바야시 다이코 지음
이상복 옮김

어문학사

히라바야시 다이코(平林たい子)

본 간행 사업은, 고려대학교 글로벌 일본연구원 〈일본 근현대 여성문학연구회〉가 2018년 일본만국박람회기념기금사업(日本万国博覧会記念基金事業)의 지원을 받아 기획한 것이다.

차례

일러두기

* 당시의 분위기를 살리기 위해 형무소는 감옥으로, 순경은 순사로, 화장실은 변소로, 간호사는 상황에 따라 간호부와 병행 표기 하였다.
* 각주를 이용하여 용어의 이해를 돕기위해 부연 설명을 적어 두었다.

시료실에서

施療室にて

헌병대에서 병원으로 돌아오니 벌써 저녁때가 되었다. 손님을 태우지 못한 마차가 손잡이를 느슨하게 쥐고 광장으로 향하는 경사진 포장도로를 덜커덩덜커덩 달려간다.

"미안하지만, 잔돈 없어요?"

나를 태우고 온 마부는 곤란하다는 듯 그렇게 말하며, 조선은행 발행의 푸른 지폐를 펼쳐 내 손바닥에 되돌려주었다.

문 앞의 중국인 구멍가게에서 내일 차입할 흰색 화장지 두 개를 사고 거스름돈으로 은화 네 장을 받았다. 은화 10전을 받아든 마부는 "고맙습니다."라며, 앞에서 자전거를 끌고 지나가는 소년을 향해 크게 경적을 울리며 달려갔다.

나는 전등 밑에서 목을 쑥 내밀고 있는 접수처의 노인에게 정중하게 고개숙여 인사를 하고 기름으로 차가워진 짚신을 바꿔 신었다. 살찐 다리의 허벅지가 나른하다. 귀밑머리를 신경질적으로 쓸어 올리며 소름끼칠 정도의 우수憂愁가 이마에 드리워지는 것을 느꼈다.

반 지하실에 있는 시료실 계단 위까지 오자 오른쪽 다리에 둔한 통증을 느끼는 순간 갑자기 쥐가 났다. 무슨 까닭인지 발이 걸린 것처럼 차가운 콘크리트 바닥에 털썩하고 넘어졌다. 손을 짚고 일어나려 하자 무릎이 쇠 장식처럼 삐걱거려 울려 복부가 큰 체구를 지탱하려고 하는 양손이 위태롭게 후들거렸다. 참을 수 없는 전율이 사지에서 온몸으로 퍼져왔다.

삼 척尺 정도 앞의 어두운 바닥 위로 내던진 휴지 한 다발이 하얗게 장방형으로 펼쳐져 있는 것을 우두커니 보면서 바닥에 귀를 가까이 대듯이 하여 사람이 오는 것을 기다렸지만, 반 지하실로 가는 복도는 갱도처럼 휑하니 습하고 어둡다. 귀를 기울이니 먼지 냄새나는 복도바닥 낮은 곳에서 모기의 윙윙거리는 소리가 특이한 냄새를 품은 바람과 함께 뺨을 스쳐지나간다.

피를 빤 모기처럼 부풀어 오른 배를 안고서 일어날 수 없는 몸이 강에서 끌어올려진 무거운 한그루의 통나무처럼 비참하게 생각되었다. 오른손으로 일년초의 줄기같이 약한 왼손을 문질러보니 다섯 손가락의 마디에 치리멘縮緬[1]에 닿은 듯한 찌릿한 저림이 느껴졌다.

각기병이다. 사람들에게 들은 임신각기병의 증상이다. 적토의 먼지가 다량 섞인 식민지의 공기와 물 8분에 남경미南京米 2분의

1 치리멘(縮緬): 바탕이 오글쪼글한 비단

짜고 거친 식생활을 장기간 하다 보니 임신각기에 걸린 것이다.

여기에다 각기라니. 어둠 속에서 자신의 무표정을 느낀다. 그러나 출산에 각기병이 겹쳐지면 감옥에 들어가는 것이 조금 연기될지도 모른다. 무감정인 머릿속에서 희미한 기쁨 같은 것이 아련하게 떠 올랐다.

나는 감옥이 두렵다. 영아를 품에 안고 감옥생활을 하는 여자를 상상해 보니 내장이 오그라드는 듯한 기분이 든다. 나는 처음 임신한 것을 알았을 때나 관동대지진의 난리 때도 도쿄 감옥에 있었다. 나로 인해 운명 지워진 아이의 일생은 감옥생활 일지도 모르겠다. 아니, 그렇지만 괜찮아. 나는 이마가 넓고 눈이 조금 올라간 여자아이를 낳고 싶다고 생각한다. 그래, 일본의 볼셰비치카를 감옥에서 키워보자.

잠시 후, 나는 가슴에 치밀어 오르는 태동을 억누르며 두터운 입술로 휘파람을 불었다. 기관차가 증기를 내뿜을 때처럼 쉰 휘파람 소리가 열쇠처럼 꺾어 꾸부러진 복도의 어두운 곳으로 흘렀다.

마차철馬車鐵 공사의 선로를 파괴할 때나 바다로 광차鑛車가 추락할 때 나는 무서운 소리가 메아리처럼 귀에 생생하게 들린다. 아무런 생각이 없다.

남편과 세 명의 하층노동자 감독이 모의한 테러로 인해 그들은 감옥에 갇히고, 쟁의는 무참하게 실패했다. 하층 노동자들의 단결은 파괴되어, 해고조건은 쟁의 이전보다도 더 악독해졌다. 비굴해진 하층노동자들은 얇은 담요를 짊어지고 먼지투성이의 헝겊신을 신고 장쭤린張作霖의 병사모집에 응시하기 위해 할인되는 남만주 철도에 짐짝처럼 실려 떠났다.

뒤에 남겨진 것은 동지 4인의 투옥과 남편의 입옥으로 행려병자표를 얻어, 자선병원에 입원하여 출산을 기다리는 나였다. 마철공사馬鐵公司의 하녀였던 나도 공범이 되어 출산 후에는 곧 수용될 운명에 놓여 있다. 시료실의 내 침대 옆에는 더러운 수건을 움켜쥐고 머리칼이 닿은 옷깃의 땀을 닦는 교도관 순사가 감시하고 있는 것이다.

나는 남편을 원망하지 않으려고 생각한다. 그런 식으로 테러를 하게 되면 이렇게 될 것이라는 예측을 충분히 하고 있었던 것이다. 남편과 3인의 동지는 그런 나의 걱정을 임신한 여자의 고리타분한 걱정이라고 비웃었다. 그러나 결과는 내가 예상한 대로였다.

그렇지만 그런 부분을 극복하지 않으면 더 전진할 수 없다. 대세에 따르는 것이 운동하는 자의 도리인 것이다. 남편에 대한 아내의 도리인 것이다. 나는 조금도 후회하지는 않는다.

사람의 발자국 소리가 가까워졌다. 새 가죽구두 소리가 창가 쪽 가까이에서 들렸다. 창밖에 널어둔 하얀 시트를 배경으로 넓적한 어깨에 얇은 감색 알파카를 입은 상반신이 '쑤욱' 하고 나타나자, 나는 바로 쓰러진 것처럼 보이기 위해 몸을 움직였다. 접수처의 노인이다.

"저, 죄송합니다만 좀 도와주시지 않겠습니까?"

"뭐하는 거야. 그런 곳에 앉아서......"

노인은 눈 사이의 두꺼운 주름을 지우며 자세히 보려고 허리를 굽혀 다가왔다.

"기타무라北村 씨가 아닌가. 곤란한데."

노인은 시료환자인 나라는 것을 알고는 속내의 말을 거칠게 내뱉으며 등을 돌린 채 불친절하게 손을 내밀었다. 나는 노인의 무디고 건조한 손을 잡고 판자벽에 몸을 기댔다. 발이 과일처럼 차다. 걸으려고 하자 다리가 풍금처럼 접힐 것 같다. 나는 힘없는 노인의 몸에 배부른 무거운 몸을 의지하여 지하실 계단을 내려갔다.

헌병대의 호출로 한나절 상쾌한 바깥공기를 마신 나에게 변기와 소독약 냄새를 밖으로 날려 보내지 않으려는 반지하실 바닥의 습기 등이 뒤엉키어 엄습해 왔다.

중풍에 걸린 노파는 침대 위에서 오징어처럼 널어져 벽같이 푸른빛이 도는 흰자위를 움직이며 힐끗 나를 쏘아봤다. 나도 비슷한 시선으로 보았다.

북쪽 귀퉁이에서 거품이 꺼지는 듯한 염불소리가 들려왔다. 이 노인네도 여순旅順 요양원에서 보내진 한쪽 손이 마른 가지처럼 경직되어 있는 노파다. 노파의 염불 소리를 듣고 있자니 병자가 아닌 나에게는 변기냄새가 점점 더 참을 수 없이 코를 죄어오는 것 같았다.

교도관은 야담 책을 머리맡에 두고 세탁으로 쭈글쭈글해진 흰옷의 소매를 가슴에 대고 내 이불 위에 비스듬히 누워서 자고 있다.

다물어지지 않은 입 꼬리에서 수염을 적신 물엿과 같은 침이 흘러 내 이불 위에까지 지렁이 같은 선을 그렸다. 나는 금색 단추

와 함께 흰옷의 가슴을 쥐고 흔들었다.

"아아, 잠이 들었군. 지금 돌아왔어? 늦어서 걱정했어."

나는 대답도 하지 않고 머리맡에 걸어둔 수건으로 침이 흐른 이불 커버를 닦았다.

"어떻게 된 거요?"

"아무것도 아니었어요."

나는 오비를 침대에서 바닥에 길게 늘어뜨린 채로 낮은 침대 위에 몸을 던지듯 누워 삐걱삐걱하며 몸을 몇 번인가 뒤척였다.

"이제 돌아가야지. 그럼."

"잘 가요."

순사가 문을 밀치고 돌아가는 것을 자살미수 사건을 일으킨 창기 출신이 잠이 오지 않는 듯 목을 빼고 보고 있었다. 길게 드리운 제복의 그림자가 복도 벽을 흔들며 지나간다.

발이 뜨겁다. 발 근육이 납처럼 무겁게 무릎을 압박한다. 절망이 마음속에서 깔죽깔죽 톱니바퀴처럼 날을 세운다. 이것이 22년 동안이나 내가 꿈에 그리며 노력한 인생의 성과인가. 벽지에 비가 세어 생긴 얼룩이 이상한 지도를 그리고 있다.

밤이 깊어지자 아카시아 묘목원을 지나는 바람이 약품창고에 부딪치며 모래는 시료실의 유리창으로 불어제쳤다. 창문 유리는 바람소리만을 막으며 덜컹거렸다.

나는 왼발을 휙 오른발에 올리고 전등의 긴 코드를 올려다보면서 남편을 생각했다. 남편이 아니라 동지다. 남편이라고 생각하기 때문에 여러 가지 불만이 생기는 거야. xx와 xx를 잃었다. 동지로서의 남녀관계에 그 쓸모없는 한 그물에 모두가 갇히려고 하는 오랜 가족제도는 지난해의 잡초와 같이 시들어 버렸다. 그러나 알이 큰 테두리의 검은 안경이 강한 흡입력으로 키가 작은 나를 내려다보았다.

"미쓰요光代, 용서해 주시오. 태어날 아이와 당신에게 가장 미안하게 생각하오. 내가 잘못했어."

아래를 향하고 있는 눈에서 눈물이 한 방울 안경에 떨어져 퍼졌다. 그것은 낮에 헌병대의 복도에서 쇠사슬에 결박된 남편을 만났을 때의 광경이다. 나는 무엇인가로 얼굴을 가리고 싶은 충동을 느꼈다.

무엇이 그에게 저런 미련의 끈을 놓지 못하는 하여 여성스러운 태도를 취하게 하는 것일까. 그의 충혈 된 눈은 도대체 나에게 무엇을 요구하고 있는가. 아내라는 존재가 의지 약한 남편을 미련에 얽매이게 한다. 미련이 남은 남편이 던진 긴 끈의 끝을 아내는 받을 수밖에 없는 것이다. 아아, 정말 싫어, 싫다. 어딘가로 빠져드는 듯해 참을 수가 없다. 쪽매붙임 세공처럼 와르르 무너져버리고 싶다.

사랑하는 동지여, 주위를 두리번거리지 말고 앞을 봅시다. 앞을 보세요. 깊은 천장에 그려진 그의 환영을 향해 불러 본다.

나는 목구멍을 피리처럼 둥글게 하여 낮은 소리로

"민중의 깃발"을 부르기 시작했다. 높은 고음 부분에서는 어깨를 치켜 올리고 폐의 공기를 누르면서 떨리는 자신의 소리에 귀 기울인다. 눈물이 한 방울 귀를 간질이며 흘러내렸다.

몇 시간을 잔 것일까. 나는 옆 사람의 천식 기침에 몸을 움찔거리며 잠이 깨었다. 창문이 조심스럽게 흔들리고 있다.

다리의 위치를 바꾸기 위해 등을 움직이려 하자 무서운 통증이 덩굴처럼 아랫배로 기어 올라왔다. 그 다음에는 왠지 쥐어짜는 듯한 통증이 밀려온다. 참기 위해 등을 구부리고 양손을 아랫배에 가져가 보니 저린 손가락 마디와 손바닥에 피부를 자극하는 원활한 팽창이 느껴졌다. 찬찬히 쓰다듬어 보았다.

눈꺼풀에 참기 힘든 졸음이 엄습해 왔지만, 점점 분노하듯 복통이 밀려왔다. 아파. 도저히 참을 수 없는 통증이다.

나는 충동적으로 일어나 부은 무릎을 손으로 감싸 배로 가져갔다. 자신의 몸이라고는 생각되지 않는 그리운 온기가 차가워진 아랫배로 전해졌다. 도저히 다리로 눌러서는 멈추지 않는 아픔이다. 나는 또 다리를 넘어지듯 뻗어, 등 주위의 딱딱한 베개를 느낀 채로 침대의 우둘투둘한 철봉을 붙잡았다. 통증이 썰물처럼 멀어지자 녹슨 철봉의 찬기가 개기름으로 히죽히죽한 손에 상쾌하게 느껴졌다.

나는 철봉을 끌어당기듯이 꽉 쥐고 거친 숨을 내쉬며 부르르 떨었다.

"우, 우웃, 우우."

얼굴의 근육을 코 주위로 모으고 배에 힘을 주자, 감은 눈의 암흑 속에 여러 가지 것들이 한꺼번에 나타났다가는 사라졌다. 광차가 바다로 추락했을 때의 무서운 소리가 들린다. 얼굴을 돌리고 싶을 정도의 먼지들이 연기처럼 피어올랐다.

눈을 떠 보니, 창문이 날아드는 모래먼지로 달그락달그락 흔들리고 있다. 높은 천장에 매달린 전등코드가 조용히 흔들리고 있다. 조용하고 가느다란 숨소리가 나의 쥐어짜는 듯한 신음소리와 섞이지 않고 쌕쌕거리며 상승하고 있다. 나는 자신의 비참한 야수와 같은 신음소리를 잔인하게 받아들였다. 나는 사랑하는 남편과 생이별 하고 이런 식민지의 시료병원에서 아무도 돌봐주지 않은 들개처럼 아이를 낳아야 하는 자신의 불행을 몹시 한탄하고 있다.

나는 내 속에서 꺼지지 않고 늘 불꽃을 다시 피우는 한 자루의 양초 불을 지키면서 이제까지 살아왔다. 나는 미래를 믿으며 살아간다. 지금 이런 고난 속에서도 나는 이 고난 속을 해쳐나갈 하나의 붉은 불꽃을 느낀다. 나는 어디까지나, 그것을 지키며 투쟁하며 살아갈 것이다. 짜디짠 눈물이 일그러진 표정 위로 끊임없이 흘러내렸다.

오전 5시, 2층에서 변소로 내려온 간호부장에게 진통이 알려져, 낡은 천에 얼룩이 진 이불을 한 장을 더 깔고 그 위에서 나는 원숭이처럼 붉은 여자아이를 낳았다. 감은 눈은 실처럼 올라가 있었지만 5센티 정도 비단 실같이 자란 머리카락이 이마에 드리워져 있으며 두상이 제법 길었다.

창문 밖은 유리창 가득 푸른 새벽이었다. 아이는 육아원에서 받아 온 유즙乳汁으로 베개 주위가 딱딱하게 굳어 있는 대마 잎 모양의 이불위에서, 이불을 덮지 않은 채로 벌겋게 된 발을 이리저리 움직이니 불이 붙은 것처럼 보인다.

실내에 바깥의 빛이 비추어 옴에 따라 표백된 간호복의 푸른빛이 도는 신경질적인 순백색이 주름처럼 지친 나의 신경을 건드렸다. 나는 얌전하게 간호부가 말하는 대로 발을 세우고 눈을 감고 있었다. 허벅지가 녹아버릴 것처럼 나른하다.

어깻죽지 통증으로 어깨를 움츠리며 이상하게 부드러운 종아리를 쓰다듬자 먼 쪽에서 놀랄 정도로 매끄러운 무언가를 만지는 듯한 감촉이다. 손도 발도 두꺼운 떡을 붙인 것처럼 전혀 감각이 없다.

간호부장의 차가운 니켈 핀셋이 안쪽 허벅지에 닿았을 때, 그 감촉이 무엇인가를 생각나게 하였으나 생각해 내지 못해 답답했다.

"부장님, 제가 심한 각기병에 걸린 것 같아요. 이렇게 마비가 되니......"

나는 동정을 구하듯 손바닥으로 흰 다리 피부를 가볍게 문질러 보였다.

"각기? 괜찮아요."

부장은 눈꼬리를 내리며 무표정한 얼굴로 누런 액체가 묻은 축축한 탈지면을 접시 안으로 던졌다.

"그렇지만……. 좀 봐주세요. 이렇게 움푹 들어가잖아요."

무심코 검지로 누른 무릎 양옆이 보조개처럼 깊게 들어간 채로 다시 나오지 않았다. 스스로도 놀라 두 곳 정도 눌러 보니 손가락이 쑥 들어갈 정도의 깊은 구멍이 생겼다.

"곤란하게 되었군요."

간호부장은 나를 의심하는 듯이 자신의 손가락으로 눌러본 후, 새우 같은 주름을 이마에 지우며 귀밑머리 숱이 많은 머리를 옆으로 흔들었다.

나는 날이 밝아진 창 쪽으로 시선을 돌려 간호부장의 기분을 생각해 보았다. 산후각기병은 이 병원에서 가장 곤란해 하는 병이다. 식민지에서 산후각기병이 조금 심하면 3년이고 5년이고 다리를 움직이지 못한다. 용변조차 혼자 볼 수 없다. 자신의 다리로 서지 못하는 환자를 돌봐야 하는 것은 사람 손이 부족한 것은 둘째치고 시에서 나오는 보조금을 자신의 사생활에 활용하고 있는 병원장이 가장 꺼려하는 일이다. 같은 환자를 3년이고 5년이고 계속 병원에 수용하는 것은 업적 상으로도 좋지 않다. '수용환자 몇 천 몇 백 몇 십 몇 인' 이라고 쓰고, 부자 후원자에게 돌리는 보고서에 환자수가 줄어드는 것은 좋을 리가 만무하다.

간호부장은 원장 부인으로 기독교인이다. 표면상으로는 간호부장이나 실체는 의사면허도 없이 환자진찰을 하고 있다. 겉은 벨벳처럼 상냥하지만 속에는 가시나무와 같은 무서운 기질이 있는 여자다.

간호부장은 나를 치료한 후 들추어진 유카타로 발을 덮어주고는 아이의 침대 쪽으로 가 '끼익'하고 침대를 내 쪽으로 붙였다. 나는 밝음을 참아내지 못하는 듯 약하게 감겨 올라간 아이의 눈을 꼼꼼히 보았다. 설명할 수 없는 묘한 기분이 들 뿐, 가장 두려워하고 있었던 '사랑'이라는 감정은 조금도 일어나지 않았다.

간호부장이 얇은 목면의 이불을 얹어 다리를 가볍게 두드리자 아이는 가슴을 조금씩 움직이며 간지러운 듯이 부드러운 숨을 내쉬고 있었다.

희고 선명한 무언가가 내 마음에 펼쳐졌다. 긴 터널을 빠져나온 기분이다. 상쾌한 아침을 느끼는 기분이다. 어제까지의 그 찌든 절망에 싸였던 자신을 버려버리자. 이런 희망이 오늘 하루로 말라버리는 허무한 것이 아니길 바랄 뿐이다.

아침 식사는 어제와 같이 상하이채上海菜의 쓰디쓴 희멀건 된장국, 작은 접시에 조금 놓인 소금을 씹는 듯한 다시마조림, 거기에 반달형으로 자른 두 조각의 황색 단무지가 있다. 나는 다시마조림을 끈적끈적한 죽에 섞어 옆으로 누운 채로 입안에 넣었다.

"오늘도 상하이채, 내일도 상하이채로 우리를 말려 죽일 생각인가?"

이불 위에 정좌한 중풍 걸린 노파는 규슈방언으로 이상한 말을 하며 질근질근 씹던 푸른 것을 바닥에 뱉었다. 일동이 그것을 보고 입에 음식을 넣은 채로 공허하게 웃었다.

"이봐요 할머니, 된장국이 싫으면 내 단무지와 바꿔요."

창기娼妓 출신의 여자가 침대에서 내려와 보라색의 고무슬리퍼를 끌며 노파의 침대까지 왔다.

"그 봐, 또 고미야小宮를 죽일 의논을 하는군. 안 돼, 안 돼."

창기 앞에서 갑자기 피해망상증의 40대 여자가 검은 젓가락을 내밀며 삼엄하게 흔들었다. 고미야는 10년도 전에 죽은 남편이다. 일상적인 일이기에 아무도 웃는 사람이 없다. 나는 남편에게 편지를 쓰기 위해 죽과 다시마절임을 그대로 남기고 젓가락을 놓았다.

출산 후엔 당분간 글을 읽거나 쓰거나 하면 안 된다고 유산 경험이 있는 창기 출신에게 자주 들었기 때문에, 들키면 괜한 걱정을 끼친다고 생각해 머리맡에 잡지를 받침으로 해서 숨겨서 가져 온 마차철 공사 이름이 들어 가 있는 편지지를 펼쳤다. 작은 일에도 크게 걱정하는 성격의 그를 안심시키기 위해 처음은 명랑하게 쓰기 시작했으나 써가면서 이상하게 감정이 격해지기 시작했다.

"다리가 아파 일어 설 수 없게 되었습니다. 변기를 잡는 것조차 자유롭지 못합니다. 간호부가 불쾌한 얼굴로 변기청소를 할 것을 생각하니 슬퍼집니다. 그것보다도 큰일 인 것은 아이의 기저귀를 세탁할 사람이 없는 것입니다. 어쩔 수 없어 2층에서 일하는 가정부에게 한 장에 2전으로 세탁해 달라고 부탁을 해 두었습니다만, 내 지갑에는 지금 2엔 7,80전 밖에 남아 있지 않습니다. 도대체 어떻게 해야 할까요?"

쓰지 말아야지. 쓰지 말아야지. 생각하면서도 자신의 감정에 북받쳐 그런 것까지 다 써버렸다. 그런 말을 쓰는 자신에게 경멸을 느끼면서 편지를 봉하기 위해 갑자기 몸을 일으키자 머리가 어지러웠다. 서둘러 머리를 베개에 눕히고 눈을 감으니 '씽 –' 하고 물 밑으로 빠져드는 듯한 기분 나쁜 소리가 들린다. 뇌빈혈이야. 그렇게 생각하면서 창문에 걸린 일본 수건이 하얗게 흔들흔들 하는 것을 보며 정신을 잃었다.

겨우 정신이 들었다. 왼쪽 팔이 아프다. 소매를 접어 올려보니 팔에 반창고가 마름모꼴로 붙어 있다. 정신을 차려보니 교도관 순사가 끈적끈적하고 미지근한 손으로 왼쪽 손목을 잡고 있다. 맥을 짚나 보다 했지만 다음 순간에 알아 차렸다. 처음에는 울컥 치미는 반감과 놀라운 감정을 이기지 못하고 눈을 치켜뜨고 수염투성이의 턱을 노려보며 힘껏 팔을 뿌리쳤다.

"기타무라 미쓰요北村光代에게 xx주사 한 대, 오전 8시 반."

"예에."

맑고 젊은 여자의 목소리가 파리가 윙윙거리고 있는 어두운 공기 중을 방울처럼 왕복한다. 주사기 상자 뚜껑을 닫자, '피잉 –'하는 용수철의 강한 소리.

중풍환자들의 항문에 꽂는 양초 같은 관장기가 간호부의 집무대에 놓여 있다.

"저기, 간호부님. 오늘은 관장을 해 주시나요? 아이 좋아라. 나는 오늘로 닷새나 용변을 못 봤어요. 아랫배가 임신 6개월 정도로 빵빵해져 있어……"

중풍 걸린 노파에 이어 망상증의 여자가 영문도 모른 채 '아이 좋아' 라며 가락을 붙여 소리를 쳤다.

"이봐, 아줌마 아줌마. 또 그렇게 소리 지르면 사망실로 끌려가!"

창기출신의 여자가 망상증에게 농담을 하자, 2명의 중풍 걸린 여자가 싫은 얼굴을 하고 입을 다물었다. 이 병원에서 귀찮은 장기입원 환자를 산 채로 사망실로 옮겨 밖에서 열쇠를 채운다는 신문기사를 두 사람은 그대로 믿고 있는 것이다. 이 병원에서 3개월 정도 억류되어 있었다면 누구나 한 번은 반드시 같은 병실환자의 임종을 보았기 때문에 정원 구석의 사망실을 모르는 사람이 없었다. 작은 잎의 아카시아가 손을 펼쳐 가린 듯이 덮고 있는 석조로 된 넓고 창이 없는 사망실에는 푸른곰팡이가 핀 뒤축이 해어진 짚신이 흩러든 듯 정신없이 놓여있고, 해부대 위의 고장 난 수도꼭지는 그치지 않고 똑똑 소리를 내며 돌 위로 물이 떨어지고 있다.

엉덩이, 팔, 머리, 어깨의 형태가 다다미 한 장 정도의 인조석 해부대의 표면에 극명하게 새겨져 있다. 계속 떨어지는 낙수 때문에 화강암과 비슷한 인조석 결 면에 녹슨 한 줄의 선이 나 있는 것도 왠지 인간의 살을 잘라 조각 낸 후의 냄새를 맡는 것 같았다.

긴 인생의 싸움에 패하여 생활의 쇠사슬을 지하실까지 끌고 온 사람들에게 있어서는 죽음까지의 긴 기간의 시료실 생활보다도 죽음의 최후의 한 순간, 이 해부대 위에서의 자신을 생각하는 것이 가장 참기 어렵다. 차가운 돌 위에서 살아있었던 동안의 입원비 대신에 손이나 다리를 쓱쓱 잘려나가도록 내버려두어야 하는 자신에게 어떻게 저 해부대 위에 걸린 한 장의 먼지투성이의 얼굴과 같은 평화로운 승천을 믿을 수 있겠는가.

"이봐, 이봐. 정말 그런 기분 나쁜 농담을 하는 게 아니야. 기분 나쁘게."

창기출신의 여자는 거북이처럼 목을 움츠리고 혀를 날름 내밀며, 누가 말하기 전에 스스로 먼저 그렇게 말하고 중풍 걸린 여자들을 응대하지 않으려고 트럼프 점을 시작했다.

"하트다. 좋아 좋아, 자아 -자, 다이아네. 어라, 또 다이아네. 앞으로 운이 좋을 거야."

나는 창기출신의 히스테릭한 목소리를 들으면서 아이 쪽으로 얼굴을 돌려 스르르 잠이 들었다.

오후가 되자, 어깨에서 봉지에 바람을 집어넣은 듯한 무게를 두 유방으로 느꼈다. 나는 턱을 당겨 동과冬瓜처럼 추하게 부풀어 오른 유방과 검게 된 유두를 보고 있다.

젖, 젖의 문제. 습기가 잘 빠지지 않는 기와공장에서 해판解版[2]을 하고 있던 아이 엄마들이 각기병에 걸려 무거운 눈꺼풀을 껌뻑거리며 부풀어 오른 젖을 아이에게 물리는 것을 같이 일하며 본 적이 있다. 비가 많이 내리는 가을이었는데, 아이들은 연일 설사로 쭈굴 쭈굴한 주름이 생길 정도로 말라 유방을 떼면 빽빽거리며 울었다. 탁아소에서는 병이 난 아이는 맡아주지 않는다. 끈으로 묶어

---

2 해판(解版): 사용한 조판을 해부하는 일

서 업고 출근한 여자들이 소사에게 약간의 돈을 쥐어주고 깡마른 아이들의 베개를 나란히 하여 소사실에 재워 둔 모습은 사람들을 눈물짓게 하였다. 공장은 불경기로 폐쇄되었지만, 유아 각기에 걸린 아이들이 후에 몇 명인가 죽었다는 소식을 들었다. 나의 각기병도 그 공장에서 일하고 있을 때부터 시작된 것 같다.

될 대로 되라. 적어도 이 경우의 나는 이렇게 말하는 것 외에 자신을 위로할 말을 달리 알지 못했다. 검지와 엄지로 유두를 짜니 곡선을 그리며 흰 실타래 같은 유즙이 베개 위로 떨어졌다. 갑자기 생각이 나서 검지를 베개 맡의 그릇에 씻어 아이의 복숭아 빛의 입술에 갖다 대자 체온이 높은 입술을 둥글게 하여 빨기 시작했다. 손가락을 빼자 경련을 일으키듯 울기 시작했다.

저녁, 이상하게 약품창고의 나무 울타리에 기름매미가 앉아 기름을 끓이는 것처럼 요란하게 울기 시작했다. 창밖의 아카시아 잎이 옆으로 떨어지는 일몰의 빛을 차단하며 바람에 흔들흔들 움직이고 있다. 멀리서 길게 꼬리를 지은 중국 인력거의 나팔소리가 흐르듯 들려온다.

"체온검사."

간호부가 은시계 줄을 늘어뜨리고 집무대執務台에서 일어나 남자병실을 향해 신호를 보내고 있다. 굵은 육성이 삑삑 하는 소리를 동반하여 폭이 좁은 복도에 끝없이 퍼져나갔다. 나는 태만한 벽시계를 올려보고는 차가운 체온계를 겨드랑이에 끼웠다.

우유다. 하루 한 홉의 우유가 있기만 한다면 이 문제는 해결된다. 아이에게 각기병에 걸린 젖을 먹이지 않아도 된다.

가슴이 실로 꽁꽁 묶은 것처럼 아파서 만지니 옅은 유카타 무늬 위로 젖이 흐른다. 아이는 턱에 닿는 옷깃을 좇으며 울고 있다. 젖을 찾고 있다. 따뜻해진 체온계를 창에 비추어 보았다. 수은이 38.5도까지 올라가 있다. 2.5도가 올라갔다. 가볍게 이마를 짚어 보았다.

"순회, 순회."

흰 모자를 나풀거리며, 젊은 간호부가 달려와서 양철 변기를 복도로 옮겼다. 오징어 같이 잠을 자던 노파의 변기는 뚜껑을 열자 파리가 기세 좋게 참깨를 뿌린 듯 날아올랐다.

눈 깜짝할 사이에 원장부부가 서쪽 입구로 들어왔다. 간호부장은 탱탱하게 고무관이 튕기는 청진기를 손에 들고, 원장은 푸른 근육이 튀어나온 양손으로 뒷짐을 지고 부장을 뒤따라 왔다. 도수가 낮은 안경을 통해 보이는 부은 눈꺼풀의 두 눈은 감출 수 없을 정도로 피곤하게 충혈 되어 있었다. 어쩌면 어젯밤 술이라도 마신건지.

"아아, 주여, 오늘도 이 불행한 병자들과 함께 할 시간을 주셔서 감사드립니다......"

'아멘' 하고 창기출신이 콧소리로 답했다. 나는 어떻게 원장에게 우유 애기를 꺼낼 것인가를 생각하는데, 그 생각을 방해한 그녀의 콧소리에 반감을 느끼고 고양이처럼 민감해서 공격적인 자신을 깨닫고 바로 누워 눈을 감았다.

부장 손목시계의 똑딱거리는 소리가 가까이 들려왔다. 나는 깊은 잠에서 지금 막 깨어난 듯 눈을 떴다.

"아아, 편한 얼굴로 자고 있네요."

부장이 아이 얼굴의 파리 퇴치 거즈를 들고 있는 뒤로 원장이 뒤따라 왔다.

"노다野田, 이 병은 어디에 쓴 거지?"

환자명부를 팔위에서 넘기고 있는 간호부를 돌아보며 원장이 작은 병을 가리켰다. 나는 알아차리지 못했는데 그것은 내 침대 머리맡 위에 있었다.

"하아-"

간호부는 이해할 수 없다는 얼굴로 그 병을 받아 눈높이에 맞추어 의심스런 눈으로 라벨의 문자를 읽었다.

"아아, 이것은 오늘 아침 이 환자에게 주사한 약품입니다."

"주사? 주사라면 부장에게 허가를 받았나?"

"아니요, 저 정신을 잃었기 때문에....... 항상 빈혈을 일으키는 버릇이 있어 허가 받는 것은 생략 했습니다."

"이 멍청이."

갑자기 푸른 병을 바닥에 던져 사방에 가루처럼 흩어졌다. 코르크가 떼굴떼굴 굴렀다.

"너는 2년이나 간호부를 하고 있으면서 이런 독어 정도도 못 읽는 거야? xxxx이란 약품은 한 번 열면 다시는 쓸 수 없어. 1그램에 얼마인지나 알아? 이런 가난한 병원에서 뇌빈혈에 일일이 이런

약을 쓴다면 어떻게 되겠어?"

나는 발음이 나쁜 독일어 탁음을 듣고는 코웃음이 났다. – 한 병의 약품 가격보다도 못한 여 환자의 생명 –

나는 아이에게 탁한 젖을 먹일 결심이 휭 –잉 하는 바람처럼 쓸쓸하게 마음속에서 일어나는 것을 느꼈다.

무서운 기세로 젖이 흘렀다. 젖으로 부푼 통증이 아침이 되자 어깨로까지 옮아갔다. 몸의 일부에 고름이 있는 기분이다. 밤중에 두 번 아이에게 젖꼭지를 물렸는데, 혀와 목구멍의 흡입력이 강해 유두에서 유즙을 끌어낸다. 젖을 먹이는 기분은 가벼운 빨림에 야유 당하는 듯 기분이 좋다. 이것이 어머니 마음의 시작임에 틀림없다.

두렵고 상쾌한 아침이 왔다. 유방 아래까지 저려오는 몸이 피부에 꼭 맞는 부드러운 티셔츠를 입고 있는 듯이 매끄럽다.

우유, 우유라는 훈제 청어처럼 매력 없는 소리가 계속 들려 하는 수 없이 무시할 수밖에 없었다. 각기병에 걸린 젖이든, 고름이 든 사랑하는 아이가 목구멍을 울리며 마시고 있지 않는가. 빈농이었던 내 조부도 직인이었던 내 아버지도 모두 구더기 같이 머릿수가 많은 자신의 아이들을 먹이기 위해 죽으라 일하고 진이 빠져 죽었다. 아이들을 먹이겠다는 강한 요구는 옛날부터 가난한 자들의 전통 속에 철사처럼 이어온 것이다.

과거와 미래를 잘라낸 평평한 한 장의 종이 같은 자신을 느낀다. 어짜피 잠시 동안의 모자의 인연이다. 내가 갈 곳에는 감옥이

벽처럼 가로막혀있다. 감옥은 아이가 자라면 부모와 갈라놓는다. 음침한 감옥생활을 아이가 알게 해서는 안 된다. 또 부모에게 죄가 있어도 아이에게는 죄가 없으니 불법 구속이 된다. 그런 이유로 아이만 밖으로 내 보내지지만, 이런 개인주의의 세상 속에서 어미에게서 떼어진 아이가 어찌 자유로울 것인가.

그 법률은 죄수 모친이 사랑하는 아이를 모든 것을 잃을 수밖에 없는 감옥에서 데리고 있다는 것에 대한 구속으로 밖에 의미하지 않는 것이다.

아아, 여기까지 생각하자 어느새 손쓸 수 없는 허무주의에 빠진 나를 발견한다.

사회주의자인 내가 투옥이라는 사실 앞에 위축되어 있다. 확실히 위축되어 있다. 아아, 그리고, 또 이 처량한 자각이 나를 절망하게 했다.

여자여. 미래를 믿어라. 아이에 대한 사랑이 깊다면 깊은 만큼 투쟁을 맹세해라.

정말 상쾌한 아침이다.

남자병동에서 들리는 결핵환자의 기침소리가 2층의 간호부가 버린 분홍빛의 휴지와 함께 바람에 날려 창문 가까이 있는 나의 침대 위로 날아들어 왔다. 창기출신이 히스테리를 부리며 이불 끝에 새하얀 발바닥을 보이며 울고 있다. 털이 긴 귀 주변에 학대당한 흔적이 보인다. 젊었을 때는 아름다운 여자였으리라고 생각되었다.

깜빡 졸고 있었는데 복도를 소란스럽게 달리는 소리에 잠이 깼다. 흰 옷을 나부끼며 여러 명의 간호부들이 분주하게 달려갔다.

'죽었다!' 라고 어딘가에서 들렸다.

'어? 죽었다고?' 스스로도 너무 놀라 머리를 들었다. 보조개가 들어간 견습 간호부가 길을 잃은 듯 뛰어 들어와 팔을 얼굴에 대며 '아아아' 하고 탄식을 하듯 깊은 한숨을 내쉬었다.

"중병실에 있는 각기충심脚氣衝心[3] 환자가 언제 죽었는지 모르고 있었는데, 얼굴에 이렇게 파리가 생겨서……"

간호부는 붉은 루비를 낀 왼손을 눈을 감싸는 듯한 모양으로 얼굴에 대며 내보였다.

"어머, 파리 –"

나는 얼굴에 파리가 앉았을 때의 차가움, 그 싫은 감촉을 생각하면서 아이 얼굴 주위에 날아 든 파리를 손으로 쫓았다. 아이는 눈썹을 꼼지락거리며 자고 있다.

곧 두 개의 대나무에 마포를 묶어 만든 조잡한 들것이 바깥의 밝은 푸른 잎을 배경으로 어두운 복도를 스쳐갔다. 플란넬의 더러워진 모포 밑에서 참외처럼 부어오른 한쪽 발이 보였다.

들것이 사망실로 가는 넓은 정원 쪽으로 돌아갔다. 나는 침대의 거친 격자格子 사이로 들것을 뒤에서 메고 가는 중국의 변발이

---

3 각기충심(脚氣衝心:각기에 동반한 급성 심장 장애)

엉덩이 근처에서 걸음에 따라 흔들리는 것을 보았다. 중국인이 밟고 가는 정원의 지면에는 돌에 눌려 있는 민들레가 금색으로 피어 있다. 벌써 7월도 중순이다.

병실 안으로 눈을 돌리니 암흑인 병실의 구석에서 망상증의 여자가 '나무아미타불관세음보살' 하고 입을 움직이며 웃고 있다.

"기타무라상, 지금 그 사람 살아 있었어."

"예?"

나는 그 의미를 몰라 되물었다.

"지금 들것에 실려 간 사람 말이야, 살아 있었어."

"설마요......"

"아니, 살아 있었어. 살아 있었어.

여자는 재미있는 듯 말하며 자신의 무릎을 감싸며 어울리지 않는 붉은 램프 밑으로 살이 처진 한 쪽 다리를 내밀어 움직여 보였다.

"여기에서 보면 잘 보여. 발이 이렇게 움직이고 있었어."

"재수 없는 소리 하지 마!"

갑자기 옆에서 중풍 걸린 여자가 사과 껍질을 던졌다.

오후 3시의 회진이 끝나자, 흰 가운으로 엄중하게 몸을 감싼 의사들이 담배연기를 품어 내면서 사망실로 들어갔다. 2명의 교수 외에 3명의 여순旅順 의대생이 그 뒤를 따랐다. 나를 진찰한 적이 있는 학생이다.

해부가 있는 날에는 언제나 그러하듯 모두 우울한 얼굴을 하고 일어나지도 않았다. 나는 남편에게서 온 편지를 받았다.

"어째서 오지 않는가를 생각하며 기다렸는데, 오늘 아침신문에 당신이 출산한 것이 실렸다고 간수가 말해주었소. 아이는 나를 닮았소? 발가락은 정상인가?"

발가락은 정상인가라는 문장에 아침부터 감정이 격해져 있던 나는 울지 않을 수 없었다. 남편의 엄지발가락은 태어날 때부터 기형으로 새끼발가락처럼 가늘었다. 이 편지도 역시 남편의 감옥생활을 나에게 전해주고 있었다. 나는 수감되어 있는 남편의 생활 중에서 밖에 있는 아내와 태어난 아이의 일이 가장 의미가 있음에 분노하고, 또한 매달리고 싶은 참을 수 없는 그리움을 느꼈다.

저녁에 아이가 심한 설사를 했다. 녹색의 입자가 섞인 물똥이 끊임없이 기저귀를 더럽혔다. 저녁식사 후에는 입으로도 검은 것을 토해냈다. 나는 일어나 기저귀를 살펴본 후, 열을 재보기 위해 젖꼭지를 아이 입에 물렸지만, 몹시 지쳐 아이 쪽으로 등을 돌리고 눈을 감았다. 젖을 입술에 갖다 대자 싫어하며 고개를 내젓는다. 열이 오른 모습이 너무나도 생생하게 내가 두려워하던 일을 나타내고 있었다. 붉은 포도색의 약을 젖에 발라 먹이려 했으나 젖도 먹질 않는데 쓴 약은 당연히 입에 댈 리가 없었다. 입 주위에 주름을 세워 토한 뒤에는 목구멍이 헐었다. 몇 번이고 내진을 부탁하니 간호부는 귀찮다는 얼굴을 하고 아이를 강보에 싸안고 2층으로 데리고 갔다. 나는 2층의 소리에 귀를 기울이며 밤을 지새웠다. 12시가 지날 때까지 간호실 뒤쪽에 있는 유료환자는 환자라고는 생각되지 않을 정도로 생기 있게 유행가 부르는 소리가 들렸다. 밤이 깊어지자 간호부의 발소리는 들리지 않는다. 나는 밑으로 내려오는 발소리를 들으면서 밤을 지새우고 말았다.

날이 밝았을 때, 견습 간호부가 방긋 웃으면서 내 침대로 다가왔다. 그 웃는 모습에서 나는 어떤 직감이 왔다.

"정말 안됐어요. 정각 4시에 죽었어요."

"그런가요."

나는 상대의 낮은 목소리에 반응하듯 아무것도 아니듯 보통의 목소리로 대답했다. 사실 나에게는 그 이상의 감정은 일어나지 않았다.

"얼굴을 보고 싶겠지요. 그렇지만 걸을 수 없어서 곤란하네요."

"아니요, 보고 싶지 않아요."

그것으로 나는 그녀가 미소를 지으며 무슨 말을 해도 대답하지 않았다. 유료 남자 환자들과 장난치는 것이 하루 일과인 간호부들이 어느 정도 손을 썼는지는 생각할 것도 없다.

나는 2층의 간호부들이 노닥거리고 있는 진찰실에서 각기의 젖을 마시고 고름이 찬 듯 부어올라 잠든 작은 아기의 그림을 그려본다. 눈을 감으니 꿈과 현실을 드나드는 기분이다.

단지 깃발 같은 한 장의 천이 펄럭거리며 움직이고 있는 것이 어둠 속에서 보일 뿐 감각은 죽어 있었다. 나는 불행한가.

아이의 사체가 사망실로 운반되었다고 하자 움직일 수 있는 창기 출신의 여자가 향을 사서 내 대신에 다녀오겠다고 말했다. 나는 순순히 부탁했다. 이렇게 자고 있으니 아이의 얼굴이 생각나는 대신에 사망실의 수돗물 소리가 '똑똑' 하고 들렸다. 이제 해부가 시작될 시간이다.

인공영양을 먹일 돈이 없어 알면서도 각기병 걸린 젖을 먹였다. 그 때문에 유아각기에 걸려 죽었다고 해부의 결과는 증명해 줄 것이다. 그리고 점점 '각기에 젖을 경계하시오. 모친이 각기에 걸렸을 때는 아이는 유모 또는 인공영양으로 키워야 합니다,' 라는 것이 의학계에 증명될 것이다. 그렇지만 그들은 인공영양을 살 돈이 없는 류의 인간들은 어떻게 해야 하는가에 대한 결론까지는 저 가련한 내 아이의 시체를 해부하면서 얻어내지 못할 것이다.

다음날 나는 검찰관에게 전화를 부탁하여 수감 신청을 마쳤다. 식민지의 밤에는 흔치 않는 토사가 섞인 비가 내렸다. 전력을 절약하기 위해 8시부터 소등한 정문에서 두 순사의 패검이 빛나고 있다. 나는 중국인 마부의 부축을 받아 인력거에 올랐다. 행선지는 리가둔李家屯에 있는 여순 감옥의 분감分監이다. 교외의 언덕으로 나오자 모래먼지가 뒤섞인 바람에 맞서 나아가는 인력거가 동요했다. 인력거가 움직일 때마다 멀리 보이는 목적지의 붉은 등이 인력거 덮개의 셀룰로이드 창에 깜빡거렸다. 감옥의 정문이다.

비웃다
嘲る

1

나는 오른쪽 손으로 낡고 구깃구깃한 겹옷 위로 왼쪽 유방을 누르면서, 상반신을 앞으로 구부리고 쓰러질 듯이 걷고 있었다. 왼쪽 유방 밑에 송곳으로 찌르는 듯한 통증이 느껴졌기 때문에, 가슴을 열어 검사해보고 싶은 충동을 누르면서 걸어온 것이었다.

먼지로 인해 황색으로 변한 칙칙한 거리는 고물상 가게처럼 내 앞에 폭넓게 펼쳐져 있었다. 먼지를 차단하기 위해서 처마 밑 낮게 카키색의 차양遮陽을 늘어뜨린 과자가게 옆으로 들어가서야, 드디어 견딜 수 있게 되어 가슴을 펴보았다.

공기가 빠진 풍선처럼 쭈그러져 축 늘어진 유방에서부터 여러 가닥의 임신선이 괴로운 듯 추악한 자국을 남기고 달리고 있었다.

나는 평소 이 유방을 보는 게 싫었다. 자기 자신의 추악한 모습이 그대로 무늬가 되어, 처진 피부 위에 그려져 있는 한 기분이 들어서 견딜 수 없었던 것이다.

유방에는 아무런 이상도 없었다. 나는 또 자조적인 기분이 소용돌이치는 것을 느끼면서, 가슴 쪽의 기모노를 여미고 걷기 시작했다.

나는 살짝 누런 이를 드러내며 웃고 있었는지도 모른다.

사람들은 왠지 기분 나쁜 듯이 이상한 여자의 얼굴을 못 본 체 하고 가던 길을 갔다.

"저기, 산꼭대기에서 굴러 떨어지는 돌을 누가 멈출 수 있을까?"

야다矢田의 하숙을 나와서, 우연한 계기로 갑자기 생각난 경구와 같은 말을 나는 때때로 입술까지 내밀고 말해보았다. 털실 뭉치에서 실이 뛰어나올 것처럼 어젯밤 사건의 추억이 계속해서 머릿속에 전개되어는 것을 차단하기 위해서, 나는 지나치는 사람의 얼굴에 파리처럼 살짝 시선을 두고 몇 번이고 그 말을 반복하면서 느릿느릿 걷고 있었다.

옅은 먼지를 뒤집어 쓴 황색의 전차가 달려왔다.

운전수는 눈앞의 궤도에서 해머를 옮기고 있는 선로공에게 요란스러운 경적을 울리며 전차가 접근한 사실을 알렸다.

그러나 인부는 마치 생명이 없는 스프링 장치처럼, 같은 속도로 해머를 번쩍 들어 올리거나 내리거나 하면서 땀이 흐르는 늦봄의 낮과 같은 게으른 표정으로 움직이지도 않고 전찻길을 파고 있었다.

"이봐, 위험하잖아." 운전수는 예민한 목소리로 고함치면서 황급히 브레이크를 걸었다. 하지만 타성惰性이 남아있는 전차는 좀처럼 멈추지 않았다. "위험하다니까." 라고 수염이 많은 나이든 운전수는 필사적으로 브레이크를 잡았다.

전차는 인부에게 부딪칠 정도쯤에 겨우 멈추었다.

어쩌다 정신을 차려보니, 나는 인도 한가운데 멈춰 서서 그것을 보고 있었다.

"멈춰도, 멈추지 않는 브레이크!" 나에게는 필사적인 그 운전수의 모습이 나에게는 우스워서 참을 수 없었다. 멈춰도 멈추지 않는 브레이크는 산에서 굴러 떨어지는 돌처럼 내 처지를 비유하는 데 아주 어울리는 경구다.

"나의 브레이크는 저 나이 든 운전수 정도의 노력으로는 멈출 것 같지도 않았다."

나는 껄껄 웃고 싶은 것을 참을 수 없었다. 야다의 하숙을 나와서는 그저 짐작만으로 잘 알지도 못하는 거리를 빙빙 걸어 다니다, 가까스로 도겐자카道玄坂로 나왔다.

끊임없이 왕복하고 있는 자동차 때문에 양측으로 나뉜 통행인은 땀에 배어 꺼림칙한 듯이 겹옷의 아래쪽 부분을 걷어차면서 걷고 있었다. 하지만 기름기가 도는 얼굴도 모두 곱게 상기되어 있었다. 복잡한 언덕길은 아름다운 줄무늬처럼 어렴풋이 내 눈에 비쳐졌다. 나는 혼자 그 줄 색의 배합을 깨뜨리는 잿빛 실과 같은 기분이 들었다. 갑자기 기모노 옷깃에 묻어있는 화장분이 마음에 걸렸다.

나는 수면부족으로 완전히 녹초가 되어 바닥을 보며 언덕을 올라갔다. 주머니에 야다에게서 빌린 1엔을 꼭 쥐고, 그곳에서 다마가와玉川 전차에 타는 것이 아까운 기분이 들었다. 하지만 언덕 위까지 오니 결국 참을 수 없게 되어 정류장에 멈춰섰다.

전차 안은 젊은 남자들 땀 냄새로 후덥지근해져 있었다. 나는 손잡이에 의지하여 어렴풋이 머리카락이 얇은 야다의 얼굴을 흐린 창유리에 그려보았다. 하지만, 이상하게도 그 얼굴을 생각할 때 지금까지와 같았던 전율을 기억해낼 수 없었다.

종이에 그려진 것은 자신과 관계없는 사람의 초상화 같은 느낌이었다.

"이게 추악한 여자의 모습인가." 나는 태연하게 스스로에게 물어봤다.

2

전차가 움직이기 시작하자 나는 비틀거리며 옆 손잡이의 젊은 남자에게 기댔다.

그 때, 전차의 불시의 충동이 심했기 때문에 모두 발에 걷어차인 듯이 비틀거렸다. 그 젊은 남자도 옆의 장사꾼 같은 남자 쪽으로 기울어졌다. 그러나 나의 비틀거림은 과장이 있었다. 산뜻한 춘추복을 입고 왼쪽 팔에 지팡이를 건 그 남자는 언뜻 내 쪽을 주시했지만, 바로 정면을 향하고 머리 위 광고를 보고 있었다.

쓴 웃음을 짓고 있는 것이 아닐까? 하는 생각에 나는 그 남자의 옆모습을 바라보았다.

나는 자주 젊은 남자와 마주친 후에, 그 남자가 가까이 다가와 나의 외모에 실망하고 쓴웃음을 짓는 것을 보았다. 그 남자 역시 외모로 여자를 구별하고, 골프나 제국 호텔의 연회를 좋아할 것 같은 청년 신사였다.

다음 정류장에서 전차가 멈추는 순간에도 나는 그 남자에게 몸을 기댔다. 전차가 출발할 때에도 나는 그 남자의 질이 좋은 양복 팔에 얼굴을 파묻었다. 남자는 그제야 이 초라한 여자가 고의로 자신에게 바싹 붙어 있다는 사실을 알아차리고, 눈살을 찌푸리며 힐끗 보고 손잡이를 하나 건너 반대편으로 옮겼다. 그러자 나는 다시 태연한 얼굴을 하고, 손잡이를 하나 건너 옮겼다. 남자는 놀라며 여자의 동작을 알아차렸다. 자기편을 구하려는 듯이 주위를 두리번거렸다.

그 때, 남자의 앞좌석이 비었다. 남자는 청년신사 같은 평상시의 관습도 잊은 듯이, 팔꿈치로 나를 방해하며 황급히 자리에 앉았다.

나는 다음번 전차의 움직임이 있을 때 다시 휘청거리며 그 남자의 무릎 위에 손을 '쿵'하며 누른 것이었다. 남자가 창백한 얼굴로 과장된 증오의 표정을 지으며 나를 노려보면서 벌떡 일어나 입구 쪽으로 갔다. 나는 결국 그 좌석에 앉았다. 뭔가 상쾌한 것이 가슴에서 내려가는 것 같았다.

차장이 표를 확인하러 오자, 나는 주머니에서 야다에게 받은 더러운 1엔 지폐를 꺼내서 건네주었다. '이 돈이 어떻게 번 돈인가?' 나는 왠지 묘한 기분을 들었다. 그의 얼굴을 들여다보았다.

"1엔? 아, 잔돈이 있으려나?" 차장이 지폐를 손에 들고 가방을 열었다.

"어디까지?"

"XX까지입니다."

"어디서 타셨습니까?"

"오하시大橋에서 입니다."

"오하시?" 라고 그는 힐끗 내 얼굴을 보며 잔돈 하얀 동전을 손바닥 위에 하나씩 주었다.

나는 당황하여 얼굴이 상기되는 것을 느꼈다. 그는 내가 당황한 것을 보며 분명히 구간을 속인 것이라고 생각하며 한번 힐끗 나의 얼굴을 보며 지나갔다. 그러나 내가 당황한 것은 구간을 속였기 때문이 아니었다. 젊은 남자 특유의 빛나는 눈으로 힐끗 보았을 때 나는 마음속까지 들켜버린 것 같은 기분이 들어 주춤한 것이었다.

그 차장은 가슴에 은색의 메달을 걸고, 머리는 모자 밖까지 늘어져 보이는 정도로 길게 하고 있었다. 높은 코 옆에 선명한 음영이 있어 아름다웠다.

그가 떠나자, 나는 어쩐지 안심되어 팔짱을 끼었다.

"그러나 그것은 당당한 일본은행 발행 지폐이니까."

라고 내릴 때에 그런 말을 할 작정으로 살짝 차장에게 미소를 던졌다.

그리고 나는 전차길 안쪽의 어두운 생선가게로 들어갔다. 생선가게 주인은 내 곁에 서서 가만히 나의 말을 기다리고 있었지만, 나는 한참동안 진열해 놓은 비늘이 이상하게 반짝반짝 빛나는 물고기를 보고 서 있었다. 빨간 생 연어의 생선토막에 금색의 파리 2마리가 달라붙은 듯이 앉아 있었기 때문에 어쩐지 속이 울렁거려 왔던 것이다. 생선가게 주인은 묘한 얼굴을 하고 안으로 들어가려고 했다.

"저, 이거 주세요."

나는 당황하여 말했다.

생선가게 주인은 비늘이 붙은 손으로, 황급히 옆의 곧게 서있는 모기향의 연기를 움직여 파리를 쫓았다.

나는 걸어가면서 전철 안에서의 자신의 묘한 동작을 생각하며 웃었다.

3

연두색으로 더러워진 얼굴을 하고 대나무 숲의 그늘진 곳에 있는 이발소 2층으로 돌아온 것은 벌써 황혼에 가까운 시각이었다. 나의 마음속은 다시 줄어들 수 없을 정도로 아주 넓어졌다.

"이렇게 저렇게 하며 살아가는 동안에는 어떻게든 되겠지."

역시 나는 스스로 그렇게 말하며 위로할 수밖에 없었다.

어두운 토방에 소리가 나지 않도록 쑤욱 들어가 나막신을 벗고 있을 때에 고야마小山가 변소로 내려 왔다.

"어디를 걸어 다닌 거야?" 라고 고야마는 나의 모습을 보면서, 아래층에서 할머니가 일을 하고 있는데도 알아차리지 못하고 말했다. 놀랄 정도로 큰 목소리였다. 나는 대답하지 않았지만 그 때, 할머니는 재봉 때문에 짓무른 눈을 올리며, 밖에서 자고 온 나를 힐끗 보았다. 나는 '무능한 당신들의 생활을 지키기 위해 거리로 나가 이런 일까지 하며, 어떻게든 살려고 하고 있는 것이에요. 이 정도로 저는 이 생활을 지키고 싶은 것이에요.' 그러한 말을 생각하면서 계단을 올라갔다.

자신의 이런 행위에 대해 '누군가가 불쑥 그런 말로 동정하며 비평해 주지 않을까?' 하고 아침부터 종종 그런 일을 상상하며, 그 검붉은 비장의 아름다움이라고도 말하고 싶은 것을 향락해 보기도 했다. 발이 물레를 연결하는 것처럼 무겁고 피곤해졌다.

남편과의 생활을 지키기 위해 정조를 팔겠다는 것은 어느 시대에나 양해되어 왔으며, 한 때는 찬미조차 아끼지 않는 열녀로 평가받아 왔지만, 나의 경우에 그것은 허용되지 않았다. 나는 그렇게까지 진력해야 할 필요를 그에 대해 가지고 있지 않았다. 나는 과거 3명의 남자를 알았고, 그 세 남자를 아무 번민도 없이 버리고 온 여자였다.

고야마는 두 번의 교도소 생활에 넌더리가 나 사회 운동에서 도피하여 무명으로 4년 동안 원고를 써오고 있는 남자였다. 그의 원고는 신기하게도 어떤 대작을 아무리 끈기 있게 써서 보내도 실을 붙여 둔 것처럼, 연이어 되돌아오는 것이다.

나와 함께하는 동기도 '여자를 일하게 만든다.'는 교활한 생각을 제일의 이유로 숨겨두지 않으면 안 되는 비참한 남자였다.

"저기, 당신 이번에만 누군가에게 부탁해서 조금만 만들어오지 않겠어?"

생활이 궁해져 오자 그는 그 작고 긴 눈을 가늘게 뜨고 말똥말똥 내 표정을 살피면서, 이번에야 말로, 이번만이라는 식으로 나에게 애원하는 것이었다.

그러나 그 '이번에야 말로'는 지금까지도 여지없이 이어져 오고 있었다.

"그렇게 못하겠어요." 나는 분명하게 말하고, 그때 멸시하는 듯이 그의 얼굴을 빤히 쳐다보았다. 그가 말하는 누군가는 나와 과거에 관계가 있었던 남자들 중에 누군가를 가리키는 것이었다.

어제도 우리들은 그런 대화를 나눈 끝에 내가 귀찮아져 순순히 일어섰던 것이었다. 얼마 전 야다의 하숙집에 가서 돈을 부탁했을 때, "누군가의 아내에게 목적 없는 돈을 만들어 줄 수 없다."라고 거절당해 그대로 고야마에게 전했던 것이었다.

나는 더러운 다비[4] 를 벗지 않고 노란 다다미 위에 털썩 앉았다. 멋진 석양의 가느다란 빛이 대나무 숲의 축축한 땅 위를 기어 다니듯이 흔들리고 있었다.

고야마의 올라가는 발소리를 듣기 위해 귀를 기울이고 있었지만 그는 밖으로 나가 버렸는지 올라오지 않았다. 창 밑을 내려다보고 있으면 자꾸 목이 마르는 것을 느끼며 여러 가지 생각이 머릿속에 맴돌았다.

---

4 다비: 일본식버선

4

올바른 것은 가난하다고, 나는 그렇게 믿고 싶었다. 나는 지인 노동자의 아내 중에 남편에 대해 전혀 이해가 없는 여자를 알고 있었다. 그녀는 남편이 파업 때문에 공장을 쉬게 되면 걸쩍지근하게 욕을 퍼부었다.

"얼떨결에 누군가의 선동에 이끌려 앞잡이 노릇을 하는 사람은 손해다."라고 아내는 남편을 우습게 여겼다. 노동자 남편은 아내의 말 뒤에서 움직이는 남자는 아니었지만, 그러나 때때로 그 남자가 참을 수 없이 우울한 얼굴을 하는 것을 나는 보았다.

보이지 않는 여자의 힘은 지금까지도 많은 파업을 노동자 측 탓으로 하고, 자본가 측 승리의 명예로움을 구태여 가로채고 있음이 틀림없었다. 그것은 여자 자신도 어떻게 할 수 없는 의식하지 않는 인습의 힘임에 틀림없었지만, 그런 여자를 보면 아무래도 나는 차가운 모멸감을 억누를 수 없었다.

나도 고야먀에 대해 그런 모멸감이 있는 것이 아닐까 생각해 본 적도 있었지만, 우리들은 바로 그 반대의 관계에 있는 것이었다.

"실업자!"

나는 다시 새삼스럽게 그를 모욕하지 않고는 견디지 못할 것 같은 느낌이 들었다. 틀림없이 나는 부끄러워하지 않아도 된다. 많은 과거를 가지고 있다는 것이 바로 그의 유리한 점이 될 마땅한 이유는 없었다. 게다가 그가 생활에 대한 모든 책임을 나에게 지우려는 마음 깊은 곳에 "그렇게까지 해서 나의 비위를 맞춰야만 할 약점이 당신에게 있는 거야."라는 의식을 이따금씩 내비치는 것이었다.

그리고 나는 스스로 이상에 따라 남자를 찾는 것에 지쳐 생활에 대한 신선한 탄력을 잃고 자신의 의지 이외의 머리카락 한 개 정도의 힘에 끌려가야 할 비참한 여자인 것이다.

나는 첫사랑 남자와 아이를 낳았다. 둘이서 유랑할 때 만주에 있는 무료 진료병원의 그늘진 방안의 붉은 녹이 쓴 침대 위에서 아이를 낳았다. 아이는 내가 산후 각기 때문에 다리로 설 수 없는 고통에 몸부림치는 동안 사라지듯이 얇은 이부자리 위에서 죽어 갔다. 아이의 아버지는 마침 내가 진통을 고통으로 느끼기 시작한 아침, 생각지도 못한 일로 객지의 감옥으로 끌려갔던 것이다. 그렇게 우리의 방랑은 시작되었다.

나의 육체는 한번 아이를 낳은 사람이 아니고는 보지 못할 만큼 추악해져있었다. 나의 두 가슴은 고양이 시체처럼 늘어져 있었다.

짐 속에는 무명 비단과 비슷한 천에 싼 작은 유골함을 숨기고 있었다. 감옥살이한 애인을 버리고 눈에 보이지 않는 것을 좇으며 연이어 남자를 바꾸어 간 나에게도 흔들어 보면 미미하게 바스락거리는 장난감처럼 생긴 작은 상자를 포기할 수는 없었다.

짐 속의 작은 유골함을 몇 번이나 중심으로 해도 우리 사이의 감정은 뒤엉켜버렸다. 이론이나 감정상에서는 빠르게 그것을 해결해 나가면서, 그런 것에 대하여 때때로 뭔가를 말하며 자신의 위치에 대한 힘을 과시해 줘야만 하는 것이 그 남자의 성격이었다.

한없이 회고하다 마침내 나는 눈시울을 적셨다. 이런 결과로 이끈 것은 어떤 힘이었을까? 현재의 나는 그것을 알아낼 힘조차 없었다. 다만, 권태와 낭비의 바다 속을 떠다니며 흘러가지 않으면 안 되는 자신인 것이었다.

왼쪽 유방 아래에, 또 다시 송곳으로 찌르는 듯한 통증이 엄습해 왔다. 아침부터 눈에 띄는 것이 모두 열을 달래며 기뻐하듯이 멍한 가운데, 그 통증만이 내 신경을 바늘처럼 찌르고 있는 것이었다.

노란 껍질의 윤기 나는 대나무는 희미한 석양을 받으면서 조금씩 부는 바람에도 깊숙한 곳까지 흔들리고 있었다. 나는 몹시 물을 원하면서도, 일어나서 아래쪽으로 물을 길러 갈 기력을 상실하고 있었다.

5

"야다 집에서 자고 왔어?" 라며 고야마는 들어오면서 차갑게 말했다.

"응, 어젯밤에 차비를 빌려 돌아오려고 생각했는데, 지금은 없고 내일 아침이면 친구가 오니까 라고 해서…."

"내게 담뱃값도 없다는 걸, 당신은 알고 있었을 텐데…."

"네, 알고 있었으니까 조금이라도 빌리려고 생각해서…."

나는 오른손으로 가슴을 누르며 젖가슴의 통증에 견딜 수 없는 듯 말을 끊었다.

"어찌 된 거야?"

"유방이 아파요."

"갑자기 아프게 된 거야?"

"아니, 아침부터…."

말하고, 나는 덜컥했다.

"어젯밤, 야다와 잤기 때문 일거야."

그는 앙칼지게 그렇게 말하고 고개를 돌렸다.

"뭐라고요?" 라며 나는 침착하게 그가 있는 쪽으로 돌아보며,

"나는 당신의 명령으로, 야다씨에게 갔던 것이에요."

"그래서, 돈을 빌릴 수 있었어?"

그는 내 태도에 따라 모든 것을 통찰하려고 하는 듯, 내 얼굴을 빤히 바라보며, '아무 일도 없었구나.'라는 결정을 내린 안색이 뚜렷이 그의 얼굴에 보였다.

"안 돼, 조금도?"

돈이란 그에게 있어서 목숨보다도 소중한 것인 듯했다.

"전차비만요."

나는 주머니 속의 50전 은화를 떠올려서 말했다. '1엔'이란 금액이 스스로에게 부끄러워서, 어쩐지 말할 수 없었다.

집을 나올 때부터, 물론 나는 확실히 야다에게 최후의 것을 허락할 작정으로 나갔다.

그렇게까지 해서라도, 이 남자를 위해서는 진력하지 않으면 안 된다고 나는 스스로에게 명하며, 씩씩한 전사 흉내라도 내고 싶었다.

이런 일을, 이런 기분으로 하는 것은, 또 이 정도로도 오기가 없는 그에 대한 담담한 복수심과 정복욕을 만족시키는 것이기도 했다. 사실상, 우리들의 궁핍함은 이런 방법을 통해서라도 돈을 만드는 방법 이외에는 길이 없었던 것이다.

그러나 예상한 대로 결과가 되어버리자, 내 기분이 바뀌어 버렸다. 저런 남자를 위해서, 저런 일까지 해서 돈을 만드는 자신이 어쩐지 우스꽝스러워서 견딜 수가 없었다. 모욕이라고 생각했다. 지금까지 보지 못했던 세계가 갑자기 드넓게 보였다.

아직까지 자신은 인생에 이상을 가질 수 있다고 생각되었다. 그래서 나는 갑자기 옛날의 자신처럼 품위 있게 돈에 관한 것은 말하지 않고 돌아가려고 했던 것이었다. 지금 한 번, 이것을 이런 일의 마지막으로 생각하고 한 사람의 새로운 생활을 시작해 보자.

밤새 잠자지 못했던 나는 어디선가 짐승과 같은 느낌이 드는 야다의 숨소리를 들으면서, 고야마에게 내던질 최대의 말을 끊임없이 생각했던 것이다.

그러나 또 야다의 하숙을 나올 때, 내 환상은 모두 깨어져 버렸다. 야다는 내가 돌아간다고 하자 앞의 약속을 떠올린 듯, 지갑에서 1엔짜리 지폐를 아까운 듯이 꺼내서 기계적으로 내게 건넸다. 기분 탓이었던지, 그때 '그럼….'하는 듯한 말이, 야다의 입술에서 새어나오는 것 같았다.

나는 나 자신의 몸속에서 매미 소리와 같은 시끄러운 자조의 말을 들으면서, 훌쩍 돌아온 것이다.

고야마는 부젓가락으로 휴지뿐인 화로 속을 휘저어서, 담뱃진이 붙어있는 짧은 담배꽁초를 주워 올렸다.

"사오세요." 라며, 나는 주머니에서 50전 은화를 꺼내면서 하품을 했다.

"이것만 받아 온거야?" 라며 고야마는 신기한 것을 보듯이 은화를 손바닥에 올려서 보고 있었지만, 이윽고 담배를 사기 위해 삐걱 삐걱거리며 계단을 내려갔다.

무더운 창문을 열자, 창문 모양의 장방형의 빛이 죽림의 어두운 지면에 비쳤다. 지면에는 갈색 껍질의 죽순이 쑥쑥 자라고 있었다. 젊은 남자의 힘센 팔을 연상케 하는 신선하고 두터운 그싹은 하루를 보지 않은 사이에도 몰라볼 정도로 자라 있었다.

어딘가에서, '위잉위잉' 하는 모기소리가 들려왔다. 무더운 기후 때문에 생활력이 늘어난 모기가 내부의 향기를 따라서, 등불로 날아온 것이었다. 나는 불쑥 작년 이맘때의 일을 떠올렸다.

그 즈음에 나는 만주의 여성회관에서 퇴색하여 더러운 모기장 속에 누워서, 점차 산후 회복에 힘들어 하고 있었던 것이다.

그로부터 2년간, 내 방랑벽은 아직 그대로 내 혈액 속에 잠겨있는 것이었다.

6

"저기, 오늘밤에 죽순이라도 먹을까요?" 라고, 나는 새로운 배트를 입에 물고 온 고야마에게 말했다.

"근데 당신, 죽순은 아무리 작은 것이라도 20전은 해." 밖에 나갔다 온 고야마는 기분이 완전히 바뀌어있었다.

"그래요? 그렇게 비싸요?" 라고 나도 그에 맞춰 밝게 웃었다. 근처의 채소 가게에서 본 큰 죽순은 요즘 왠지 모르게 가라앉은 내 식욕을 자꾸만 돋게 하는 것이었다.

"20전의 돈에도 고개를 갸우뚱 하면 끝장이에요." 라고 나는 아양 떨 듯이 그를 올려봤다. 잠깐의 노력으로 포장하면 사람 마음의 바닥을 보는 것이 불가능하다. 이 남자가 갑자기 왠지 모르게 믿음직스러워 보였다.

"연어가 있잖아."

"설마, 연어만 먹자고?"

"사치스러운 사람이군." 하며, 그는 기분 좋게 말하고 웃었다. 나도 어리광 부리는 목소리로 그에게 반응하며 웃었다.

소리를 내며 웃자, 어젯밤의 기억이 구깃구깃한 한 장의 종이처럼 뭉쳐져서 머릿속 귀퉁이로 자취를 감춰버린 듯 했다.

'그런 거 아무 것도 아니잖아.' 라고 하는 목소리가 머릿속에서 들렸다. '세상에 진짜 악이라는 건 그래. 이런 일인가.'라고 그 소리에 응답하였다. 육체 위에 지나치게 많은 남자의 기억을 갖고 있는 나는 그러한 것을 이지理智 이상의 것으로 생각하며 고생하다 얻는 힘을 잃어버린 것이다.

땀을 흘리면서 지방이 많은 2쪽의 연어로 식사를 끝내자, 두 사람은 발소리를 죽이면서 사다다리 모양의 계단을 내려갔다.

땅이 잇닿아 있는 대나무 숲의 2층에서 봤던 죽순을 뽑아오기 위해서였다.

이발소에서는 젊은 이발사가 대나무 숲을 향한 창문턱에 허리를 걸치고 바이올린을 켜고 있었다. 깊게 마음을 사로잡고 있는 여자가 어딘가의 카페에서 노부모의 반대 때문에 집으로 데려오는 것이 불가능해, 우리가 밖으로 외출하면 부러운 듯이 지그시 바라보는 버릇이 이 남자에게 있었다.

악기 끝을 턱에 댄 채로 지그시 이쪽을 보고 있는 남자의 눈동자에는 기후 탓인지 두 번 다시 볼 수 없는 음란한 정서가 더해 보였다.

"들키면 안 돼." 그는 창문에 있는 이발사를 신경 쓰면서 말했다.

"반대쪽에서 들어오면 안돼요." 우리들은 희끄무레한 탱자나무의 꽃이 여기저기에 피어있는 울타리의 밖을 달리고 있었다.

"여기로 들어가요."

내가 먼저 땅에 손을 짚고 부러진 울타리 아래로 빠져나갔다.

"보자기 떨어뜨리지 마세요."

그도 잇따라 들어왔다.

적당한 것을 찾고 있는 내 옆에서, 그는 큰 소리를 내며 굵은 것을 구부렸다. 흙냄새라고도 새싹 냄새라고도 할 수 없는 탁한 공기가 정체된 곳에서, 죽순 부러지는 소리가 '펑'하고 풍선이 터지는 것 같았다.

소리에 놀라 그가 울타리 밑을 통해 도망가려고 했을 때, 울타리 밖에서 매우 소란스럽게 개가 짖었다.

당황한 그가 좁은 구멍에 몸을 끼워 넣고 괴로워서 몸부림치고 있었다. 그러자, 개는 앞발을 구부려 점점 더 매우 거칠게 짖었다. 나는 등을 펴고 울타리 중앙에서 휙휙 거리며 서투른 휘파람을 불었다. 흰 몸에 검은 반점이 있는 덩치가 큰 서양개가 어둠 속에서 기세 좋게 움직이고 있었다. 고야마가 도망가자, 개도 거칠게 뒤를 쫓았다.

나는 3개의 죽순을 보자기에 싸서 밖으로 기어 나왔다. 나는 그의 태도에 이상함을 넘어서서 화가 났다. 이발소 창문에는 전등을 든 할머니의 반신이 보였다.

"정말 무더운 밤이네요." 나는 보자기를 단단히 겨드랑이에 끼고, 그렇게 인사를 하면서 창문 밑을 지나갔다.

"정말로…" 아무렇지 않게 올려다보자, 할머니의 침침한 눈은 어렴풋이 개 울음소리가 들리고 있는 대나무 숲 뒤쪽으로 향해 있었다.

"개가 짖는 밤은 왠지 모르게 기분이 나빠." 라고 할머니는 사닥다리 계단 아래에 서서, 가게에서 면도칼을 갈고 있는 아들에게 말을 걸고 있었다.

"맞아요." 라고 아들이 귀찮은 듯이 대답하고 있는 것을 나는 계단을 오르면서 들었다.

7

30분이나 지나고 나서, 겹옷의 진동이 어깨까지 찢긴 고야마가 돌아왔다. 무릎에는 진흙이 묻고, 손에서는 탱자나무의 가시에 긁혀 피가 맺혀 있었다.

"아아, 심한 꼴을 당했어." 라고 그는 창문으로 향해 흙을 털면서 목소리를 낮추며 말했다.

"당신이 그렇게 당황하지만 않았으면, 개도 짖지 않았을 거야."

나는 책상 앞에 앉아서 무릎으로 책상 아래 종이를 바스락 소리를 내며 그의 얼굴을 바라봤다.

고야마의 귀가가 너무 늦기 때문에 나간 김에 친구 집에 놀러라도 간 것이라 생각하며, 그 사이 나는 야다에게 편지를 쓰기 시작한 것이었다.

"당신 요구대로 한 게 아닙니까? 약속한 오 엔(円) 빌려 주세요. 이런 세상에서 프롤레타리아 사상을 지닌 여성이 자신의 생존을 위해 유일한 것을 내던지는 것은 어쩔 수가 없는 일입니다. 당신에게 진실 된 무산자의 양심이 있다면 그것을 인정해야 할 것입니다. 부디, 오 엔을 빌려 주세요. 당신은 누가 뭐라 해도 부르주아

입니다. 매달 부모에게서 백 엔이나 받으며, 책상 위에서 이론을 설파하며 행복하게 살아갈 수 있는 부르주아 입니다."

'그 사람, 이 일로 화를 내려나. 하고 생각하며 마음먹고 써내려 간 원고용지를 나는 책상 아래 휴지더미 아래에 밀어 넣었다.

"이제 내일이면 월말이구나."

고야마는 달력을 한 장 뜯었다. 삼월 일일은 파란 종이였다.

"요코良子, 내일은 어떻게 해서든 방세를 내지 않으면 쫓겨나겠지?"

"그럴 거야."

나는 바깥 생각을 하고 있었기에 대충 대답했다. 방세는 삼 개월이 밀려서, 월초에 십오 엔 내기로 계약 했던 것이 오늘까지 연장 된 것이었다.

"야다 녀석, 돈이 없는 걸까?"

"있겠지요."

그는 뾰로퉁 해져서는 냉담한 내 얼굴을 바라보았지만 곧 입을 다물고 말았다.

지붕의 함석판 위를 걷는 고양이 소리가 간간히 들렸다.

"야옹, 야-옹……."

하고, 고양이는 어쩐지 기분 나쁜 열은 목소리로 정욕의 비통한 번민을 호소하며 덜컹덜컹 함석지붕 위를 서성였다.

"잘까?"

"자요."

새침한 표정으로 얼굴을 들자, 하품으로 그렁그렁하게 눈물이 맺혀 있는 그와 시선이 마주쳤다.

"…………"

나는 깜짝 놀라 시선을 내리 깔았다.

그것은 우리의 짧은 연애시절 표현파 화가의 지저분한 집에서, 그 시절 나의 동거인이었던 화가의 눈을 피해가면서 끔벅끔벅 나의 눈동자 쏘아대던 신비한 정열의 빛이었다.

그가 여성 잠옷으로 창문을 가리는 동안 나는 이불을 폈다. 어젯밤에 본 이맘때의 풍경이 지저분해진 얇은 이불 위에 아른 그렸다. 따끈한 이불을 머리부터 뒤집어쓰자 누추한 정열이 바닥에 숨어있는 듯 느껴졌다.

"목숨을 버리고 날아드는 듯한 남자를 만나고 싶어." 나는 얼굴도 모르는 남자의 환상을 하나하나 그리고는 지웠다.

"요코야, 요코야." 라며 어디선가 자신을 부르는 목소리가 들렸다. 그것은 만주의 감옥에 남겨두고 온 첫 애인 목소리였다.

"더, 좀 더 이쪽으로 오세요."

나는 넋을 잃은 채, 스스로 그린 애인의 망상으로 다가갔다.

"요코, 내일 아침은 죽순밥이지?"

고야마가 입을 열 기회를 구하듯 돌아누운 채 말했다.

"네, 죽순이에요. 오랜만에 먹는 거니 분명 맛있을 거예요."

나는 그리운 마음의 배출구를 찾아내어 상냥한 목소리로 대답했다. '야옹, 야옹'…하는 고양이 소리가 함석지붕을 지나갔다. 고야마가 일어나서 전등을 껐다.

"저놈의 고양이, 이상한 소리나 내고."

"음……."

나는 자는 척을 하며 무겁게 뒤척였다.

8

커튼 가득 죽림의 그림자가 흔들리다가 이윽고 천천히 사라졌다.

커튼 사이로 새어 드는 햇빛은 다다미 바닥 위에 긴 선을 그리며 떨어졌다.

나는 아래층에서 가쓰오부시를 깎는 소리에 눈을 떴다.

"오늘은 어떤 것을 목표로, 무엇을 즐기며 보낼까?"

변변한 침구도 장롱도 없는 바닥 사이로 벽의 모래가 사락사락 떨어지는 그 옆에 백동화白銅貨가 탁하게 빛나고 있었다.

"44전." 하고, 나는 오십 전에서 접시 한 개 값을 뺀 나머지 금액을 세어보았다.

"고야마 씨, 우편입니다. 등기라서 빨리 부탁 드려요."

젊은 이발사의 목소리였다.

"예－"

라고, 고야마가 잠에서 깨어 얼빠진 목소리로 답했다.

"이봐, 이봐, 등기우편이래."

“당신이 나가 보세요. 저, 이런 잠옷을 입고 머리도 엉망인데.”

“빨리 부탁드립니다.” 라는 젊은 이발사의 목소리가 초조하게 들렸다. 늦게까지 잠을 자는 젊은 부부를 대하는 이유 없는 항의가 이발사의 여자와 같은 높은 목소리에 녹아 든 듯 했다.

고야마가 마지못해 소매가 터진 여성용 유카타를 걸친 채 내려갔다. 돌아온 그는 인쇄된 엽서와 갈색의 두꺼운 봉투를 바닥에 내던졌다.

“그러니까 그런 곳에 보내봤자 우표 값만 손해라고 제가 말 했잖아요.”

“이봐, 일어나. 지금까지 자는 사람이 어디 있어.”

“일어날게요.”

“일어날게요가 아니라, 일어나.” 고야마는 나의 머리맡으로 와서 나와 직각이 되게 서 있었다.

“일어날테니까, 그렇게 버럭버럭 소리 지르지 말아줘요. 아침부터.”

“멍청한데다, 꼴불견인 여자로군.”

나는 꾸물꾸물 거리며 일어났다가 앉았다가 했다. 잇몸에서 나온 피가 묻은 분홍색 치약을 우물 콘크리트 바닥에 퉤 하고 뱉고 시간을 보기 위해 햇빛을 올려다보니 11시가 지났다.

나는 벽장 앞에 서서 죽순을 잘게 썰었다. 고야마는 창가에 앉아 축축하게 기름으로 얼룩진 겹옷을 무릎 위에 두고 가쓰오부시를 갈았다.

두 사람 다 흥건히 땀이 배었다.

시내 전당포에 3엔에 저당 잡혀 있는 세루의 홑옷 일이 계속 떠올랐다. 부드럽고 신선한 모직물의 표면 촉감과 향은 젊은 이성의 체취를 연상시키는 것이었다. 나의 기모노에 대한 집착은 과거에 떠나간 인간에 대한 감정보다도 엄청나게 간절했다.

식사가 끝났을 때, 아래층에서 영감님이 계속 고야마씨를 불렀다.

"부르는데요."

"방세 때문이겠지." 두 사람은 불안한 눈빛을 잠시 주고받았다. 고야마는 어쩔 수 없다는 얼굴을 하고 담배와 성냥을 들고 내려갔다.

"바쁘신가요, 고야마군?" 하는 영감님의 장난스런 말투의 목소리가 들렸다.

"아아, 괜찮아요……." 라고 고야마가 힘없는 목소리로 대답했다.

"오늘 신문을 보니, 다나카田中 대장은 슬슬 정계에 들어간다고 하는 군요."라며 노인이 수다스러운 목소리로 이야기를 꺼냈다. 나는 아래층에 귀 기울이는 걸 관두고 책상 아래에 휴지를 휘저으며 어젯밤 야다에게 쓴 편지를 찢었다. 한 번 찢은 종이를 다시 주워, 글자 한 자 한 자 잘라내듯이 살펴보며 또 찢었다.

"편지 같은 거 보낸다고 돈을 건넬 인간이 아니야." 나는 어젯밤 한창 들떠서 편지를 쓴 자신의 천박함이 우스워졌다. 이런 상태로 나만 잘났단 듣, 모든 남자에게 당하는 것이라며 지나간 일을 생각했다.

그 둔함으로, 들개처럼 뻔뻔한 야다에게 "당신은 부르주아에요."라고 해놓고 어쩌라는 말인가. 그가 자주 눈앞의 적처럼 과장하여 증오하는 부르주아라고해도 여자를 사기 위해서는 5엔이나 10엔의 돈을 말없이 내는 것은 틀림없다. 게다가 그의 근성은 일단 둘째 치고 자신의 일에 생각이 미치자 나는 비로소 놀라 질려버리는 것이었다.

9

고야마가 올라오지 않는 사이 나는 어제 벽장에 던져 둔 메린스 소재 겹옷을 질질 끌며 갈아입었다. 옷깃에 흰 가루가 묻어있는 어제 그 대로였다.

"신문? 2,3일 더 기다려줘."라며 나는 창문에 고개를 내밀었다.

대나무 숲의 바깥 길에는 2개월 신문대금을 받지 못한 고학생 신문 배달부가 이층을 올려다보며, 동정을 구걸하는 듯한 모습으로 뭔가를 말하고 있었다. 나는 상대가 말하는 것은 듣지 못했다.

"있을 때 낼 테니까, 치사하게 굴지 마요. 네?"라고 나는 웃으면서 단호하게 창문을 닫았다.

이런 일로도 강하게 무언가를 말한 뒤에는 외로워졌다.

"어떻게든 15엔 정도의 돈은 받아내야지."라고 야다의 얼굴을 떠올리며 스스로에게 말하고는 분해서 나도 모르고 이를 갈았다.

"저 영감님, 꽤 말이 많으시네. 라며 그는 활기차게 올라왔다.

"무슨 일이에요?"

"방세가 없으면 어쩔 수 없다고, 십오일까지 기다려준대."

큰 문제는 아니었구나 하며 나는 쓴 웃음을 지었다. 그리고 그는 나의 갑작스런 외출준비에 놀라면서, 메린스의 오비 앞을 팡 치며 빠르게 내려갔다.

변함없이 마을은 먼지가 쌓여 더러웠고, 전차 안은 남자의 기름 냄새가 코를 찔렀다. '또 이 초라함과 추함에 모멸될 듯한 신사는 없으려나.' 하고 나는 어제 전차 안에서의 내 우스꽝스러운 행동을 생각하며 둘러보았다. 번들번들한 눈부신 태양빛과 숨 막힐 듯한 먼지에 미간을 찌푸리며 피하면서, 오래 전차를 기다리고 있는 사람들이 환승역으로 올 때마다 목숨을 건양 밀어대며 탔다. 남자들은 앞에 있는 여자를 밀어대면서 메뚜기처럼 입구에 매달렸다.

쇠사슬을 목에 건 남자 앞에 더러운 보자기를 든 노파가 손잡이에 매달려 피로를 잊으려는 듯한 모양으로 처진 눈을 감고 있기도 했다.

야다의 방에는 같은 대학의 기가와木川와 야마나카山中가 있었다.

"어제 고야마 자식 화 안냈어?" 야다는 친구 앞을 의식해서 친한 듯이 태도를 과장하며 말했다.

"화낼 일도 아니죠." 나는 불쾌함을 가슴속에 담아두면서도, 역시 친한 듯 대답을 하는 것 외에는 방법이 없었다.

기가와는 내가 맹장지를 열고 그곳에 모습을 비출 때부터, 갑자기 무뚝뚝하게 입을 다물고 때때로 미간을 찌푸리거나 했다.

이 남자는 내 첫사랑인 남자와 함께였던 시절 일을 잘 알고 있기에 내게 유쾌한 감정을 가지고 있지 않았다. 나는 이 남자의 외모와는 달리 순한 용모와 맘속에 조금 차가움을 담고 있는 성격이 좋았다. 이 남자가 나를 보는 눈은 늘 썩어 문드러진 것을 보는 듯한 증오가 담겨져 있었다.

"야다씨, 무테안경 쓸 때가 있어요?"

라고, 나는 겹쳐진 원고 밑에 있는 안경을 집어 썼다.

"마침 시간도 맞네요."

안경 밑으로 점잔을 빼고 있는 기가와의 얼굴을 보자,

"너무 늦어지면 소용이 없으니까 나갑시다." 라며 갑자기 기가와가 일어섰다.

"어머, 어디 나가세요?"

"지금부터 회사에 가는 거야." 라고 야다가 말했다.

"나도 갈게요."

아무도 대답하지 않는 동안 나는 일어나 옷자락의 주름을 발뒤꿈치로 밟아 피고 있었다.

"당신은 혼자서 가는 게 좋지 않을까요?"

"방해가 된다면 그만둘게요."

"아니, 방해가 된다는 건 아니에요." 라며 기가와는 귀찮은 듯이 대답했다.

XX회사는 시바芝에 있었다.

우리는 스다초須田町의 환승 전철을 탔다.

야다는 혼잡함에 떠밀려 안으로 들어가 버렸기 때문에 나는 기가와와 야마나카와 나란히 섰다.

곧 기가와가 손을 뻗어 뒤쪽의 차장으로부터 표를 샀다.

"왕복으로 2장, 시바XX, 2장 끊어 주세요."

나는 그 소리에 신경 쓰지 않는 것처럼 정면을 향해 서 있었다.

기가와는 내 등 뒤 쪽에서 야마나카의 환승표를 샀다. 그래도 나는 모르는 체하며 주머니에 손을 넣으려고 하지 않았다. 스다초須田町 바로 앞 까지 오자, 기가와는 15원을 꺼내 표를 다시 샀다. 입가에는 쓴웃음을 지으면서.

10

XX회사는 돈을 갈취하는 보수파나 무정부주의자 때문에 특별히 그 날을 기부의 날로 하여 건물 정문 옆에 책상을 놓고 접수하고 있었다.

먼지투성이인 큰 테이블 위에는 큰 약통과 찻잔이 난잡하게 놓여 있었다. 턱 수염을 기르거나 굵은 지팡이를 들거나 더러워진 루바슈카rubashka를 입은 사람들이 그 주변에 걸터앉아 차례를 기다리고 있었다. 큰 중국 부채로 테이블 위를 팍팍 시위 하듯이 두드리는 사내도 있었다.

나는 계절이 지난 부채를 보면 괜히 부끄러웠다.

"XX씨."

"○○씨."

"다음은 △△씨."

그날만 고용된 것 같은 성깔 있어 보이는 접수 담당자는 긴 머리를 쓸어 올리면서 명함을 읽었다. 이름을 부른 자는 한명씩 그 남자 앞에 가서 영수증을 쓰고 안으로 들어가서 돈을 받는 것이었다.

"5엔? 5엔으로는 안 돼. 10엔으로 적어 줘, 약속했으니까."

"그래도 오늘은 5엔이 균일이니까 안돼요."

"굳이 5엔으로 하고 싶다면 15엔으로 해!"

갑자기 한 남자는 찻잔을 잡고 바닥으로 던졌다.

"방법이 없네요. 이것을 예로 하면 곤란해요……."

"고가와 씨."

그것은 나의 변명이었다. 남자들은 이런 장소에서 흔히 볼 수 없는 여자의 모습에 주의를 뺏겼다.

"10엔으로 해 주세요."

"곤란해요. 오늘은 5엔입니다."

"그럼 이 분만 왜 10엔에 한 겁니까?"

"유, 유" 하고 뒤에서 야유하는 사람이 있었다.

"당신 손해는 아니잖아요."

나는 우쭐해하며 말했다.

"모두 노동자를 착취하여 번 이익이 아닌가요. 인색하게 굴지 말라고 전해주세요."

"하는 수 없군요."

마침내 나의 영수증은 10엔이 되어 있었다.

"미인은 아니지만 아주 굉장하군요."라며 철 지난 여름 겉옷을 입은 남자가 들으라는 듯이 말하며 히죽 웃었다.

10엔 지폐를 쥐고 안에서 나올 때에도 나는 수많은 남자들의 얼굴 중에 싸늘한 쓴웃음을 띠고 있는 기가와의 얼굴을 익숙하지 않은 안경 넘어 제일 먼저 발견했다.

야다 일행은 모두 5엔씩밖에 받지 못했다. 기가와는 접수처 남자 앞으로 나오자 더 이상 아무 말도 하지 않았다.

"5엔입니다."라고 하자, 가만히 어른스럽게 머리를 숙이고 고개를 끄덕였다.

"역시 여자는 이득이네."

야다는 건물을 나가며 어이없다는 듯 말했다. 기가와가 여전히 차가운 쓴웃음으로 그 말에 답변하는 것을 보고, 나는 더욱 기가와를 향한 경멸심을 깊이 느끼며 반발적인 감정이 일었다.

길을 걸으며 나는 야마나카와 기가와의 존재를 잊은 듯이 야다와 수다를 떨었다. 마음속에서는 야다에게 말해야 할 돈 문제로 초조해 하고 있었다. 그러나 기가와가 있는 앞에서는 결코 말할 수 없었다. 전차 길 부근까지 오니 건너편에서 전철이 오는 것이 보였다.

"너희들은 어떡할래?" 라며 야다는 두 사람과 헤어지고 싶은 의향을 노골적으로 드러내며 말했다. 야다의 마음은 두 사람에게 그대로 통했다.

“우리는 집으로 돌아가자.” 라며 야마나카가 끼어들었다.

“나도 갈게요.” 라며 나는 야다의 기분에 반항하고 싶어 말했다. 게다가 더 이상 야다와의 일로 기가와를 혐오하는 것은 아무 관계없는 일이라고 해도 견딜 수 없다고 생각했다.

그때 기가와는 말없이 거기에 온 전차에 확 올라탔다. 야마나카도 그것을 보곤 황급히 올라탔다. 전철은 나와 야다가 놀라고 있는 앞으로 전속력을 더해 먼지 속으로 사라져갔다. 나는 견딜 수 없는 굴욕을 느끼며 전철을 보냈다.

“걸어볼까.”

나는 야다의 둔감한 얼굴을 보는 것이 힘들어 대답도 하지 않고 걸음을 멈춰 옆 가게의 진열창을 들여다보았다. 흐린 유리창 속에는 그을린 호테이상布袋像[5]과 더러운 밥공기가 즐비해 있었다.

무심코 눈을 올려보자 건너편 유리에 새카만 자신의 얼굴이 비치고 있었다. 눈 가와 코 주위에만 회색빛 흰 가루가 남아 있고 코끝에는 기름이 번들거렸다. 나는 서둘러 유리 앞에서 벗어나 고분고분하게 야다의 뒤를 따라갔다.

마침내 나는 야다의 분위기에 이끌려 그의 하숙으로 갔다. 노인과 같은 얼굴을 한 야다가 책상위에 펼쳐져 있던 영어 책을 닫고

5 호테이상(布袋像): 전설적인 불상

는 "오늘은 그만." 이라 말하며 책상 반대편에 앉아 침착하지 않는 모습을 하고 있는 것을 보며 나는 속으로 어처구니가 없었다. 대체 언제부터 자신은 이 남자의 애인이 되어 버린 것일까. 그래도 나는 눈썹부근에 피곤함을 느낄 정도로 초조해하면서도 돈에 관한 이야기를 할 기회를 노리고 있었다.

저녁 무렵, 야다가 친구가 하고 있는 연극을 보러 가자고 했다.

"가도 괜찮은 거라면 가겠지만."

나는 돈 관련 일을 말할 수 없는 초조함을 말에 담아 뱉었다. 야다는 내 기분 따위는 상관하지 않고 고리짝 바닥으로부터 나프탈렌 냄새가 나는 세루를 꺼내 갈아입는 거울 앞에서 히죽히죽 거렸다.

하는 수 없이 나는 야다를 따라가기로 결심했다. 현관으로 나가보니 나막신이 없었다. "어찌된 거예요?"라고 작은 소리로 말하며 두리번거렸다. 그러자 안에서, "숙박하신다고 생각해 야다씨의 신발장에 넣어두었습니다." 라고 여주인이 날카로운 목소리로 말했다. 안쪽의 거실의 미닫이의 구석에 훔쳐볼 정도의 작은 구멍이 나있어 이곳을 들여다보고 있었던 것을 지금까지 몰랐던 것이다. 나의 더러운 나막신은 야다의 나막신위에 뒤집어진 채로 겹쳐있었다. 나는 잠시 진저리를 느끼며 자신의 현재 위치와 장소를 분명히 인지했다.

밖으로 나가자 환한 거리 위에 수증기가 많아 하늘이 확 붉어졌다. 나는 도쿄의 하늘을 보자 계속 생각하고 있던 교외 이발소의 이층을 떠올렸다. 그리고 거기에 팔을 베고 맑은 하늘을 따라 늘어선 그 아래의 환락 거리를 그리며 그 방향으로 가고 있는 여인을 생각했다. 그것을 지켜보는 남자의 상황을 생각하며 느끼는 고소한 기분을 쉽게 정리하지 못하고 있었다.

연극은 비교적 괜찮았다.

"마쓰노 스케松之助 보다 좋아."

야다는 점잔빼는 경구警句 생각으로 친구의 얼굴을 볼 때마다 그 말을 반복 했다. 나는 무대로 시선 집중이 잘되지 않았다.

막이 내리자 머리 위에 있는 강한 촉광의 전등을 피하기 위해 이리저리 어깨를 으쓱거리며 앞사람의 그림자에 숨기도 했다. 누군가 알고 있는 사람이 있지 않을까. 나는 안경 때문에 피로해진 눈으로 여기저기 두리번거렸다. 마지막 장면이 시작 되었을 때 나는 바로 앞자리에 기가와가 있는 것을 발견했다. 잠시 머리가 복잡해져 무대 위 인물의 동작들이 가물가물해졌다.

마지막 장면에서 여자가 우연히 잊으려고 해도 잊을 수 없었던 옛 애인을 만나 현재의 생활을 '지옥'이라는 단 한마디로 호소하고 졸도해 버리자, 나는 갑자기 숨을 내쉬었다. 머리부터 몽롱한 연기가 솟아오르는 것처럼 의식이 멀어지는 듯한 느낌이 들었다. 눈물이 양쪽 눈에서 계속 뚝뚝 떨어졌다. 복잡한 마음에 무대 여자가 외치던 목소리가 갑자기 훅 파고 들어와 순간적으로 동요되어 버렸다. 나는 마음의 동요를 억제할 수 없어 '허허허' 실없이 웃으며 눈물을 닦았다.

관중이 몰려나오면서 나도 인파에 밀려 출구까지 나왔다. 그러나 아직 야다의 하숙집으로 갈 지 집으로 가야할지 정하지 못했다.

"지옥."

이라는 강렬한 여자의 목소리가 언제까지나 뭉클하게 귓속에 남아 여운을 남기고 있었다. 누군가를 부여잡고 '지옥'이라 말하며 졸도해 버리고 싶었다.

한밤중의 습한 바람이 불고 있는 밖으로 나가 생각에 잠겨 있자 야다가 뒤로 다가왔다. 야다는 자신의 하숙집으로 갈 것을 정한 듯,

"고야마는 불쌍한 놈이네."라고 돌연 말했다.

"후."

나는 대답하기도 벅찼다. 그때 전찻길을 빠져 나가는 인파와는 반대로 이쪽으로 걸어오는 그림자를 발견했다. 그것은 고야마임에 틀림없었다.

"당신을 마중 나왔어. 여기에 있는 것을 잘 알고 있었지."

나는 야다의 존재를 잊고 달려갔다. 그리고 허락된 위치에 몸을 두었다는 안심을 느꼈던 것이다. 고야마는 내 안경 쓴 얼굴을 한번 힐끗 보고는

"오늘 연극을 보러 온 거야?" 라며 쉰 목소리로 말했다.

11

죽림의 죽순이 매일 가늘어 지는 걸 보니 벌써 여름이 되었다. 대숲을 향한 창문부터는 매일 어디부터랄 것도 없이 메밀 잣 밤나무 꽃의 향기가 들어왔다.

하루 종일 엉덩이가 마비될 정도로 창문에 걸터앉아 지루한 바깥 풍경을 바라보고 있던 나는 그 꽃의 향기를 맡으며 참을 수 없는 나른함을 느꼈다.

"임신?"

과거 임신했을 때와 같은 징후를 최근 들어 몸이 느끼는 것 같았다. 여기에 아이가 생긴다. 그런 일은 상상만으로도 우습고 어울리지 않아, 있을 수 없는 일은 생각하지 않기로 했다.

그리고 지난 달 말에 정기적으로 확인해야 했었던 몸의 이상을 아직 확인하지 않은 채로 또 월말이 가까워져 왔다. 우리 지갑에는 여전히 일 엔의 돈조차 없었다. 신문의 사회면을 볼 기력조차 잃었다. 그 동안에도 내가 머릿속에서 상상하고 있는 배 속의 덩어리는 점차 커져 가는듯한 느낌이 들었다.

20일이 지난 어느 날, 우리들의 닳아서 떨어진 지갑에는 이제 3전(錢)의 돈밖에 남아있지 않았다. 벽장 속의 쌀자루는 병들어 약해진 노인처럼 여위어 가고 있었다. 고야마는 창문에 걸터앉아서 휘파람을 불고 있었다.

나는 창문으로 물끄러미 거리를 내려다보고 있었다. 하얗게 마른 길 위에서는 근처의 아이들이 모여 딱지놀이를 하고 있었다. 더러운 옷을 입은 큰 사내아이가 신경질적으로 아이들 사이를 비집고 들어가, 어깨를 높이 올려 지면으로 딱지를 던지고 있었다. 던질 때마다 작은 아이의 딱지가 누군가의 딱지에 의해 뒤집혀 빼앗겨졌다.

"우편."

멀리서 배달 오는 것을 보고 있던 고야마가 이발소 안으로 들어가는 것을 보고 바로 내려갔다. 배달 온 것은 고야마의 친구가 보낸 얇은 시 잡지였다.

전망이 좋고 전차와도 가까워. 그런데도 너의 부인은 장하게도 작은 자존심을 보이며 거리로 나와 외로운 상장喪章을 판다.

고야마는 친구의 그 시를 한번 읽은 후에도 다시 목소리를 내며 나에게 읽어 들려주고 경련이 날듯이 웃었다.

"우리들의 생활이 정말 상장을 팔고 있다는 것이군요. 그 사람, 빈정거리며 써 놓았네."

그러나 나는 깜짝 놀라 그 잡지를 손으로 들어서 보았다.

야다가 말한 것이 틀림없다.

"상장을 팔다니 정말 적절한 말이야. 나도 이러한 생활의 느낌을 이렇게 말로 표현하고 싶었지만, 부인이 거리에 나와서 상장을 팔다니 정말 적적한 말이야."

고야마의 아무 것도 모르는 얼굴을 보니, 나는 더욱 자신의 얼굴이 파랗게 되었음을 느껴 밖으로 향했다.

내려가 변소에 가 보니 어두운 색을 한 무언가가 조수처럼 흐르고 있었다. 날마다 고야마는 이러한 생활의 어두운 쓸쓸함을 집 사람이 상장을 판다는 말로 나타낸 것도 좋고, 재능 있다고 계속 말했다. 그 때마다 숨 막힐 듯한 간지러운 기분을 느꼈다.

밤, 나는 이불을 뒤집어쓰며 겨우 안심하고, '상장을 팔았다.' 라며 그에게 들리지 않을 정도로 입 속으로 말했다.

그리고 그의 숨소리를 들었을 때 나는 뭐라고 말할 수 없는 절망을 느끼며 몸을 비틀고 울고 있었다. 뭐라고 위로하든 위로받을 수 없는 눈물을 이불의 줄무늬 위에 흘렸다.

야풍
夜風

야쓰가다케八ヶ岳의 산기슭 들판이 긴 소매 옷자락처럼 질질 끌고 간 하류 쪽은 불이 붙은 것처럼 새빨간 적토 절벽으로 되어 있었다. 고슈甲州[6] 경계에 있는 분수령에서 멀리까지 흘러 온 유황 성질을 다분히 품고 있는 계류는 거기까지 오면 새하얀 폭포가 되어 떨어졌다. 폭포 아래는 먼 옛날부터 봉우리에서 흘러 온 후지화산맥계富士火山脈系의 하얀 반점이 있는 자갈이 가득했다.

겨울이 되면 눈이 깊게 쌓여 어떤 산업도 할 수 없는 강가의 마을들에서는, 햇볕으로 따뜻해진 자갈 위에 다른 나라에서 화물로 사들인 천심초天心草를 말려서 한천을 만들었다. 절벽 아래에는 매연으로 거무스름해진 터널이 있고, 한천은 마을 사람들이 먹지 못하고 거기에서 기차를 이용해 도쿄로 운반되었다. 강물은 천심초의 갯비린내가 풍기는 사이를 우동 한 가닥 굵기로 가늘게 졸졸 흘러갔다. 그 향이 저 넓은 바다 냄새라는 것을 알고 있는 사람은 없었다.

6 고슈(甲州): 야마나시현(山梨県) 동북부에 있는 시(市)

거기에서 돌아보니 시야에 들어오는 것은, 마을 산꼭대기까지 계속 잎을 떨어뜨리며 마을을 둘러싸고 있는 뽕밭이었다. 거기에도 궁핍한 자와 부자가 뚜렷이 구별되어 존재했다. 부자 집에는 마을 어디에서나 눈에 띄는 새하얀 벽담이 있었다. 빽빽이 손질이 잘된 소나무도 있었다.

스스로 경작할 만큼의 논을 가진 백성은 해마다 생활용으로 내몰려갔다. 논을 팔았다. 밭을 팔았다. 판 논의 소작인이 되었다. 그래도 소용없었다. 아이들의 학비를 버는 것조차도 쉬운 일은 아니었다. 장남은 겨울이 되면 도쿄의 김집으로 가고, 차남은 농한기에는 브라질 이민 첫걸음이라는 책을 아버지 몰래 열심히 읽었다.

쌀값은 내리고, 콩깻묵과 세금은 비쌌다. 뽕밭은 산의 양지쪽의 경사를 점점 침식해서 마침내 산꼭대기로까지 확산해 버린 것이다.

자작농은 떨어져 소작농이 되었지만, 소작인은 이제 그 이하로 떨어질 곳이 없었다. 어쩔 수 없이 일하는 사이사이에 제사공장의 석탄을 나르기까지 했다. 땅 주인조차도 논을 팔고 전기 주식을 샀다. 공동 제사회사에 투자했다.

강은 조용히 경사진 고원을 흘러, 서쪽 낭떠러지에 있는 호수로 흘러 들어갔다. 흘러 들어가는 입구까지 오면 수량은 무섭게 증가해 있었다. 점점 고원의 급류에 이리저리 밀려온 물은 제사에 적당했다. 마을 부근에 조금씩 공장이 늘어 갔다. 거기에서 보면 차례차례 겹쳐진 산맥의 건너편에, 아사마산淺間山이 남자 어깨처럼 튀어나와 조용히 연기를 내뿜는 것처럼 보였다. 고통스러운 백성들은 여러 가지 일을 생각해 냈다. 모과나무와 배나무를 심었다. 초봄이 되어 흙이 검게 녹을 무렵이면, 동구 밖의 앉은뱅이 배 밭에는 새하얀 배꽃이 피었다. 모과나무는 배나무보다 조금 늦게 소년의 귀와 같은 연 붉은 빛깔의 꽃이 피었다. 한 송이 씩 떼어 보면 얇은 꽃잎은 투명해서 아름다워 보임에도 불구하고, 멀리서 보면 그 꽃은 어쩐지 애처로움이 노출되어 있는 듯한 느낌이 있었다.

제사공장 여공의 하얀 피부처럼 뭔가 감춰진 것이 있는 듯한 흐린 색이었다. 무엇보다 이건 또 일 년의 고생을 생각하면서 보는 백성의 눈에 우울함이 담겨 있어 보일지도 모른다. 과수밭을 등진 양잠 마을은 동련초東蓮村이라 불리며, 큰 땅을 가진 지주도 없고 이렇다 할 정도의 가난한 사람도 없는 평화로운 마을이었지만, 이 마을도 예외 없이 평화로운 채로 해 마다 노인처럼 말라 갔다. 그리고 젠베에善兵衛라 불리는 땅 주인이 세운 제사공장만이 혼자 성장해 갔다.

스에키치末吉의 일가는 조상 대대로부터 이 마을의 소작인이었다. 아버지는 가을에 노쇠하여 누워 계시다가 세이지로清次郎가 뒤 논에서 참새를 협박하는 총을 쏘는 소리에 놀라서 돌아가셨다. 어머니는 어릴 때 돌아가셨다. 형 세이지로는 따로 생활하고 남동생이 집안을 잇고 있었다. 그리고 남편 사망으로 집으로 돌아와 있는 여동생 오센お仙은 닭을 키우며 빈집을 지키고 있는 것이었다.

어느 날의 일이었다. 점심 조금 지나고서부터 배가 가끔 쑤시듯이 소용돌이 치고 사라지는 통증이 있었다. 아침밥으로 먹은 우렁이를 떠올리고 몇 번이나 화장실에 갔지만 화장실에 가도 변을 보지 못하고, 꽉 눌리는 듯한 아랫배에서 태아가 괴로운 듯이 팽팽해진 뱃가죽을 땅긴다.

16세 되는 기요에清江와 14세 되는 사다오定男를 데리고, 돈벌이를 하던 남편과 사별하고 시골에 돌아와 있는 오센은 모내기 일용벌이를 하다 알게 된 날품팔이 남자를 만나, 사람들이 모르는 사이에 임신을 했다. 벌써 예정일에 가까워졌을 것이라는 생각에 오늘 아침도 주먹 진 손등의 손가락 마디로 달의 대소를 새어 보았다. 물론 산파에게 보일 돈도 없고, 산파가 자전거를 타고 마을을 통과하여 들어오는 것도 곤란한 일이었다.

남편이 없는 오센과 17세가 된 기요에 밖에 여자가 없는 집으로 산파가 분만용구가 든 검은 가방을 매고, 자전거를 타고 오는 것은 아무리 생각해도 마음이 내키지 않아 혼란스러웠다.

쌀이 모자란 집에서 식객일 수밖에 없는 기요에는 삼십 리쯤 떨어진 호숫가의 공장으로 실뜨기 돈벌이를 하러 가고, 사다오는 도쿄의 청부업자 집의 가사를 돌보며 공부하고, 야학에 다니고 있다.

아버지가 돌아가시고 나서, 일가의 주인이 된 남동생 스에키치는 정에 약한 성격이라 오센의 불행을 가끔은 무뚝뚝한 동정의 눈으로 바라보았다. 그러나 따로 살면서 공장에 누에고치를 건조시키러 다니고 있는 형 세이지로는 게으름뱅이로, 가난한 소작인 남동생 스에키치의 뒤주에서 가끔 석유통의 기름을 빼서 만든 통에 쌀을 담고서는 멋쩍게 여동생 오센을 다짜고짜로 혼내고 돌아갔다.

"오센 너 큰일을 일으켰구나!"

한번은 세이지로가 오센이 임신했다는 사실을 마을에서 소문 듣고 찾아 와서, 송충이 같은 속눈썹을 가진 긴 눈으로 오센의 배를 빤히 보고서는(빤히 보고 확인하고서는) 발끝이 하얗게 잘린 검은 버선을 신은 발로 옆구리를 톡 찼다. 허리띠를 테처럼 둘둘 감고 띠를 허리띠 위에 꼭 묶고, 옆구리가 시려서 고개를 숙이고 앉아 있던 오센은 오뚝이처럼 넘어졌다.

"뭐 하는 짓이야!" 라고 목까지 올라왔지만 넘어진 채 오빠를 하얀 눈으로 치켜봤다. 이런 일로 그 사건이 용서된다면, 하면서 체념을 하고 얼빠진 눈으로 오빠를 봤다. 팽팽해진 배를 감추려고 허리띠에 끼워놓은, 탕화[7]로 새빨갛게 염색된 수건이 불쌍히 여겨졌다. 끼워놓은 수건 아래로 만삭에 가까운 배가 반듯이 쑥 내밀고 나와 있었다.

15단이나 되는 논을 가꾸면서도, 월과의 덩굴을 끌어당길 무렵이 되면 이제 쌀이 없어지는 소작인의 생활이 힘들어 세이지로는 집을 남동생에게 물려주고 나갔다. 그러나 삼베 안감 짚신과 검은

---

7 탕화(湯の華): 광천이나 온천의 분출구나 유로(流路)에 생기는 침전물

버선으로 그렇게 좋아 보이던 누에고치 건조를 시작해보니, 일하는 시간이 길고 몸이 눈에 띄게 약해져서 이제 중년을 넘긴 그에게 결코 쉬운 일은 아니었다. 게다가 건조는 일 년 동안 내내 있는 일이 아니었다. 농작물이 바쁜 계절을 검은 버선과 삼베 안감으로 어떻게든 보내고 와서, 뭔가 말을 하고서는 핏대가 서있는 손으로 오센을 세게 때린다. 세게 때리고 나서는 더욱더 냉담하고 딱딱한 가죽처럼 쓸모없는 인간으로 변해 갔다.

"만약 오늘밤 태어난다 해도 기요에를 일부러 부르지도 말고, 또 오빠가 공교롭게도 오게 된다면 또 어떤 꼴을 당할지 모르니……"

오센은 아무리 궁리해도 좋은 수가 떠오르지 않아 화장실에서 돌아가는 길에 마당에 서있었다.

가을 해질녘 하늘에, 연기가 끊긴 금 제사공장 굴뚝이 서있었다. 높은 굴뚝의 끝을 눈 여겨 보고 있으니, 휘청거리며 내 쪽으로 쓰러질 것 같았다.

"아…….아, 아파……."

배를 잡으며 드러누웠더니, 머리 위에 높은 가을하늘이 있었다. 오센은 하늘과 땅 사이에 아득히 먼 거리감을 느꼈다. 어질어질한 가벼운 현기증이 났다.

어딘가에서 바쁜 도급기 소리가 들려온다. 문득 생각이 나서 닭장을 열었다. 암탉이 뛰어나가면 수탉은 나무를 뛰어 내려, 바람처럼 흑토 마당에 뒤쫓아 가서 작은 암탉의 등을 물고 발로 누르면서 교미했다. 암탉은 저항하면서 큰 눈으로 오센을 보고 있는 것 같았다. 닭들은 즐거운 듯 새빨간 닭 벼슬을 머리 위에 꼿꼿이 세우고 채소를 끌어당긴 뒤 흑토를 발로 파헤쳤다. 오센은 닭 똥 냄새 때문에 웩하고 구토를 하면서 어두운 오두막집 안에 하얀 달걀을 발견하고 마른 짚을 바스락바스락 밟으며 들어갔다.

"아야…….아야……."

눈썹에 힘이 들어가서 숨을 돌리고 있으니 통증은 바람처럼 몰려왔다 사라졌다.

작은 달걀이 두 개 있었다. 오센은 출산하면 몸에 영양소가 필요한 것을 생각하며, 남동생 스에키치가 돌아오기 전에 주변을 살피며 짚 부스러기가 흩어져 있는 곳에서 빨갛게 녹슨 못을 주워, 달걀의 뾰족한 쪽 엉덩이를 툭툭 쳤다. 구멍이 조금도 뚫릴 것 같지 않았다. 힘을 주고 못으로 찌르면 깨질 것 같았다.

문득 정신을 차리고 보니 달걀의 새하얀 무광 껍질에 검붉은 피가 굳어서 붙어 있다. 오센은 놀라서 얼굴을 갖다 대고 봤다. 오래 전에 옛날에 사다오를 출산했을 때의 고통이 생생히 기억났다. 그 때는 사랑하는 남편이 곁에서 손을 꼭 잡아 주었다. 하지만 이번에는 고양이처럼 사람들 몰래 낳아야만 하는 것이다.

잡고 있는 달걀이 왠지 따뜻한 느낌이 들었다. 손바닥의 열로 따뜻해진 건지 닭이 막 낳아서 따뜻한 건지, 잠시 생각하다 보니 왠지 속이 언짢아져서 먹을 마음이 사라졌다.

뱃속이 갈라지는 통증이 있었다. 귤 상자를 들고 달걀을 새고 있었는데, 머리 위 천장 가까이에 갑자기 전등이 켜졌다. 달걀은 사십 개 정도 쌓여 있다.

"적어도 이 매상만이라도 스에키치한테 빌릴 수 있다면, 아이에게 표백 속옷 한 장이라도 마련해줄 수 있는 건데…….하지만, 지난 달 전기료도 아직 못 내고서 그런 말을 할 수도 없고……."

지금까지 하나 오전에서 육전 정도의 값으로 동네 중매인에게 팔아 매달 전기료와 마을의 호별세를 부담해 오던 달걀은, 부업인 양계가 이웃 마을들에게 까지 널리 퍼지기 시작하며 군데군데에 "달걀 있음"이라는 팻말이 보이게 되면서 삼전까지 떨어졌다. 게다가 초등학교 비용으로 호별세는 오르고 경쟁이 없는 전등회사의 전등료는 십 촉에 팔십 전이라는 고가로, 두 달 연체되면 금방 자전거로 찾아와서 안전기 선 부분을 가위로 잘라 버린다. 매달 팔십 전씩 돈을 척척 지불해야 하는 것은 소작인에게 있어서 쉬운 일은 아니다.

전등이 들어오고 나서부터 삼 년간 스에키치가 다달이 내는 겨우 팔십 전 때문에 얼마나 고생했는지, 오센은 곁에서 봐왔다. 그렇다고 해서 자신의 집에서만 석유 값과 전등 값과의 월 사십 전 정도의 차익을 위해 빨간 등의 램프를 달고 있을 수는 없는 게 스에키치의 성질이었다.

닭이 그냥 낳고 보통 가격으로 팔아도 모자라는 돈을, 오센은 여름 칠, 팔, 구, 세달 동안 더위로 닭들이 야위어 기아처럼 몸통이 길어져 달걀 수가 줄어 든 달은 썩었다고 속이고 매상을 이엔씩 도교에서 고학하고 있는 사다오에게 보냈다. 사다오는 각기로 다리가 부어 있다고 편지를 보내 왔다.

오늘밤쯤 태어난다면, 어쨌든 준비를 해두어야지…….남의 눈이 두려워 아직까지 배내옷도 제대로 만들지 못했다.

오센은 벽장을 열고 산욕에 깔 누더기 조각을 찾아냈다. 쥐가 덜그럭덜그럭 천장 뒤쪽으로 도망가는 소리가 났다. 누더기에서는 우수수 쥐똥이 떨어졌다.

'삐－' 하고 공장 종업을 알리는 호각이 울렸다.

스에키치는 뒤 논의 약간 어둑한 곳에서 볏단을 짊어지고 와서, 발을 씻고 툇마루에서 닦고 있었다.

"누나, 닭장은 닫았어?"

오센은 판자 사이에서 자며 메운 수증기를 얼굴에 맞으면서 토란 줄기 조림을 사발에다 옮기고 뭔가 생각에 잠겨 있었다. 갑자기 소란스러운 피리소리에 의해 스에키치의 목소리는 잘 들리지 않았다.

"누나! 닭장 문이 닫혀있는지 가봐."

"앗! 잊어버렸다."

고개를 들어 스에키치를 바라보는 오센의 얼굴은 가면처럼 푸르게 보였다. 눈썹은 회색으로 엷어지고 뿌리에 닿지 않는 머리칼이 칼자루에 달린 수염처럼 윤기를 잃고 부슬부슬하게 오그라들어서, 손을 얹은 듯이 이마에 드리워져 있었다.

"스에키치, 나 아무래도 배가 아픈 것 같아."

스에키치가 털이 많은 다리를 닦고 있는 곳으로 오센은 다가가서 입 냄새가 닿을 정도까지 이마를 들이밀며 말했다.

"배가 아파?"

"응, 아무래도 낳을 것 같아."

오센은 스에키치의 얼굴을 바로 볼 수 없어 닦고 있는 발을 보고 있었다. 항상 잠방이에 가려져 있는 넓적다리는 새하얗고 곱슬곱슬하게 오그라진 털이 기어가듯이 더부룩하게 나 있었다. 스에키치의 얼굴 아래에는 기름으로 반질반질한 가죽처럼 빛이 나는 오센의 기모노 소매가 있었다. 건조한 밭의 공기를 마시고 온 스에키치의 코끝에 사람의 눈이 부끄러워 오랫동안 공중목욕탕에 가지 않는 오센의 체취가 시큼하게 밀려왔다.

"저기, 스에키치, 내말 좀 들어 줘."

"아아, 난 지금 그런 상의는 사절이야."

스에키치는 불쑥 일어나서 닭장 문을 닫으러 갔다.

'찌익!' 스에키치는 가라앉아버린 기분을 풀 곳이 없어서 짚신으로 철망 문을 찼다. 닭이 놀라서 '꾸꾸 꾸꾸' 하고 울었다. 어둠 속에서 횃대에 웅크리고 있던 흰 닭의 움직임이 보였다.

"빌어먹을!"

침을 뱉으면서 말했다.

그날 점심때가 지나서였다. 마침 국회의원 선거로 선거권이 있는 자작농이 모두 밭에서 올라와, 마을길을 따라 하치만우라八幡裏의 조용한 밭에서 마른 벼를 묶고 있으려니 투표를 하고 돌아오는 가네 제사공장의 젠베에善兵衛가 인력거를 타고 자갈길을 따라 면사무소 쪽에서 오고 있었다.

젠베에는 공장에서 돈을 버는 한편, 부근 일대의 토지를 평당 5합 5작으로 빌려주고 있는 지주이기도 했다. 작년부터 연공年貢을 내지 않고 있는 스에키치는 더러운 놈을 만났다며 시루시반텐印絆纏 등에 옥호, 상표 등을 넣은 겉옷의 등을 향해서 소리 높여 노래를 부르며 볏단을 던지고 있었다.

"스에키치씨, 열심히 일하시네요."

도쿄 말투로 인력거 위에서 말을 걸었다. 답변을 하지 않을 수가 없었다.

"좋은 날씹니다."

라며 스에키치는 수건을 들고 말했다.

"그런데 스에키치씨, 며칠 전부터 당신을 만나려고 생각하고 있었는데… 음, 당신 말이지, 연공이 마음에 들지 않아서, 저 공장 뒤의 벼를 베지 않는다고 하던데."

"아니요, 그런 일 없습니다. 누가 그런 말을 했어요."

스에키치는 놀라서 눈썹에 깊은 주름이 생겼다. 공장 뒤의 밭은 햇볕이 잘 들지 않고, 공장의 통수가 질척질척 흘러나와서 벼작황이 나쁘기 때문에 벼 베기를 뒤로 돌리고, 일손이 모자라 지금까지 미뤄오고 있었던 것이다.

"헤에, 그 참 이상하네. 그런데 당신 형님이 찾아와서 집 사람에게 그렇게 말했다니까 설마 틀리지는 않았을 거요."

스에키치는 답변하기 곤란해서 담배를 비틀어서 담뱃대에 채우고 성냥을 찾았다. 셔츠 주머니에서는 부귀연印絆纏의 담뱃가루에 섞여서, 작고 흰 단추가 나왔다. 주머니를 뒤집어서 햇빛 쪽으로 향해서 털었다.

"성냥 찾아요?"

"아니 이것 참 감사합니다.…"

젠베에도 인력거 위에서 은 담뱃대를 꺼내서 한 모금 빨아서 빨갛게 타고 있는 담뱃대를 내밀었다. 담뱃대 끝에서 불을 옮기면서, 뭔가 책략이 있는 것 같다고 스에키치는 생각했다.

"어쨌든 몇 번인가의 서리로 이삭은 날아가고, 벼를 심은 곳에는 싹이 나와 있는 것 같아요."

"아무튼 내일이라도 벨 거니까…"

"작년의 연공조차 미루고 있으니까…"

젠베에는 뭔가 말하고 싶은 것을 목구멍에서 참고 있는 모양이었다.

"언제 다시 이야기 합시다."

"네에."

젠베에는 뺨을 씰룩거리면서 의미 없는 웃음을 지으며, 좌우로 흔들면서 멀어져 갔다. 스에키치는 짚단에 앉아서 담배를 피웠다. 아침부터, 벌써 네 개 남짓한 벼를 베고 있었다. 경지정리로 똑 바르게 된 논두렁을 따라서 삼분의 일 정도 검은 흙이 나타나고, 오랜만에 햇별을 우러러보면서 흔들흔들 생기가 상승하고 있었다.

메뚜기는 마른 잎을 치며 사람의 기척이 없는 쪽으로 날았다. 그러자, 벼의 그늘에서 불쑥 이웃의 요노스케陽之助가 볕에 그을린 얼굴로 나왔다. 요노스케도 어린애가 넷이나 딸린 선거권이 없는 젠베에의 소작인이었다.

"스에키치씨, 지금 무슨 말을 하고 간 거야?"

요노스케는 히죽히죽 웃으면서 두터운 손가락으로 자신의 붉은 코 아래에 젠베이의 입수염 흉내를 내었다.

"어금니에 뭣이 끼인 듯한 이야기를 하고 갔어."

스에키치는 지금의 이야기를 들었는가 하고 생각하자, 잠깐 다행이라는 기분이 들었지만 경위를 이야기했다.

"응, 자네 집도. 그래, 그걸로 알았어."

요노스케에게도 4, 5일전 아침에 공장 감독인 사노佐野라는 노인이 심부름와서 아닌 밤중에 홍두깨 격으로, 내년부터 공장 뒤의 밭은 평당 8작만 받고 줄려고 생각하고 있으니까 하고 말했다. 그늘지고 움푹 팬 땅에서 평당 6합 3작이라는 바보 같은 값은 어딜 가도 들은 적이 없었다. 양치질을 하고 있던 요노스케는 더 생각할 여지도 없다고 생각하고,

"이쪽이야말로 받고 싶습니다만."

라고 조롱하는 투로 말하며 상대도 하지 않고 웃었다. 옆에서, 아침 식사 준비로 싸라기를 가루로 맷돌질하고 있던 마누라는 맷돌을 억지로 돌리며 빈번하게 조마조마한 눈으로 신호를 보냈지만, 요노스케는 태연했다.

심부름 온 노인이 돌아가자 마누라는 마당에 있는 변소로 향하는 요노스케를 따라와서 밭이 빼앗기면 이 식구에게 쌀이 모자라게 된다는 것을 하소연했다. 장남은 내년 4월에 벌써 6학년 졸업을 하지만 공장 뒤의 밭을 빼앗기면 거들어 줄 일은 없어지는 것이다. 다시 앞서의 노인이 되돌아와서 단오하게,

"그렇다면 금년을 끝으로 밭은 되돌려 받기로 하지요."

라며 주인의 말을 전했다. 마치 기다리고 있었다는 투였다.

"그놈, 밭으로 연공을 받는 것과 공장에서 돈을 버는 이익이 규모가 다르니까, 드디어 밭을 뭉개서 공장을 넓히려는 계산이야."

정말 그럴 것이라고 스에키치도 생각했다.

저쪽이 그럴 배짱이라면 이쪽도 어쨌든 공동으로 대항해 줘야 하는 게 아닐까 하고 말을 맞추고, 스에키치는 집에서 사용할 만큼의 벼를 지고 돌아왔다. 비료부족으로 여름 내내 자작농의 밭에 끼어서 두드러지게 볕에 탄 벼는 키도 작고 알 수가 적었다. 폭이 넓은 스에키치의 등에 짊어지면, 키를 넘는 것은 이삭의 끝과 다발로 묶은 뿌리뿐이었다. 죽은 아버지는 너 말들이 되의 양을 한 치 작은 상자에 계량해서 갔지만, 다른 사람의 면전에서 젠베에에게 되가 산이 되도록 수북하게 다시 계량해서 한 되 정도가 부족하다며 봉변을 당했다.

또 4말들이 한가마가 16관이라고 정해진 무게가 쌀의 질이 나쁘기 때문에 조금 적은 것을 고심해서 연공납부 전날 밤에 슬그머니 가마니를 강물에 담가서 무게를 늘리고, 밤새 자지 않고 짚불로

말려 스에키치와 둘이 쌀을 채워 운반해 간 적도 있었다. 그런 것을 떠올리면서 자갈길을 되돌아온 것이었다. 눅눅한 바람이 양까치밥나무의 가느다란 가지 덤불사이로 지나갔다. 요노스케의 집에서는 낮에 말린 벼를 쭉정이와 분리하고 있는 듯했다. 풍로의 바람소리가 제사공장의 벽에 부딪히자 뎅뎅, 뎅뎅하고 무거운 메아리가 되어 되돌아온다.

"날씨가 좋지 않네."

스에키치는 마을을 보면서 뚜껑이 없는 비료 통에 '쇄아' 하고 소변을 보았다. 검은 외투를 입은 한 무리의 사람들이 돌담장 아래로 와글와글 시끄럽게 이야기하면서 지나갔다. 한사람이 뒤처져서 달그락달그락 게다를 신고 기침을 하면서 온 것은 누에종자 가게를 파는 소자본의 자작농 니사쿠仁作였다. 이야기하면서 걸어온 사람들은 대숲의 그늘에서 소변을 보고 있는 스에키치가 있는 것을 알고는 이야기를 딱 멈추었다.

'우리 집 소문을 말하고 있었던가.' 그렇게 생각하는데,

"피곤하시겠습니다."하고 인사를 했다.

어둠속에서 얼굴을 내밀고 보니, 투표하고 돌아오는 한 무리의 사람들이었다.

"흠, 선거가 뭐야?."

지나가고 나자 스에키치는 그렇게 말했다. 어차피 오센의 일이 소문 나 있는 것은 알고 있지만, 눈앞에서 당하니 좋은 기분은 아니었다. 그리고 한 무리의 사람들이 갔던 쪽에서 형 세이지로가 왔다.

뺨을 감싸고 감색 코이구치鯉口라고 하는 홑태소매 속에 손을 찔러 넣고, 두개의 소매만 삐죽 튀어나온 모양으로 어둠 속에서도 형이라는 걸 바로 알았다. 세이지로는 거기에 서 있는 스에키치를 알아차리지 못하고 귀찮은 듯이 한쪽 손을 꺼내서 장지문을 열고 들어갔다. 흰 반점이 있는 잡종개가 뒤를 졸졸 따라와서 어둠 속에 서 있는 것이 스에키치임을 확인하자 흰 꼬리를 흔들었다.

"스에키치는 아직 안 돌아왔어?"

"아뇨, 아까 돌아왔어요."

오센은 화롯가의 돗자리에 엎드려서 배를 누르면서 뽕잎을 태우고 있었는데, 세이지로의 목소리를 듣자 재빨리 몸을 일으켰다. 아버지의 장례 후 한 번도 사용한 적이 없는 큰 가마가 부뚜막에 걸리고, 물을 가득 채운 채 펄펄 끓고 있었다.

"오빠."

하고 오센은 새삼스레 가느다란 목소리로 오빠를 불렀다.

"아무래도 저 애를 낳을 것 같아서요, 이렇게 물을 끓이고 있지만… 오빠도 화가 나겠지만 이 번 만큼은 참아 주세요. 네…"

"그런 말을 듣고 있을 처지가 아냐!"

세이지로는 한마디로 고함치듯 막으며,

"스에키치, 스에키치, 공장의 남자 공원들이 공장 뒤의 벼를 베고 있어."

세이지로는 동생이 변소에 있을 거라고 생각해서 변소로 가는 어두운 토방 쪽으로 목을 내밀고 말했다. 감자가 썩은 매운 냄새가 났다.

"뭐! 벼를 베고 있다고!" 스에키치는 반대쪽 처마에서, 작업복인 짧은 시루시반텐印絆纏을 입은 채 들어왔다. 앉으니 어깨에서 긴 지푸라기가 떨어졌다.

"그런가. 베고 있단 말이지!"

전등이 훅 하고 꺼졌다가 밝아졌다. 마른 뽕잎 껍질이 빠직빠직 하면서 타고 있었다. 스에키치가 흥분해서 나가자, 뭐라 해도 자신의 문제가 아닌 세이지로는 축축한 전기화로에 쓰러져서 갖고 온 지방신문을 소리 내어 읽기 시작했다. 오센은 눈이 보이지 않을 정도의 복통 때문에, 준비해 둔 이불 위에 깊은 한숨을 쉬면서 쓰러졌다. 멀리서 사기그릇이 부서지는 듯한 소리가 났다.

오센은 뽕 기름이 타는 향을 마시면서 눈을 떴다. 그러자, 넓은 손바닥이 힘차게 옆얼굴을 때렸다. 맞은 옆얼굴의 피부가 찌르르 하고 미세하게 흔들리는 것 같았다. 오센은 비로소 뜬 눈으로 확실히 보았다. 다시 오센을 때리려고 손을 들어 올리고 있는 뼈가 억세 보이는 오빠의 얼굴이 흰 종잇장처럼 밝게 오센의 얼굴 위에 있었다.

"일어나! 일어나지 않을 텐가. 이불은 토방에 깔아. 이번에 집 안에서 출산을 하면 안 돼! 결코 안 돼! 이 도둑고양이."

"여자가! 창피하게!"

겨우 의미를 알게 된 오센은 비틀비틀 걸리며 일어났다. 배속에서 태아가 발을 차니 몸이 한 장의 얇은 명주처럼 가벼웠다.

오센은 어두운 토방으로 이불을 억지로 끌어 당겼다. 닭 똥 같은 차가운 것을 발뒤꿈치로 살짝 밟았다. 또 다시 무서운 복통이 밀려들어 왔다. 오센은 나무통처럼 이불 위로 쓰러져 습기 찬 토방의 흙 향기를 맡으며 정신을 잃었다.

전등이 켜 있는 세이지로의 상고머리 위가 갑자기 어두워졌다.

오센은 사별한 남편에게 17세에 시집을 갔다. 남편은 농사일하며 틈틈이 우물을 파서 온천의 용출로를 지하까지 파내는 일을 하는 장인이었다. 때때로 30엔 철관을 바닥에 떨어뜨려 버리는 일도 있었지만, 한 관의 용출로 만드는 것에 대개 20엔에서 30엔 정도 되었다.

시아버지는 중풍으로 누우셨다. 시어머니는 말솜씨가 능숙한 후처로, 남편에게 있어서는 계모였다. 들에서 새 먹이를 주며 자유롭게 자란 오센과 생계가 어려워 26세가 되도록 여자의 살갗과 향기도 모르고 살아온 남편과 함께 살면서 곧 오센은 월경이 멈추었다.

매일 아침마다 일어나면 거름통에 몸을 굽혀 '켁 켁' 하고 노란 침을 뱉었다.

젊은 시어머니는 처음에는 보고도 못 본 척 했지만, 오센의 호흡이 가쁘고 등 쪽으로 치밀어 올라오게 되면, 어디에선가 흰 수염처럼 생긴 파리 뿌리를 찾아서 주었다. 오센은 그것을 잘 받아 침실의 선반에 넣어 두었지만, 언제 부터인가 아직 보지도 못 한 배 속의 태아에 대한 이상한 사랑이 싹 트여버렸다. 매일 얼굴을 마주 보는 시어머니가 먹었느냐고 물으면. 아무튼 핑계로 둘러 대었지만, 하루 종일 마음이 편하지 않았다. 배는 점점 눈에 띄게 되었다. 오센 보다도 시어머니께서 배를 보는 시선이 조마조마 했다. 일은 적고 생활은 어려워 졌다. 시어머니는 남편이 없는 안방에서 복대를 고쳐주셨다. 복대가 너무 단단해 현기증이 났다.

나중에 오센은 "그 뿌리는 몇 번인가 써 보았지만, 아무 효과가 없어요." 라고 거짓말을 해버렸다. 그리고 어느 날 시어머니는 하얀 가루약을 어디서 받아왔다. 눈을 감고 마셨다.

약은 겨자냄새가 확 풍겼고, 독약인 것 같은 기분이었다. 배속에서 '와르륵' 하고 싫은 소리가 났다. 그리고 무서운 설사가 시작됐다. 5일 동안 화장실과 뗄 수 없을 만큼이었다. 그래도 행운인지 불행인지 한번 생긴 생명은 오센을 떠나지 않았다. 그리고 달을 차고 태어난 아이가 기요에 였다.

오센은 낮은 토방에서 꿈결에 그 때 일이 환상처럼 생각이 났다. 이제 배의 통증을 느끼지 못할 정도로 신경이 곤두 서 있었다. '문득, 이러다가 죽지 않을까?'하는 생각이 들었다.

'여자의 일생이란, 이렇게도 고통스러운 것인가?' 하는 생각이 들었다. 몸을 움직이자 다리 주변에서 '퍼석퍼석' 하는 짚 소리가 났다.

미닫이에 비친 전등의 붉은 빛이 흐릿하다고 생각할 때 '팍' 하고 꺼졌다.

정전은 야쓰가다케八ヶ岳의 나무숲 안에 있는 발전소 근처에서 일어난 것 같았다.

외딴 마을들에는 하늘에서 바람이 불어오고 별이 빛났다.

동구 밖의 논에 솟아나는 공중목욕탕 주변에서 검게 섞은 그루터기 속에는 파랗고 연한 싹이 쑥쑥 자라고 있었다.

약한 유황냄새를 품은 증기는 밤하늘에 높이 올린 머리처럼 여기저기 솟았다. 남탕과 여탕에서도 노동의 땀으로 먼지를 들이 마신 몸의 때가 두둥실 떠다니며 수챗구멍으로 흘러 들어가고 있었다. 입구에는 많은 사람들로 붐볐다. 거기에서도 발가벗고 있는데 머리 위에서 '팍' 하고 5개 전등이 꺼졌다.

가네제사공장 기숙사 2층에서는 내일 아침 일찍 현縣 관리가 조사하러 오기 때문에 대청소를 하는 중이었다.

"뭐냐, 이런 불결한 것을 선반에 올려다놓고……."

공장 감독의 사노가 올라와서, 애써 여직공들이 선반의 구석에 쌓아둔 손가락 약병을 눈살을 찌푸리며 손가락 끝으로 집어 올려 서슴없이 창문 밖으로 던져버렸다.

위생원에서 고용한 중년의 여자 간호사는 매우 거칠게 벽장을 열어 이불을 꺼내서, 오늘밤 덮어야하는 이불에 "아이 더러워"하며 '슈우 슈우' 소독약을 뿌렸다. 실밥이 풀려 이불솜이 비어져 나오고 무늬가 희미해져 알 수없는 이불은 강한 취기가 나는 약으로 축축이 젖었다.

여공들은 벌겋게 짓무른 손가락으로 느릿느릿 짐 등을 옮기며 "관리의 검사 따위 우리들이 알게 뭐야." 라는 마음은 누구에게나 작용했다. 게다가 평소에는 돼지우리처럼 지저분한 방에 사람들을 쳐 넣고, 검사가 시작되면 급하게 위생을 하는 것이 알미워졌다.

간호부의 소독약이 실수로 고리짝 위로 접어져 있던 분홍색 띠에 걸렸다. 오비는 가느다란 면의 레이온이었다. 여공은 화상을 입은 듯이 빨간빛의 전등을 들고 나타났다. 약을 뿌린 곳은 숯처럼 검게 변해, 만지면 부서지기 쉬워 떨어질 것 같았다.

감독은 하나의 전등 밑에서 얇은 이불을 펼치고 있었다. 이런 일 익숙하지 않는 견습생들은 멍하니 서서보고 있었다. 뒤편에서 때때로 '쿵 쿵'하고 폐가 나빠 기침을 하는 사람도 있었다,

갑자기 높은 천장에서 전등이 어두워지며 '팍' 하고 꺼졌다. 어두운 구석 쪽에서 '아악' 라고 외친 사람이 있었다. 그것에 대응하듯 높게 소리를 지르며, 여직원들은 꺼진 전등 밑에 있는 감독이 있는 곳으로 돌격했다. 누군가가 소독약으로 젖은 이불을 씌었고, 누군가는 발로 찼다. 흐름을 파악하는 동안에 상여의 분배 법에 불평을 가진 사람들이 몸의 무게를 실어 이불을 눌렀다.

젠베에의 딸이 부족함 없이 현재 여학교에 다니고 있는 것에 스스로도 달랠 수 없는 반감을 갖고 있는 젊은 아가씨도 이불 위에서 머리라고 생각되는 곳을 힘을 주어 찼다. 걷어차는 동안에 그 천식환자 노인의 처진 몸을 차고 있는 듯한 느낌이 들지 않았다. 이불 아래에서 누르고 있었던 것은 나이가 들어도 반들반들 한 손과 웃을 때 보조개가 있는 주인 젠베에와 같은 기분이 들어 발길질을 거듭 했다.

" 어, 이것 무슨 짓이냐?" 감독은 소독약 냄새로 정신이 없어져

이불 위에서 차였다.

소작인 요노스케의 집에서는 벼 말리기가 시작되었기 때문에 저녁 때 장남에게 옆의 니사쿠 집에서 자전거를 빌려 마을에서 오십 촉 전구를 사오라고 시켰다.

마즈다 가스라고 쓰여 있어 거실의 10촉과 바꿔 켜 보면 '확' 하고 밝은 빛이 방 구석구석까지 비췄다. 아이들이 짓밟은 밥알이 검게 달라 붙어있는 닳고 닳은 다다미가 바래 푸르게 보였다. 재빠르게 선을 잡아당겨 마당 행랑에 50촉의 전구를 꽂았다.

"아아 싫어요. 도전盜電까지 하여 밝게 하고 싶지 않아요."

"이 멍충이! 어떡해든 해봐!" 요즘 전기료가 비싼데, 조금이라도 뭔가 해보지 않으면 바보 같잖아."

요노스케는 조선인처럼 수건을 묶어서 풍구질의 주둥이에 볍씨를 쌓아 넣었다. 아내는 떨어진 구멍을 조절하며 '탁탁' 받아 움직였다. 무겁고 좋은 볍씨는 아내가 서 있는 버선 쪽으로 '좌르륵' 떨어졌다. 먼저 뚜껑을 열어 키를 머리에 올려놓은 주둥이에 볍씨를 넣고 있을 때, 요노스케의 행랑방부터 밝은 50촉의 빛이 비쳤다. 볼에 밝은 빛이 비추자, 아내는 남편의 얼굴을 보며, 서너 살은 젊어 보인다고 생각 했다.

아이들은 머리 위에 밝아진 전기를 신기한 듯이 기뻐하며 벼 창고와 풍구 사이의 자리 위를 몸보다 큰 키를 가져와서 개처럼 떼굴떼굴 굴렀다. 작은 머리에 뒤집어 쓴 수건에 벼 가루가 서리처럼 몸에 내리덮었다. 등 안으로 들어간 가루는 오래된 메리야스 셔츠에 달라붙어 뜨끔뜨끔 피부에 까끌거렸다.

요노스케는 아내가 걸러 준 쌀을 손바닥으로 건져 전등 아래로 가져가 봤다. 벼의 껍질이 누렇고 알이 크게 갖추어져 있으면, 그 해는 풍년으로 쌀의 질이 좋은 것이었다.

"젠장, 이것도 여덟작勺이나 소작료를 받치라고 하다니, 바보 취급하고 있어."

오늘 말린 것은 공장 뒤쪽 논의 벼였다. 손바닥으로 한 알 한 알 보면, 흰색처럼 보이는 껍질에 고르지 못한 것이 떠있고 큰 볍씨는 이상하게도 뾰족하고 길었다. 풍구질의 입구에 갖춘 가마를 확인해 보면 아직 다섯 가마, 마르지 않은 것이 여덟 가마가 쌓여 있었다. 해가 들지 않기 위해 모두들 어떤 것이든 해봤다.

거기에 흥분한 스에키치가 와 있었다.

"요노스케, 가네 놈이 드디어 온대."

흥분 한 스에키치의 입술이 하얗게 보였다.

"지금 형이 알려줘서 가 보았더니, 4명의 공장남자들이 등불을 가져오고 있어."

"됐어."

요노스케는 차분하게 말하며 창고 옆까지 가서 실력발휘를 하려고 애썼다. 잎이 떨어진 배 밭쪽에서 붉은 등불이 세 개가 움직였다. 요노스케는 풍구가 쿵쿵 차례로 돌아가는 옆에서, 스에키치에게 무슨 말인가를 두 세 마디 했다. 그리고 큰 목소리로 웃었다.

요노스케는 뒤집어 쓴 수건을 벗고 어깨에 걸친 볍씨 가루를 털어 내 짚신을 신은 후, 스에키치와 나란히 나갔다.

아내는 남편이 떠난 것도 모른 체, 풍구의 돌아가는 소리에 공허해져서 '쿵쿵' 풍기를 돌렸다. 벼쭉정이는 닭의 먹이가 될까. 어떨까, '벼는 좋을까?' 더 이상 생각하기 싫은 기분이 들었다.

아침에 일찍 일어나면, 이삭과 벼의 오랜 된 것을 가려내고 펼친 자리 위에서 건조시킨다. 벼훑이를 하러가서 낮이 되면 아침에 건조시킨 이삭 벼를 다시 두들겨 걸러냈다. 아이들에게 방망이로 두들기게 하고, 다음 논에 가 벼를 뽑아 밤에 돌아와서 벼와 이삭을 걸러내는 일을 했다. 3년 후 류머티즘이 생겼고, 벼를 방망이로 칠 때에는 손목의 살갗에서 기름이 빠져나가는 듯한 '삐걱삐걱' 하는 소리가 났다. 이렇게 고생을 하고 일 년 내내 일해도 절반이상의 쌀을 가네 창고에 바쳐야만 한다. 직접 이삭을 뿌리고 스스로 풀을 뽑아 거둔 쌀 절반이상이나 남에게 받쳐야만 했다. '이런 염병 할 일이 있나.' 아내는 매년 가을에 올릴 공물 납부 때 이런 말을 속으로 반복해 왔다.

아내는 힘들게 '탁탁' 풍구를 돌리고, 키의 쌀을 자리에 쏟은 아이들을 큰 소리로 꾸짖었다. 그런데 갑자기 전등의 빛이 빨갛게 달아오르고, '팍' 하고 꺼졌다. 아내는 퍼뜩 쌀 떨어지는 입구 뚜껑을 덮고 전구가 매달려 있는 것을 올려보았다.

"어떻게 된 거지?" 아이들은 초초해 하며 키를 들고 엄마 곁으로 왔다.

"큰 전구를 달았기 때문인 것 같아."

장남은 이해한 듯, 긴장을 하고 있을 엄마에게 알려주었다. 가네의 4남 세이清라는 아이가 어딘가에서 얻어 온 전구를 달았더니 어디선가 '팍' 하는 소리가 났고, 공장 안의 전등이 꺼져 버린 적이 있었다. 그때 기사가 와서 크기가 다른 전구를 끼었기 때문에 고장이 났다고 말해줬다. 장남은 그것을 엄마에게 말해줬다. 아내는 '큰 일이 났다'라고 생각하면서, 어두운 차양을 쳐다보고 있었다.

"전기가 나갔어? 근처의 니사쿠仁作의 아이가 툇마루에서 큰소리로 말했다.

"바로 켜져." 라고 이쪽의 아이는 분한 듯이 말을 돌렸다. 니사쿠의 집에서는 전등도 달지 않고 램프를 사용하고 있었다. 저택 안에 어쨌든 하나 세우지 않으면 안 되는 전신주의 토지 임대료로 전기회사 출장소와 싸워서 지금까지 램프를 사용해 왔다. 적은 돈으로 잠종을 하고 있다고 해도 . 아니. 그렇다고 해도 그러한 것은 곤란했다. 그을린 남포의 유리통이 종이에 비친 전등 갓에서 붉은 혀와 같은 불빛을 비추며 툇마루에 서 있는 아이 뒤편에 달려 있었다.

"집에 큰 전구를 달았다는 말은 밖에서 하지마."

부인은 확인 하듯 엄한 눈빛으로 장남을 바라보았다.

공장 뒤의 논은 태풍 때 옆의 모과 밭에서 낙엽이 불어와 기름기 있는 번데기 물로 시커멓게 썩고, 그 위에 이삭의 짧은 벼가 서리를 맞아 흐트러지고 쓰러져 있었다.

석탄가루 운반으로 신고 있던 고무버선을 벗고 맨발로 들어가면 부스럼으로 척추를 타고 뇌의 마음까지 '찡'하고 울리는 냉기가 있었다.

4명의 남자 공원들은 저녁식사 후에 잉여 노동에 대한 불평을 쏟아내며 모두 단합하여 나뭇가지에 제등을 달고 바삐 낫을 가지고 논에 들어갔다. 발이 빠질 때까지 내밀다가 구덩이에 빠지곤 했다. 꺾은 벼를 흔들어서 이삭의 끝에 묻은 진흙이 나란히 아래를 향하고 있는 사람의 얼굴에 찰싹 달라붙었다.

땅에서는 콧 속으로 썩은 냄새가 들어왔었다. 사박 사박, 사박 사박 제등의 불빛은 볏짚을 든 왼쪽 손에 그늘이 졌다. 새로 사온 낫은 잘 들었다.

바람이 불었다.

젠베에는 4명이라 9시경에는 모두 베어버릴 것이라고 말했지만 생각보다 좀처럼 앞으로 나아가지 못했다. 공장의 창문에서 떨어진 상자의 녹슨 쇠 핀 등이 때때로 발에 밟혔다. 이를 주워 등을 펴고 밭쪽으로 던지면 꺾인 자세로 잠시 쉬지 않고는 견딜 수 없었다.

4명 중의 한명인 고조孝三는 이웃마을의 어려운 소작인의 차남이었다. 집에서는 형이 미치광이가 되어있고 아버지가 약간의 소작으로 생활하며 형을 돌보고 있었다. 고조는 이번 봄부터 그들과 발을 끊고 이 공장에 고용되어 왔다. 다른 3명은 저쪽의 공장에서 이쪽 공장과 건너다니는 태생적인 노동자였다.

"그 할범의 편이 되어 소작인의 벼를 베어 몰수하는 것이야."

고조는 최초 젠베에의 지시를 받았을 때는 그렇게 생각했다. 이마가 넓고 검은 눈을 한 스에키치를 고조는 알고 있었다.

그러나 자신의 기분이 어쨌든 지시받은 일을 해야만 한다.

이 일자리에 떨어진 아버지가 또 얼마나 고생할지 모른다는 기분이 무의식적으로 들어 고조는 그런 식으로 자신을 꾸짖으며 논에 들어간 것이다.

세 사람은 익숙하지 않은 벼 베기를 하며 진흙이 붙은 이삭을 거칠게 흔들며 마구 토방가土方歌를 불렀다. 고조는 혼자서 세 사람과 떨어져 뒤에서 쓱싹쓱싹 베어나갔다. 낫을 들고 있는 손에 '휘휘' 바람이 불어 왔다.

낯선 세 사람은 고조 앞에서 베어나가며, 긴 이삭을 태연히 엎질렀다. 고조는 마침내 이전의 소작인의 기분이 되어 단념하고 이삭을 주워 올리려고 하며 차갑게 웃었다.

"이것은 나의 벼가 아니지만 젠베에가 소작인으로부터 억지로 빼앗으려고 하는 이삭이다."

이삭은 고조의 방 뒤에서 질퍽질퍽한 땅속에 밟혔다. 나뭇가지도 바람에 흔들렸다. 메탄가스는 '부지지' 하고 방 밑에서 사라졌다. 제등은 나뭇가지에서 커지면서 흔들렸다.

"아, 아파."

한사람이 낫을 집어 던졌다. 제등 옆으로 가서 보니 왼쪽의 흙투성이의 집게손가락에 찰과상을 입어 피가 조금 번지고 있었다.

"큰소리 내지 마, 어디, 좀 더 밝게 비쳐봐."

측면에서 내민 흙투성이의 손은 차갑고 버얼겋게 부어 있었다.

나무 가지가 '휙 휙' 바람에 흔들리자 제등은 파도를 타고 있는 것 같았다.

"어이, 그만 둬"

너무 갑작스러웠기 때문에 세 사람은 놀라서 고조의 얼굴을 보았다.

"시간 외의 일이다. 이 추위에 하고 있을 수 있어."

소작인들에게서 이삭을 착취하는 전베에에 대한 반감을 고조는 그런 말투로 말했다. 그렇지만 곧 네 명은 말없이 다시 진흙탕 속으로 들어갔다.

잠시 후에 요노스케와 스에키치가 왔다. 스에키치는 전베에에 대한 계획은 둘이서 계획해 온 것이었지만, 자신 논의 이삭을 베고 있는 네 사람을 보자,

"이녀석들."

하고 새롭게 흥분하여 말을 더듬었다. 네 사람은 제등의 불빛으로 스에키치의 얼굴을 비추어 보았다.

가장 건너편의 논두렁까지 깎아 가고 있던 한 사람이 논으로 올라와 곧장 젠베에에게 알리러 갔다. 뒤가 켕기는 젠베에는 제등을 들고 건너편의 배 밭 안까지 와서 있었다.

"어이, 가네씨, 볼일 있어!" 스에키치는 논을 사이에 둔 상대방에게 큰 목소리로 말했다. 공장의 벽을 넘어 메아리로 되돌아 왔다.

"당신 기억하고 있어요."

바람이 스에키치가 부르짖는 듯한 소리를 젠베에가 있는 배 발쪽으로 보냈다.

젠베에는 스에키치의 손에 낫이 빛나고 있는 것처럼 생각했다. 저 녀석들에게 이삭을 베게하면 저 녀석들이 가지고 가버린다. 그러나 이쪽의 인부가 베면 이쪽에서 가져가 버리는 것이다. 순간적으로 젠베에는 그렇게 생각했다. 그리고 8단의 도테라[8] 젖히고 수렁논으로 들어갔다.

하얀 살이 매끄러운 무와 같은 발이 복사뼈 위에 까지 진흙 속으로 가라앉았다. 차가운 진흙 속에는 공장의 창문에서 던진 여러 가지 딱딱한 것이 있었다.

논두렁 가에서, 실의 마디를 자를 때 사용하는 철봉을 세게 밟았다.

그래도 젠베에는 아주 열심이었다. 지금 벼를 베지 않고, 논을 몰수 당하면, 절대로 지금까지의 연공을 받을 수 없을 것이다. 그렇게 생각하여 제등을 꽉 쥐고 부들부들 떨었다.

"어이, 저 배에 이 벼를 실어."

논의 논두렁에 모내기 때 묘를 운반하거나 석탄을 운반하거나 하는 수압선이 있었다. 남자 공원은 주인이 초조해하는 어조에는

8 도테라: 보통의 기모노보다 좀 길고 큼직하게 만든 솜 옷.

무관심하게 느릿느릿 배를 진 흙 위로 밀고 왔다.

"이것 빨리 실어."

젠베에는 한마디 외치고는 뒤로 넘어졌다. 전등이 커지고 진흙이 튀는 소리가 났다. 진흙 속에 손을 넣지 않으면 일어 설 수가 없었다. 일어났을 때는 양손에서 질척질척한 물방울이 떨어졌다. 그러나 젠베에는 진흙투성이의 제등을 놓지 않고 말했다.

"빨리 하지 않고 뭐해."

건너편 논두렁에서는 요노스케가 바람을 맞으며 서있었다.

일찍 서두르지 않으면 2명이 논으로 뛰어들어 4명의 남자를 쫓아내고 벼를 벨 것 같았다. 어차피 등이 더러워진 8단은 벌써 옷자락을 젖혀둘 필요가 없었다. 소매는 번데기 섞은 진흙 위를 겉옷처럼 질질 끌렸다.

한 시간만 하고 벼 베기는 끝났다. 불어오는 바람은 밤처럼 식어 공장의 지붕에서 불었다. 요노스케와 스에키치는 논둑위에 서 있었다. 두 사람이 어떤 계획을 세우고 있는지 알 수가 없었다. 벼를 실은 배는 한사람이 진흙투성이가 되어 누르고 있었다. 근처까지 와서 요노스케가 바람막이의 수건을 두르고 인사했다.

허리를 낮게 굽히고 지나치게 공손하게 인사했다. "덕분에 이렇게 추운데도 손도 더럽히지 않고 벼 베기를 끝냈습니다." 머리를 땅에 붙여 큰절을 했다.

사람들은 진흙 묻은 얼굴로 추워서 부르르 떨고 있었다.

"어이 이것으로 우리 일은 끝난 것이네, 자 가세."

요노스케와 스에키치는 진흙투성이에 부르르 떨고 있던 3명을 재촉했다. 세 사람은 이제 용무가 끝났다고 생각하여 고조의 뒤를 따라 걷기 시작하였다.

"어 가버리네. 이 벼는 다 어쩔 셈이야?"

젠베에는 벼를 산으로 쌓은 배 앞에서 불러 되돌아오게 했다. 세 사람은 뒤돌아봤지만 고조는 뒤돌아보지 않았다. 세 사람은 잠깐망설이다가 고조의 뒤를 따라갔다.

"고마워요. 이 벼는 내가 가지고 돌아갑니다."

스에키치는 놀란 젠베에를 밀어젖히고 논두렁에 떨어져 있는 고삐를 쥐고, 배를 끌어 올렸다.

밟아 다져 진 논두렁을 산처럼 벼를 실은 포크선은 기어갔다.

나뭇가지의 초롱 불빛이 흔들흔들거렸다.

"어이 고조! 센키치! 요노스케씨! 스에키치 씨!"

진흙으로 더러워진 옷자락이 바람에 식어 허둥지둥 무거운 발로 나섰다.

스에키치는 길로 나오자 벼를 차에 다시 쌓으며 얼음이 언 길을 덜컹거리며 돌아왔다.

"좋아, 이것으로 내년 쌀은 아주 도움이 되겠어."

스에키치는 아주 기분이 좋아 견딜 수가 없었다.

"누나, 왜 문을 잠갔어?"

장지문에 밝은 불은 비추었지만 대답이 없었다.

문득, 누나로부터 조금 전에 산기가 있다는 말을 들었던 것을 생각하고 불안해졌다.그러나 손발이 흙투성이라 그대로 집으로 들어 갈 수 없었다.

토방과 방사이에 장지문이 있어 토방위에 빛이 비치고 있는 곳이 보였다. 스에키치는 아무 생각 없이 토방의 문을 열었다. 그러자, 오센의 덤불처럼 헝클어진 머리가 건너편 불빛에 비쳤다.

"도대체 어떻게 된 거야?"

오센은 대답도 하지 않고 밝은 목소리로 껄껄 웃었다.

"어떻게 된 거야?"

스에키치는 조심조심 들여다보았다. 코에 심한 악취가 확 풍겼다.

"아이가 태어났어. 이렇게 되었어." 흐트러진 머리를 끌어 올리며 껄껄 웃었다. 곁에 접혀져 있는 누더기를 방의 밝은 빛으로 비추자, 스에키치는 엉겁결에 한발 뒤로 물러섰다.

접혀진 누더기 사이로 아이의 작은 머리가 보였다.

" 누나!"

" 아~ 죽였어. 핫하하하."

" 뭐야?"

" 아~ 죽였어. 핫하하하."

오센은 방보다 한단 낮은 토방의 흙 위에 앉아 처참하게 웃었다.

부스럭 부스럭 낙엽소리가 났다.

짐수레
荷車

아카시아 꽃이 피었다. 엷은 줄무늬가 있는 작은 나뭇잎 사이로 향기 좋은 꽃이 꾀죄죄한 흰색으로 피어 있었다. 낮은 가지를 펼친 가로수는 먼지를 뒤집어 쓴 채, 둑 까지 이어져 있었다.

말은 먼지를 뒤집어 쓴 채, 아카시아의 그늘 너머로 '딸가닥 딸가닥'하며 짐마차를 끌고 갔다. 짐마차 뒤에는 고치 튼 번데기 향이 가라앉아 남아있다. 차양의 마대자루는 마차의 뒤에서 '펄럭 펄럭' 흔들리고 있다. 야마다이山大 제사공장의 작업복을 입은 마부도 채찍을 든 채 머리부터 먼지를 뒤집어쓰고 있었다. 녹슨 마차는 말 뒤에서 '덜컹 덜컹' 거리며 달려갔다.

둑을 내려가니 한쪽에 윤기 있는 녹색 뽕밭이 있었다. 짐마차는 누에고치 자루를 싣고 밭 가운데 길을 계속해서 덜컹거리며 달려갔다. 마차는 버스가 유행하기 전까지는 XX신사 앞길의 합승마차였다. 그것을 야마다이가 약점을 이용해 공짜나 다름없는 가격으로 사들인 것이었다.

누에고치가 기후岐阜의 산길에서 홍수처럼 역으로 옮겨지는 계절이었다. 짐마차는 마을길을 가득 매우고 깊은 바퀴자국을 남기며 몇 대고 계속해서 지나갔다.

"쳇, 벌써 야마다이의 짐마차가 지나가는 계절이 되었구먼. 길도 좁은데 잘난 체 하면서."

"이쪽의 거름차 따위는 마치 쳐 박혀있으라는 태도잖아."

마을 사람들은 그렇게 불평하면서도 짐마차를 만나면 있는 힘껏 마부는 채를 들어 길을 양보했다.

"이야, 이거 미안하게 되었구먼, 이런, 이거 미안하네."

게이사쿠啓作가 빌려 쓰고 있는 뽕밭이 길모퉁이에 있었다. 짐마차를 피하려다가 수레바퀴에 부딪혀 뽕나무 가지가 3, 4대 부러졌다. 놀라서 채를 움직이자 수레 뒷부분이 마차와 닿을락 말락하게 되었다. 그래서 다시 채를 움직이자 굵고 좋은 뽕나무가 뚝뚝 꺾여 나갔다. 근처 일대는 야마다이의 소유지였다. 높은 소작료를 내고 빌려주면서도, 자기 땅을 말이 지나가는 듯한 거만한 태도로 마차를 왕래시켰다.

말은 마차에서 풀어 목책에 묶어두었다. 말은 갈색 꼬리를 빙빙 흔들면서 여물을 우적우적 먹고 있었다. 창고 1층에는 눈부실 정도로 새하얀 누에고치가 눈처럼 산을 이루고 있었다. 장부를 든 사무원이 창고와 짐마차가 줄지어있는 광장을 바쁘게 오갔다. 파리도 모여들었다. 연기 같은 미세한 흙먼지가 높은 콘크리트 벽에 부딪혀 퍼져갔다. 마을에는 파리가 늘었다.

창고에 나란히 3동의 건조장이 있었다. 건조장 앞에서 숙소 쪽으로 석탄재가 깔려있었다. 숙소 2층이 침실로 되어 있다. 바로 석탄산이 내려다보이는 위치였다.

석탄산 가운데 몇 개인가 봉을 세운 3단으로 된 빨래대가 있었다. 점심시간에 방금 널은 주방襦袢[9] 과 고시마키腰巻[10] 에서 마른 석탄 위로 물방울이 뚝뚝 떨어졌다.

"충분한 누에고치가 오지 않을까." 오하나お花는 방금 전부터 젖이 부풀어오는 것을 견디며 뒹굴고 있었다.

"진짜. 아아아, 너무 졸려."

사시인 오하나는 히사시가미[11] 에 물에 불은 손을 치켜 올리고, 마차로부터 내린 누에고치 자루의 더미를 보고 있었다. 나란히 햇살아래 있던 젊은 여공은 졸려서 견딜 수 없다는 듯 크게 기지개를 펴고 있다.

점심시간은 20분으로 그 중 식사시간이 5분은 걸린다. 남은 15분 동안 하루의 즐거움을 맛보지 않으면 안 되는 것이다. 말에 모여 있던 파리는 숙소의 쓰레기통 냄새를 맡고 여기에도 날아들었다. 햇살아래를 날아온 기운으로, 지쳐있는 여공의 얼굴 주변을 시끄럽게 '붕 붕' 날아다녔다.

여공들은 숙주나물처럼 흐물흐물해진 몸을 햇살에 드러낸 채

---

9 주방(襦袢): 일본옷의 속옷(맨몸에 직접 입는 짧은 홑옷).

10 코시마키(腰巻): 여자가 일본 옷을 입을 때 아랫도리의 맨살에 두르는 속치마.

11 히사시가미(庇髮): 앞머리를 모자 차양처럼 내밀게 한 머리.(메이지 후기에서 다이쇼 초기에 유행했으며, 여학생들 사이에 크게 유행하여 여학생의 별칭으로 까지 되었다.)

뒹굴고 있었다. 말뚝 같은 모양이었다. 15분의 쉬는 시간을 쓸모 있게 사용하려고 생각하면 생각할수록 무엇을 하면 좋을까 알 수 없어, 결국 누워서 뒹굴며 하늘을 보고 있는 것 밖에 다른 방법이 없었다. 지면에는 온기를 빨아들인 석탄재가 흐트러져 있었다. 푸른 풀 한 포기조차 볼 수 없었다. 짙은 푸른 하늘을 가만히 보고 있으면 점점 색이 흐려져 회색이 낀 흰색으로 보였다.

"어라, 아플 정도로 젖이 부풀었잖아."

오하나는 간지러운 듯 눈을 찌푸리고 옷깃을 풀어 헤쳤다. 밥그릇을 뒤집은 듯 단단하게 젖으로 채워진 유방이 왼쪽 가슴에 늘어져 있었다. 손가락으로 잡아당기듯이 짰다. 유두에서 흰 선이 날았다. 진한 젖이 햇살아래 석탄재 위에 뿌려졌다. 오하나는 유두를 보면서 늘어뜨린 엄지손가락과 집게손가락으로 겨드랑이 아래쪽부터 누르듯이 젖을 짰다. 하얀 선이 '주욱 주욱' 하고 날았다. "아아아." 하며 쾌락에 찬 눈으로 한숨을 쉬었다.

"짜면 계속 멈추지 않아, 끝이 없어."

젊은 여공은 뭐라고 위로해주면 좋을지 모르겠다는 생각이 들어 지나가는 투로 말했다.

"그래도 부풀어 올랐을 때는 참을 수가 없어."

오하나는 사시를 가늘게 뜨고 화난 듯이 뚱하게 말했다.

사실 젖을 빨릴 때의 열이 내리는 듯한 기분 좋음과 젖이 부풀어 오를 때의 눈이 뒤집히는 듯한 괴로움이라는 것은, 아이를 갖지 않은 사람은 모르는 것이었다.

아이를 마을의 탁아소에 맞기고 일하러 나와, 낮 10쯤 되면 슬금슬금 젖이 부풀어 오른다. 그러면 사랑 없는 보모의 팔에서 그네처럼 흔들리고 있는 아이의 울음 소리가 들리는 듯한 느낌이 들어 일이 손에 잡히지 않았다. 눈이 뒤집히는 듯한 괴로움이, 곧 아이와 함께하지 못하는 분노가 되어 가슴속에서 파도쳤다. 생활이 곤란하지만 않다면 누가 불쌍한 아이를 다른 사람에게 맡겨두고 일하러 나오겠는가. 모두 생활 때문에 그러고 있는 것이다.

오하나는 제사공장에 들어오기 전에는 마을의 제약공장에 포장을 하러 다니고 있었다. 마을에는 유학 다녀온 백발의 목사가 운영하는 천사 탁아소라는 곳이 있었다. 위생적인 순백의 코트를 입은 젊은 여자 대여섯 명이 아이들을 돌보고 있었다. 신의 이름아래, 하루 3전으로 해질녘까지 맡아준다는 것이었다. 하루 3전이라면 한 달에 90전이다. 급료로 18엔을 받아도 17엔이 남는다. 오하나는 그렇게 생각하고 20일 정도 다녔다. 하지만 결국 계속하지 못했다. 그만두고 생활이 어려워졌다. 남편의 자갈운반 일도 간간히 있을 뿐이었다.

그래서 부부가 찾아 들어온 것이 이 공장이었다.

남편 미요시三次는 가마바釜場[12] 바깥에서 양수 일을 한다.

오하나는 공장 안에서 그 사이에 멀리서 들리는 펌프 소리를

---

12 가마바(釜場): 지하의 기초 부분에 설치되는 우물 같은 것으로, 여기에 배수를 모아 펌프로 빼낸다.

들으며, 아이를 숙소 판자 사이에 재워두고 실을 뽑는 것이다.

양수 사이사이에 남편 미요시가 안아서 달랜다.

그렇게 해서 일 년 간 벌어왔다.

그러나 세상이란 것은, 아무것도 생각대로 되지 않는 것이다.

정확히 4일 전이었다.

공장주의 차남인 에이지로榮一郎가 요코하마橫浜에서 산 전력 장치가 자동차로 도착했다. 기술자가 와서 증기기관을 모터로 교체했다. 전력실이 급조되었다.

미터바늘이 무표정하게 산용숫자를 가리키고 있는 아래에는, 낮에도 5촉의 전등이 메꽃과 같이 떡하니 밝혀져 있었다.

미요시가 작업복을 입고 펌프의 손잡이에 매달려 있는 곳으로 사무소 급사가 데리러 왔다. 작업복의 꽁무니는 터져 제비처럼 갈라져 있었다. 건조장의 매연을 품고 불어오는 초여름의 바람이 작업복의 옷자락을 걷어 올리며 불어왔다.

"어이, 미요시, 사무소에서 뭔가 볼일이 있다는데."

"볼일이라고?"

말을 하는 것이 서투른 미요시는 사무소라고 듣자 귀찮다고 생각했다. 혀끝에서부터 번개처럼 재빠르게 튀어나오는 에도江戶 말씨를 지둔한 귀로는 듣는 것조차 쉽지 않은 느낌이 들었다.

평지를 미끄러져가는 듯한 악센트를 듣고 있으면 혀가 대팻밥처럼 얇아 보이는 느낌이 들었다. 그리고 어안이 벙벙해 있으면 이쪽에서 말문이 막혀 결국 말도 안 되는 말을 하고 마는 것이다.

"곤란하네."

"뭐가 곤란한데?"

소년은 헤진 작업복의 옷자락에서 팬츠 위로 노란 피부가 보여 '우후후' 하고 웃었다. 미요시는 수건을 쥐고 짚신 발로 석탄재 위를 밟고 갔다.

사무소로 향하는 목책에는 오늘도 많은 말이 묶여 있었다. 갈기에 옅은 먼지가 남아있었다. 긴 꼬리를 흔들며 파리를 쫓아내고 있었다.

짐마차에서 누에고치 자루를 내리는 마부의 얼굴에는 땀이 빛나 보였다. 사무소 앞에서 미요시는 작업복의 앞섶을 가지런히 했다. 뒤가 제비처럼 터져 있는 것은 잊고 있었다. 사무소를 나오자 미요시는 흠뻑 땀을 흘리고 있었다.

'후우 후우' 하고 거친 숨을 쉬었다.

수건을 어깨에 두르고 짚신 밑의 석탄재를 '으드득 으드득' 밟으며 돌아왔다.

사무소에서 감독장 시미즈清水가 갑자기 미요시의 해고를 통보했다. 모터가 설치되었기 때문에 양수도 덩달아 전기로 하고, 제1증기기관이 필요 없게 되어 양수 인부는 지금까지의 1/3로 충분하다는 것이었다.

부부동반에 덤으로 아이까지 데리고 있는 고용인은 번거로운 것이 틀림없다. 평소 그 일로 언제나 열등감을 느끼고 있던 미요시는 조용하게 물러났다. 하지만, 가마바釜場까지 오자 완전히 기분이 바뀌었다.

이곳에서 해고당하면 고향으로 돌아가서 다시 어떻게 일을 찾는단 말인가. 거기다 젖먹이 아기는 어떡하면 좋은가.

감독장은 "이제 아이도 상당히 큰 모양이니 젖을 떼고 자네가 데리고 돌아가면 어떤가?" 하고 말했다.

혹시 아이를 두고 간다면 아내도 함께 데리고 가라고 말했다. 아내는 두고 돌아가는 것 보다 데리고 돌아가는 게 좋을 거야. '아하하하' 하고 웃었다.

"내 마누라가 바람둥이라는 것을 에둘러서 비꼬는 거야."

지나치게 바보로 보는 말투라고 생각했다. 화부火夫는 침실에 뭔가 가지러 가서 없었다.

그는 아무도 없는 평상에 엉덩이를 걸치고 앉아 발치에 떨어져 있던 석탄을 찼다. 석탄 덩어리는 타고 있는 솥 중간에 맞아 '깡' 하고 울리고 되돌아 왔다.

그는 평상에서 일어나 얼굴을 문지르듯 땀을 닦았다. 어딘가에서 오동나무 꽃향기가 났다.

'좋아, 아이를 데리고 돌아가자.'고 생각했다.

마누라와 아이를 데리고 간다고 해도 두 사람이 먹을 정도의 생활비는 벌 수 없다. 세 명이서 돌아간다고 해도 당장 살 곳도 없는 것이다. 마누라를 벌게 하고 내가 아이를 안고 걷는 것인가. '아아아' 하고 한숨을 쉬자 거품처럼 하품이 나왔다.

이걸로 더 이상 양수 일을 할 수 없게 되었다고 생각하자, 양팔을 잃어버린 것처럼 몸이 가벼워져 흔들리는 기분이었다.

다음날 아침, 미요시가 출발 준비를 하고 있는데 비가 왔다. 아이는 미요시의 등에 개구리처럼 업혀 있었다. 연근 같은 두 다리가 미요시의 엉덩이까지 닿아 축 늘어져 있었다.

무릎 쪽은 연꽃의 줄기처럼 꼭 묶여있었다. 색이 나쁜 얼굴에 눈이 푸르게 맑아 있었다. 여자들은 번데기 냄새가 나는 몸으로 다가와서 아이의 얼굴을 가까이서 들여다보았다.

"바바바바"

아이는 푸른 벽 같은 흰 눈을 움직여 아빠의 어깨를 두드렸다. 얇은 허리띠가 미요시 겉옷의 어깨를 파고들고 있었다. 숙소에서 정어리를 굽는 냄새가 미세한 연기와 함께 계단 쪽으로 올라왔다. 창문 아래에는 오동나무 꽃이 피어 있었다. 자색으로 잘 물든 색이 비에 젖어 있었다.

여자들은 눈치 빠르게 한명이 내려가기 시작하자, 모두 번데기 냄새가 나는 공기 속에서 우르르 몰려 움직이며 내려갔다.

아직 어린 직공 오케이おけい만은 깨닫지 못하고 아이를 달래고 있었다.

"어이, 내 얼굴에 먹칠하는 일을 하면 용서하지 않을 거야."

미요시는 더 적절하게 표현하고 싶은 충동을 억누른 채 말했다.

"뭘 말이야?"

오하나는 사시를 날쌔게 움직여 창문을 보고 있었다. 미요시에게는 그 눈에 어떤 괴로움도 없는 것처럼 보였다.

바로 아래층으로 내려가 우산을 쓰고 나갔다. 기름기가 강한 명인의 종이우산에 비가 '후드득 후드득' 떨어졌다.

"잘가요. 잘가."

여자들은 미닫이로부터 머리를 내밀었다. 미요시는 우산을 쓰고 뒤도 돌아보지 않았다.

작은 발이 엉덩이 위에서 흔들흔들 흔들거리고 있었다. 유년공 오케이는 언제까지나 미닫이를 두드리며 뒤돌아보게 하려고 했지만, 그 사이 사무소의 모퉁이를 돌고 말았다.

오하나의 눈에서 '주르륵' 눈물이 떨어졌다.

"아아아아."

마음이 약한 소녀 오케이는 오하나의 얼굴에서 미끄러져 떨어지는 눈물을 알아차리자, 자신도 억누를 수 없게 되었다.

벌써 여름이었다.

습기 찬 석탄재뿐인 지면에는 매일 짙은 볕이 내리쬐고 있었다. 오동나무의 꽃은 높은 나뭇가지 끝부터 빠져 떨어졌다. 물기를 머금은 강한 냄새는 어두운 합숙소 공기 속에 확 밀려들었다. 숙소의 뿌예진 공기 속은 파리가 까맣게 무리지어 와글와글 움직이고 있었다. 저녁이 되었다.

갈색 개가 꼬리를 세우고 사무소의 길모퉁이를 달려왔다. 질이 좋지 않은 담요 같은 두툼한 털을 뒤집어 쓴 더러운 개였다. 계속해서 야윈 개가 뒤쫓아 왔다. 흰 반점의 피부를 한 몸 뒤에 하얀 꼬리가 기세 좋게 뛰어올랐다. 귀를 축 늘어뜨리고 갈색 옆구리에 머리를 갖다 대었다.

갈색 개는 빨간 혀를 늘어뜨리고 충혈 된 눈을 하고 있었다. 발정기였다.

일이 끝남을 알리는 호루라기 소리가 울리자 하얀 앞치마를 늘어뜨린 여자가 뒤따라 공장을 나왔다.

"어라, 개가 발정이 시작되었네."

일하던 오코메お米가 호기심이 가득한 눈으로 뒤돌아 봤다.

"우후후후."

뒤에서 보고있던 젊은 여공들은 젖은 소맷자락으로 얼굴을 닦으며 보고 있었다. 오코메는 의자에 걸터앉아 열심히 보고 있었다.

흰 반점의 개는 움직이지 않는 공기 속에서 '멍 멍 멍' 크게 세 번 짖었다. 풀지 못한 정욕의 답답함을 거듭 호소하는 듯 했다.

"이렇게 호소하는데 불쌍하게도."

오코메는 살찐 몸을 통처럼 돌려, 촉촉한 눈으로 젊은 여자들을 뒤돌아보았다. 젖은 앞치마의 양측에는 두꺼운 무릎이 나와 있었다. 커다란 배 아래에 매달린 앞치마는 글씨를 쓰는 종이처럼 가늘어 보였다.

스무 살이 넘은 여자가 많았다. 스물다섯이 넘었는데도 아직 혼례 이야기에는 귀를 기울이지 않고 집을 위해 돈을 벌고 있는 여자도 있었다. 이제부터 자신들은 어떻게 되는 걸까, 그것은 아무도 알지 못했다. 빨간 댕기를 하고 남편의 팔 아래에 작은 새처럼 애무 받고 있는 여자들에 비해서 자신은 일하고 있는 것이다! 라는 강한 긍지가 있었다.

그저 그 긍지를 이마에 장식하고 매년 눈이 녹으면 보자기를 짊어지고 현도県道를 걸어오는 것이다. 힘이 센 남자의 모습이 망막 속을 헤매는 일이 있더라도 누에같이 식욕이 왕성한 남동생과 여동생들을 위해서 그 모습을 태연하게 쫓아내야하는 여자들이었다.

소작료 걱정으로 늦은 밤까지 탁탁 담뱃대를 터는 아버지가 있는 여자도 있었다. 뽕나무를 사서 모험한 누에가 백강병[13] 에 걸려 하얀 가루를 내뿜으며 대굴대굴 죽어가는 것을 보고 발광하는 오빠가 있는 여자도 있었다.

여자들은 젖은 눈에 열정을 가지고 아래쪽 격자문에서 하얀 꼬리를 힘차게 흔드는 개를 보고 있었다.

석양 속에서 등에가 빗발치듯이 날아다녔다. 누에고치를 팔러 와서 저울 앞을 버티고 서있던 마을의 청년들이 개 주변에 모여들었다. 개 건너편 격자창에 창백한 얼굴로 엿보고 있는 여자를 보러 온 청년도 있었다.

작업복 바지의 무릎에 덧 된 천이 신경 쓰여 사람의 뒤에 숨어 혼자서 빨갛게 되어 있었다. 오코메는 청년들 속에서 남편 게이사쿠를 발견했다. 누에의 수확량이 신경 쓰여 짚신을 신고 내려갔다.

---

13 백강병(白殭病) :누에 굳음병의 한 종류.

"얼마나 받았어요?"

"틀렸어."

"틀렸다니, 얼만데?"

"틀렸다면 틀린 거야!"

게이사쿠는 그에 대해 말하는 것을 좋아하지 않는 듯 했다. 눈 주변에 오는 등에를 큰 손으로 쫓아내며 눈썹을 벌레처럼 움직였다.

개는 뒷발로 끊임없이 석탄찌꺼기를 걷어차며 '하아 하아' 숨을 내쉬었다.

오코메는 남편의 표정으로 누에의 수확이 의외로 적었다는 것을 알아챘다. 잠시 굴복당하는 듯한 싫은 기분을 밀어내려는 속셈으로 살찐 손바닥으로 한 청년의 등을 때렸다. 손바닥은 고무같이 튀어서 되돌아왔다.

"어이 오빠, 개한테 반하기라도 한 거야. 가엾게도. 응?"

얻어맞은 청년은 여자의 앞을 의식해서 닭 벼슬처럼 빨갛게 되었다. 모두 여자 쪽을 보며 '아하하하' 하고 웃었다.

남자들은 누에고치 자루를 어깨에 짊어지고 돌아가기 시작했다. 호주머니에는 얼마씩의 지폐가 들어 있었다. 그렇지만 몇 단보의 뽕나무를 한 달 동안 밤낮으로 노동한 보수로는 너무 적은 돈이었다. 지독한 등에였다.

책장 쪽까지 오자 담장을 따라서 각자 집 쪽으로 헤어졌다.

"여보, 여보."

게이사쿠가 돌아보니 오코메가 어깨를 흔들며 달려왔다.

"정말로 신경이 쓰여서 못 참겠어요. 도대체 얼마 받았어요?"

"얼마 못 받았어."

"그렇다고 치고 얼마예요?"

"올해부터 소작료를 누에고치 값에서 차감하는 것으로 개정했대."

게이사쿠는 여자를 실망시키지 않으려는 듯 조용히 말했다.

"그래요?"

소곤소곤 어두워지기 시작했다.

길가에서 개구리가 '개굴개굴' 울고 있었다.

오코메는 앞에 걸어가는 남편의 모습이 검은 그림자처럼 보였다.

연말에 품삯을 받을 때 까지 매일의 용돈은 어떻게 되는 것일까.

푹푹 찌는 무더운 밤이 되었다. 공기는 옅게 퍼져 우르르 틀어박혔다.

침실은 움직이지 않는 늪 같았다.

육십 장의 다다미 위에서 사십 명의 사람들이 호흡하고 있었다.

마대 자루와 함께 요코하마橫浜에서 들어온 빈대는 침실의 오래된 나무 기둥의 갈라진 틈새에서 한 해를 보낸 것 같았다. 오랫동안 잊고 있던 코를 확 찌르는 그 벌레 냄새는 어디에서라고 할 것도 없이 온 공간을 떠돌았다. 북북 소리를 내며 몸을 긁고 있는 사람이 있었다.

몸통에 독이 있어 보이는 가로줄 무늬의 납작한 벌레가 다다미에 들러붙은 듯 기어 오는 모습이 어둠 속 몽롱한 눈꺼풀 안에서 빛나고 있는 것처럼 보였다.

허벅지가 가려워 반듯이 누운 몸을 활처럼 구부려 긁다 보면 베개에 닿은 목덜미가 가려워진다. 서둘러 손톱을 갖다 대니 기름 같은 땀이 배어 나왔다. 손톱 사이에 무언가 끼여 있었다.

계단 밑 숙소에서 열두시를 알리는 종이 울렸다.

이불은 짠 내 나는 습기로 체열을 억눌렀다.

오하나는 아무래도 잠이 오지 않았다. 살짝 졸음이 오는가 싶으면 피부 어딘가가 쿡쿡거릴 정도로 가려워졌다. 머리를 쳐들었다. 눅눅한 이불을 벗어난 손과 발이 여기저기 허옇게 다다미 위로 빠져나와 있었다.

울타리 너머 수조水槽 주변에서 개구리 우는 소리가 들렸다.

꾸벅 꾸벅 졸 때에는 마을로 돌려보낸 아이의 울음소리로 들리곤 했다. 할 수 없이 일어났다. 마루가 삐걱삐걱 울렸다.

"꽤나 무더운 밤이네."

목소리는 두, 세 개 건너편 이불에서 들려왔다.

놀라서 바라보니 베개를 나란히 자고 있는 얼굴들이 모두 검은 눈동자를 크게 뜨고 있는 것이었다.

"어? 아, 굉장히 후텁지근하네. 이불은 지저분한 데다 퀴퀴한 냄새까지 나고……." "안 그래도 여러 가지 일들이 떠올라 혼자 울고 있던 참이야." 하며 이런저런 얘기를 하며 일어났다. 팔을 젖혀 박박 긁어대며 일어서서 전등을 켰다.

흐린 불빛 아래서 서로의 얼굴을 바라보았다.

피차 약간의 결핵균을 가진 안색이 좋지 않은 여공들이었다.

눈가에서 귀 쪽까지 하얀 눈물자국이 빛나고 있었다.

"빌어먹을! 이런 더러운 이불을 덮게 하다니, 사람을 대체 뭐로 생각하는 거야. 그 뚱보 영감은."

젊고 건강한 마사에政江는 이불을 제치고 벼룩을 찾은 다음 긴 다리로 이불을 걷어찼다. 나이 든 여자들의 창백한 얼굴에 씁쓸한 미소가 어리는 것을 보고 있으려니 뭔가 더 기운 차릴 일을 말해주고 싶었다.

마을에 콘크리트 공사를 하고 있는 목수인 애인이 자꾸만 떠올라 아무래도 잠을 이룰 수가 없다. 뭔가 변고가 생긴 것은 아닐까 생각하다가 꾸벅꾸벅 졸다가 보면,

높은 창공의 발판에서 일하는 그가 몹시 흔들리고 있는 꿈을 꾸곤 한다.

아래에서 올려다보며 "아앗!"하고 외치다 놀라 눈을 떴다. 옆구리 언저리가 벼룩 때문에 근질근질했다. 빈대는 땀을 내뿜는 넓적다리 아래에서부터 피로 배를 불리며 위로 툭 날아오른다. 잡으려고 손을 내밀면 그 손 위에 반원을 그리며 저쪽으로 날아가 버린다.

이불의 발쪽 부분은 모란꽃 크기 정도로 찢어져 있었다.

비어져 나온 솜은 기름기를 빨아들여 점점 이불 덮개와 같은 색깔이 되어 가고 있었다.

"쳇, 빈대까지 사람을 바보로 아네!"

마사에는 익살스럽게 말하며 여자들의 얼굴을 올려다보았다.

"돈을 벌려면 도대체 어디까지 치사해져야 하는 거야. 자본가라는 놈들은!"

오하나는 돌연 부어오른 눈을 뜨고 차분히 말했다. 이야기한 뒤,

"어머 이 더러운 이불 좀 봐" 무척이나 증오스럽게 발에 걸린 이불을 걷어 차버렸다. 그러자 전 날의 일이 머릿속에 깃발처럼 펼쳐졌다.

" 아이를 부모에게서 떼어내는가 하면, 형편이 좋을 때는 빈 깡통 던지듯 사람을 싹둑 자르고 나중에는 어떻게 되든 상관없다는 식이지."

오하나는 느닷없이 격해지더니 이불을 뒤집어쓰고 울기 시작했다. 뭐라 위로를 해야 좋을지 몰랐다. 베개를 끌어안고 울었다.

마침내 모두가 일어났다. 터진 잠옷의 소맷자락으로 팔이 살짝 살짝 보였다.

선반에서 담배를 꺼내와 서서 무릎으로 성냥을 문질러대는 여자도 있었다. 모두가 말없이 몸을 움직였다. 창을 열자 새벽녘의 흘러 들어왔다. 오동나무 꽃 내음이 콧속으로 번진다.

"어이 어이, 지금 이 시간에 뭐 하는 거야?" 계단 아래서 잠이 덜 깬 목소리가 들렸다.

당직 감독이었다. 무척 약삭빠르게 대롱 속을 통해 나온 듯한 중년 남자의 목소리가 계단 아래서 들려왔다.

"쓸데없는 참견이야!"

표지가 뜯긴 야담 책을 누군가가 계단입구 벽에 거칠게 내 던졌다. 치켜 올린 손 그림자가 벽에서 크게 흔들렸다. 벽에 부딪친 책은 세차게 튕겨 다시 계단으로 떨어졌고, 계단에 닿은 책은 두, 세 계단 밑으로 굴러떨어졌다.

감독장인 시미즈清水가 왔다. 손을 호주머니에 집어넣고 등을 구부린 채 발가락 양말에 고마게다駒下駄[14]를 대충 신고 있었다. 숙소를 빠져나와 공장 입구 계산대로 들어갔다.

오늘은 종일 바람이 불었다. 장지문은 꽁꽁 닫혀 있었지만 갈라진 틈과 가늘고 긴 여닫이 틈으로 바람이 점점 들이쳤다. 미세한 흙먼지가 숙소의 마루방에 보슬보슬 날리는 것이 보였다. 장지문의 찢어진 틈으로 비친 노을 속 무지개처럼 보였다. 마루방은 얇은 먼지 막으로 덮여 있었다.

청어조림은 접시에 담아 판자 위에 나란히 올려져있었고 조용한 공간에 와글와글 움직이던 파리는 어느새 접시 위에 내려앉아 있다. 잘게 토막 난 청어조림 위에 날개를 털듯이 날아다니기도 했다.

감독장인 시미즈는 아래 감독들에게 명령 하듯 오늘 밤 챠반교겐茶番狂言[15] 을 한다는 말을 하고 손을 찔러 넣은 자세로 사무실로

---

14 고마게다(駒下駄): (굽을 따로 달지 않고)통나무로 깎아 만든 게다.

15 챠반교겐(茶番狂言) : 손짓, 발짓과 익살로 우습게 꾸미는 즉흥연기.

돌아갔다. 꽃이 진 오동나무는 호리호리하게 하늘을 향해 뻗어 있고 가지 끝에 펼쳐진 나뭇잎은 마치 머리를 끄덕이는 것처럼 흔들리고 있었다.

황토 먼지가 세차게 불어 와 연기처럼 공기 속을 달려 접시가 늘어선 주변에서 차츰 마루 방향으로 깊이 가라앉았다.

젊은 감독 이시다가 건조장으로 달려 가서 발판을 가지고 왔다. 키가 큰 화부가 와서 맨몸으로 발판에 올라 천장에서 하얀 천을 당겼다. 번데기 얼룩 투성이의 누에고치 자루를 맞대어 꿰맨 것이었다. 누에고치 삶기를 멈추는 딱따기가 울렸다. 머지않아 종업 호각이 울렸다.

"아아, 아주머니, 아주머니! 뭐가 있어요? 어? 오늘 밤 뭐가 있는 거에요?"

유년공 오케이는 어른들 속으로 비집고 들어가 앞치마로 손을 닦으면서 공장을 올라왔다. 누구도 오케이를 상대하지 않았다. 오케이의 머리 위에서 어른들의 얼굴과 얼굴이 이야기를 하고 있었다. 오케이의 목소리는 귀에 들어오지 않았다.

"아주머니, 오늘밤 뭐가 있는 거예요! 말해도 괜찮아요."

"오늘밤 말이냐. 오늘밤 말이지, 월식이라고 하지. 하하하."

조롱당하고 있는 것을 깨닫고, 언짢아져서 허둥지둥 달려 나갔다. 순간 바람에 날리고 있는 듯한 쓸쓸함을 느꼈다.

—— 아까 시미즈의 명령으로 감독 이시다가 오늘밤 공장 숙소에서 희극을 하는 것을 알려왔다. 이 공장이 개업한 이래 없었던

일이었다. 젊은 여공들은 기뻐서 이시다가 서 있는 방향으로 몸을 폈다. 틀의 실은 끊어진 채로 빙빙 돌았다. 그러나 이 공장에서 오래 일하고 있는 사람은 움직이지 않고 웃었다.

"희극 정도의 먹이로 또 뭔가 잘 얼버무려 변통하겠지."

"정말, 대부분 그런식이지."

무언가 조금 좋은 대우를 해 준 후에, 그 몇 배의 이익을 가로채는 것이 야마다이 영감의 수법이었다. 그냥 이유 없이 여공의 위안 등을 챙기는 영감은 아닌 것이다.

숙소 천장에서 얼룩 투성이의 장막이 축 늘어져 달려있었다. 오케이는 그 밑에 서서 올려다보았다. 옆에 서 있던 식당 종업원의 이야기로 연극이 있는 것을 알았다.

여자들은 침실에서 나들이 새 옷들을 입어보고 있었다. 마을 청년들도 올지도 모른다는 것을 예상하고, 고리짝을 밝은 쪽을 향하게 하여 낮은 쪽에 개켜있는 공단의 오비 등을 잡아당겼다. 부풀어 거친 손으로 당기니 오비가 쉿하고 소리가 났다. 폭을 넓게 하여 목덜미에 손수건을 삼각으로 늘어뜨리고 주뼛주뼛 내려갔다.

오케이는 빤히 사람 얼굴을 올려다보면서 혼자 서 있었다. 여자들은 관람석 기분을 내며 이층에서 조금 터진 이불을 감고 왔다. 서 있던 오케이는 꾸물꾸물 모퉁이 쪽에 앉았다.

"자기가 앉을 이불은 자기가 가지고 오면 좋지 않을까."

거기에 앉아 있는 감독장과 관계가 있다고 해서, 으스대는 통에 따돌림 당하는 여자였다.

"자릿세도 내지 않고 잡아 놓은 관람석에 들어오는 놈도 있구나. 어? 어라, 그런거 아닌가."

여자는 히사시가미를 하곤 기분이 좋아져서 옆 여자에게 그렇게 말하며, 취기 오른 흉내를 내려고 느닷없이 털썩 오케이에게 넘어졌다. 머리카락은 어젯밤 묶은 그대로의 양 갈래 머리였다. 오케이는 머리에 손을 얹으면서 마지못해 일어났다. 큰 이불을 이층에서 끌어내러 올 것을 생각하니 우울해져서, 호주머니에 손을 넣고 서 있었다.

"오케이!"

소맷자락을 당긴 것은 오하나였다.

"어차피 별것도 아닌 연극이야. 그런 이불 같은 거 깔고 구경하는 거 아니야. 여기에 앉아!"

오하나는 야윈 얼굴에 곁눈질로, 옆의 여자를 단단히 쏘아보고 오케이를 거기 판자 사이에 앉혔다.

"거지연극 한편 정도 보고, 헤헤거리며, 돼지 같은 취급을 받아서 좋은 기분이 될라나."

오하나는 아직 말하고 싶은 게 많은 듯, 두꺼운 입술을 씰룩씰룩 움직였다. 눈의 흰자가 많은 쓸쓸한 듯한 사시가 여자의 옆얼굴에 꽂힌 듯 했다. 여자는 쑥스러워 입술을 비틀고, 앞을 향해 '우후후후' 웃었다.

화부들도 얼굴을 씻고 오고, 계산대 남자들도 양복 무릎이 둥글게 된 것을 신경 써 뒤쪽으로 발을 내딛었다. 뒤에서 오는 광선으로 여러 얼굴 형태가 겹쳐 장막 겉에 그림자 졌다.

"괜찮은 남자네."

상고머리 화부火夫가 옆을 향해 장막 겉을 건너 갈 때, 뒷사람에게 엉뚱한 말을 한 사람이 있었다. '와' 하고 폭포 같은 웃음소리가 잠시 이어졌다. 연로한 여자들은 자못 참지 못하겠다는 듯이 과장해서 계속 크게 웃었다.

화부는 장단을 타고 사각 진 얼굴을 씰룩씰룩 움직여, "아, 여기, 여기." 라고 가느다란 허리띠를 맨 몸을 흔들었다.

수목처럼 느릿느릿한 몸이 장막 가득 비슬비슬 움직였다. 여자들은 허파에서부터 밀려오는 웃음에 빠져 낑낑거렸다.

"칫." 하고, 괘씸한 듯이 혀를 차는 사람이 있었다. 그러나 눈이 붕괴되는 것 같은 웃음소리 속에서는 그러한 기분은 되풀이 되었다. 하얀 얼굴로 쓴 웃음을 짓고 있는 오하나만은 그 혀 찬 소리를 똑똑히 들었다. 모퉁이 쪽에서, 동료를 찾는 듯이 무릎을 세웠지만, 가득 앉아있는 여자들은 폭풍에 날리고 있는 묘목처럼 그저 흔들리고만 있을 뿐이었다.

화부는 더욱 우쭐해져서 잠시 생각하고 있었지만 뼈마디가 굵고 거친 양손을 치켜들어 긴 중지와 엄지손가락으로 원을 그리며 다른 손의 손가락을 거기에 갖다 댄 모습을 세 네 번 반복하였다.

어린 오케이도 그것이 무엇을 상징하는지를 알고 있었다. 오케이는 손바닥으로 엉겁결에 땅바닥을 쳤다. '와―'하고 웃는 소리가 어디까지 퍼졌다.

"오케이짱!" 오하나는 참지 못해 외쳤다.

오케이는 어둠 속에서 종이처럼 표정이 굳어진 오하나의 얼굴을 보고 제정신으로 돌아왔다.

"쉿, 쉿, 검사다. 빨리 더러운 밥상을 치워."

'탁'하고 머리 위에서 전등이 켜졌다. 얼어있던 공기가 머리 위를 '훽'하고 흘러가는 듯한 기분이 들었다. 돌아보니 신발 벗는 곳에 이시다石田가 허둥대며 서있었다.

"서둘러. 서둘러!"

여자들은 조종당한 듯이 일어섰다. 이시다의 창백해진 얼굴에서 허둥대는 듯이 보였다. 양복을 입은 이시다의 손이 분주하게 좌우로 움직이는 것을 보고 모두들, 그제야 심각한 기분에 전염되어 자신의 신발을 찾기 시작하였다.

"항아리는 청소하고 있나. 비상구 전등은 켜져 있는 건가." 이시다는 질타하는 어조로 말했다. 그러나 침착해져서는, 모두 이시다의 허둥거림이 자기들이 말려들 문제가 아닌 것을 느꼈다.

"검사라고! 그런 식으로 법석 떨지 않고 검사 받으면 좋잖아."

"그건 곤란하지 않나."

흥이 깨진 불쾌감으로, 태연하게 '음' 하고 발돋움을 했다.

"좋은 느낌이야."

"이번엔 맘에 걸려."

벌써 뒤에 현縣 검사관이 도착한 듯한 느낌이 들었다. 이시다는 선 채로 고함치면서 등 한쪽이 서늘해지는 것을 느꼈다.

오케이는 밥상을 숨길 곳을 찾지 못하고, 네모난 상자를 안고 나왔다.

“아, 오케이. 잠깐, 잠깐.”

오케이가 공장법工場法에 걸리는 유년공이라는 것을 갑자기 깨달았다. 검사관이 올 때에 가장 먼저 유년공을 숨겨야만 한다는 것을 평소에도 늘 공장주가 말했던 것이었다.

“오케이, 이쪽으로 와.”

이시다는 오케이의 굼뜬 행동거지에 애가 타 소매를 잡아끌었다. 오케이는 둔한 수줍음을 보이며 상자를 단단히 안고 있었다.

밖의 몸을 씻는 곳에서 벌써 검사관이 허리를 굽혀 신발을 벗고 있었다.

바람이 멈추고 차가운 비가 내렸다. 이시다는 오케이를 데리고 건조장 사이에 어두운 곳으로 들어갔다. 공장주의 뛰어난 조치가 있었기 때문에 검사는 형식뿐이었다.

검사관은 큰 얼굴에 파묻힌 작은 눈으로 슬슬 주변의 탁한 공기를 둘러보고, 본가의 하녀가 가져 온 보라색 방석에 주저앉아, 오래 전부터 연극이 시작되는 것을 기다렸다. 앉아 있는 모습은 포대 모양으로 배가 튀어나와, 굵은 쇠사슬이 울타리 모양을 이루고 있는 것 같았다. 감독관은 뒤에 앉아 때때로 긴 목을 꾸뻑꾸뻑 숙였다.

뭔가 하나쯤은 위반으로 걸릴 것이라 기대하고 있던 여공들은 실망해서 뒤쪽으로 앉았다. 이윽고 공장주가 파랗게 부은 얼굴로 여자에게 방석을 가져 오게 하였다.

"이렇게 보잘 것 없는 것들이지만, 때때로 이런 연극이라도 해서 보이면 대단이 엄청 위안이 됩니다."

그 후에 시미즈清水가 계속 '헤헤' 거렸다.

이윽고, 샤미센 소리와 함께 몇 번이나 느닷없이 무언가에 부딪히더니, 막이 올랐다. 딱따기를 치며 인사말을 한 남자가 고치 광주리로 둘러싸인 음악실로 허리를 흔들며 들어오려고 할 때, 무대보다 더욱 낮은 관람석에서는 기모노 옷자락에 긴 누더기가 덧대어진 것이 보였다. 시미즈는 조금 눈을 찌푸렸지만 공장주는 노안이라 보이지 않았다.

오케이가 그 후 없어졌다. 막연하지만 왠지 의문의 눈동자가 여기저기에서 이시다를 주목하고 있었다.

"설마 그런 어린애를……."

"그래도 그거 모르는 일이야. 에, 열두 살이나 되었을라나."

그러나 그런 소문도 '아하하하' 정도로 끝나버렸다. 어떻게 된 일인지 2,3일 지나자 이시다도 휴가를 받아 공장에 나오지 않았다.

"기막히지 않냐. 요즘 애들은 한 순간도 방심해서는 안 돼."

"그렇다고 해도 그런 어린애가."

나이 든 여자들은 몇 번이나 오케이의 축 처진 어깨의 외로운 모습을 떠올려 보았다.

유방은 술잔을 엎어 놓은 정도로 부풀어 있었고, 매화꽃 같은 모양의 색을 띄고 있었다. 몸은 겨드랑이 아래에 고운 자줏빛 점이 있고 팔뚝은 오동나무 가지처럼 길었다. 종종 낮빛이 좋지 않은 뺨으로 파란 꽈리를 불고 있었는데 어디로 가 버린 걸까. 게다가 저 경박한 성격의 이시다가 의문스럽다.

그러나 이런 의사소통이 안 되는 공장에는 차례차례로 그날그날의 문제가 일어나고 있었다. 오래된 낙엽이 썩어 가듯, 오래된 기억이 차례차례 아래로 떠내려갔다. 새로운 문제는 위에서부터 낙엽처럼 쌓여 갔다. 그날그날에 일하고 숨 쉬는 것이 버거운 그녀들에게 있어서는, 그렇게 오래된 기억 등을 발에 매단 채 걸어 다닐 여유가 없었던 것이다.

어느 날에는 통통한 오코메의 머리카락을 모터에 말려들었다. 증기로 회전하던 시대에는, 틀의 축은 '털썩 털썩' 거의 빈사瀕死 사태에서의 호흡처럼 움직이고 있다.

금방이라도 멈추어 버릴 것만 같은 괴로운 회전 방법이었다. 그리고 결국 하루 종일 멈추지 않은 채, 끈기 있게 '덜그덕 덜그덕' 하고 돌아가고 있었다.

그러나 지난달부터 전력으로 바뀌었다. 전력이 되고, 차가 도는 방식은 훨씬 빨라졌다. 한 줄로 늘어선 차가 '덜그덕 덜그덕' 하고 잠시도 쉬지 않고 돌고 있었다.

전날부터 출혈로, 오코메는 창백해져 있었다. 소매에 종이를 넣어 노래를 부르면서 실을 뽑고 있었다. 틀을 세우고는 화장실에 갔다. 돌아 와서 틀의 아래를 빠져나가 의자에 앉아 노래를 부르면서 실을 뽑았다.

"유산? —"

만약 그렇다면, 이 얼마나 아쉬운 일을 하게 된 일인가 라고 생각했다. 그 나이 되도록 아이가 없었다. 피부 밑에는 매년 흰 지방이 늘어났다. 살이 찌는 것은 자궁에 나쁜 증거라는 것이었다. 그러나 일부러 돈을 들여 현립県立 병원까지 진찰 받으러 갈 여유도 없었다.

초가지붕으로 깊숙이 덮힌 처마가 낮은 집에서 게이사쿠와 쓸쓸하게 일만 해 왔지만, 아무리 일을 해도 언제까지나 형편은 나아지지 않았다. 걸상은 빈 상자를 비스듬히 세우는 듯한 거칠게 깎은 목재로 만들어 졌다. 엉덩이가 닿는 곳은 집에서 가져온 플란넬 이불을 깔고 있었지만, 딱딱한 판자와 무거운 몸으로 눌려져 얇아질 대로 얇아져 있었다.

판자의 딱딱함은 얇은 이불을 무시하고 직접 엉덩이에 닿았다. 긴 공장 안에 불어오는 바람은 축축한 발밑을 통과했다. 걸상의 개선 요구는 이미 6, 7년 전부터 공장주에게 내놓고 있었지만, 이것이 여공들의 결속에 의한 요구가 아니기 때문에 지금까지 무시되어 오고 있었다. 공장법이 여공의 건강을 보증하는 것은 극히 일부분에 불과했다. 가장 중요한 곳은 마치 제정자는 고의로 하는 것처럼 빠진 것이었다.

발밑을 통과하는 바람은 온종일 젖어 있는 발을 식혔다. 혈액순환이 잘되지 않아 발에서 정강이를 거쳐 허리까지 냉기가 올라

왔다. 다리는 감각을 잃고 부어 있었다.

밖은 밝은 햇빛이 비치고 있는데, 공장 안에는 안개가 서려 있었다. 후덥지근한 온도가 가끔 틀 사이를 흘러 통과했다.

자주 졸음이 엄습해왔다. 미간에 힘을 주지 않으면 목이 힘없이 옆으로 넘어질 듯한 느낌이 들었다. 이런 때에는 쉬고 싶지만 - 그렇게 생각하면서도, 곧 월급에 영향을 미치니까 꾸역꾸역 일을 하고 있었다.

어쩌다가 팔꿈치에 뜨거운 물이 튀었다.

"뜨거워!"

자주 있는 일로 아무것도 아니라고 생각했는데, 금세 반점이 나타났다. 고치를 들어 올렸던 철망을 버리고 문지르고 있는데, 그곳이 저릿저릿 뜨거워져 왔다. 잡은 손가락 사이로 보니 점점 붉은 빛이 불어났다. 틀을 세우고, 나른한 몸을 굽혀 작업대 아래에 있는 바셀린 통을 집으려고 할 때였다.

"아아, 아앗."

처음에는 누가 와서, 뒤에서 부드럽게 머리를 건드린 듯한 느낌이 들었다. 그러나 다음 순간에는 뒤통수 뼈 밖에서 맥박이 뛰는 것처럼 기계가 '딸가닥 딸가닥'하고 돌아가는 것을 느꼈다.

"당했어."

강한 힘이 머리털을 잡아 뜯는 것처럼 뒤로 끌었다. 하얀 고치가 부글부글 떠오르며 삶기고 있는 것이 차츰 흔들리며 멀게 느껴졌다. 그리고 자신은 의식을 잃었다.

"어라, 오코메!"

그것은 15초 정도 사이였다. 기계는 여자의 붉은 머리를 휘감고서 '딸가닥 딸가닥' 돌아갔다. 앞의 짧은 비와 같은 머리카락은 끈적끈적하게 회전축에 감겨 붙어갔다. 집요한 뱀처럼 휘감고 갔다. 그리고 기계는 '딸그락 딸그락' 돌고 있었다.

동력 스위치를 돌려야한다는 것을 겨우 알아차리고 전력실로 뛰어간 것은 약 2분 후였다.

후두부 반 정도의 머리가 뽑혀버린 오코메는 네 명의 남자에게 안겨 공장 밖으로 옮겨졌다. 살찐 누에고치 주머니와 같이 몸이 둔하게 흔들렸다. 뒤에서는 벌써 '달그닥 달그닥' 기계가 돌고 있었다. ―

날씨가 좋은 날이 계속되었다. 콘크리트 벽 속의 공장에는 여전히 증기를 품은 안개가 흐르는데, 담장 밖에서는 푸른 논 위에 짙은 햇빛이 비치고 있었다. 벼가 짧은 논에 끼여 있는 뽕밭이 있었다. 파란 싹은 하늘을 향해 뾰족뾰족 뻗어 있었다. 소맷자락 쪽의 잎은 짙은 녹색에 기름기가 돌며 흔들리고 있었다. 가뭄이 계속되어 물 걱정이 시작되었다.

한낮이 되면 덜 익은 벼 싹이 늘어져 보일 정도 물이 부족한데도, 공장의 저수조에는 소용돌이치며 강물이 떨어졌다. 저수조는 논보다 더 낮아 깊은 입을 벌리고, 쿨쿨 목구멍을 울리는 듯한 소용돌이 소리를 내며 물을 들이마셨다. 논 쪽에는 한 방울도 돌리지 않고 모두 삼키는 듯한 기세였다.

가뭄으로 작황이 부진하면 연공을 줄여주어야 한다. 그것보다 이 미국의 호황에 뽑을 수 있을 만큼의 실을 뽑아 요코하마横浜에 보내는 것이 훨씬 이익의 단위가 다른 것이다. 야다이 제사공장의 그런 주판은 사람 좋은 소작 사람들도 선명하게 읽을 수 있었다.

그래서 물의 전쟁이 시작되었다. 산에 올라 매 마른 관목 속에서 위험한 기우제를 지내기 위해 불 따위를 피우기보다, 야다이의 저수조에 흘러드는 물을 막는 편이 가장 가깝고 신뢰할 수 있는 방법이었다.

초저녁이었다.

알몸의 희끄무레한 모습이 물이 떨어지고 있는 수조의 주위에 모여 들었다. 개구리는 울기를 그치고 첨벙 첨벙 물 속 속으로 뛰어들었다.

"지금 가고 있어요."

"좋아." 머리띠를 맨 긴 머리가 들여다보고 급조한 보 판자를 도랑에 끼었다.

"아직이냐?"

"아직, 아직……"

"아직이냐?"

"아직, 아직이야……"

이윽고 바닥에 닿는 덜컹하는 반응이 있었다.

힘찬 물줄기는 포환처럼 판자의 옆구리에 부딪쳐 꺾였다. 한동안 가뭄으로 무성했던 강가의 풀 위로 꺾인 기세로 압류해 갔다.

"야, 잘했어, 잘했어."

어두운 눈 밑으로 물은 판자의 옆구리에 부딪혀 꺾어졌다. 잠시의 가뭄으로 만연한 강 풀밭을 꺾을 기세로 흘러내려갔다.

"이것으로 됐어. 이번에는 야다이의 둑을 제거하려고 오는 녀석을 세게 때려 줄 뿐이야."

담뱃대를 꺼내고는 성냥을 켰다. 환한 붉은 빛 덕분에 코 옆에 묻은 진흙이 보였다. 물은 잠시 동안은 둑에 부딪힐 기세로 한꺼번에 밀어닥치고 있었지만, 조금 더 흘러나오자 거울처럼 투명해져서는 별을 띄우며, 강 가득 흘러보냈다.

네댓 명의 남자들이 가까이 다가왔다. 잠시 경계했지만, 그건 마을 사람들이었다.

"둑 잘 만들어 졌어?"

두건을 쓴 남자는 탁! 하고 맨 손으로 등 뒤의 모기를 쳐냈다.

"너무 지독한 놈이야."

그리고 맨 앞에 온 남자는 뛰어 왔는지 코로 격한 숨을 내쉬었다.

"야마다이, 오코메의 머리를 삭발하게 해놓고, 겨우 5엔 정도의 위문금 밖에 보상하지 않았다고 해."

"언제 정했어?"

"옆집의 세 명의 무리가 와서는 점심부터 지금까지 교섭해서 겨우 5엔이라고 하더이다!"

네다섯 명 뒤쪽에서 오코메의 남편 게이사쿠는 팔짱을 끼고 바람을 쐬고 있었다. 멍하니 서서 물소리를 듣고 있는 모양이었다.

"겨우 5엔 받고 염치없이 돌아 온 거요?"

그 목소리에 압도당해 모두 입을 다물고야 말았다. 그리고 저쪽 둑을 보러 두 갈래로 나뉘어 걸어갔다. 잠시 뒤, 갑작스럽게 '도도도도도' 하는 소리가 들렸다.

"야,야,야,야."

어두운 눈 밑을 들여다보니, 물이 폭포가 되어 수조 쪽으로 떨어지고 있었다. 두개로 갈라진 둑 판이 휙하고 방향을 바꿔 폭포로 떨어져 내렸다.

폭포는 하얗게 펼쳐지며 수조 속으로 떨어졌다. 낡은 판자로 급하게 만든 물판은 비를 맞아 점점 썩어가고 있는 있었기 때문에, 물이 부딪히는 힘에 의해 부서질 수밖에 없었던 것이다.

"불이야! 불이야! 불이야!"

점심시간이었다. 어디선가 무심결에 날아온 등에가 습기 찬 석탄재 위에서 소용돌이에 휘말려 가마솥 뚜껑이 있는 곳으로 날아갔다.

창고 벽은 하얀 회반죽으로 되어있었다. 울림이 없는 노인의 비명소리가 높은 절벽과 같은 벽에 부딪혀 작게 메아리 쳐 되돌아왔다. 침실에서는 면모포를 펼쳐 벼룩을 잡고 있었다. 창밖의 양지 바른 쪽으로 미세한 먼지가 춤추면서 퍼져 갔다.

"불이야! 불이야!"

그 때 창을 열고 각자 장소에서 쉬고 있던 사람들은 공기 속에 기름진 번데기가 타고 있는 냄새를 맡았다. 사무실에서 건조장으로 빠져 나오는 좁은 길에는 대나무로 짠 누에고치 바구니가 한쪽으로 즐비하게 쌓여있었다. 그곳을 달려 나오자, 누에고치 바구니가 무너져 굴러 떨어졌다.

시루시반텐印半纏[16] 을 입은 남자들은 거기까지 와서는 속도를 늦추어 조리를 신은 발로 바구니를 뛰어 넘어 다시 달려갔다. 건조장의 북쪽 창문은 순식간에 빨갛게 되었다.

연기는 일단 하늘로 수직 상승하여 바람이 줄어들자 밑으로 불어 닥쳤다. 강한 연기가 바람에 의해 옅어져 숙소 차양으로도 날아들었다. 여공들은 옷자락을 걷어올리고 달려왔다. 높은 건물과 건물사이 석탄재가 깔린 길에 사람들이 모여들었다.

창문 안에서는 붉은 화염이 번쩍번쩍 타 올랐다, 마을 하늘에서 종이 울리기 시작하였다. 펌프는 짐마차로 패인 길을 튀어오르거나 빠지거나 하면서 달려왔다. 거기에 따라 온 한 무리의 청년은 짧은 기간 사이에 소방용의 화재두건으로 얼굴을 감싸고 손에는 갈고리를 들고 누에고치 바구니 위로 올라갔다.

사방의 창문으로 펌프의 물 호수가 속속 도착했다. 물은 강한 압력을 가지고 연기가 있는 누에 산에 뿌려졌다. 순식간에 활활 타

16 시루시반텐(印半纏): 옷깃이나 등에 옥호 · 가문 등을 휘게 나타낸 하오리 비슷한 짧은 겉옷 의 한 가지. 주로 방한복으로 입음.

올랐다. 물을 계속 뿌렸다.

'삐지직 삐지직' 소리를 내면서 불은 이미 더 이상 피어오르지 않았다.

"아 이제 그것으로 충분해, 그것으로 충분해."

뒤에서 양동이를 들고 서 있는 사람들은 뒤돌아보며 거기에 공장주가 파랗게 질린 얼굴로 벽에 기대어 서 있는 것을 발견했다.

"그것으로 충분해 , 충분해."

공장주는 흰 손바닥을 흔들면서 누에고치에 물을 뿌리는 것을 멈추라는 것이었다. 물기로 부풀어 오른 손을 펼쳐 부채와 같이 좌우로 움직였다. 아무튼 사람을 오래 다루어 길들여진 손놀림이었다.

"뭐가 충분하단 말이야."

그는 부모 대에서부터 야다이 소작인에게 괴로핌을 당했던 한 청년이었다. 청년은 두건 끈의 매듭이 마침 입 위에 있어 뚜렷하지 않는 목소리로 말했다. 창가에서는 아직 기세 좋게 물이 주욱주욱 누에고치 위에 뿌려지고 있었다.

"이제 충분. 충분. 그렇게 물을 뿌리면 누에는 사용할 수 없게 되어 버려."

공장주는 그만하라며 입안으로 분하다는 듯이 말했다.

"뭐라고 했어. 지금 다시 한 번 말해 봐. 뭐가 충분하다는 거야."

사다리에 올라가 있는 청년은 두건 아래로 눈을 반짝이며 말했다.

그 소리에 모두 갈고리를 들고 뒤를 돌아보았다. 거기에는 평소에 어떻게 하면 좋을까? 하고 생각하고 있던 야마다이 제사공장의 공장주가 진흙투성이에 젖은 게타下駄를 신고 옷자락을 걷어 올린 채 서 있었다.

"물을 그렇게 뿌리면 누에고치를 못 쓰게 되잖아!"

"뭐라고 하는 거야!"

호스의 하얀 물이 이쪽을 향했다.

'우우우우' 공장주는 얼굴에 튄 물을 개구리처럼 어루만지고서 물의 압력으로 뒤로 넘어졌다.

갈고리의 앞부분이 오래된 목재 기둥의 갈라진 틈에 쳐 박혔다. 그러자 옆에 있던 갈고리 하나가 또 박혔다. 기둥이 움직이자 차양이 흔들흔들 움직이며 눈앞의 물웅덩이 위로 떨어졌다.

벽이 떨어졌다. 하얀 흙먼지가 잠시 시야를 가렸다. 눈을 떴을 때는 젖은 채 서있던 여공들의 눈앞에 칼처럼 깊숙이 쳐 박히는 무수한 소방용 갈고리가 보였다.

"부숴 버려라!"

"부숴라! 부숴라!"

큰 벽이 떨어졌다. 잠시 시야를 가렸다. 그러자 남은 차양이 부러져 눈앞에 떨어졌다. 고시마키腰巻를 늘어뜨리고 서있던 여공들은 찌그러진 양동이로 젖은 석탄찌꺼기를 건져 올려, 하얀 누에고치 더미를 향해 던져 넣었다. 가득 퍼서 창가까지 가서 깊숙이 던져 넣고 돌아와서는 젖은 지면에 웅크려 철썩철썩 주저앉았다.

"뭐하는 거야……. 뭐하는 거야."

공장주는 일어서서 그렇게 말하며 누에고치 더미 위에 벽토 먼지가 쌓인 것을 망연자실해하며 보고 있었다.

두꺼운 벽이 '쿵 쿵'하고 무너져 지면에서 쪼개지자 먼지가 날아올랐다. 청년들은 먼지 속에 긴 두건을 쓰고 다시 사다리로 올라갔다.

'와'하고 외치며 활과 같이 휜 대나무 사다리로 계속 올라갔다.

저녁이 되었다. 벽이 사방으로 떨어져 내려 부서진 것 위에 석양이 비춰 왔다. 이제 지붕도 없었다. 공장주는 혼이 나간 채 뒤에서 서서보고 있었다.

"뭐야? 뭐야?"

갈고리로 검은 덩어리를 끌어냈다. 두세 개 갈고리를 박아 넣어 보았다. 벽토를 막대기로 쳐서 떨어뜨리던 여공들도 아무 의식 없이 돌아보았다.

"아!"

그 여공은 뭔가 자신이 확실하게 보지 못 한 듯한 기분이 들어 두세 번 머리를 흔들어 보았다. 하얀 벽에 붉은 석양이 비췄다. 밝은 곳에 익숙해진 눈으로 보니, 구름이 걸린 듯 보였다.

"앗!"

그 검은 덩어리가 여기저기에 붙어있는 것은 큰 우물 정자 무늬가 있는 천이었다. 그리고 그것을 본 기억이 있었다.

"잠깐만 기다려! 확실히 이건 오케이짱의 기모노야."

여자는 내밀었던 손을 떨며 뒤로 물러났다. 그러자 다른 여자가 머리를 들이밀어 엿봤다.

“이거 오케이짱 거 아니야?”

그 여자는 두세 걸음 물러나 옆에 있던 남자에게 매달렸다.

“어디서 찾아 낸 거야!”

“저쪽 마루 밑 포설鉋屑 안에서.”

꺼내 온 청년은 이유도 모른 채 눈만 깜박 깜박거리며 갈고리 뒤 쪽을 가리켰다.

다음날은 하늘이 맑고 강한 바람이 사방에서 불었다. 들에는 남자가 한 사람도 보이지 않았다. 뿌리가 힘없이 쓰러지고 흐트러진 머리의 여자가 맨발의 아이와 둘이서 수압 펌프로 논에 물을 대고 있는 것이 보였다. 여자는 산욕에서 나온 것 같았다. 물이 말라 강바닥 진흙까지 펌프에 빨려 올라갔다. 벼는 고개를 늘어뜨리고 바람에 흔들거렸다.

야마다이 제실공장 굴뚝은 연기가 끊이고 먼지 낀 하늘에 우뚝 솟아있었다. 국도를 둘러싼 먼지는 구름 같이 나부껴 굴뚝 주변에 소용돌이치며 하늘로 흘러 지나갔다.

집집마다 문을 잠그고 걸어둔 작업복이 작은 집 문에 펄럭펄럭 부딪히고 있었다. 정원의 옥수수는 높게 흔들리면서 꽃가루를 흘리고 있었다.

소방관은 밤새 모두 검거하였다. 평소에 소작료에 대한 불만 등을 대놓고 말한 사람은 자고 있는 노인까지도 두드려 깨웠다. 거름통을 껴안고 쓰러지면서 늑막을 다쳐 삼사일 전부터 열이 39도까지 올라 괴로워하던 게이사쿠도 제복을 입은 순사에 의해 끌려갔다. 야마다이 여공들은 기모노 옷자락을 엉덩이까지 말아 올려 손을 잡고 심야의 먼지 길을 터벅터벅 걸어갔다.

어떤 변명도 소용이 없었다. 작업복의 무릎을 가지런히 정돈하게 하고 군청 복도에 서있게 했다. 여자들을 이층 집회소에 밀어 넣었다. 나무가 딱딱한 걸상에 앉아 책상 위 먼지를 문지르며 모두 오케이에 대한 얘기를 했다.

경찰서에서 온 순사가 한 명 한 명으로부터 뺏은 담배합이나 수건에 부지런히 명찰을 달았다. 여공들은 머리에 꽂은 핀까지 빼앗겼다. 그곳이 임시 유치장에 할당된 것이었다.

단 한 칸 밖에 없는 경찰 유치장에는 밤새 어딘가에서 끌려 들어온 이시다가 있었다. 사소한 벌은 받아도 오케이를 죽인 죄는 당연히 야마다이 공장주가 받아주겠지. 하고 생각하며 비교적 태연히 있었다.

현의 검사관이 왔을 때는 마침 비가 왔기 때문에 건조장 안에 넣었는데, 두 시간 정도 지나 가보니 오케이는 누에고치 더미 위에서 높은 온도에 몸부림치며 죽어 있었다. 이시다는 팔짱을 끼고 몇 번이고 그 때의 일을 되풀이했다. 허둥대며 짬을 내어 나온 자신도 잘못했지만 그래도 평상시 분부대로 어린 여공을 숨긴 것에 불과했다.

사람이 죽든 안 죽든 그것은 고용주 책임이어야 한다. 아니 확실히 그렇다. 그렇게 생각하며 불안 속에서도 태연히 있었다. – 그렇다 해도 공장주가 끌려 들어오지 않는 것은 수상하다……. 잠시 그런 일을 생각하니 견딜 수 없는 불안이 덮쳐 오곤 했다. –

아카시아의 연한 줄무늬가 있는 작은 잎은 푸르게 무성해져 있었다. 뽕잎은 짙게 기름진 초록빛으로 흔들리고 있었다. 붉은 흙의 미세한 먼지는 날아올라 휘장처럼 넓게 퍼져나갔다.

세 대의 짐수레가 뽕밭에서 둑 방향으로 올라갔다. 마치 누에고치를 실은 마차가 달려온 것과 반대 방향으로 깊게 파인 수레바퀴 자국에 빠지기도 하고 오르기도 하면서 '덜렁 덜렁' 거리며 나란히 가고 있었다. 수레를 끌고 있던 것은 고시마키를 늘어뜨리고 굵은 다스키[17] 를 맨 젊은 부녀자들이었다.

틀어 올린 머리에 먼지가 붙어 귀밑털부터 탁한 땀이 짜게 흘러 내렸다. 수레는 된장에 절인 반찬 냄새를 풍기면서 나란히 갔다.

노인은 등을 둥글게 하고 수레를 밀고, 밖의 여자들은 바퀴 옆을 따라 어깨를 으쓱거리며 소리를 지르며 갔다.

"영차, 영차."

"영차, 영차"

수레에 실린 것은 수감자를 위한 차입 주먹밥이었다. 아카시아

---

17 다스키(襷): (일본 옷을 입고 일을 할 때)옷소매를 걷어 올려 매는 끈.

는 낮은 가지를 뻗어 둑이 끝나는 곳까지 연결되어 있었다.

"영차, 영차."

"영차, 영차."

이윽고 수레는 반대편으로 내려가 마을로 향해 갔다.

프롤레타리아의 별

プロレタリヤの星

슬픈 애정

1

들개 사냥으로 연무장과 소사小使 방 사이를 종일 무거운 상자를 실은 차가 지나갔다. 복도 철망의 창문을 통해, 검은 틈새 투성의 박스 윗부분과 인부의 눌러 쓴 모자 등이 보이고, 차가 흔들릴 때 '덜커덕 덜커덕' 거리는 참을 수 없는 소리가 안에서 들렸다. 개에게는 목소리를 내는 자유 정도는 아직 남아 있다. 그러나 인간은 연결하는 그 자유까지도 지갑이나 허리띠와 함께 맡겨야만 했다. 그래서 유치장에는 40명이나 있어도 헛간처럼 조용했다. 그저 뒤 광장에서 헥헥거리는 개의 숨소리만이 명확하게 들려왔다.

해질녘이 되자, 연무장의 함석지붕 위로 띄엄띄엄 약한 구름이 불티에 달궈져 타는 듯한 저녁노을 졌다.

혹자는 그 붉은 하늘을 보며, 그 아래 무한한 환락의 세계를 생각했다. 혹자는 그 곳에 증오, 화약이나 화재가 뒤섞인 격렬한 싸움의 세계를 생각했다. 이들의 가슴에 생멸하는 몇 개의 감정은 서로 교류하는 일이 없었다. 그들에게는 대화의 자유가 없기 때문에 한 사람의 가슴에서 일어나 그 사람의 가슴에서 사라졌다. 그 뿐만 아니라 그들이 살아가는 생활 배경이 각각 다르기 때문이기도 했다.

이윽고 그들의 몸과 몸 사이로 땅거미가 졌다. 단지 천장 가까이 있는 작은 창문만이 거울같은 납빛으로 빛났다. '쿵 쿵' 복도를 오가고 있던 간수는 집무 책상 위를 '후' 하고 불어보았다.

"청소다. 아무나 나와."

어둠 속 모든 감방에서 응답하는 소리가 났다.

"좋아, 형사 쪽에서는 우에키植木 도둑이다. 그리고 고등 쪽에서는 – 역시 이시가미石上다."

열쇠를 돌려 자물쇠를 열자, 두꺼운 문이 무겁게 끌려 자연스럽게 바깥쪽으로 열렸다.

"이참에 변소에 가게 해 주세요."

문 입구에 서서 사정하는 사람이 있었다.

"안 돼, 변기가 있잖아."

거절에도 포기하지 않고, 다음 감방을 열었을 때는 변기를 열어 달라고 청하는 사람이 있었다.

"시끄러워."

간수는 열쇠를 도로 잠갔다.

희끗희끗한 무늬의 모지리[18] 외투를 입은 소년과 팔에서 어깨

---

18 모지리: 남자용 외투의 일종

까지 터진 겹옷을 입은 청년이 나왔다. 두 사람 모두 머리카락이 더부룩하게 길어 귀와 목덜미를 덮었다.

청년은 손톱이 자란 손가락으로 양동이의 손잡이 한 가운데를 귀찮다는 듯 잡았다.그리고 간수의 등 뒤를 지나갔다. 간수는 한 걸음 날쌔게 물러섰다.

"어, 이시가미에게 고약한 냄새가 나네."

간수는 갑자기 주머니에서 마스크를 꺼내 하얀 쪽을 입에 갖다 댔다.

"오늘로 며칠이 되는 거지, 너."

"육십……. 며칠. 잊어 버렸소."

청년은 고개를 숙인 채로 대답했다. 붉은 전등 빛이 왼쪽 귀밑머리에서 얼굴 쪽으로 코의 그림자만을 남기고 비스듬하게 비추고 있었다.

"그런 더러운 셔츠를 갈아입으면 좋으련만. 부인은 없는가?"

"있지만, 어쩐 일인지 오지 않아요."

건성으로 가볍게 대답했다. 그럼에도 불구하고 강한 압력에 견뎌낼 때의 긴장한 정신력이 한순간 청년의 얼굴에 나타났다. 그 번뜩임이 사라지고, 커튼을 내린 후의 어둠이 청년을 가렸다. 눈썹과 눈썹 사이에 굵고 부드러운 주름이 한 마리 한 마리 생명력 있는 벌레처럼 움직였다.

청년은 몸소 반발하는 것 같이, 움켜잡고 있던 양동이를 흔들며 수도 입구로 갔다.

걸레는 석방된 사람들이 남긴 수건이었다. 그것은 한 장을 두 개로 잘라 다시 두 번 접으면 손바닥에 가려질 정도로 작았다.

바닥을 두 번 닦고, 책상 다리를 닦고, 판자벽을 닦고, 세로로 하여 부릉부릉 하고 울리는 철망을 닦는다. 그리고 그것이 끝나면 폭이 좁은 창가에 다리를 걸치고 천장에 가까울 정도로 손을 뻗는 것이다. 여기서 청소는 어떤 사치스러운 곳보다도 노력을 아끼지 않고 행해졌다. 근육에 쌓인 노동의 버릇으로 그들은 괴로웠던 것이다. 철 창틀 앞에 있는 수도꼭지에서는 하얀 양초같은 물이 계속 떨어졌다.

이런 동작이 계속되는 동안, 청년은 조금 전 대화로 돌연 발생한 사념의 집요한 끈을 끌어당기고 있었다. 그의 눈꺼풀 속 안구는 조금도 움직이지 않고 걸레를 쥔 오른손의 뒤를 좇았다. 시선을 움직일 필요가 있을 때에, 그는 얼굴 전체를 그쪽으로 향했다.

조금 앞으로 구부정해진 그의 자세를 비틀자, 그의 그림자가 뒤따라 움직였다. 그가 매달린 전등갓을 닦자, 그의 맨발을 기점으로 그림자는 마룻바닥의 폭을 달리며 왕복했다.

청소가 끝나자 취침을 기다리는 따분한 침묵이 다시금 건물 안을 점령했다. '쿵 쿵'.. 신발 소리가 그 침묵을 규칙적으로 끊었다.

높게 낸 창문의 밝음은 사라지고 남색 하늘이 사각으로 그 곳을 막았다. 잘 보면, 어두운 하늘에 유리같이 아름다운 두 개의 별이 있었다.

유치인은 팔짱 낀 곳 가까이까지 얼굴을 드리워, 필사적으로 시간과의 싸움을 하고 있는 듯 했다. 조금 전, 청년은 무릎 위에 가슴을 묻고, 짐승처럼 웅크리고 앉아 있었다. 얼굴은 돗자리 가까이에 있었다. 그것은 복통을 참고 있는 것과 비슷한 모습이었다. 조금 전 일어난 세세한 사념의 연속이 지금, 그의 가슴 속에서 폭 넓은 고뇌로 변화해 가고 있는 것이 분명하게 읽혔다.

취침시각인 8시 10분 전, 파출소 순경에게 안긴 행로병자가 들어왔다.

반신불구인 몸에 걸레 같은 옷을 휘감은 이 노인은 온 얼굴에 찰과상으로도 나병으로도 보이는 무화과나무 색의 반점을 띄우고 있었다.

"이런 사람을 정직하게 끌고 오면 어쩌자는 거야. 신참 순경은 곤란해."

8시에 교대해 온 순경은 사고록에 무언가 적고 있는 파출소 순경에게 넉살좋게 내뱉었다.

"내일 관할 경찰서로 보내 버려."

파출소 순사가 행로병사를 재울 멍석을 가지러 유리문을 열었다. 그러자, 또 한 명의 신입이 '쿵'하고 등이 떠밀려 휘청거리며 들어왔다.

"신발 벗고 들어와! 멍청한 놈!"

소리에 유치인들은 태연하게 얼굴을 들었다.

조금 전 청년도 무심하게 얼굴을 들어, 치켜 올라간 눈으로 밝은 복도를 보았다. 그 눈이 미세하게 확 번뜩였다. 그는 자신의 시력을 확인하기 위해 한 번 더 철창을 여과해 오는 광선 속으로 얼굴을 내밀었다.

그는 확실히 이 신입이 자신이 알고 있는 인간이라는 것을 알아챘다. 한순간 그의 표정에서는 조금 전의 어두운 초조함이 사라졌다. 외부의 소식을 알 수 있다는 희망에 그의 가슴이 뛰기 시작했다.

긴 유치장 생활로 약하고 아프며 예민해진 그의 심신에 환희가 강한 술처럼 잠시 스며들어 둘러싸는 것 같았다. 옆에서 본 그의 모습은 맹수처럼 등을 굽히고 철창에 달려들 것 같았다.

신입 청년은 그 때 간수로부터 주머니를 탐색당하고 있었다. 담배의 갈색 가루, 성냥개비, 그런 것이 겨드랑이와 엉덩이 주머니에서 한 움큼씩 끄집어내었다.

"어이……. 어이."

억제된 낮은 목소리로, 유치장 안의 청년은 신입 청년을 등 뒤에서 불렀다. 목소리에는 헤아릴 수 없는 감정의 압력이 있었다. 바깥의 청년은 반사적으로 고개를 돌렸다. 그리고 그런 어두운 철망 안에 인간이 있다는 것을 믿을 수 없는 눈으로 들여다보았다.

"이시가미다." 안의 청년은 왼손에 힘을 주어 입 주변으로 갖다 댔다. 그리고 다시 억제한 목소리로 말했다.

바깥의 청년은 이런 장소를 두려워하지 않으려고 노력하면서도 익숙하지는 않은 것 같았다. 그는 가까스로 납득하고 고개를 끄덕였다. 두려운 듯이 그를 데려온 고등계는 높은 책상 위에서 일지를 넘겼다. 그리고 고등관계의 유치인이 없는 감방을 지정하고 나갔다.

청년은 여전히 코르덴 옷의 부속물을 하나씩 빼앗겼다. 밴드나 팬티 끈, 양말 데님. 그리고 등을 굽혀가며 변소에 가까운 구석 감방에 들어갔다.

기다리던 취침시간.

간수는 마스크를 귀에 걸고, 그 위에 수건으로 입 위를 감았다.

열쇠를 열고 간수는,

"모두 한꺼번에 나오면 안 돼." 라고 질타했다.

구깃구깃한 기모노를 입고 나온 더러운 무리들이 석자나 되는 문 입구에서 우르르 나왔다. 벽장에 종이를 부치러 가는 사람. 보호실에 이불을 가지러 가는 사람. 변소에 가는 사람. 수도에 입을 대고 물을 마시는 사람. 그들 가운데를 "자자 지나갑니다, 지나가요." 라고 장난치며 이리저리 흔들리는 큰 변기를 양손으로 잡고 구부리고 지나갔다. 조금 전의 청년은 북적이는 가운데를 지나갔다. 그리고 변소 모퉁이의 감방으로 다가갔다. 그에 응해 신입 청년이 창문 입구로 다가왔다.

줄줄이 서있는 사람 속에서, 긴장한 청년의 동작이 눈에 띄지 않을 수가 없었다. 간수는 아무렇지 않게 다가 왔다. 청년도 사람에 밀려 자연스럽게 멀어졌다. 그러나 청년의 얼굴에 실망은 보이지 않았다.

섬유질의 작은 먼지가 춤을 추며 전등 주위를 무수하게 날았다. 그것이 침전 할 쯤에는 사람도 개도 조용해졌다. 몸을 뒤척이는 소리가 '쿵 쿵' 하고 울렸다. 살이 빠질 정도의 걱정을 잊을 수 있는 유일한 시간 – 누군가 하오리[19] 를 베개 삼아 잔 것이다. 하지만 노동자에게 있어서 노동의 보수인 밤잠은 노동이 없는 경우에는 주어지지 않는 것이다. 예민하여 진중한 심야의 시간 속에 떠돌며, 조금 전의 청년은 자꾸만 뒤척이는 것 같았다.

다음날 아침 여느 때와 같이 이시가미와 소년이 도시락을 분배하러 불려 나갔다. 이시가미는 허리띠가 없는 기모노 앞을 잡고, 여느 때보다 가벼운 걸음으로 복도에 나갔다. 그는 웅크려 판장과 같은 나무 색의 도시락 상자를 세었다. 악취가 나는 축적된 상자가 그의 양 팔 사이에 있었다. 정리하는 도중에 수가 헷갈리면 다시 밑에서부터 세었다.

그는 그것을 나눠주기 위해 일어섰다. 그의 얼굴빛은 그의 걸음만큼 경쾌하진 않았다. 어젯밤 표정에 나타났던 병적일 정도의 환희의 주름은 더이상 그곳에는 보이지 않았다.

수염으로 반쯤 가려진 얼굴의 표면에는, 뭔가 자꾸만 움직이는 것이 보였다. 무언가 불안 – 그렇다. 불안함에 틀림없다. 불안이 빈번히 그를 흔들고 있는 것이다.

마음이 그곳에 없었기 때문에 때때로 당황하며 문에 매달린 철

19 하오리(羽織) 일본 옷의 위에 입는 짧은 겉옷

덮개를 그는 올렸다.

안에서부터 그의 동작을 보고 있던 키가 큰 하얀 남자가 있었다.

"저기 간수님. 나도 가끔은 나가게 해주세요. 전에 도시락 분배는 나라고 정해져 있었으니까요."

남자는 능글맞게 말하고 '헤헤헤헤'거리며 의미 없이 웃었다. 웃음이 사라지는 순간에 은색 틀니가 빛났다.

"헤헤. 나라고 정해져 있다는 말이야."

간수는 비웃듯이 대답하면서도 도시락을 나눠주는 이시가미에게 넌지시 시선을 향했다.

이시가미가 모퉁이 감방에 가자, 간수도 그 쪽으로 두 걸음 움직였다. 그곳에 행려병자가 베개로 사용한 호오바朴歯[20] 를 박은 게다가 넘어져 있었다.

그는 그것에 부딪혀 비틀거렸다. 그리고 그 멍석같은 산이 인간이라는 것을 알아차렸다.

"어이 할아범, 살아 있어?"

멍석은 점점 움직였다. 무화과 색의 반점 있는 얼굴이 거칠게 멍석의 가장자리에서 나타났다.

"괜찮아, 괜찮아. 살아 있다면 괜찮아. 용건은 없어."

---

20 호오바: 후박나무로 굽을 만든 왜나막신.

그것은 수십 초의 순간이었다. 이시가미는 그 때, 구석의 감방 앞에서 모두 이가 빠진 주발에 온기가 사라진 온수를 약병에서 따르고 있었다. 차가운 철 덮개의 이쪽과 저쪽으로 두 개의 머리가 쏠리어 다가왔다.

이시가미의 얼굴은 약간 파랗게 되었다. 온수가 바닥에 넘쳤다. 상대로부터 어떻게든 대답을 듣고 싶을 정도로, 질문의 조항이 여러 가지 그의 가슴에 떠올랐다. 그의 입술은 떨렸다.

"나의 아내는 어, 어떻게 지내고 있어?"

가슴 속에서 요동치고 있는 무수한 말 중에서, 목구멍을 뚫고 나온 첫 말은 – 그것이었다.

"너는 어째서 들어왔어" 혹은 "S는 괜찮은가." 등등 한마디로 말할 수 있는 중요한 회화다. 동시에 이 때 가능했음에도 불구하고 이시가미가 선택한 말은 그것이었다.

말은 투박스럽고 불명료하여, 큰 소리로 외치듯이 어조가 흐트러졌다.

그러자 상대 청년의 얼굴은 작은 사각 안에서 '슥' 하고 흐려졌다.

"다음에……. 다음에 천천히 이야기할게요."

이시가미에게 있어서 그것은 예상 밖의 부드럽고 냉정한 목소리였다.

이시가미는 깜짝 놀라서 자신이 목구멍에서 얽혀 있던 말이 어떤 말이었는지 알아차렸지만 늦었다.

결이 세세한 검은 모직물 바지가 두 벌, 두 치수 정도의 간격을 두고 그의 머리 옆에 놓여 있었다. 어제 온 무거운 상자를 실은 차가 한 대 씩 연무장과 소사방 사이를 돌아갔다. 더는 맹렬한 들개의 짖는 소리를 듣지 않아도 되었다. 그 대신 '하아하아' 라고 무수히 속삭이는 듯한 얇은 종이와 종이가 맞닿는 것 같은 호흡 소리가 어떤 상자에서든 들렸다.

2

이시가미石上의 머릿속은 빙빙 돌았다. 소용돌이처럼. '역시 나의 상상대로다. 분명 그런 것임에 틀림없다. 그 여자는 나를.' 두세 시간 귓가에 그런 말이 미치도록 맴돌았다. 그 말에는 힘이 있었다. 천을 너덜너덜 부식시키는 강한 약품같은 부식작용이.

프롤레타리아 남편이었던 이시가미는 한쪽은 사랑에 중점을 두고, 다른 한 쪽은 투쟁에 중점을 둔다고 하더라도, 사랑과 투쟁과의 분열이 없는 한 동의어였다. 하지만 지금은 그렇지 않다. 사랑하기 때문에 싸워서는 안 된다. 사랑하기 때문에 타협해서 하루라도 빨리 나가야하는 것이다. 그렇지 않으면, 그 여자는 살아가기위해 영원히 나에게서…….

반응 없는 유치장의 시간이 지났다. 이번에는 고통스러울 정도의 수치심에 시달리는 이시가미가 있었다.

'나'라는 인간은 도대체 왜 이럴까.'

시선을 무릎 가까이 떨군 그의 눈꺼풀에는 침착했지만 근심 섞인 눈빛이 보였다.

'그 여자가 나를 배신했다는 것은 아직 확실하지 않잖아?'

어쩌면 그 부정은 희미하게 스쳐 간 것일까. 그의 감정은 맑지 않았다. 이시가미는 고쳐 앉았다. 코로 신음에 가까운 답답한 숨소리를 내쉬었다.

"누구야. 지금 이상한 소리를 낸 사람이."

높은 사무실 책상에 서서 글을 쓰고 있던 간수가 유리펜을 가진 채 창가에 섰다.

"누구냐고 하잖아! 지금 소리를 낸 사람이."

하지만, 한층 더 언성을 높인 목소리도 여러 모습으로 웅크리고 앉아 있는 유치인들에게는 들리지 않는 듯했다.

"좋아. 아무도 없으면 이 감방은 한명도 빠짐없이 감식減食이야."

이시가미는 얼굴을 움직였다.

"나다."

이시가미는 누런니를 드러냈다. 물어뜯을 듯한 말소리다.

간수는 책상 앞으로 되돌아 왔다. 그의 손에는 끈에 꿴 몇 개의 열쇠가 부딪히는 소리가 났다. 자물쇠가 움직였다. 그것은 유치인에게 공포스러운 신호였다.

"나라고? 나가 누구야. 나와."

이시가미는 비틀거리며 일어섰다. 눈도 부시고 몸도 저릴 정도의 육체적 고통이 있었지만 지금 그에게는 그것이 차라리 나았다. 하지만, 그 긴장된 순간은 복도 밖의 요란한 노크 소리로 깨져버렸다.

"이시가미를 꺼내주게."

들어오면서 고등 담당이 말했다.

이시가미를 따라 고등원은 복도로 나왔다. 짚신을 신고 있는 이시가미에게 말했다.

"어떤가. 조금은 녹초가 되었나."

이시가미는 답하지 않았다. 세 시간이 지났다. 흐트러진 발소리가 들렸다. 그 때 들어온 사람은 고등 담당 팔에 부축되어 질질 끌려오는 이시가미였다.

"잡아, 거기를."

이시가미는 간수가 문을 열고 기다리고 있는 감방에 한 발을 걸쳐 놓았다. 간수는 이시가미의 떨리는 왼손 안에 하얀 종이가 쥐어져 있는 것을 발견하였다.

"이봐, 이봐. 기다려. 갖고 있는 게 뭐야?"

이시가미는 눈을 감은 채 손바닥을 내밀었다. 종이 속에는 운모雲母와 같이 빛나는 가루약이 있었다. 간수들은 가루약을 코 밑으로 가져갔다. 수염을 스치며 나오는 콧김은 반짝반짝 바람에 날렸다.

"약이다. 수돗가에서 먹고 와."

"걸을 수가 없어"

이시가미는 쓰러졌다. 그리고 등으로 줄줄 돗자리를 움직이며 기어 들어갔다.

"만만찮은 진수성찬이었어."

간수는 히죽 웃으며 문을 쿵하고 세게 닫았다.

"영감님 아직 살아있어? 괜찮아?"

간수는 행로병자의 곁에서 평상시처럼 말했다.

"어이!"

라고 반갑게 답할 생각인 것이다. 환자는 목구멍에서 '그렁그렁'거리며 가늘게 떨리는 기이한 소리를 내뱉었다.

아침이었다. 짐차가 놓여 있었던 뒤뜰에는 점호와 함께 아침 훈사가 시작되었다. '후루루. 후루루' 형사가 부는 호루라기 소리가 울려 퍼졌다. 사용 목적과는 달리, 의미 없는 피리 소리가 지저귀는 듯이 울려 퍼졌다.

"대단한 이시가미도 오늘은. 도야마戸山 나와."

"저 나갈 수 있습니다. 간수님."

이시가미는 서둘러 일어나서 말하였다. 비정상적일만큼 열심히.

"하하하"하고 간수는 별 감정 없이 웃었다. 웃음소리와는 관계없이, 다리를 탁탁거리며 4,5보를 걸었다. 삼각형의 아침 햇빛이 빨갛게 바닥을 물들이며 비추고 있었다. 그는 그것을 밟고 걸었다. 구두의 고무바닥이 태양 빛이 움직여 신발 위로 반사되었다.

"담배 한 개비가 그렇게 갖고 싶더냐."

라고 놀린 뒤, 그는 소년과 이시가미를 불러내었다. 이시가미는 약간 절뚝거리며 상자를 배부하였다. 상자의 배부가 끝난 후 된

장국을 날랐다. 이시가미의 생각은 여자에 대해 하나의 저조한 선으로 계속되고 있었다. 체포되었을 당시 경찰관과 접촉할 때 튀어나왔던 반항심의 불꽃, 유치장 내에서 침묵 속에 있던 향후의 전망에 대한 확신. 용기. 그것들의 상태가 높은 자신은, 언제 어디에서 소모되어 사라져버린 것일까. 그것은 이전에 경찰서에 있을 때, 아내가 사식을 전하러 오지 않게 된 이후의 변화였다. 어째서 아내는 오지 않게 되었을까. 그는 그 이유로 동지인 남성 야스다安田를 생각하지 않을 수 없었다. 더군다나 그 사람은 그가 지금 몸을 던져 지켜내려고 하고 있는 동지인 것이다.

어느 조직의 외곽원外郭員 이시가미의 손에서 어느 투사에게 전해진 인쇄물로 인해 신문 인쇄공이었던 이시가미는 체포되었다. 그것을 일 중간에 짬을 내 인쇄해 준 사람이 마을 공장에 있던 야스다였다. 경찰청은 이시가미 자신에게는 큰 비중을 두지 않고 인쇄한 곳과 이름만 말하면 석방시켜주겠다고 말했지만, 나이는 이시가미보다 많았지만 확고한 신념이 없는 야스다에게, 더욱이 이시가미에 대한 신용으로 받아들인 일에 대해 민폐를 끼칠 수 없었다. 아니, 그것은 그런 개인적인 신의만의 문제도 아니었다.

야스다의 공장은 지배인이 엄격하지 않고, 야스다에게 신용이 깊어, 앞으로도 그 종류의 인쇄를 위하여 이용할 수 있는 안전한 장소였다. 이시가미가 강요 당한 프롤레타리아의 도덕은 선택 받은 소수의 영웅만이 실천하여 얻는 어려운 도덕은 아니었다. 이미 상식으로 프롤레타리아의 사이에 전해져 있는 기본적인 도덕 중의, 평범함에 지나지 않았다. 그를 위해 2개월 혹은 3개월 희생의 할증은 당연한 것이라고, 자신은 생각하고 있었던 것이다.

거기에 아내와 야스다와 관련된 의혹이 떠올랐다. 떠오른 것이 아닌, 이시가미가 밖에 있었을 때부터 그것을 조금, 아주 조금 생각하고 있었다. 야스다도 이시가미와 같이, 내성적이었고 온순한 여자를 좋아했던 것이다.

그것은 새로운 수단의 가차 없는 고문이었다. 육체의 고문이라면 울부짖다 기절하고, 기절한 척을 하며, 어떻게든 벗어날 방법을 여기서 배웠다.

그러나 내면의 고문은 어떻게 막을 수 있나. 호의적인 무엇에도 굴하지 않는 계급의식 외 그것에 준하는 것은 없었다. 게다가, 그 계급의식을 지탱할 강력한 중심인물 – 노동자로 태어나면서부터 가지고 있다고 믿었던 강인한 인내력은 이미 없었다. 나로서도 그것은 예상하지 못한 변화였다.

처음에 그가 잃어버린 것은 비범한 자신감이었다. 자신감은 그의 내면생활의 모든 건축물의 토대를 이루는 것이었다. 그것이 사라졌을 때, 인내와 끈기가 강한 인쇄 노동자다운 특징은 쉽게 무너졌다. 강한 극기심을 뒷받침했던 온화한 눈빛은 단지 약한 사람처럼 보이게 할 뿐이었다.

이시가미가 우물쭈물 거리고 있는 사이, 소년은 한 개밖에 없는 숟가락으로 국을 나누어 주기 시작하였다. 자연스럽게 이시가미는 양동이로부터 그릇을 들어내는 역할을 맡게 되었다. 그는 젓어 있는 밥공기를 세면서 하나씩 바닥에 놓았다.

문득, 그는 그곳에 희미하게 아침 햇빛이 비치는 것을 보았다. 그것은 주황색으로 빛나며, 살며시 그의 얼굴을 비춰주었다.

이시가미는 목을 뻗어, 미간에 주름을 모았다. 그리고 노란색 빛이 지나가는 선을 따라 비스듬히 시선을 돌렸다. 그곳에는 높은 담과 차양으로 저지당한 거침없는 4월의 하늘이 있었다. 좁고, 푸르고, 눈부시게.

그는 노인처럼 힘줄이 짙은 양 손으로 빛을 건져 올렸다. 그리고 다 마셔버릴 정도로 얼굴을 가까이 했다. 부자연스러운 안면근육의 주름이 실룩실룩 경련을 일으키며, 뺨과 입가를 움직였다. 반짝반짝하고 아래 눈꺼풀 속이 빛났다. 이미 그의 감정의 움직임조차 어떤 기이한 것이 드러나기 시작했다.

"이것, 당신에게……"

"네에."

라며 이시가미는 뒤를 돌아보았다.

소년이 주뼛주뼛 둥글게 만 휴지를 이시가미에게 쥐어주었다. 조심성 없는 이시가미는 그것을 놓쳐버렸다.

둘은 약속이나 한 듯 간수를 쳐다보았다. 간수는 모자를 벗고 기둥에 새겨져 있는 눈금에 자신의 키를 재고 있었다. 감방에 돌아와서 이시가미는 등 뒤에 붙어있는 파란 페인트칠이 된 판자벽에 '쿵'하는 소리를 내며 습관적으로 기댔다. 그 후, 당황하여 오른손을 머리 앞부터 왼쪽 어깨에 갖다 댔다. 그곳이 몹시 부어올라 있는 것을 잊고 있었던 것이다.

조금 전 종잇조각은 목화 같은 감촉으로 왼쪽 손 안에 있다. 30분이 지나 간수가 세면용 뜨거운 물을 가지러 갔을 때, 가까스로 열어 볼 수 있었다.

당신의 아내는 야스다씨 집에 맡겨져있다. 아이도 무사한 것 같다. 부러진 연필 심으로 쓰여 있었다. 그런 다음에는 무언가 적은 흔적을 검게 지웠다. 세게 문지른 바람에 조각조각 못쓰게 되었다.

"그 뒤에는 어떻게 한담."

이시가미는 좀 더 알고 싶어 종이를 눈 위로 비쳐보았다. 그러나 지워진 글씨는 알아볼 수 없었고, 네모나고 얇은 종잇조각의 그림자가 얼굴의 반을 어둡게 가렸다. 이시가미는 5분 정도 해 본 후, 터진 소맷부리로 호주머니에 손을 넣었다. 호주머니 안에서 조금 전 2행의 문자를 2,3번 다시 읽었다. 역시 그의 직감이 옳았다는 것이 확실해졌다.

이시가미는 청소하러 나오라는 명령을 몸이 아프다며 거절하였다. 그러자 요전에도 부탁했던 키가 큰 남자인 도야마가 벌써 기모노를 벗기 시작했다. 자연스럽게 도야마와 소년이 나왔다. 남자는 명령을 받지도 않았는데 변소를 닦고, 벽장의 나막신을 정리하고, 마지막에 책상 위의 솔을 들어 검고 얇은 천의 옷을 입은 간수의 등을 득득 문질렀다. 간수가 물부리[21] 를 물고 내미는 접시를 받

21 물부리: 담배를 끼워서 빠는 물건

아 눈을 가늘게 뜨고 호흡하면서도 개수대에서 꽁초를 끄고 느릿느릿 변소로 버리러 갔다. 전당표를 몇 장 가지고 온 이 청년에게는 간수에게 환심을 사는 비열한 계략이 완성되는 것이다. 도야마는 간수를 변소 앞까지 불렀다. 그리고 자신과 함께있는 감방의 남자가 이시가미에게 편지로 공모를 했다고 간수의 어깨 너머로 속삭였다. 남자는 잘 모르기 때문에, 연필심을 얻어 쓴 것을 젓가락을 잘라서 적었다고 말했다. 그 쪽이 죄가 무거운 것이다.

"좋아, 알았다. 들어가."

간수는 예민한 긴장을 보이며 남자를 조용히 감방에 들여보냈다. 간수는 간단하게는 끝낼 수 없는 문제이기 때문에, 대신 서랍을 열고 보고서를 쓰기 시작했다. 그리고 다음 교대시간에 2층 고등 담당실에 가져다주었다. 이시가미가 다른 경찰서로 옮겨지는 것과, 매일 아침 돗자리를 걷어내고 전부 엄중히 단속하는 것, 그 정도가 이 결과였다. 이시가미는 아내와 야스다의 문제에 대해 더 깊은 것을 알 수 있는 기회를 잃었다. 상상은 사실을 안 경우보다도 더욱 열정적으로 그의 마음속에서 분노를 일으켰다.

"좀 더 남자답게 눌러."

간수가 꽉 누르는 왼쪽 엄지손가락의 불룩한 부분으로 사고록 위에 지문을 남기고, 이시가미石上는 소지금 15전과 구깃구깃한 허리띠, 사냥 모자를 받고 후문에서 자동차에 탔다. 인주가 묻은 엄지를 언제까지고 기모노 옆구리에 닦아내면서. 경찰은 바뀌어도 자신을 조사하는 경시청警視庁의 경부警部는 바뀌지 않을 터. 그런 생각이 들자, 이시가미는 불길한 기분에 흠칫했다. 그 사실에는 두 가지의 가능성이 내포되어 있었다.

이 지친 몸에 계속해서 괴로운 고문이 이어질 것이 그 한 가지, 나머지 한 가지는 언제라도 야스다安田의 이름을 말할 기회가 눈앞에서 아른거릴 것이라는 사실이었다. 셀룰로이드 덮개의 갈라진 틈에서부터 바람이 '후후' 불어와 길어진 머리칼에 시원한 구멍이 뚫렸다.

"이치가야市ヶ谷? 경시청?"

운전수는 뒤돌아보며 지저분한 이시가미를 힐끗 보고는 간수인 순사 쪽으로 눈을 돌렸다.

"T서."

그는 순경이 말한 서의 이름이 그의 인쇄공 조합의 간부인 이토伊東나 그 외 3, 4명이 살고 있는 지역임을 생각해냈다. 하지만 그 사실마저 그에겐 희망으로 느껴지지 않았다. 원래 그가 한 일은 그들의 영향을 그 조합에서 구축하는 것을 목표로 한 일이었다.

밝고 빛나는 거리는 진한 차 빛을 띤 황혼의 인상印象으로 바뀌어가고 있었다. 달려가는 살수차의 하얀 탱크 위에도, 전선의 가로 줄무늬 속에도, 앞머리를 차양처럼 내린 무능한 여자의 희미한 영상이 있었다. 그것이 그가 부엌에 서서, 이를 닦고 있을 때 눈 밑으로 고개를 숙이고 알루미늄 냄비 등을 씻고 있는 모습이었다.

이미 가정의 행복은 남김없이 빼앗겨 버렸다. 동지인 야스다安田를 통해서. 아니, 야스다의 손에 의해. 그는 숨이 끊길 듯이 마음속에서 소리쳤다. 보지 않아도 듣지 않아도 그것이 틀림없는 사실이라는 것을 그 순간 똑똑히 느꼈다.

이시가미 가슴속에는 더 이상 따스하고 아련한 사모의 감정은 없었다. 대신 냉엄하고 광폭하며 경련적인 감정이 휘도는 발작이 있었다.

3

무력하고 가엾은 아내.

아내의 이름은 사에小枝라고 불렀다.

이시가미 사에.

이 얼마나 연약하며 조심스럽고 가련한 울림을 가진 이름인가. 소상인이었던 돌아가신 아버지가 점쟁이에게서 받은 이름이었다. 큰 가지가 아닌 작은 가지, 줄기가 아닌 가지, 더군다나 '잔가지' 아버지는 그녀가 그런 삶을 사는 것이 행복할 거라 믿었던 것이다.

사에는 교육을 받았다. 주장하는 대신에 동정을 사라, 일해서 벌어먹고 사는 대신에 사랑받으며 살아라, 무엇이든 몸에 익히는 기술도 여기서는 필요하지 않았다. 단지 절약하는 것과 부엌을 깨끗하게 하는 일 외에는. 꺾이기 쉬운 사에는 남편이라는 의지할 수 있는 강한 줄기에 기생했다. 여기가 인생의 풍파로부터 몸을 피하고, 가뭄이나 홍수를 피할 수 있는 유일한 장소라고 생각했다. 아내는 인쇄공인 남편이 가져오는 얼마 안되는 임금으로 불안하고 보잘것 없는 생활의 잎을 펼쳤다.

하지만 그토록 부동적이고, 사회에서의 그 어떠한 변화에도 초연할 수 있는 강력한 줄기가 아니었을까. 말할 것도 없이 있을 수 없는 일이었다. 시대는 그런 시대가 되어버린 것이다. 버티다 강습에 꺾여 쓰러지거나, 나아가 역습당해 상처 입거나. 어느 쪽이든 여기는 이미 피난처가 아니었다. 억지로 여기를 피난처로 만들려는 여자들의 소행은 무수한 프롤레타리아 남자들의 치켜든 팔에 매달려, 전진하는 배후에서 그물망으로 되돌아 왔다.

여기를 피난처답게 만들고 싶은 자신, 보호를 필요로 하는 피난소의 유형무형한 애원, 그것들과 맞서는 것이 전부인 싸움에 있어서 최초의 전쟁이었다.

프롤레타리아는 난진 속에서 하나의 불꽃같은 깃발을 내세웠다. 그것은 개개인의 생활에서 내뿜어져 나오는 열기의 흐름에 의해 만들어진 깃발, 계급의식이라 불려야 할 영예로운 깃발이었다. 이 깃발은 드높아, 어떤 진지에 있어도 보였다.

남녀는 그 깃발의 위치에 의해 자신의 위치를 파악하고, 이 깃발의 진로에 따라 자신의 진로도 알 수 있는 것이었다.

소비조합은 달에 한 번씩 정가표를 돌린다. 이시가미가(家)에서는 떨어진 부엌 벽토 위에 밥알을 붙이는 습관이 있었다. 밥알은 적토와 어울리지 않았다. 그래서 습기가 많은 부엌에 붙여진 정가표가 붉게 바래진 중순에는 적토를 조금 부착시켜 종이의 가장자리를 벗겨 세모꼴로 내렸다.

사에는 왼손으로 늘어진 삼각형을 들어 올렸다. 찾는 시선이 종이 위를 더듬었다.「단결, 월계관, 토미히사장富久長」 이것은 음주 부서였다.「조합 사이다 1병 12전. 맥주 31전」 이것은 특별한 선으로 둘러져 있었다. 다음에는 간장,「조합 간장, 기코만亀甲万」

'어디로 가버린 건지.'

이단으로 인쇄된 일용품의 명칭 위를 사에의 시선이 오갔다. '있다. 있어.' 정가표 여백에 쓰여 있었다.「석유와 쌀은 현금 단행, 봉투와 병은 반드시 되돌려주세요」 사에의 기억은 틀림없었다. 석유는 현금 매물이었던 것이다. 평소에는 공장에서 돌아오는 길에 이시가미가 물건을 메거나 들거나 하여 가져왔다. 그 덕분에 이런 물정에도 어두운 그녀였다.

후카가와 구深川区 기바초木場町 63번지 목재 창고 안쪽의 4채 연립주택에서 두 번째였다. 나무의 겉면이 벗겨져 사각으로 대패질 된 목재가 엷은 노란색을 띤 나무껍질로 주변을 밝히며 쭉 기대어 세워져있다. 이미 색도 모양도 깊은 산속에 있던 때의 모습은 아니었다. 단지 올려다 보이는 그 높이만큼은 하늘을 떠받쳤던 높은 가지 끝의 잔상이 있었다. 깊은 산의 천둥 대신 이곳에서는 창고 바깥쪽을 지나는 2톤 트럭이 간헐적으로 지면을 흔들었다.

그리고 수지樹脂 냄새가 나는 희미한 불빛 속에 즈크ズック[22] 천

22 즈크: 삼실이나 무명실 따위로 두껍게 짠 직물.

을 어깨에 댄 셋타雪駄[23] 를 신은 남자 4, 5명이 비틀거리며 긴 목재를 움직이고 있었다. 한 명은 집주인의 장남이었다. 부엌문 근처에서 남자의 추켜올린 왼쪽 어깨가 움직이자, 사에는 약간 긴장했다. 월세 15엔을 아직 내지 않았기 때문이다. 그녀는 전에 살던 이시가미가 없어져 생활이라고 부르는 가차 없는 파도가 정확히 그녀를 노리고 닥쳐왔다. 집세 다음으로는 석유다. 결핍은 큰 것에서부터 작은 것으로, 먼발치에서 서서히 다가오고 있었다.

남아있는 석유의 분량을 알기 위해서 사에는 어두운 부엌에서 석유통을 가지고 나왔다. 한낮의 개천에서 반사되어 오는 빛이 얼굴을 파랗게 비추었다. 사에는 석유통을 다시 한 번 흔들어 보았다. 양철 석유통의 옆은 쉽게 움푹 들어갔다, 다시 쉽게 돌아왔다. 그것은 안이 석유가 아닌 공기로 가득 차 있다는 얘기다. 그러나 바닥에서 물보다는 끈적끈적한 무언가가 달라붙는 것 같은 느낌이 있었다. 사에는 눈에서 조금 떨어져 귀퉁이의 구멍을 한쪽 눈으로 들여다봤다. 하지만 어두워서 보이지 않았고 눈을 자극하는 악취가 났다.

그녀는 어떻게 해서든 석유가 얼마나 남아있는지 알고 싶었다. 그것을 알지 않고서는 아무것도 손에 잡히지 않을 것만 같은 기분이 든 것이었다. 이번에는 욕실에 가서 작은 세숫대야를 가지고 왔

23 셋타: 눈이 올 때 신는 신발.

다. 석유통을 기울이자 '똑, 똑, 똑' 작게 떨어지긴 했지만, 머지않아 멈춰 방울져 빛났다.

빈 통을 아래에 놓고 석유 냄새가 밴 손을 화로 위에 쬐었다. 절약하기 위해 묻어둔 열기는 재 위를 조금도 뚫고 나오지 못해, 푹 찌른 두 개의 부젓가락은 차가웠다. 사에는 차가운 손에 따뜻한 입김을 길고 세차게 불었다. 탄식과도 같은 쓸쓸한 숨소리였다.

석유는 5일치 정도는 남아있었다. 사에는 등에 업힌 아이를 끌어올리며 눈으로 분량을 재어보았다. 그저 들여다보니 그것은 보통의 투명한 물이었다. 보수적인 히사시가미가 비쳐 사각사각 흔들리고 있었다. 그러나 그것은 불쑥, 배신하듯이 보라색으로 바뀌어 움직였다. 다시 보니 연둣빛이었다. 그리고 눈을 깜빡여 다시 한 번 봤을 때에는 다시 또 변신한 것처럼 보통의 투명한 물로 돌아가 있는 것이었다.

"어이 어이."

목재 하치장 쪽에서 말소리가 들렸다. 그런 난폭한 말로 불려지는 것이 당연하다는 듯이, 사에는 움찔거렸다. 등에 업힌 아이도 같이 움찔거렸다.

"곤란해, 그런 곳에 차를 두면."

자신을 부르는 집주인의 목소리가 아니란 것을 알고 안도하였다. 석유를 대신하는 숯은 반 개월 분 정도는 마루 아래에 아직 있었다. 그러나 간사이關西 출신으로 석탄 찌꺼기를 쓰며 자란 그녀에게는 숯은 부드럽고 무르며 무서울 정도로 사치스러운 연료였다. 그것을 풍로에 사용한다는 것은 벌을 받을 것만 같은 기분이 들어서 지금까지는 할 수 없었다.

그 숯을 취사에 사용한다고 해도, 그것이 없어질 때까지 과연 이시가미가 돌아올 것인가, 사에는 걱정했다. 그렇게는 생각하지 않았다.

몇 번이나 '내일은, 일주일이 지나면, 10일이 지나면' 하고 허무하게 기다린 뒤였다. 한 달 뒤에도, 일 년 뒤에도, 아니 일생 동안 돌아올 것이라는 것조차 그녀는 믿을 수 없게 되었다. 고독과 궁박한 감정이 새삼스레 가슴을 조여 왔다.

엄격한 무산 단체의 규약에 속해있다고는 하나, 이 상황에 소비조합의 현금 매입 약관은 조절할 수 없는 것도 아니다. 그러나 소비조합에 대해서도 '물건을 판다'라는 상업적 지식이 전혀 없는 그녀였다. 그런 곳이 아니다. 전에 투쟁의 응원쌀을 모으러 왔던 상임 위원이 돌아간 후에,

"그 쌀을 봉투에 넣어 조직원에게 되파는 것은 아니겠지."라고 이시가미에게 말했다가 혼이 난 적이 있는 그녀였다.

이시가미가 속해 있는 인쇄공장 조합의 간부는 이번 일에 대해서 처음으로 경악을 금치 못했다. 그리고 냉정하게 되돌리면 최저도의 냉담함으로 치장했다. 오직 이시가미가 있던 신문사의 주조부만이 간부 몰래 은밀하게 여공의 손으로 구원 활동을 계획했다. 그러나 신문 값을 인하한 후로 임금이 줄어든 인쇄공의 물질적인

힘으로는 조금밖에 모을 수 없었다. 그 구호물자를 위한 기부장도 부모님의 병환으로 쉬고 있는 여공에게까지 돌아간 채였다.

간부파에 소속해 있지 않고 요즘 좌익파의 영향 아래 있는 야스다만은 "여자에게 죄가 있을 리 없어"라고 간부에게 변명하고 공공연하게 사에를 만났다.

특히 야스다는 이시가미와 친했기 때문에 간부에게 아무것도 묻지 않았다. 야스다에게 있어서 그것은 이시가미의 부탁에 따른 의무였다. 좌익파를 이해하기 시작한 야스다에게는 호의적인 의무였다. 그렇지만, 그 호의적인 의무감의 이면에는 아직 본인도 의식하지 못한 희미한, 그러나 강인한 야망이 도사리고 있었다. 한명의 가련한 여자에 대해서도 스스로 깨닫지 못한 야망이, 그것은 금전에 대한 욕망과 함께 프롤레타리아 생활에 깊숙이 파고들어서 계급 사이에서 무수한 균열을 일으키는 계급과 계급과의 분기점을 불투명하게 만드는 야망이었다. 그의 야망은 여러 면에서 프롤레타리아의 순수한 사랑과는 달랐다.

야스다의 발걸음은 점점 빈번해져만 갔다. 그리고 그의 야망과 그녀의 궁핍한 삶이 점차 깊게 연결되는 듯했다. 십 며칠인지 이십 며칠인지가 지났을 때, 거기에는 더 이상 불안 때문에 한 곳을 응시하고 있던 사에는 없었다.

"야스다 아저씨가 왔구나. 왔어. 하하하."

매연으로 더러워진 창문틀 안에서는 이시가미가 있었을 때와 같이 싱그러운 모습으로 아이를 달래고 있는 여자가 있었다. 옆에는 잘 닦아 놓은 상자모양의 화로가 있고, 건너편에 유연으로 까만 석유풍로를 신문지로 쌓아 놓은 걸로 보아 사용하지 않는 모양이다. 전등 코드가 망가져있는 것도 이전대로이고, 방석에 탄 자국이 있는 것도 이전과 같았다. 겉으로 봤을 때는 쥐가 드나들지 못하도록 만든 찬장 위에 비스킷 상자가 있는 것과 목에 회색 백분이 보이는 것 뿐 다를 게 없었다.

그러나 눈에 보이지 않는 곳에는 상당한 변화가 있었다. 먼저 그녀는 눈사태로 인한 가난을 야스다 덕분에 어느 정도로 막을 수 있었다. 그로 인해 생기는 안정감으로 야스다를 존경하고, 존경의 연소로부터 반사되는 작은 밝기로 고독한 마음을 밝힐 수 있었다. 그리고 멈춰지지 않는 남편과 생계에 대한 사색을 가끔은 정지시킬 수 있었다. 그 "정지"는 점차 자주 일어났다.

4월 말 후카가와의 하늘은 매일 아침 불투명 유리 같은 안개로 덮였다. 안개가 벗겨질 즈음에는 벌목이 도랑 속에서 시작된다.

"어머, 목재가 크기도 해라. 형이 '무거워, 무거워' 소리치고 있어."

"무거워, 무거워."

그에 따라 가장의 장남이 물방울을 뚝뚝 떨어뜨리며 아첨하는 웃음을 지었다. 이미 집세를 냈는지 목재상을 두려워하지 않았다.

굴뚝 연기가 언제나처럼 햇빛을 가렸다. 물 위에도 목재나 사람 위에도 움직이는 반점이 여느 때처럼 드리웠다. 연기 속에서 태양은 구리 대야 같았다. 아이만은 이시가미가 있었을 때보다 어느 정도 성장해서 기저귀에서 나온 장어처럼 두 다리로 앞치마의 무릎을 찼다.

"와하하, 해봐. 어머. 하하하."

그녀가 되찾은 평화는 이시가미가 있을 때와 똑같은 성질의 것이었다.

어느 날에도 이 풍경 속에 야스다의 모습이 더해졌다. 처음에는 기대 세워놓은 목재 밑에 작게, 목재 높이의 몇 분의 일 정도의 모습으로 다가오고 있었다. 근처까지 오면 진흙 묻은 펠트(felt) 조리를 신고 목재를 넘고 넘어 외투 밑에 하얀 속바지를 슬쩍 드러내 보이면서,

"이봐, 왔다, 왔어."

흥미로운 속삭임이 목재소에서 일어났다. 그것을 신호로 창문의 장지가 닫혔다.

"바뀐 건 없었어?"

자택으로 돌아온 것 같이 야스다는 벽에 박힌 못에 모자를 걸었다. 그리곤 방석을 끌어다가 옷 스치는 소리와 함께 앉았다.

"하아."

"마치 반딧불 같네. 재 따위는 떨어뜨리지 말라는 거지."

사에는 아이를 방석 위에 두고 부엌으로 종종걸음 쳤다. 이시가미가 뭔가 명령했을 때와 같은 모습으로. 잠시 뒤 숯을 쪼개는 조심스러운 소리가 났다.

"마침내 집을 찾았어. 모레 쉬면서 이사하기로 했어."

야스다는 시키시마敷島를 왼쪽 손등으로 가리켰다.

"물론 당신도 함께야. 이시가미에게는 내가 편지 써둘게."

그때 당혹감이 사에를 연기처럼 스쳐갔다. 그렇다고는 해도 말에 대한 반응은 이미 두 사람 사이의 대화에서 여러번 있었던 것을 나타낸다.

"하아."

하고 얼빠진 때에 습관적인 응답이 있었다. 그리고 얼굴에는 최후의 결정에 괴로워하는 무표정이 있었다. 하지만, 머지않아 무표정은 슬픈 듯이 일그러져갔다.

남녀가 당연히 간격을 두어야 할 관계 이외의 동거를, 남녀관계에 견문이 좁은 사에는 아직까지도 보고 들은 적이 없었던 것이다. 함께 생활하며 부양 받는 이상 그렇게 되는 것은 의무라고조차 생각되었다. 그럼 이시가미와는 어떻게 되는 것일까.

"나에게 조금이라도 뭔가 할 수 있으면! 아이를 믿고 맡길 수 있는 곳만 있다면!"

처음으로 사에는 마음속으로 그렇게 외쳤다. 하지만 그런 중얼거림은 아무런 도움도 되지 않았다.

모든 것은 이미 결정되어 있었다. 사에 자신이 이미 그 결정에 복종해 버리고 말았다. 외침은 이 무력함, 이 가난함에 대한 저항의 마지막 불꽃에 지나지 않았다.

"잘 부탁드립니다."

어색한 침묵 후 사에는 작은 노력으로 말했다. 그리고 귀 뒤로 머리를 넘겼다. 결정되지 않은 수많은 문제에 둘러싸인 채로 사에와 야스다는 O역 가까운 교외로 옮겼다. 여기에 사는 것은 소위 말하는 쁘띠 부르주아petit bourgeois로 계급운동과 관계가 멀었다. 그러나 야스다와 같은 조합의 이토, 야마다山田, 사와노沢野 등도 어째서인지 오래전부터 이곳에 살고 있었다. 공장 직원이 아닌 조합의 간부인 이토는 두 아이를 이곳의 작은 부르주아 사립학교에 입학시켜, 그 비용을 위해 끊임없이 주변에 돈을 빌리러 다니고 있었다.

지붕도 담도 굴뚝도 검은 강동江東에서 오면 이곳은 얼마나 여러 빛깔을 가진 넓은 곳인지. 생활의 안정에서 오는 안이함으로, 사에는 매일 기저귀나 야스다의 쌓인 세탁물을 빨았다. 세탁이 끝나면 푸르른 새로운 장대에 꿰어 하늘 높이 말렸다. 어쩌면 푸른 대나무에는 '신혼'의 신기하고 눈부신 감각마저 있었다.

그녀는 다시 장대를 든 채 펄럭이는 빨래를 바라보며 바람이 건너온 들판을 둘러보았다. 머리에 가득 채워진 우수도 가책도 얕은 봄바람에 잠시 흩어졌다.

전봇대를 제외한 들판 저편에서는 지평선이 이상할 정도로 낮고 푸른 하늘이 가득했다. 하늘과 땅 사이에서 지상 부분은 석유통 속에 고여 있던 액체인가 뭔가 처럼 적었다. 그 창공에 솟아있는 몇 개의 안테나는 하늘의 어떤 변화도 빠짐없이 느끼려는 듯했다.

폭넓은 가죽을 몸통 전체에 두른 육감적인 도사견이 간다. 개에게 작업복을 입은 사람이 질질 끌려서 다닌다. 따뜻한 날에는 저 멀리에서 흰 옷의 병사들이 알에서 태어난 구더기처럼 정렬해 있다.

해질녘 나팔이 울려 퍼진다. 본디 좁은 인간의 목구멍에서 나오는 그 울림은 나팔꽃 모양으로 열린 악기의 모양에 따라 넓게 멀리 퍼져갔다.

뭐라 말하지 못할 답답한 심정에 사에는 정원으로 나간 것이다. 나는 이정도면 괜찮을까, 그녀 스스로에게 물었다. 얼마나 어리석은 질문인가. 전차의 신호등이 바뀐다. '빨강 – 파랑 – 빨강 – 파랑'

4

"비가 올까?"

활자를 만지는 손 주변이 어두워졌기 때문에 기요코清子는 고개를 들었다. 안마당을 향한 각 층의 창문 유리는 하늘의 먹구름을 비춰 검어졌다. 가끔 사진 부분의 광선이 번개처럼 멋지게도 그곳을 비추었다. 작업대 위에서 활자의 쓸데없는 납을 깎고 있는 여공들의 옆모습도 광선이 비출 때 마다 파래지고 다시 검어졌다. 양동이를 하나씩 매달고 주식기[24] 를 돌리고 있는 남자 공원들은 그림자가 되었다.

"어떻게든 오늘 가야해."

"갈 수 없는 건 아니지만, 여러 가지일로 많이 늦어졌으니까."

---

24 주식기: 활자의 주조 · 문선 · 식자 등을 자동적으로 할 수 있는 기계.

기요코는 옆에 있는 여공에게 대답했다. 그러자 뭔가 변명을 하려는 충동이 미묘하게 남았다. 이시가미石上에 대한 구원금 마감이 이렇게나 늦어진 것은 전적으로 기요코의 책임이었다. 그녀는 연인인 야마미야山宮가 입영했기에 일주일에 한 번씩 그와 면회하러 가는 데에 휴가를 많이 쓰고 모두가 경멸하는 이토伊東의 집으로도 몇 번이나 전차를 갈아타서 자주 갔다. 그 때문에 공장의 롤러를 쓰면 곧장 인쇄되는 「여공 뉴스」도 늦추기 일쑤였다. 그래서 그 뉴스를 제때 맞추려하기 위해 모금은 오랫동안 중단되었다.

"그래도 오늘은 좋아 보이네, 금방 몰려올 것 같은 걸."

한 명이 먼 하늘을 보면서 말했다.

"상관없어, 오늘만 아니더라도 여태까지 늦어졌으니까."

비웃듯이 그렇게 말한 건 작업대 끝에 앉아 있는 하나에花江였다. 그녀는 서둘러 회색 과자 같은 활자를 겨드랑이에 대고 낱자가 들어가 있는 선반 쪽으로 섰다. 기요코는 정색하면서 하나에가 있는 쪽을 봤다. 요즘 그녀가 자신을 어떤 식으로 보고 있는지 그 한마디로 확실히 알 수 있었다. 억지 부림과 반성이 기요코의 머리에서 뒤얽혔다. 하지만 여기서 뭔가 말을 하면 안 될 거라고 기요코는 생각했다. 밖은 점점 어두워지고 바람이 불었다.

윤전기 소리가 들어차서 작은 소리의 이야기는 작업대의 구석에서 구석자리까지 들리지 않았다. 그래서 '툭' 하고 이야기가 끊겼다. 기요코는 신경 쓰여서 창가까지 다가갔다. 작동을 멈춘 몇 대의 모노타입[25] 위에는 엿보듯이 전등이 하나씩 달려 있었다. 3층에서 내려다보면 납빛을 한 엉성한 비가 약가의 긴 선이 되어 안마당에 떨어졌다. 그것을 사진부의 광선이 사이를 두고 반짝반짝 비추어냈다. 광선은 안마당을 대충 스쳐지나 서쪽 창으로 사라졌다. 기요코는 시계를 보며 앞치마를 벗었다. 그러자 함께 7, 8명의 여공들이 일어섰다. 분침과 시침이 수직보다도 조금 오른쪽으로 꺾인 5시는 귀가를 허락할 누군가의 표정처럼 친근감이 느껴졌다.

"아무튼 모인 것만 가지고 가자"

일단 밖을 엿보고 기요코는 말했다. 새롭게 게시한 신문 앞에는 벌써 우산을 쓴 사람이 멈춰 서 있었다. 모두 계속해서 구멍 같은 계단을 내렸다. 문선에도 해설판에도 일을 하고 있는 사람은 없고, 작업대 위에서 연기가 오른 종이판을 만지작대고 있는 남자 공원들이 남쪽 창가에 일곱 명 보였다. 계단 도중에서 수위가 양동이를 들고 벽을 닦고 있었다. 더러운 물이 선을 타고 흘러 내렸다.

오늘 아침 붙인 광고지를 이제 떼고 있다.

"테헤……테헤……테헤"

뒤에 있는 누군가가 말했다.

"쉿 쉿"

또 누군가가 말했다.

---

25 모노타입: 활자가 1자씩 주조되어 가는 방식의 주조식자기.

출근 카드 상자가 있는 지하실의 수위실에서 수위가 안경 너머로 내려오는 그녀들을 힐끗 쳐다보았다. 그녀들은 그 정도로 몹시 거친 남자 같은 발소리로 내려왔다. 돌계단을 올라 지면으로 나와 신문지와 보자기를 덮어쓰고 달리기 시작했다.

"오늘은 좋아 보이는걸!"

그 말은 이제 바람이기도 했다.

"간다! 나 혼자라도 다녀올게."

기요코는 조금 전부터 복잡해진 기분을 어떻게도 할 수 없었다. 반 정[26] 정도 달려서 전차를 피하면서 보자, 이제 모두의 얼굴에 사마귀만한 물방울이 가득 차 있었다. O행 표를 산 사람은 기요코 뿐이었다. 기요코는 모두와 헤어져서 몇 개나 되는 기둥 건너편 쪽으로 좀체 오질 않는 O행 열차를 기다렸다. 그리고 O역에서 내리자 야스다의 주소를 가지고 있음에도 불구하고 자연스럽게 발걸음은 이토의 집으로 향했다.

기요코가 야스다의 집을 방문했을 때는 이미 해가 저물었다. 노동하는 프롤레타리아 여자와 기생하는 프롤레타리아 여자는 그곳에서 처음으로 만난 것이다. 기요코의 가슴에는 자신이 전에 눈물을 머금을 것 같은 수많은 위로의 말이 준비되어 있었다. 그러나 기요코와 사에가 주고받은 최초의 시선은 생각지도 못한 경계와

---

26 반 정: 시가지의 구분의 하나.

관찰로 차가운 섬광이 오갔다.

그러나 그것은 결코 대립적인 감정을 배경으로 한 주시를 의미한 것이 아니다. 가령 눈과 눈이 서로 무장하고 있는 것처럼 보였다고 해도, 긴 예속과 서로 간의 고립의 역사에서 온 관습을 나타낸 것에 불과했다. 거기에는 아주 특별하고 본능적인 이해도 통하고 있었던 것이다. 프롤레타리아 여자에게만 서로 통하는 점. -

그럼에도 불구하고 타인이 보기에는 두 마리의 개가 만나서 서로 냄새를 맡는 모습과 같은 인상이 있었다. 기요코는 어색하게 미소를 지었다. 사에도 서둘러 미소를 지었다. 그러나 그것은 미소가 아니라 입을 일그러뜨려서 얼굴에 작은 주름을 보이는 것에 불과했다. 기요코는 용건은 이미 말했기 때문에 잽싸게 돈 봉투를 내밀었다. 사에는 무거운 듯한 히사시가미庇髮[27] 를 몇 번인가 쓰다듬었다. 그리고 종이봉투를 만지는 걸 두려워하는 듯이 내밀었던 손을 약간 물렀다.

"다른 분의 배려를 받는 일이니까 어쨌든, 그 전에 내가 야스다 씨에게라도 상담해 보고……."

이해하기 힘든 자존심으로 사에의 얼굴은 일순간 험하게 빛났다. 손끝으로 가볍게 받쳐진 종이봉투는 다다미의 결을 따라 문턱 근처까지 미끄러졌다.

---

27 히사시가미(庇髮) 속발(束髮)의 한 가지; 앞머리를 쑥 내밀게 빗은 것.

"아, 그래요."

기요코는 동화와 백동화가 섞인 무거운 종이봉투를 품속의 젖가슴과 젖가슴 사이에 똑 떨어뜨렸다. 상대의 심리를 이해하지 못했기 때문에 오히려 기요코는 마음이 가벼웠다. 이삼일 지나면 반드시 돈을 받겠다는 편지가 올 것이라고 생각했기 때문이었다. 돌아오는 길에 기요코는 초원을 거닐었다. 담배와 같이 짓밟힌 작년의 풀 중에서 올해의 싹이 가늘게 한쪽 면에 뿜어 나와서 젖어 있었다. 야마미야山宮가 전신대에 있기에 해질녘의 이 들판을 작년과는 다른 느낌으로 바라봤다.

5

이동할 때 펌프에 씌운 면은 벌써 물 때로 붉어졌다. 사에와 야스다 두 사람은 어느 사이 부부가 되었다. 부부라는 사실을 숨겨야 하는 부부였다. 그건 고통스러운 노력이 필요한 비밀이었다. 하지만 어찌되었든 개인의 비밀이라고 하는 것은 손가락 사이에서 새 나오는 물 같은 것이다. 소문은 근처에 사는 이웃에서부터 모임까지 누구도 모르는 사람은 없었지만 야스다는 둘의 관계를 부정해야만 했다. 부정한 다음은 말하고 싶지만 말할 수 없는 고통이 그를 괴롭혔다.

솔직히 거짓말을 할 수 없는 사에는,

"당신 야스다씨의 부인이 되었지? 그치 그런 거지."

라고 이토의 아내에게 들었을 때 부정도 긍정도 할 수 없어서 얼굴이 붉어졌다.

맞다고 하면 야스다에게 혼이 난다. 부정하는 것은 마음이 너무 공허해진다. 이 소문이 퍼진 후에 어느 늦은 밤 사와노沢野가 찾아왔다. 전에는 뻔뻔스럽게 올라왔던 사와노가 쭈뼛쭈뼛 대며 올라오지 않고 있는 것이다. 대신 습관적으로 불빛이 들어오는 맹장지 맞은편에 목을 쭉 빼고 훔쳐보려 하는 것이다.

수상한 흥미가 토란과 같이 튀어나온 인후피리와 긴 턱이 노출되어 비추었다.

"올라오지 않을거야."

야스다는 되도록 올라오지 않게 하려고 말했다.

"응…….나중에 또 올게."

라고 말하지만 떠나지도 않는 것이다.

그의 집은 세 칸의 문화주택이었다. 야스다는 6장의 다다미 바닥에 사에는 다다미 3장 크기의 바닥에 자기로 했었다. 그 때의 습관으로 두 사람 사이의 장지 두 장 분이 활짝 젖혀져서 상인봉 아래의 공통 전등이 내려앉았다.

이 시간에 온 사와노에게 야스다는 악의를 느꼈다. 그리고 사에에게 장지문를 닫으라고 손으로 신호를 보냈다.

문지방을 넘어 야스다의 베개 근처에 굴러다니는 빨갛게 칠해진 여자 베게가 아플 정도로 야스다의 눈을 찌르는 것이다. 이럴 때 사에는 답답할 정도로 둔감한 여자였다. 그녀는 야스다의 험악한 눈을 보고 그저 흠칫 떨면서 전등갓에 히사시가미를 갖다 대었다. 전등의 코드 길이의 진폭이 어색한 세 사람의 그림자를 흔들었다.

결국 사와노는 두 사람의 진상을 보고 돌아갔다.

또 다음과 같은 일이 있었다.

하루는 여느 때와 마찬가지로 조합원 두 명이 찾아왔다. 이 때 찾아오는 사람들의 눈에는 많든 적든 두 사람에 대한 주시하는 기이한 반짝이는 눈빛이 있었다. 야스다에게는 적어도 그렇게 보였다.

특히 평생 오지 않는 두 사람에게는 그것을 느끼지 않고는 배길 수 없었다.

사에가 3인분의 차를 내왔다. 전부터 사에도 알고 있는 조합원으로 뭐라 뭐라 하며 사에에게 말을 걸었다. 야스다에겐 그것 또한 흥미로운 사실을 찾으려고 하는 모습으로 생각되었다.

일어서라고 재촉하는 야스다의 시선을 느끼면서도, 사에는 일일이 손님에게 대답을 하면서 앉아있었다. 사에가 오랜만에 들떠 있는 것을 야스다는 전부터 눈치 채고 있었다.

그리고 뭔가 실수를 하지 않으면 좋을 텐데…….라며 자리에서 일어서는 것을 잡아당겼을 정도로 기다리고 있었다. 그러자 사에는 목이 말랐는지 야스다 앞에 있던 마시다 만 찻잔을 집어 들었다.

" 이거 당신거야?"

라고 말하며 대답할 시간도 주지 않고 차가 식었다는 듯한 목소리를 내면서 마셔버린 것이다. 아무런 선입관도 가지고 있지 않는 사람 입장에서 보면 그런 건 한순간의 불결이나 칠칠치 못함에 지나지 않았다. 하지만 야스다는 아랑곳하지 않고 화장실에 갔다.

야스다는 아무래도 이 때 만큼은 참을 수가 없었다. 손님이 돌아가자 부엌에서 그릇을 닦고 있는 사에 뒤에서 야스다는 뭐라고 말하면서 손을 높이 들었다. 하지만 때리려고 했던 손에서 왠지 힘이 빠졌다. 그러자 어떻게 된 일인지 그 힘이 빠진 손은 사에를 때리는 대신에 업고 있는 남자의 머리를 때려버렸다. 이번에는 사에의 얼굴색이 바뀌었다. 이런 분류의 여자의 상식으로서는 입으로 원망은 말하지 않고 마음속에 쌓아놓는다. 그리고 얼굴 표정이나 동작으로 조금씩 보여주는 것이다. 이틀간 두 사람은 말 한마디 없이 밥을 먹고 신문을 주거니 받거니 했다.

이후의 일은 두 사람 사이에 보이지 않는 벽을 만들었다. 그리고 야스다는 외부적으로는 조합으로부터 멀어졌다. 그는 무엇보다도 조합원이 오는 것을 아주 싫어했다.

오지 않게 하기 위해서는 가지 않게 하는 방법이 필요했다. 조합원과 야스다 사이의 간격이 벌어진 것은 이 때 처음 일어난 일도 아니다. 그것은 이시가미 아내를 돌봐주려고 그가 처음으로 결의했을 때부터 조금씩 벌어지고 있었던 것이다. 이시가미의 영향으로 좌익의 일을 조금씩 봐주고 있었던 야스다는 지금은 그러한 사람들이 있는 곳에 가지 않을 뿐만 아니라 조합에 조차 발을 끊었다. 요즘에는 사와노나 야스다를 목욕탕에서 만나도 전혀 사이가 좋지 않았다

아주 친분이 있는 이토만이 야스다를 이해해 주었으며, 야스다

또한 그런 이토에게는 자신을 숨기지 않았다. 사촌 동생 명함가게에서 부탁받은 활자무늬의 보따리 꾸러미를 왼손에 무겁게 들고 야스다는 역에서 검은 버선이 먼지로 회색이 될 정도로 걸어서 돌아왔다.

월간 잡지를 인쇄할 땐 공장에서 야간작업이 있다. 그 때 야스다는 술을 끊어 두통이 생겼다고 말해왔다. 반나절동안 말을 한마디도 하지 않고 담배만 피우고 있던 야스다를 다들 이상하게 생각하고 있었기에 공장장도 의심하지 않았다. 오히려 「미그레민」세 알과 물을 막내 직원에게 건네주어 2층에 있는 야스다에게 챙겨줄 정도였다.

요즈음 이따금씩 밀려오는 작은 반성이 오전부터 강하게 그를 덮쳐와 도저히 제정신으로 버틸 수 없었던 것이다. 반성은 이시가미에 대한 도의적인 것이나 계급적인 가책 뿐만은 결코 아니었다. 거기에는 이시가미가 사실을 알고 보복하지는 않을까하는 이기적인 공포도 섞여있었다. 마음에 이런 공포와 반성이 공존하고 있던 것이다.

소비조합에 술을 부탁하도록 사에에게 말해 놓았으니 오늘은 실컷 마실 수 있다고 그는 기대했다. 몸 전체가 알코올에 목말라 버석버석 마른 잎이 된 듯 했다. 그는 곁눈질 하면서 경찰서 앞 모퉁이를 돌았다. 경찰서 안에는 지금 막 불이 켜진 듯한, 버찌처럼 희미한 16촉의 등불이 우두커니 매달려 있었다. 그 안쪽에는 신문지 덮개가 달려 있었다. 그건 바깥의 빛을 막아서 통행인을 보기 위함이었다. 아무생각 없이 여길 지나는 건 아무것도 아니었다. 하지만 요즘엔 비밀리에 야스다를 주목하고 있는 것 같은 생각이 들었다. 작은 집을 머리로 뚫어버릴 듯 서있는 그들의 눈빛은 그렇게 생각하고 보면 그렇게 보인다. 하지만 그렇게 생각하지 않고 보면 아무것도 아닌 눈빛이다.

그는 자신의 직업을 뭐라고 생각하고 있을까?

그는 상인이 좋아할 것 같은 빛나는 인조견사의 하카타오비博多帯[28] 나 무늬가 없는 하오리羽織[29] 를 둘러보았다. 그러나 이런 복장도 요즘 기분으로 보니 지겹게 다가왔다.

야스다가 역을 나왔을 때, 하늘에는 아직도 낮의 분위기를 자아내는 두 마리의 솔개가 조용한 곡선을 그리며 날고 있었다. 높게 날자 두 알의 참깨같고, 낮게 날자 새의 구부린 다리까지 볼 수 있을 정도로 컸다. 그것은 하늘을 유리처럼 맑게 보였다.

하지만 그가 여기까지 오자 하늘은 붉었다. 그 하늘에 전봇대의 안테나가 그가 가는 방향으로 움직여 간다. 커다란 구름을 뒤로 하고 한걸음씩 나아간다. 그 안테나의 건너편 쪽에는 집이 있다. 그 집은 아침과 조금도 달라지지 않았겠지. 그런 생각에 야스다는 고개를 숙였다.

잘 미끄러지는 유리문을 열고 야스다는 마치 침입자 마냥 집으로 들어섰다. 사에가 터진 곳을 꿰매기 위해 펼쳐놓은 잠옷을 밟고

---

28 하카타오비(博多帯): 하카타(博多)에서 나는 두꺼운 견직물로 만든 띠.

29 하오리(羽織): 일본 옷 위에 입는 짧은 겉옷.

야스다는 곧장 부엌으로 향했다.

그는 우선 차가운 술에 마른입을 축이고 싶었다.

"술은 있지?"

야스다의 목소리는 "어머" 라는 사에의 목소리와 동시에 들렸다.

사에는 야스다의 변한 눈빛을 보고 거기에 순응하는 듯 몸을 떨었다. 야스다는 사에를 보지 않기 위해 돌아섰다. 세토냄비瀨戶鍋, 가스풍로瓦斯焜炉, 한됫병一升瓶[30] 등이 반들반들하게 닦여져 저녁노을에 길게 늘어진 그림자를 비추고 있었다. 야스다는 술이 든 병을 하나 집었다. 하지만 무거울 거라 생각한 병은 빈병처럼 가벼웠다. 초록색으로도 황색으로도 보이는 이 병은 술이 가득 차 있을 때와 한 방울도 없을 때가 별반 다를 게 없었던 것이다.

"저...조합이 오늘 오는 날이 아니어서."

"그런 거라면 그 말을 오늘 아침에 해주었으면 좋았잖아."

"하아..."

항상 '하아'가 들릴 때면 야스다는 스스로 술을 사러 나가기 위해 병을 가지고 나왔다. 하지만 네 다섯시 사이에는 돌아왔다. 상황을 예의 주시하며 귀를 기울이고 있던 사에는 또 이상한 일이 일어날 것을 직감하고 다시 두려움에 떨었다.

"보자기를 벗겨주세요."

30 한됫병(一升瓶): 일본에서 사용되어지는 액체 전용 유리병

화가 난 목소리가 대문까지 들렸다. 사에는 버릇인 종종걸음으로 부엌으로 뛰어 들어갔다.

한 시간이 지나자 취해서 안색이 파리해진 야스다가 거실에 앉아 있었다. 한때 끊었지만 이토의 영향으로 다시 시작하게 된 술버릇이었다. 게다가 더욱더 아름다운 환각을 만들어내는 술. 하지만 다른 의미로 야스다 같은 사람에게는 어느 인생을 잊게 만들어 사색에 잠겨주게 하는 술이었다. 그러나, 어쩐 일인지 오늘 밤은 그 사색에 마비되지 않고 선명하기만 하다. 얼굴은 점점 파래지고, 눈에는 빨간 실핏줄만 설 뿐이다.

"사에씨 나는 당신에게 미안한 일을 했다네."

야스다는 조금 전부터 그 말을 반복했다. 사에는 졸려서 몸이 축 처진 아이를 무릎 위에 앉히고 최대한 몸을 웅크리고 있었다. 탁자 위에는 몇 군데인가 술이 넘쳐 흘러 있었다. 넘친 술이 판자에 스며들어 빨간 반점이 여러 군데 묻어 있다. 술잔 안에 차가워진 술이 있었다. 야스다의 말은,

"미안해, 사에씨, 용서해주시게."로 바뀌었다.

사에는 아래를 향해 주르르 눈물이 떨어졌다. 술은 차가워지면서 점점 아리고 씁쓸해져 갔다. 야스다는 벌떡 일어섰다. 그리고 현관으로 갔다. 취한 맨발에 닿는 대나무 같은 통나무 나막신의 냉기가 상쾌하다.

밖에 나가보니, 4월의 상쾌한 어둠이었다. 수증기가 많은 하늘에는 수많은 별이 보였다. 그것은 저 유치장에서 이시가미가 보았

던 별과 똑같은 별이었다. 그가 있는 곳에선 저 별이 유리처럼 아름답게 보였다. 그러나 여기에서는 유리처럼 아름답게 보이진 않았다. 흐린 하늘의 부유물처럼 드문드문 떠있었다. 흐린 하늘의 부유물처럼 말이다. 야스다가 간 곳은 이토의 집이었다. 현관에서 전골 냄새가 나며 한창 술을 마시고 있을 때였다.

야스다는 앉자마자 이토와 함께 이시가미의 흉을 보기 시작했다. 아내가 먹고 살 걱정도 제대로 하지 않고, 좌익 따위라니 건방지다고 말하는 것이었다. 벌써 사에에게 사과했을 때의 기분은 어디로 가고 없었다. 말하고 싶은 데로 말하고, 술잔 안에 머리카락 끝이 적셔진 체로 탁자 위에 얼굴을 엎드렸다. 간장 냄새가 베인 두꺼운 판자가 그가 인생에서 유일하게 매달릴 장소 인 것처럼. 머지않아 어린 아이같이 훌쩍 훌쩍거리며 우는 소리가 엎드린 얼굴 밑에서 들려왔다. 갓이 망가진 50촉 등불 아래에서 술기운은 쭉쭉 저하되었다. 살찐 이토는 두껍고 둥근 손을 느리게 흔들면서 흥이 깨진 기분을 아내에게 전하고 쓴웃음 지었다. 질질 질질…… 그때 유리문이 천천히 열렸다.

"실례합니다. 저기……"

그것은 사에였다. 그녀는 야스다를 어떻게 불러야 할지 당황해 하면서,

"……들어가도 될까요?" 라고 작은 목소리로 덧붙였다. 그 작은 목소리 안에는 튕겨 나갈 정도로 진실하게 걱정하는 마음이 압축되어 담겨져 있었다.

프롤레타리아의 여자

プロレタリヤの女

정기휴일에 야스다는 기둥에 달린 상처투성이의 혁지로 쓱쓱 서양도의 칼날을 간다. 방은 다다미 여섯 장, 만지면 모래가 떨어지는 검은 벽을 향해 야스다는 빛나는 한쪽 칼날을 잡고 있었다. 얼굴은 섬뜩한 무표정이었다. 칼을 끌면 발생하는 속삭임과 동시에 맑은 금속음과 허술한 마찰음이 번갈아 높고 낮은 소리의 파도를 만들었다.

다다미의 가선에 따라 겸손하게 발바닥을 모은 사에는 임산부선의 균열이 비치는 유방을 아기에게 내밀었다. 아기는 콧방울에 밤알 같은 땀을 내며 저려오는 부드러운 젖을 입에 가득 머금었다. 뜨거운 진지한 혀가 그것을 맞이했다. 감는 혀끝에 발생하는 바늘 같은 날카로운 흡인력은 가슴을 집요하게 흡수했다. 다만 유선은 매우 고갈되어 아팠다. 통증으로 들린 눈썹과 떼면서 자연스럽게 크게 부릅뜬 눈으로 여자는 쭈뼛쭈뼛 남자의 표정을 엿보았다.

보통의 부부 사이라면 침묵 사이라도 생기는 일종의 교류가 여기에는 없었다. 사에는 야스다의 동지의 아내였다. 야스다가 만드는 인쇄물의 배포로 체포된 이시가미의 아내였다. 이 사회에서 남성에게 매달리는 방법 외에 달리 수단도 없는 약하고 순종적인 사에의 작은 손을 야스다는 진실 된 동지의식으로 잡아주었다. 이 악수는 철통같은 악수, 눈사태 같은 공격 앞에 하나의 방어벽이 될 단결의 악수일 수밖에 없었다. 하지만 실제는 그렇지 않았다. 남성의 보호를 영구화 하고 싶은 여자의 요구와 여자에 대한 녹슬고 낡은 부끄러운 애호가 결부되어, 둘은 지옥에 떨어졌다. 프롤레타리아의 지옥은 전선에서의 전락이었다.

어느새 야스다는 조합과 동지를 떠났다. 그리고 마지막으로 그 자각에 자신도 함몰되어 술에 빠졌다. 재앙은 여기에서 그치지 않았다. 동지의 야스다를 지키기 위해서 노력했던 이시가미는 유치장에서 아내와 야스다에 대한 위기감으로 벗어나기 힘든 회의에 빠졌다. 무력하고 약한 한 여자를 두고 음울한 눈에 보이지 않는 파괴운동의 파도는 단결의 그물 속으로 연이어 파급되어 가는 듯했다.

아기는 모유가 나오지 않는 것에 화가 나서, 두 이를 드러내고 울기 시작하였다.

처음에는 짧게, 이윽고 길게 여운을 남기는 새된 울음소리가 격렬한 폭발을 군데군데 끼어들어 미묘한 침묵 속으로 날아들었다. 입술 위에 있던 검붉은 젖꼭지가 울음소리와 함께 입술에서 떨어졌다. 그리고 젖이 나오지 않는 유방 끝에 대롱대롱 젖은 채로 매달렸다. 울음소리의 반응을 읽기위해 사에 다시 야스다의 옆모습을 보았다.

그림 같은 무표정—만약 이해심 있는 동지가 관찰했다면 그는 그 굳어진 안면근육 뒤에 그것을 억압하는 고된 노동자적인 자기 가책의 혁대를 찾을 수 있었을 것이다.

그것은 남의 소유권을 침해할 때 생기는 도덕의 필사적인 저항에서 온 것과는 다르다. 또한 오래된 시어머니의 정조 관념과 같은 소리 없는 구속과도 다르다. 그 가책을 이루고 있는 것은 모든 프롤레타리아의 이익에서 벗어난 본능적인 복귀로의 노력이었다.

그 가책이 이어진 까닭인지 야스다는 성미가 까다롭고 거만하며 과묵했다. 한결같고 봉건적인 것으로서 여자들 앞에 나타나는 남자의 생활 모습 속에서 야스다는 이렇게 구별되어야 할 성질인 것이다. 하지만 그것은 이 여자가 이해하기에는 먼 것이었다.

사에는 단지 남자로부터 다가오는 무거운 압박의 벽만을 보았다. 그녀의 눈동자는 언제나 한 가지 색, 사면赦免을 바라는 빛으로 침착하지 않고 반짝 반짝거렸다.

울며 몸을 젖히고 있는 아기를 안고, 사에는 부엌 밖으로 나갔다.

싱크대의 선반에서 비누 상자를 떨어뜨린 소리가 울렸다. 그 후 수건을 든 야스다가 화약고 쪽으로 갔다.

계절은 바람과 푸른 하늘이 많던 오월이 지난 후, 한 장의 솜과 같이 흐린 하늘이 늘어져 안테나 위에 기대어 걸려있었다. 한 뭉치의 바람이 소용돌이치며 들판으로 쏟아 부었다. 넘치는 바람의 가장자리는 목책에 맞고 찢어졌다. 그리고 나무 밑에 있는 사에의 몸에도 닿을 것처럼 가늘고 길게 불어 왔다.

뜨뜻미지근한 증기 같은 바람이었다. 무수한 선이 되어 콧등을 스치는 바람 속에서 사에는 가슴의 메슥거리는 달콤한 식물성의 향기를 맡았다.

둘러볼 겨를도 없이, 하얀 끈 같은 밤나무 꽃이 속눈썹 너머로 울적하게 떨어졌다. 잎맥이 비치는 어린 잎 사이에서 빠져나와 똑똑 백선을 그으며 떨어졌다. 미세한 꽃가루를 바깥쪽에 가득 붙이고 긴 줄기는 울타리 옆의 나무에도 걸렸다.

자신의 가슴에 갑자기 치밀어 오르는 구역질의 탄환을 사에는 기억하였다. 그것은 분명 오래된 육체적인 기억에 닿는 불쾌함이었다. 하얗고 흰 꽃이 산란한 지면으로부터 반사적으로 그녀는 얼굴을 돌렸다.

그러나 거기에서는 갓 바른 파란 페인트의 기름기 도는 색이 불쾌감을 자아냈다. 목구멍으로 되돌아간 구역질은 다시 식도를 밀어 올라왔다.

불쾌와 연기 정도의 의혹이 지나가는 동안 위를 향한 사에의 얼굴 윤곽은 안개 속에 있는 것처럼 희미했다. 그러나 의혹도 불쾌도 희미하게 그녀를 스쳐 지나가지 않았다.

작고 작은 옹이구멍 같은 시야만이 그녀에게 있을 뿐이었다. 슬픔도 기쁨도 그 자리, 그 자리에서 결제 되면 그걸로 끝나는 것이었다. 슬픔이나 기쁨의 연소 뒤에 남은 앙금, 사색은 어떤 때는 폭풍 같은 위력으로 그녀를 위협했다. 대신에 그 외의 대부분은 재빨리 얕은 곳을 스쳐 지나갔다.

구역질을 잊자 의혹도 이제 없었다. 그녀는 황홀한 졸린 눈으로 우두커니 창가에 앉아 있었다. 구름이 낮게 움직이기 시작했다.

좁은 판자 울타리 건너편으로 양복 입은 두 남자가 온 것은 이때였다. 초원에서 흘러나온 실개천과 같은 이 길은 빨래 장대 아래 갓 칠한 책장에서 막다른 곳을 꺾어서 야스다의 현관에서 끝났다. 들판을 걸어온 증거로 신발에는 전봇대에서 파낸 적토가 뒤꿈치에 조금 묻어 있었다. 방문자는 정말로 이 집을 목표로 하고 온 것이었다.

사에는 머리카락에 손을 대보고 옷깃에 닿아 하얗게 된 음식을 민첩하게 문질러 떨어트렸다. 그리고 습관적으로 늑대와 같은 눈으로 번개처럼 실내로 들어갔다.

"자신의 몸차림이 칠칠치 못한 것 때문에 야스다 씨에게 민폐를 끼쳐서는 안 돼."

이런 마음으로 부담을 느꼈을 때, 그녀의 신경은 어디에서 오는지 모르는 이상한 자극으로 긴장되는 것이었다. 접어놓은 우산과 펼친 우산과의 느낌이 다른 것처럼 평생의 그녀와 이럴 때 그녀와는 완전 다른 것이었다.

이미 두 그루의 수목과 같은 옅은 그림자가 장지문의 골조위에 있었다. 사에는 잠든 아이와 엄나무 반짇고리를 헤치고 종종걸음으로 달려서 갔다.

"야스다군은 없나요?"

다음에 온 방문자가 오비가 내려간 주부의 몸을 피해서 방문과 몸의 틈새로 실내를 훔쳐보려고 하는 것이었다. 누르께한 검정색의 속에서 빛나는 눈의 저편에 단축형의 실내에 대한 시야가 펼쳐져서 있었다. 흠집투성이의 가죽숫돌, 윗미닫이틀에 꼽힌 경품의 풍선, 전등, 원하는 사람의 부재를 나타내는 것처럼 그것들 모두 어스름한 어둠과 같은 정적이었다.

"아스다군은?"

"하.그게."

사에는 소금같은 기름때가 묻은 직물의 어깨를 더듬으면서 내려다보았다. 바로 대답도 나오지 않았다. 알지도 못하는 방문자의 묘하게 거들먹거리는 태도가 그녀의 어딘가 감춰진 거짓말을 깊숙이 꿰뚫어보았다.

" 이상해.정말 이상해"

한 사람이 말했다.

"언제 쯤 나간거지?"

"조금 전."

그 대화 도중에 한 사람은 주머니 안에서 명함을 꺼냈다.

사에가 머뭇거리는 것을 거드름 피우는 부하가 잡은 것이다. 그는 꺼림칙한 기분에 흰 명함을 던졌다.

xx서 고등계라고 하는 직함을 그녀는 쓰러진 채 한 글자 씩 읽었다. 그러자 안면에 퍼져 있던 경계의 표정이 풀어졌다. 그 글자에서 오는 인상이 정확하게 그녀를 마음 놓이게 한 것이다.

양검과 견장을 가진 순사는 관료적이고 위협적이지만 양복을 입은 고등계는 아주 대등하게 친절하고 때때로 농담도 말했다. 그게 일찍이 이시가미를 위해 경찰서에 갔을 때 반복되어진 인상이었다.

이름을 부르기 전에 앞의 유리문을 부술 듯이 뒤흔드는 호구조사를 하는 순사, 아이가 가지고 있는 니켈 피리에다 손을 넣어 마구 흔들며 통행인을 혼내는 교통순사 고등계는 이름에 나타나 있는 것처럼 분명하게 그들의 순사와는 구별되어 "xx" x경찰관이었다. 어느 날 어느 경찰서 이층에서 그 한사람에게 과자를 주었던 기억이 문득 그녀에게 떠올랐던 것이었다.

다음으로 계단 아래까지 교섭하러가서 또 다른 사람에게 내복바지의 차입差入 허가를 받았던 일도 떠올랐다.

"그 사람은 목욕탕에 갔는데요."

듣기 어려울 정도의 빠른 속도로 그녀는 말했다. 그리고 아직 부족하다는 듯이 덧붙였다.

"곧 돌아올 거에요. 그 사람은 목욕이 빠르니까."

그리고 그녀는 고개를 들었다. 주름 많은 미소가 입가에 넘쳤다. 그 얼굴은 마치 새롭게 넘긴 페이지같이 수 십 초 전과 명백히 달랐다. 호의에 가까웠던 얼굴이 분명하게 경계심을 내비친 것이다.

그 곳에 앉아서 기다리려고 한 고등 담당은 목욕탕이 있는 장소를 물었다. 조금 생각하는 모습으로 사에는 눈을 내리깔았다. 하지만 그건 말할 것인가 말하지 않을 것인가를 생각한 것이 아니었다. 단지 그 이해하기 어려운 길을 어떻게 설명하면 좋을까를 생각한 것이었다. 이윽고 그녀는 봉당에서 내려가 남자의 나막신을 대충 신었다. 자꾸만 뭔가 호의를 보이고 싶은 기분은 그녀를 나가게 했다.

사에는 가는 비가 떨어지는 들판을 향하여 화약고를 가리켰다. 화약고 뒤에는 세탁실의 높은 건조장이 뼈대만 남아있었다. 파랗고 가는 굴뚝이 뼈대에서 떨어져 세워져 있었다. 긴 한줄기의 연기가 굴뚝에서 연결된 깃발같이 건물 위에 보였다. 두 남자는 그녀의 설명에 고개를 끄덕이지도 않고, 인사도 없이 걸어 나왔다. 두 걸음쯤 걷기 시작하자 벌써 그들만의 대화가 시작되었다. 따분한 얼굴로 사에는 그들을 배웅했다. 들판은 어두워졌다. 전봇대 구멍 옆에 생긴 적토의 산과 오늘 생긴 새로운 도랑의 흙만이 검붉은 테두리 단면의 단조로움을 깼다.

'톡 톡 톡' 비는 옆의 회색으로 변해버린 기와지붕 위에 검은 반점이 되어 떨어졌다. 이윽고 기와 전체가 윤기 있는 검은색으로 변해갔다. 기와지붕에서 비를 보는 것은 교외郊外같다고 사에는 생각했다. 강동江東에서는 빗방울을 보기 전에 함석지붕에 튀기는 소리를 듣고 건조대로 달려가야 했다.

"비가 본격적으로 온다면 목욕탕까지 마중 나가야 한다."

그녀는 낮은 목소리로 중얼거렸다. 두 개의 우산을 나란히 하고 돌아오는 모습이 부끄러울 만큼 뚜렷이 머리에 그려졌다. 한 우산은 높고, 한 우산은 낮다. 그 낮은 우산 속에 업혀있는 아이가 높은 우산을 쓴 남자의 아이라고 누군가는 의심하겠지. 기쁘지만 피하고 싶은 상상이 여전히 그녀의 머릿속에서 이어졌다. 하지만 2,3분이 지나자 그녀의 페이지는 다시 넘겨지고 있었다.

눈을 조용히 내리뜨고 보던 넓은 눈꺼풀이 갑자기 끌어올리는 바람에 사라지고 말았다. 괴로운 듯 저항하고, 원망하며, 넋을 잃고 보았기 때문에 피부는 거무스름하게 보였다. 늘 거기서부터 감춰둔 것이 찾아오는 이시가미에 대한의 추억에 그녀는 정면으로 붙잡혀 버린 것이었다. 조용한 수면水面 같았던 사색 위에서, 추한 파도가 드러났다. 멀리서부터 울려오는 양심의 목소리를 그녀는 들었다. 양심은 그녀가 야스다에 대해 의지가 약했던 것을 자꾸만 비난하고 있던 것이었다. 또, 그녀가 여기에 해온 것을 자꾸만 나무라고 있던 것이었다.

양심, 그것은 손으로부터 생산적인 기술을 빼앗고, 머리로부터 독립적인 사고력을 빼앗아 프롤레타리아 계급 속에 그녀를 던져 넣은 것, 「인정 있는」 선물이었다. 자신의 진로를 갖지 않고, 자신이 놓인 사회적 위치를 모르고, 그리고 어떻게 처신해야 하는 지도 모르는 그녀를 일정한 궤도 안에 붙잡아 둔 것은 실로 그 양심이었다. 양심은 법률보다도 섬세해서 생활의 구석구석까지 기체처럼 파고들었다. 그리고 눈으로 보고 귀로 듣고 피부로 느끼는 인간의 일거수일투족까지 부드러운 손으로 단단히 묶었다.

얇은 흉벽胸壁으로는 받아들일 수 없는 몇 가지가 뒤섞인 생각이, 가슴속에서부터 서로 만나고 얽힌 실의 구슬을 만들었다. 고등경찰에 있는 야스다와의 면회는 이시가미의 이름을 두 사람 사이에 끼게 하는 것이 틀림없었다. 그것이 야스다의 가슴에 길게 자라난 무언가를 폭발시키는 것이 틀림없었다. 그 무언가가 무엇으로, 그리고 폭발이 어떤 식으로 그녀에게 영향을 끼칠지는 그녀로서는 알 수 없었다. 알 수 없는 것만으로도 그것은 아주 공포스러웠다.

"자신에게 무언가 할 수 있는 일이 있다면! 그리고 안심하고 아이를 맡길 수 있는 곳이 있다면!"

일찍이 야스다와 함께 하게 되었을 때의 슬픈 혼잣말을 그녀는 다시 되풀이하게 되었다. 비가 그치고 성선省線[31] 표지는 꺼진 신호등으로 바뀌었다. 하늘이 흐려지고 있기 때문에 황혼 위의 밤이 1시에 겹쳐져 떨어졌다. 넓은 전봇대가 있는 들판 위에서 응고된 석탄색의 어둠은 습기나 식물성의 향기로 포화되었다. 그리고 빌린 집 위의 성선 쪽을 향해 흘렀다.

파랑 빨강의 신호등은 거기에 저항하는 것 같이 교대로 연기가 나는 광선 고리를 만들었다. 어둠은 그 주위만을 녹이면서 여전히 등불이 부족한 신개지新開地 위를 덮쳤다.

그 옛날 집중에 한 집, 바랜 페인트칠의 문화주택文化住宅[32] 안에서 아이들이 한쪽 팔을 뻗은 채 자고 있다. 새 무명 모기장은 해

---

31 성선(省線): 1920년부터 1949년 사이 현재의 "JR선"에 해당하는 철도를 가리키는 말

32 문화주택(文化住宅) : 서양주택의 공간구조와 외관을 따라 지어졌던 주택

초처럼 선명한 초록빛을 띠우고, 굵은 큰 대바늘을 쥔 사에의 뺨에 도 우울한 반사를 던졌다. 그녀의 신경은 빛나며 달리는 바늘 앞에는 없었다. 능란한 숙련을 보여주며 번갈아 바늘을 쫓는 2개의 손가락에도 없었다. 그녀의 신경은 높게 내밀어 빗은 앞머리 안에서부터 반 정도 드러난 두 개의 귀에 모여 있었다. 담 밑까지 와 꼼짝 않고 소변 소리를 잠시 내며, 이윽고 앞문을 여는 야스다의 귀가를 언제나 알아들을 수 있도록. 그러나 한껏 열어둔 귓가에는 자명종의 초침 소리만이 끊기지 않고 이어지는 것뿐이었다.

기계적인 냉혹함으로 매초 똑같이 태엽을 풀고 있다고 생각되는 의식 없는 초침 소리에 조차도 잘 들어보면 고르지 않은 고저高低가 있었다. 그 고르지 않음이 점점 높고 낮게, 명료하게 사에 귀에 속삭여 왔다. 그것이 문득 무언가를 떠올릴 것을 재촉하듯이 사에는 생각되었던 것이다.

그녀는 언제 어디선가에서 이 같은 기분을 맛본 경험을 떠올렸다. 그녀는 가위를 집어 들었다. 그러나 두 개의 마주 친 날에 천을 끼우며 그녀의 눈은 전등을 향했다. 4,5개월 전에 후카가와深川 목재 거리의 기억이, 그때 날카로운 아픔처럼 척추부터 뇌수까지 주파되었다.

평소엔 모임도 야근도 완전히 거절해 온 이시가미가 어느 날 공장에서 나와 이런 식으로 그녀를 기다리게 했다. 그러나 헛걸음 하였다. 그대로 돌아오지 않게 되어 버렸다. 거기까지 당도해서 겨우 확실해진 의혹 속에 그녀는 있었다.

"아아."

등을 떠밀린 놀람에 그녀는 소리쳤다.

"또 무엇인가 일어난 것이 틀림없어!" 비명과 함께 벌떡 그녀는 일어섰다. 갑작스런 피로감으로 그녀는 노파 같았다.

사에는 한쪽 무릎을 꿇고 앉아 아이의 팔 밑에 흰 목면의 끈을 넣었다. 꾸벅꾸벅 조는 아이를 끈으로 매달아 휙 하고 옷자락을 흔들며 등에 들쳐 업었다. 목덜미를 규칙적인 숨결의 바람이 시원하게 쓰다듬었다. 가늘고 부드러운 이 바람만이 내내 변하지 않고 그녀를 사랑스럽게 어루만졌다. 그녀는 익숙해진 들판의 어둠으로 들어갔다.

목욕탕에서의 대화는 요령부득의 것이었다. 그러나 두 명의 남자가 불러 같이 갔다는 것은 바로 짚이는 바가 있었다. 거의 다 마른 수건에 면도칼과 비눗갑을 싸서 사에는 되돌아왔다. 비눗갑 안에는 비누가 덜그럭덜그럭 거렸다.

교외에서는 야심한 9시가 지날 때쯤 자택 수사를 하러 왔다. 손전등의 둥근 빛이 천장 널빤지와 벽장 벽을 마구 비추어 한 묶음의 편지와 인쇄물을 가지고 돌아갔다.

부탁하기 어려운 남성의 마지막 희망이 또다시 끊어져 버렸다. 그리고 그것만을 의지해온 여자는 다시 흔들려 떨어졌다.

2

이토의 아이들은 목덜미와 계절이 지난 스웨터 같은 것을 입고 있었으나 전부 닳아 더럽고 작았다. 소맷부리나 바지로 한창 자라고 있는 아이의 손발이 애처로울 정도로 비죽비죽 나와 있는 것을 차마 눈 뜨고 볼 수 없었다. 그것은 몸통에 찌여 성장을 압박하고 있는 것처럼 보였다.

인쇄 여공인 기요코가 노동조합에 들어가고 첫 겨울이 이었는데 양말이 없는 아이를 보며 이 간부의 가정에서 검소와 절약하는 모습을 발견해서 기뻐했다.

그러나 그것은 그렇지 않았다.

검소하고 절약하다고 생각했던 것은 실은 이토의 낭비와 이기주의의 결과였을 뿐이었다. 이토는 하룻밤 카페에서 위스키를 두 병이나 비우는 술꾼이고, 아내인 하루코春子는 파출부에게 아이들을 억지로 떠맡기고 개인 활동을 위해 이등석에 핸드백을 무릎에 올려놓은 여자였다.

기요코는 야스다가 없는 집으로 옮겨 왔다. 애인인 야마미야山宮가 전신대에 살고 있어 이번 이사는 사정이 좋았다. 그리고 야마미야가 휴가를 얻고 나서부터도 사에와 함께 살며 자연스럽게 이토와도 가까워졌다. 거기서 그녀가 보게 된 것은 방자하고 소비적인 간부의 가정생활이었다.

언뜻 보기에는 당사자 이외에는 상관없는 개인 문제였다. 그러나 실제로는 그렇지 않았다. 이토가 노동조합 기금을 빌려 대부분 술값으로 다 써버리고 질질 끌며 상환하지 않은 채 수개월 동안 연체되었다.

무엇보다도 이런 생활의 가장 나쁜 일은 이론보다도 더욱 뿌리 깊은 곳에서 생활의 감각이 서서히 바뀐 점에 있었다.

쟁의매도争議売渡し[33] 라든지 그 외 자본가와의 거래는 사람이 말할 정도로 쉽게 행해질 것이라고는 기요코는 생각지도 못했다. 그러나 혹시 그런 유혹이 이토를 꾈 경우에 거기에 현혹 될 가능성은 충분했다. 그런 결정적인 타락을 가정하지 않고도 출판노동조합의 산업별 합동에 반대해서 작은 인쇄공조합에서 지속하도록 하는 이토 들의 마음에는 간부 지위에서의 전락을 두려워하는 기분은 누구에게나 있었다. 그들에게 있어서는 노동조합원은 재산과 같았다.

이런 간부와 그것을 지지하는 야마다와 사와노가 있는 조용한 교외에 와서 늪에 발을 들여 놓고 후퇴의 환각을 경험했다. 그렇지만 그녀는 그것을 스스로 느낄 정도로 그들에게 비판적이었다.

성격이 약해 이론적이지 않은 애인 야마미야가 이토파에 합류해 있다고 해도 그것은 또 다른 문제였다. 그녀는 야마미야의 이론을 좋아하는 것은 아니었다. 그리고 그의 이토파에 대한 추종도 결

---

33 쟁의매도(争議売渡し): "노동 쟁의" "소작 쟁의" 들을 팔아넘김

정적이지 않았다.

그런데도 그녀는 요즈음 외부적으로 고독했다. 그리고 내부적으로도 고독했다.

좌익파의 성급한 부분은 기요코가 야마미야를 통해 이토파에게 끌려들어 갔다는 것이었다. 한 방향으로 향하면 이토들의 퇴폐가 있었다. 가령 좌익파에서 평가가 끝났다 해도 처음에 기요코는 지도자에 대한 존경과 사랑을 가지고 그들을 대했었다. 그러나 배신당하고 실망하게 되었다.

주조부는 방 모퉁이에서 웬일인지 칸막이를 세워 로마자부를 나누었다. 이 주조부에서 작업대를 가지고 있는 사람은 노동조합의 소 간부였다. 동시에 이 공장의 공장위원회의 은연한 지도자이기도 했다.

"……그러니까, 문제는 없어요. 요컨대 헤어져 버리면 되잖아요."

"야마미야와 헤어지면 당신이 떠맡을 건가요?"

"아, 좋아요. 맡을게요."

"그렇지만, 당신은 합당하지 않아요."

낡고 부서진 칸막이 사이로, 어느 날 그런 대화가 들려 왔다. 휴식시간 동안 계단 아래에서 손을 씻고 온 기요코가 보이지 않게 숨을 유리에 불고 있던 때였다.

활자가 없는 단상에서 두 명의 여공이 릴리얀수[34] 세공의 인조 견사실을 손가락에 휘감고 있다. 두 사람은 대화를 듣자 서로 마주 보았다. 그리고 기요코를 관찰하는 교활한 눈으로 창문을 바라보았다. 물론 기요코는 듣고 있었다. 볼이 닭 벼슬처럼 암적색이 되었다. 경망스러운 눈으로 두 명의 동료를 뒤돌아보았다.

단지 지금 기요코는 로마자부 앞을 통과해 온 것이었다. 그런 회화가 시작된 것도 그녀가 통과한 것이 계기가 되었던 것은 틀림없다. 그렇다면 기요코가 있는 것을 상대방이 모를 리가 없었다. 알고 있다고 한다면 있는 것을 오히려 의식하여 주고받은 대화였다.

그러나 기요코는 어조의 불성실함에 분개할 수가 없었다. 비굴함과 수치스러움도 아닌 소위 일종의 한심스러움 때문이었다. 기요코는 외면했다. 하얀 대낮의 전등이 빛나지 않고 들여다보고 있는 모노타이프monotype 쪽으로 남자 직공이 으슬렁 으슬렁 되돌아 왔다.

실제로 이런 종류의 문제는 중요한 과제로써 취급되어 기관에서 토의할 수도 없는 문제였다. 경솔하지만, 성실한 호의에서, 또는 조소적인 동료의 질시嫉視적인 전의욕詮議欲에서, 아니면 기계적인 연애방편주의에서 모두 어떻게든 기요코에게 의지를 전하고 싶어 했다.

34 릴리얀(수예 재료): 인조 견사를 가늘고 둥글게 끈처럼 짠 실

그러면서도 무언가에 방해받아 주저하고 있었다. 기요코는 솔직하게 말해주면 자신의 생각을 설명할 용의가 있었다. 하지만 모두가 그렇게 하지 않았기 때문에 각자의 의도가 그 나름대로 비꼬는 방법으로 바뀌어 불쾌하게 기요코에게 반사했다.

"모두가 당신을 안타까워하고 있어요."

"어째서?"

"왜냐하면 야마미야씨가 이토파의 앞잡이가 되어버렸거든요."

이렇게 숨김없는 간접적인 의사표시를 전에도 기요코는 몇 번이나 받았다. 이런 말은 여자가 자기의 사상을 가지지 않고 남자의 궤도를 자기의 궤도로 삼아서 길을 정하고 있는 경우에만 말하는 것이었다. 그것을 기요코의 경우에 혼동하는 것은 굴욕이었다.

칸막이 뒤로 4,5명의 검은 머리가 보였다. 갑자기 걷기 시작한 기요코 등 뒤로 모두의 시선은 전구와도 같이 빠르게 따라 붙었다. 기요코는 조리로 마루를 걷어찼다. 분개한 양 어깨가 보이지 않는 공기에 아무렇게나 부딪쳐 가는 것처럼 뒤섞이어 딱딱해졌다.

기요코는 계단 입구로 되돌아왔다.

닳아빠진 조리 뒤의 직물은 걸음을 옮길 때 마다 마루의 흰 가루를 닦아주었다. 그 전의 걸음으로 닦아 낸 흰 가루를 조리 바닥에 두고 갔다.

동료인 기누요絹代가 손을 다 닦고 왔다.

"아직 시간 있어요. 가요."

"어디에 말이야."

"어디로 라니, 설마 변소에 가는데 데리고 가지는 않겠지요."

기누요는 조금 씩 내려오는 기요코의 얼굴에서 시선을 떼지 못했다. 화가 나 있는 그녀의 얼굴은 눈꺼풀이 높게 콧날을 지나 눈초리는 대나무의 잎처럼 가늘게 뻗어 있었다.

"커피도 별로 마시고 싶지 않은데."

사줄 줄 알았던 기누요를 다시 돌려보냈다.

철망 안의 파란 창문 유리가 내려가는 오른 편에 떨리고 있었다. 청각보다도 먼저 뇌에 울리는 윤전기의 소리였다. 납판실로 가는 통로는 열어 둔 채였다. 하얀 석간신문이 떨어져 밝게 저기서 보였다.

하얗고 폭이 넓은 양지洋紙는 드러낸 철 소화기 안에서 검은색 잉크에 젖어 접혀져서 힘차게 배출되었다. 그리고 넘치지도 펴지지도 않고 같은 기울기로 두 줄기의 폭포를 만들어냈다. 신선한 신문지의 용감하기 그지없는 행군이었다. 공기는 무수의 벽을 만들어 되받아치면서 기계의 핵심으로 폭발해갔다.

백장이 떨어질 때 마다 울리는 종소리만이 흩어진 공기 안에 유일한 고형물이었다. 멈춘 윤전기를 기요코는 손가락으로 가르쳤다. 기누요는 목으로 끄덕이며 대답했다. 인간의 육체적인 음성은 입술을 떠나면 함께 공기로 중화한다.

이것이 저번 달부터 멈춘 문제의 윤전기였다. 몰락한 M계 재벌의 먼 갈래의 끝을 이룬 이 회사의 자본 계통은 이미 수년 전부터 몇 번이나 위기를 맞았다. 그것을 겨우 버텨왔던 것은 현 회사가 추구하는 저속한 신문적인 방침이었다. 하지만 이후의 위기는 배후에서 광고 수입의 적자로 점점 침식하기 시작했다. 더욱이 경쟁권 밖에 있었던 일류 신문사가 저속한 신문 같은 요소를 가미시켜 온 것도 타격이었다. 거기에 나타난 일류 회사 두 곳과의 협정은 치명적 이였다. 지난달의 어느 날부터 윤전기는 멈췄다. 그리고 먼지와 기계기름으로 더럽혀진 백 피트의 덩거리스가 걸려졌다. 기계도 덩거리스도 검었다.

"언제였었지, 작업 모양이 바뀐 것이?"

기누요는 기요코의 귀 옆에 갖다 댄 자신의 손바닥을 쳤다.

"머뭇거리다니 멍청하군."

기요코는 손바닥을 기누요의 귀 근처에 갖다 대었다. 그리고 인후로 음향을 억누르면서 감싼 손바닥에 소리를 세차게 내뿜었다.

검은 덩거리스 꺾인 날개처럼 축 쳐진 철 동체 안에는 오글오글한 천 처럼 진동하고 있는 회색의 어둠이 있었다. 그 어둠을 둘러싼 예각삼각형, 반원직각, 이직각 구기경사. 그 외에 무수한 입체모형이 서로 구분하여 파먹어가면서 철의 뼈대로 지탱해 나가고 있다. 그것이 기계의 잔혹한 내부였다. 여기서는 멈춰버린 철이 내려놓은 무거운 침묵이 음향을 압도하고 있었다.

조합에 가입하여 처음의 투쟁이 그녀들의 가까이에 있는 것이었다. 해고, 임금 삭감, 필시 그 둘 다 조합의 격문은 말했다.

광대하다고 해도 어지럽다고 해도 이 단독 조합의 운명은 그

투쟁에 걸려있었다.

"토끼에 뿔이 있겠지. 그 때가 되면 비로소 알겠지? 누가 우익이고 좌익인지?"

소리가 잘 들리지 않아 이층 까지 내려오자 기요코는 처음으로 자신의 목소리를 들으면서 말했다. 비장함을 넘어서 자포자기 한 마음이 강하게 느껴졌다. 이 때 기요코의 뇌리에는 야마미야가 나타났다. 그 다음으로 이토가 나타났다. 서양학부의 아무개 씨도 나타났다. 마지막으로 자기 자신까지 나타났다. 그리고 지난 분노 속으로 되돌아갔다.

"있잖아 나 그렇게 야마미야에게 끌려 다니는 것처럼 보여?"

"아무도 끌려 다니고 있다고 말하지 않아. 즉, 말이야."

"즉, 어떻다는 거야. 당신 같은 사람들의 이론을 한번 끝까지 들어나보고 싶다고 생각했어."

기누요는 거부하지 않는 듯 침묵했다. 두 사람은 식당 입구로 왔다.

이 공간 안에는 주조부와 마찬가지로 진풍경인 칸막이가 있었다. 왼편에는 사원 오른 편에는 직공으로 자연스럽게 구분되어 있었다. 오른 편에 몇 개의 식탁 주변에는 사람의 모습은 더 이상 보이지 않았다. 녹슨 바늘처럼 말라 버린 소나무 화분은 버썩버썩 빨갛게 말라 옆에 놓여져 있었다. 두껍고 무거운 토기 손잡이를 잡고 두 사람은 오전의 커피를 마셨다.

"당신『붉은 사랑赤い恋』읽었어?"

"안 읽었어."

기요코는 화도 안 난다는 듯 코웃음 치는 소리를 냈다. 이 동지의 주의가 너무나도 평범해서 귀여웠던 것이다. 하지만 자리를 피해 혼자서 전철을 타자 한결같은 자신의 생각을 기요코에게 강요했다는 것을 깨달았다. 이 문제가 그 정도로 자신에게 큰 문제라고 한다면 그녀의 이론 적립은 뿌리부터 잘못되어 왔다는 것이다.

이틀 후 기요코는 돌아오는 길에 조합 본부에 들렀다. 갑자기 한순간 『붉은 사랑』을 읽고 싶다는 생각이 들었다. 그래서 조합본부에서 이 책을 빌리기 위해 발걸음을 옮긴 것이다. 책장이 있는 이층에서 재무부 회의가 있었다. 쟁의를 예상하여 기금의 비상 적금에 관한 임시회의였다.

조합원의 정액 부담을 적게 하고 비상시에 자발적인 부담을 많게 하려고 하는 의논과 조합원이 전액을 정기적으로 부담해야 한다고 하는 의견이 토론의 경계였다. 좌익파는 비상시에 하는 자발적인 부담이 결국 간부의 부담이 된다고 말했다. 그리고 그것이 타락과 관료주의를 양상 한다고 지적했다. 하지만, 좌익 간부의 소액 부담설이 거기서는 유력했다.

눈에 보이는 당장의 이익이 여기에서도 역시 권위를 휘두르고 있었다. 기요코는 옆에 놓인 책을 집어 들고 방청 도중에 나왔다. 그리고 야마미야가 하숙하고 있는 곳에 들렀다. 야마미야는 아직 마을 공장에서 돌아오지 않았다.

고론타이의 와시리사Vasilisa는 보로자Volodia와 헤어졌다. 헤어지지 않으면 안 되었다. 과연 헤어지면 안 되었을까? 『붉은 사랑』을 기요코는 교외의 여섯 장의 다다미방에서 다 읽었다. 은사슬과 헷갈릴 것 같은 철사슬. 더러워 보이는 빨간 색으로 칠해진 아까워 보이지 않는 하트 모양. 그 어수선해 보이는 표지 위로 얇은 바늘 같은 석양의 광선이 전해지는 듯 햇살이 비쳤다. 이 표지랑 표제에 대한 반감으로 전에 그녀는 이 책을 읽을 마음이 들지 않았다. 하지만 지금은 괴롭고 진실한 와시리사의 미래를 좇아가는 흥미가 생긴 것이다.

고론타이와 동양의 프롤레타리아 부인과의 사이에는 막역한 견해 차이가 있었다. 그것은 동시에 기요코와 다른 조합원 사이에 종잡을 수 없는 차이였다. 여자가 남자와의 의지를 다르게 할 때마다 헤어져야만 하는 것은 여자의 힘이 아직까지 미약하여 남자에게 방해받았을 때의 일이다. 기요코는 그렇게 생각했다.

지금 여자는 그렇지 않다. 그 자각에서 출발하면 워룽자야는 – 하물며 야마미야는 뿌리치지 말았어야 했다. 그는 단호하게 거절당하거나 더 집요하게 파고들어야 했다.

그렇게 된 야마미야에 대해서도 기요코는 비판받는다고 한다면 그 집요함의 부족함이야말로 비판받아야 할 것이다.

"사에씨, 사에씨."

기요코는 구운두부를 살 건지를 물어보기 위해 사에를 불렀다. 대답이 없었다. 석양이 옅은 저녁이었다. 전신병이 붙인 전선 위에

번식기인 참새가 음표와 같이 나란히 있었다.

흰 옷을 입은 전신병은 찻 색의 자동차를 말을 의지해 질질 끌고 돌아왔다.

"사에씨."

거기에 응답하는 구토의 소리가 변기 안에서 들려왔다. 방금 조금 전까지 눈앞에 있었던 북 쪽 러시아의 현실은 필름보다도 빨리 없어졌다. 내장도 다 내뱉을 것 같은 구토의 소리가 고통스럽고 절망스럽게 기요코의 위를 흔들었다. 여기서 또 새로운 문제가 동성에게 일어나고 있다는 사실을 기요코는 전부터 알고 있었다.

비둘기 집 위를 전서구傳書鳩가 흩뿌린 것처럼 무리지어 날고 있었다. 넓은 원은 점점 좁게 눈 주변을 빨리 도는 회오리처럼 되었다. 이윽고 다시 점점 원을 넓혀 갔다. 공간의 오점이 되어 버린 석양의 반점을 등지고 있는 그들은 피곤해진 백아로 밖에 보이지 않았다. 전신병과 섞여서 주부들이 시장에서 돌아오는 시각이었다. 이 시각은 위협심이 없는 기요코들에게는 저녁식사 시간이었다.

"아파요, 이아이가."

엄마가 식사를 할 때 그릇 밑에서 아이는 젖을 물고 있었다. 나오지 않는 젖 때문에 아이는 힘껏 젖을 물고 매일 매일 자라온 치근의 감각이 전해져 오는 것 같은 난폭하고 끈질긴 추구를 나타내는 것이었다.

"아프지 않아, 바보."

한순간 아이를 훔쳐본 사에의 얼굴은 다양한 표정과 충돌하여 혼란스러워졌다. 이윽고 그것은 진지하게 하나의 증오로 변해 갔다. 증오는 밖으로 나타남과 동시에 분량만 안으로도 향했다. 부드러운 두 손을 잡고 엄마는 힘껏 아이를 때렸다. 축축한 근육 바로 밑에 가느다란 상박골의 감촉이 느껴졌다.

아이는 공포에 질린 나머지 울지도 못했다. 울지 않고 힐끔 어머니를 보았다. 그러곤 고개를 돌렸다. 새 하얀 좁은 해협과 같은 더러움이 한 점조도 없는 하얀 눈망울 이였다. 아이는 긴장하여 한 순간 공허한 얼굴을 하였다. 다음 순간 사에는 부드러운 턱에 부딪치는 아기의 울음소리를 턱 아래로 기분 좋게 들었다.

투명한 눈물이 그녀의 콧방울에 떨어졌다. 그리고 모슬린 앞치마 위에서 수은과 같이 빛났다. 슬픈 눈물이었다. 가책의 눈물이었다. 아니면 그 어느 것도 의미하지 않는 그녀의 습관적인 눈물이었다. 움직일 수 없는 기분으로 기요코는 그것을 바라보았다. 그녀의 식탁 위치는 지금까지 야스다가 앉았던 기둥 앞이었다.

기요코는 뉴스의 돈을 받기 위해 해판부解版部에서 야간근무의 제1휴식 시간까지 기다렸다. 작은 활자에서부터 큰 활자로 해판의 일은 점차적으로 주조부로 옮겨가고 있었다. 그리고 나서의 축소는 종래 결혼이나 병과 같은 자연적인 퇴직으로 메우고 있었다. 하지만 다가오는 해고로 인해 이 부서의 전폐가 확실하게 예상되었다. 그런 만큼 부서의 투지는 가장 왕성했다.

"자네는 야간 근무로 되었는가?" 수위가 노래를 흥얼거리면서 돌아왔다.

8시 교대인 친구를 기다리고 있다며 기요코는 투명스럽게 거짓말을 했다.

"빨리 돌아가게." 비웃는 듯 수위는 말했다.

그러곤 뱀의 혀와 같은 시선으로 둘러보곤 눈에 거슬린다는 듯이 다시 기요코를 바라보았다.

"정말이지 말이야. 기요코씨. 이 부서 근처에서 서성거리면 의심받을 거라고." 안에 있던 직공이 갑자기 일어났다. 그러곤 말했다. 그는 기요코를 무시하고 작업대에서 더러워진 작업 장갑을 집어 들었다. 그러곤 점잔 빼듯 허리부근에 손가락을 늘어뜨리고 지나갔다. 그 비어있는 손가락을 보며 기요코는 단지 "아니꼬운 녀석이다"라는 생각이 들었다. 그가 말하는 의미는 이 부서의 자부심을 가리키는 것이 아니고 기요코에 빗대어 말한 것이었다. 하지만 이미 기요코는 그 어떤 과시적인 말에도 상처 받지 않았다. 그녀는 단지 있는 그대로 상대의 감정을 솔직하게 받아들였을 뿐이다.

자신 있는 쓸쓸함. 기요코는 철망이 있는 유리에 이마를 대었다. 투명한 거북의 등딱지 모양이 바로 눈앞에 있었다. 입과 코 주위에서 유리는 민감하게 뿌옇게 되었다.

사진부의 광선은 이 밤의 염료처럼 푸르렀다. 깔때기 모양으로 열린 푸른 빛 앞에서 안뜰의 납판을 비추고 있었다. 흩날린 서양

종잇조각을 비추었다. 그러곤 서쪽으로 사라졌다. 파란 렌즈의 첫 번째에는 아주 선명하게 밤의 노동 현장이 각층에서 보였다. 8시에 지하실에서 올라온 회계책임자인 시로타代田는 기요코의 용건을 듣고는,

"곤란하게 됐어. 그 돈은 이번 달에는 일반 뉴스에 사용하기로 결정되었어요."

"흐음."

기요코는 자신도 모르게 묘한 소리를 내었다.

"그렇게 되면 이번 달 분의 여공 뉴스의 돈은 어디서 나오는 거죠?"

야간 근무 중인 여공들은 그런 대화에 귀 담아 듣지 않고 앞치마를 벗고 있었다. 시로타는 빈 도시락의 딸그락딸그락 젓가락 소리를 내며 조심스럽게 기요코에게 머리를 숙였다.

"그러면 어떻게 할까요?"

시로타는 말했다.

"하지만 그건 이상하잖아요."

라며 기요코는 말을 더 이어서 하지 않았다. 이 일과 부합되는 불가결함을 일전에도 느꼈던 것을 생각해냈기 때문이다.

기요코는 공장 위원회에서 나온 여공 뉴스의 책임자였다. 그녀는 위원의 손에서 매월 원고를 받았다. 그럼에도 불구하고 원고는 이번 달 위원회의 정례회가 지나도 기요코에게 돌아오지 않았다. 기요코는 문선文選까지 가서 재촉했다. 이런 정세에서야 말로

조합의 통제를 받지 않는 이 뉴스는 조직 지도자를 비판할 수 있고 독자적인 선동이 가능하다고 기요코는 생각하고 있었다.

그런데 원고는 줄곧 늦어져 이상한 것들만 끌어모아 왔다. 그것은 조직 여성부의 정해진 보고와 정리 단행에 반대하는 선동적인 문구뿐이었다. 이걸로 뉴스는 어느 때보다 더욱 완고해졌다. 단지 딱딱해졌을 뿐만 아니라 어느 때보다 더 빈약해졌다. 위원도 반 책임자도 아닌 기요코는 이 일에 대한 질문을 다음 달 부인 반상회에서 개진할 수밖에 없었다.

"그 대신할 뉴스가 어디선가 비밀리에 빠져 나가는 거 아니에요? 시로타씨."

기요코는 그 일에 대해 정면으로 추궁했다.

"글쎄, 모르겠어요."

시로타는 별안간 짓궂게 대답했다. 그리고 갑자기 생각난 것처럼 덧붙여 말했다.

"기다려주세요, 문선에 가서 돈에 대해 물어보고 올 테니까."

기요코는 다시 기다렸다. 해판에도 더 이상 사람은 없었다. 건너편 문선 케이스가 여러 겹으로 쌓인 더미 사이로 움직이고 있는 머리가 보였다. 긴 코드 끝의 5열의 전등은 윤곽이 흐릿한 5개와 같이 나란히 어울려져 있었다.

"글쎄 모른다니깐요."

그 말에 내재되어 있는 모든 의미를 남김없이 기요코는 생각해 보려고 했다. 그 말 자체가 기요코의 입장을 알려주는 유일한 열쇠였다. 허공으로 사라져 버린 말의 빈 껍데기에 기요코는 끝까지 매달렸다. 그 순간 돌연히 반감의 봉우리가 무서운 힘을 가지고 눈앞에 융기해왔다. 그러곤 봉우리의 낮은 곳에서 깔볼 수밖에 없는 계곡이 가난한 굴욕감을 충족시키고 있는 것을 보았다.

"종파주의宗派主義다."

엄숙하게 세 된 목소리로 묻듯이 기요코는 곱씹었다. 시로타는 1엔 50전만 긁어모아 상자 사이를 나무 짚신을 신은 채 달려왔다.

"어쨌든 받아 두겠어요."

그 한마디 한마디를 물음표와 같이 기요코는 발음했다. 기요코는 더디게 한 계단을 내려갔다. 그리고 다시 한 계단을 내려갔다. 푸르고 넓은 유리 너머로 밤하늘의 얕은 접시가 있었다. 세 걸음 건물을 벗어나니 기요코는 이미 검은 통행인 이었다.

1엔 50전의 돈은 그대로 기요코의 책상 위에 있었다. 매일 오는 이토의 아이가 주워서 입에 넣어보았다. 그러곤 금속의 아릿함과 만인의 손때 묻은 소금기로 아이는 얼굴을 찌푸리고 따뜻해진 것을 토해 내었다.

그 돈으로 인해 사에는 사에 나름대로 시험당하고 있는 불쾌함을 느꼈다. 그녀는 지금 돈이 필요했다. 확실하게 용도가 정해지지 않은 돈이 필요했다.

"안돼요. 돈은 안돼요."

아이가 주워서 던진 툇마루 끝까지 기요코는 달려갔다. 굴러가는 돈에 혼이 빠져서.

"항상 그곳에 돈이 있는 거네. 어떻게 된 일이야."

이토의 아내는 경제적으로 이토의 보호를 받는 사에에게 자그마한 권위를 앞세워 말했다.

"글쎄요, 기요코씨의 돈인데요."

상대와 엇갈린 기분으로 사에는 대답했다. 그 말에 의도된 불쾌함을 나타낸 것인지도 알지 못했다. 생리적 변화를 자각하고 나서는 잠을 자거나 일어나 있어도 유일하게 그것만이 거미줄에 얽힌 듯이 그녀를 옥재우고 있었다. 그녀는 요즘 들어 야위어 키가 커 보였다. 매단 기모노와 같이 멍하니 한곳을 줄곧 보던 그녀였다. 눈동자는 갈색으로 말쑥해지고 흰자는 은색으로 빛났다. 얼굴은 창백했다. 바람처럼 온 안도와 신뢰가 비람처럼 사라지고 고독이 다시 되살아났다.

그 끔찍한 궁핍도 바로 눈앞에 있었다. 성급히 그녀의 보호를 약속한 이토는 불확실함으로 집 꼴을 보곤 마음이 괴로웠다. 매일 보던 돈의 흡인력에 사에의 굳은 마음은 결국 무너졌다. 몇 차례의 주저 끝에 1엔 빌려 달라고 사에는 말했다. 헤아릴 수 없는 수치와 굴욕의 전투 끝에서. 함께 살면서 기요코와는 아직도 진솔한 이야기는 하지 않았다. 무지를 비웃지 않는 의식, 상대의 여자다움의 궁핍을 경멸하는 의식, 그런 마음으로 무장하고 부채를 사용하면서 문의 맹장지는 닫지 않았다.

기요코의 침입으로 그녀는 자기만의 영역을 분단 당했다. 6장의 다다미에 기어 다니는 아이가 때려도 말리지 않던 그녀였다. 기요코는 책상 위의 돈을 꺼내지 않고 지갑에서 꺼내었다.

"걱정 말고 말해주세요. 앞으로도 할 수 있는 일은 할 테니까요."

여러 차례 말한 것을 기요코는 다시 한 번 말했다.

"네, 감사합니다."

굳은 표정으로 사에는 받았다. 사에는 그런 말을 예의로서만 들었다. 그렇다 할지라도 기뻤다. 마음은 그 돈의 사용 용도에 떨릴 정도로 서두르고 있었다.

사에는 건널목을 지나 멀리 갔다. 정오의 짧은 그림자가 발밑에 비치자 가게들은 카키색 차양을 나란히 하고 있었다. 가게 안은 깜깜했다.

도쿄의 마을은 어딜 가도 마찬가지였다. 몇 채 째인가 이발소에는 개옥잠화가 피어있고, 또 몇 채 즈음에는 잡지명을 물들인 것 같은 깃발이 길을 향해 기울어 있었다. 빨강, 파랑, 흑백, 노란, 페인트, 천, 판자, 한정된 색과 재료로 겉만 꾸민 것과 같이 두개의 줄무늬를 평행한 처마로 끌려갔다.

거품 같은 무수한 물방울을 천장에 매달아 놓은 약국을 사에는 세 채 통과했다. 네번째 약국 앞에서 그녀는 겨우 걸음을 멈췄다. 여기는 단 한번도 지나간 적이 없는 거리였다. 사에는 시선을 좌우로 움직이며 조금 망설였다. 하지만 그것을 무시하는 강한 힘이 그녀를 덮쳤다. 그녀는 쫓기듯이 들어갔다. 그녀는 약 이름을 말했다. 흰색 외투를 입은 남자가 되물었다. 그녀는 다시 말했다. 남자가 찾는 동안 기다렸다. 그녀는 어제 받은 1엔을 내었다. 그리고 밀랍종이에 싸여진 작은 약품을 챙기고 일자로 긴 거리를 되돌아왔다.

가전家傳 xx환丸.

그것이 밀랍종이 안에 있는 약 이름이었다. 이 이름을 사에는 부르주아 신문의 광고에서 봤다. 이 이름이 부르주아신문의 한구석에서 괴로워하는 부인을 꾀었다. 명암明暗이 있는 두 손으로 꽤 내었다.

"남모르는 여자의 고민을 산뜻하게고 가볍게 해결해줍니다."

천한 듯한 말 속에 사에만 통하는 눈짓이었다. xx환, 그 이름이 나타내려고 한 약효는 허위임과 동시에 진실이었다. 그것은 단지 여자의 하복부의 시계가 멈춘다는 것과 같은 상태를 고치는 것을 의미하지 않았다.

가슴에 담긴 멈춤을 고치는 것과 동시에 정조의 불명예, 어머니의 실업 ,모자의 가난, 고아원, 부랑아, 소년 재판소, 그 이외의 무수한 어머니와 자식의 어려움 – 인간의 살육을 계기로 사용되는 공포스러운 모든 사회적인 명사를 미연에 '산뜻하게' 내보내는 것을 약속 하고 있던 것이었다.

사에는 굶주린 듯이 알약을 먹었다. 일 엔에 단 세알 뿐이었다. 그리고 배변이 좋아졌다. 배변이 나아지는 것은 약이 효과가 있다는 전제라고 설명서에 쓰여 있었다. 그러나 배변이 좋아졌을 뿐 약의 효과는 없었다.

"기요코 씨, 정말 죄송합니다만 지금 저에게 일 엔만 더 빌려주시지 않겠습니까?

이틀 후에 사에는 말했다. 말을 마쳤을 때, 눈 주위에는 잔물결 같은 주름이 떨려왔다. 입은 마지막 말을 한 후 급히 미소 지었다. 입과 눈이 필사적으로 드러내려고 한 것은 익숙하지 않는 비굴한 아첨이었다.

1엔으로 세알의 약이 다시금 사에의 손바닥에 있었다. 그녀는 그것을 먹었다. 아무 맛도 안 나는 물의 감촉이 식도로 내려갔다. 이제 저 불가결한 자랑도 강경한 방어도 그 얼굴에는 보이지 않았다. 비연속적이지만 나의 의지력이 눈을 감게 하였다. 그것은 독립된 프롤레타리아 부인에게만 볼 수 있는 것이었다.

혼자 생각하여 혼자 처리하지 않으면 안 되는 눈앞에서 일어나는 일이 한동안 그녀를 바꾸었던 것이다. 이 세알도 똑같이 용변을 촉구했다. 용변이 좋아지는 것은 약 효과가 나타나는 전제라고 설명서는 이 밀랍종이에도 끼여 있었다. 그렇다면 또 1엔을 지불할 수밖에 없는 것이었다.

약의 효과는 부족한 양 때문에 가지에 얽힌 연처럼 걸려 있음에 틀림 없었다. 기요코의 출근 후 사에는 여섯 장의 다다미방에 있는 책상 앞에 섰다.

"치켜 올라간 기모노와 같다"는 비유는 더 이상 이때의 사에에게는 적당하지 않았다. 눈앞에는 지난달의 일엔 오십 전이 아직 있었다. 쥐색의 틀에 둘러싸인 눈으로 그녀가 그것을 내려다 볼 때 은화도 다시 권위 있는 얼굴로 그녀를 쳐다볼 것 같았다.

그러나 그 교류는 순간이었다. 갑자기 옆에서 뻗어 나온 제삼자, 그녀의 손이 그것을 집어 올렸기 때문이었다. 이렇게 세 번, 세 알의 약은 그녀의 손에 들어왔다. 그녀는 탄약彈藥을 내보내는 심정으로 삼켰다. 용변은 역시나 더욱 좋아졌다. 용변이 좋아지는 것은 약이 효과가 있다는 전제라는 설명서가 역시 끼여 있었다. 지금 그녀는 아무것도 하지 않고 그 다음에 얼어나는 것을 기다리면 되었다. 하지만 그 다음에 일어난 것은 "산뜻하고 가볍게" 가 통하지 않고, 용변의 반동으로서의 완고한 변비였다.

혼자가다
一人行く

아무튼 당했다. 이 병든 몸이 눕기에 충분한 다다미 한 장이. 이 경우, 등 아래의 다다미 한 장의 평판平坦함이란, 영원한 대지의 넓이와 무게와 비교해도, 그저 감사와 만족으로 스스로 가슴이 황금빛으로 빛나고 있는 것처럼 생각 되었다.

게다가 찾아갈 수는 없다고 해도 F씨가 있는 곳까지 버스를 갈아타지 않고 갈 수 있고, 또 남편이 있는 경찰서와도 가깝다는 것이 마음의 위로가 되었다.

병실은 다다미가 깔린 3인실로, 7월 오후의 햇빛이 금으로 된 병풍을 세워 논 것처럼 창에서 빛나고 있었다. 하지만 그 빛이 비쳐 들어오는 열기보다도 격심한 것이 나의 마음에서 반짝반짝 타오르고 있었다. 때로는 육체에 불타고 있는 열기가 육체와 마주한 나의 마음을 끊임없이 불에 쬐인 탓인지도 모른다.

나는 외래 진료실에 들고 온 오비帯와 오비아게[35] 를 베갯머리

35 오비아게(帯揚げ): (일본 여자 옷에서) 띠가 흘러내리지 않도록 매듭에 대어 뒤에서 앞으

에 놓인 아카시明石 의 기모노 앞을 펴고 큰 배 위에 간호사가 뜨거운 찜질팩 놓은 것을 지켜보고 있었다. 상처 입은 짐승 같은 눈으로. 그 눈에 핏발이 서 있는 것이 눈 속의 열기로 알 수 있었다.

여기에 Y씨가 나를 데려 오기 전에 걸었던 전화로, 나의 피할 수 없는 신상에 대해 많지도 않은 간호사들에게 널리 퍼져 있었다. 이 간호사도 모든 일을 알고 있다는 듯한 여유를 보이면서 드러난 얼굴을 땀투성이 가슴 곁에 가까이 대고,

"이 잠옷으로, 좋은 기모노는 아까우니까."

라고 상냥하게 말했다.

그러나 나는 그 상냥함에 답하지도 않고 "기모노가 문제가 아닙니다."

라고 무심결에 말했다.

눈 안에서는 단지 한가지의 일을, 그것이 내 마음의 시선으로 자연발화 될 정도로 가만히 응시하고 있는 심정이었다. 간호사는 당치도 않는 고가의 약기를 건드린 듯한 놀란 얼굴로 잠깐 나를 보고 나서 물기도 채 가시지 않은 세면기를 들고 나갔다.

드디어 원장 O씨와 얘기한 듯한 Y씨가 되돌아와 잠옷과 이불은 당신의 친척이 가져오도록, 그리고 관청으로 돌아오면 근처의 파출소까지 전언 해 줄 것. 그 친척이 온다면 곁에서 시중드는 사

로 돌려 매는 헝겊 끈.

람과 상담할 수 있다는 것 등을 간략하게 말했다.

이 경우 그 친척이 가족의 필요한 이불을 가져오지 않는 것 등은 말하지 않았다. 나는 그저 감사한 얼굴로 담담하게 대답했지만 생각 외로 인정이 술보다 강하게 느껴져 감사의 방자함에 익숙해 있던 마음은 오히려 고통을 받은 것처럼 더욱 욱신거린 것이었다.

Y씨는 안심한 얼굴로 돌아왔다. 끝내 나는 경찰서에 가는 길에 한번 본적이 있는 경찰관 Y씨의 팔에 아주 무거운 무게로 매달려 버렸다. 하지만 자신의 중량을 스스로 낚아 올리지 못하고 타인에게 맡기는 것은 무언가 안이한 것이었다.

이윽고 창문을 위협하고 있던 석양도 부드러운 울금으로 변해 어딘가에서 식탁 소리가 날 때가 되자 아까 마신 가루약 때문인지 맞닿은 눈꺼풀의 열기도 식어가는 듯했다.

지면을 건져 올려 정제한 듯한 그 가루약에도 그 만큼의 자애가 깃들어 있다는 것을. 나는 혈관의 말초로 조용히 격한 혈기를 가라앉히는 그 가루약의 작용을 어린아이처럼 상상하고, 그 작은 최후 한입자의 작용까지 남겨두지 않고 받아들이려고 하는 투병 초심자의 심리에 겨우 들어가는 것이 가능 했던 것이었다.

마음도 몸도 안정된 눈으로 먼 곳을 바라보면 나의 옆에는 맹장염의 예후가 덧난 듯한 12~13살의 소년이 부모의 간호를 받고 색종이로 접은 매미나 학 등이 실에 매달려 모색暮色 속에 작은 각도와 면의 다양한 명암을 물들이고 있다. 그리고 그 옆에는 심한 비염이 있는 키 큰 여자가 날카롭게 그 비염으로 맞은편의 얼굴의 반쪽을 숨기고 위를 향해 자고 있었지만 배 주변에는 이불이나 의류를 환부에 닿지 않게 약간 올려 둔 구조물이 걸쳐있다.

조금 전부터 듣지 않아도 들려오는 다른 병실 환자의 소문이나 창문에 말리고 있는 가제들로 추측해보면 이 병원은 외과병원이 아닌가라는 생각이 들었다.

얼마동안은 그것을 확신하는 것도 귀찮았지만 머리맡에 약병의 문자를 보니 확실히 그러했다.

좋아, 외과병원에도 화류병과 병원에서도 지금까지 큰 병을 고친 적이 없는 의사인가 병원인가에 관해서 막연한 주의 밖에 한 일이 없는 자신에게는 내과환자가 외과에서 본 것은 상당한 장소 착오 같이 생각되었다. 그러니까 자신의 마음에 약간의 힘을 붙여 그와 같이 중얼거리는 것이었다.

외과인지 내과인지가 가령 발트해로 향한 강도 인도양으로 향한 강 정도로 다르게 흘렀다 해도 자신은 반드시 노력과 극기에 의해 생명의 바다로 흘러가 보자.

생명. 자신의 생명의 향배를 진지하게 생각하지 않으면 안 되는 병에 걸려 있으니까 생명의 소중함은 땅에 손을 대고 엎드려 통곡해도 좋을 정도로 나의 몸에 넘쳤다.

특히 오랫동안 유치장의 높은 창 밑에서 보는 것이라고는 그 창문을 지나 매일 날씨 이외에는 자신의 마음의 내면 밖에 몰랐던 고독한 나는 자신의 생명력에 모든 희망을 맡기는 듯 치우쳤던 격정을 경험했다.

아무도 속박할 수 없는 생명, 송곳 같은 그 힘, 복수 때문에 몇 장이나 두꺼운 것을 꿰뚫어 가는 생명. 그것을 칭송하는 격정이 반대로 또 병든 몸을 태워 줄이고, 그 몸의 쇠퇴가 초조한 채찍이 되어 마음의 망아지에게 채찍을 가한다. 그러나 견고한 복수의 성채라고 생각했던 그 유치장의 다다미도 지금 잃어버렸다.

그리고 그 안에서 생각한 것이나 시도했던 것도 대부분이 퇴색해 버린 지금, 자신의 생명력도 하늘을 떠도는 힘을 잃어버린 것을 나는 느끼지 않고서 있을 수 없었다.

나는 갑자기 도취해서 깨어난 것처럼 조금 전 진찰실에서 원장이 빙빙 둘리지 않고 "이것은 잔인해. 이것은 전신 결핵이야."라며 그 특징을 설명하며, 솔직하게 "심장의 잡음도 상당하네요. 이것으로 지금 잠깐 자동차를 타고 돌아다닌다면 어떻게 되었을까."라는 위협적인 말들을 자세하게 되뇌였다.

그것은 물론 구제자라고 하는 화려한 입장을 여전히 고수하려고 하는 죄 없는 과장이었다고 하더라도, 회전의자에 앉은 나의 맨몸에 칼을 꽂는데 충분한 압박적인 내용 이였다.

타오르고 있던 그 때의 마음과 몸에는 그 말의 구타는 차라리 얼얼하게 박하를 바른 것 같이 상쾌했지만, 지금은 다소 아픔으로 기억되는 것이었다.

그는 말했다. 양쪽 폐가 침범되고 있는 것, 복막의 염증도 거의 복부 전체에 퍼져 있는 것, 몇 군데는 벌써 유착되어 있다는 것. 그 유착되어 있는 곳에 원장의 손이 닿자 나는 토할 것 같았다. 그런 증상 중에서 무엇보다 나의 마음에 강하게 여운을 남기는 것은 양폐가 침범되어 있다는 선고였다.

"이상한 소리가 나" 라고 말한 순간까지 나의 마음 깊이 아픈 상처에 바깥공기가 닿을 수 없는 것 같아 엉겁결에 얕은 호흡을 하게 되었다. 그리고 취약해진 신경이 향하는 대로 그 소리는 호흡으로 새어져 나오는 게 아닌가하고 속으로 상상했다.

"그 폐는 어쩌면 길게 입은 기모노의 무릎이 닳아 끊어지는 것같이 닳아서 끊어진 것이 아닐까. 내가 태어난 이래로, 수 억 번의 호흡을 했으니까 그 마찰만으로도 폐가 찢겨져 버렸다고 해도 이상하지 않고 원망할 처지는 아닐지도 모른다……."

나는 내 자신이 공허해 질 정도로 겸허함으로 모든 것을 받아들일 수 있다고, 가만히 그렇게까지 생각할 정도였다.

그러나, 그러한 단념과 병행하여 "차라리 배를 개복하여 이 물을 꺼내는 방법도 있기는 있습니다만." 이라고 조금 전 원장이 한 말의 여운이 아직 사라지지 않은 채 어느 정도의 미련으로 남아 가슴이 답답한 증상을 느꼈다.

나는 살고 싶고, 빨리 낫고 싶다는 환자 일반적인 희구 외에, 실을 뽑고 뽑아 뻗어가는 것처럼, 일상적인 투병은 하루도 용서되지 않는 신상에서 오는 초조에 강요당하고 있었다.

폐는 어쩔 수 없다고 해도, 복막염이라도 고치면 적어도 걸을 수 있다. 아니, 그렇게 작은 정도에 한 형편으로부터 뿐만이 아니라, 실은 비하와 비애의 가죽을 한번 벗겨 낸 몸 안에서 '병에 걸린 인간은 고칠 권리가 있다.' 라는 오만과 불순으로 때와 장소도 분별하지 못하고 유들유들한 사상을 감추고 있는 것을 스스로도 조금은 당혹해 하고 있는 것이었다.

나는 건강할 때 조심성 없는 문병인으로서 마른 결핵환자가 물고기와 같이 줄을 서서 자고 있는 병원의 중환자실을 몇 번이나 방문한 적이 있었다. 그들의 생명의 끈은 전구안의 텅스텐보다 희미하게, 조금의 생명력의 연소에도 견디지 못하고 끊어져 버릴 것처럼 여위어 있었다.

끌어 오르는 기침을 보며 그 생명이 위급한 것 같은 무서움을 느낄 정도였다. 그들의 머리맡의 받침대에 놓여 있는 것은, 옅은 노란 물약과 삼각에 꺾은 종이 안의 1스푼 정도의 가루약에 지나지 않았다. 그들은 벌써 몇 개월이나 열을 내리기 위해서 가루약을 먹고, 위의 소화를 돕기 위해 물약을 마시며 가끔씩은 찜질 등을 하는 것만으로도 군집한 끈질긴 병균에 대항하고 있는 것이었다.

말하자면 육체 밖에서부터 간접적으로 병균을 위협하기도 하고 신호를 반복하기도 하여, 지표에서 지저로 물이 스며드는 것처럼 수분의 작용이 환부로 스며들어 가는 것을 기다린다고 하는 끈기 있는 방법을 취하고 있는 것이다.

의학 지식이 없는 나에게도 그것이 완만한 대우 회전술 인 것만은 판단할 수 있었다. 그리고, 도대체, 인간에게 이렇게 까지 하인처럼 강한 인내심을 요구하는 결핵균이란, 도대체 어떤 것일까

하는 생각. 그것은 어디에나 있다고 하는 점, 그 버릇의 시선이 눈에는 안 보인다고 하는 점으로 「신」이라고 하는 존재와 닮아 있는 것을 재미있게 생각했다.

하지만, 이제와서 생각하면, 그들은 의학의 무위와 빈부라고 하는 속세의 섭리와에 대해서 쓰는 것도 인내심 좋게 잘 견디고 있었던 것이었다. 그렇다 치더라도, '결핵을 고치는 약은 없다'라고 미래의 예측까지 포함해 단언하는 세상에 의사의 회의가 없음은 얼마나 괴로운 것 일까. 같은 시대의 같은 세계에서, 군함이나 폭탄 제작에 있어서는 많은 허황된 공상이 과학으로 실현되는 것을 나는 절실하게 생각할 수밖에 없다, "거기에는 시대의 희생자가 있는 것이다. 자신도 앞으로는 그 한 무리에 들어가는 것이다."라고 나는 비장한 감회 속에 약간 중얼거렸다.

그리고 이런 저런 상념 끝에 — 낫는다. 낫지 않는다는 문제가 아니다. 나으려는 노력의 과정에 그 가치가 있는 것이다. – 라는 한심한 잠언 같은 소리가 하늘의 일각에 영향을 주는 것을 들었을 때, 눈이 달궈질 정도의 뜨거운 눈물이 하염없이 흘러 넘치는 것을 막을 수는 없었다.

그 전년의 12월에 나는 남편과 함께 있던 경찰서에서 혼자 나와 도쿄 교외에 있는 작은 경찰서로 옮겨졌다. 버선도 빗도 사용 못하고 화장실에 가는 횟수도 제한되어 있는 유치장 생활도 남편이 건너편 감방에서 보고 있기 때문에 위로가 되었다. 내가 자주 남편의 감방 쪽을 보고 있다는 간수의 보고에 의해 이 경찰서로 옮겨졌다. 머지않아 정월이 되어 창밖에는 오랜지색의 태양이 비치고 전승기분의 행진곡과 호경기를 알리는 자동차 경적이 울리지만 이상한 침묵이 흐르는 건물 안에는 '피시 피시' 소리가 나는 한기寒氣로 수도의 고드름은 송곳 같았다.

나는 추위가 특히 심한 날에는 자신도 떨고 있음에도 불구하고 지병이 있는 남편 생각에 절망했다. 깔고 있는 돗자리를 제외한 모든 것이 돌로 만들어진 남편의 유치장은 떨어져 생각하니 혹독한 추위의 얼음 굴로 밖에 생각되지 않았다. 내가 볼 수 없는 곳에서 뭔가 남편에게 불행이 일어나고 있다는 위기는 걱정근심이 많은 나의 습관이 되어 있었다. 어리석게도 나는 가끔 남편이 있는 유치장에서 나온 경범죄자가 여기에 들어오는 것을 하나의 즐거움으로 여기며 기다렸다.

그러한 나는 몇 번이나 계속해서 감기에 걸렸고, 마음을 가득 가로막고 있는 다양한 문제로 괴로워서, 말하자면 육체는 빈집처럼 비워져 버린 듯 건강에는 상관하지 않는 것처럼 바래져있었다. 그 틈새에서 이 질병이 스며들었다. 아니면 내 안에 잠들어 있던 그 병이 건강에 신경 쓰지 않는다는 것에 눈을 뜬 것인지도 몰랐다.

매일 미열이 계속되었지만, 나는 그다지 걱정하지 않고 냉수마찰을 했다. 아침 잡역이 끝나고 반으로 접은 수건이 얼어서 펼쳐

질 때 '삭삭'하고 소리 나는 것을 잡고 가지加持[36] 기도사 여자와 같은 형상으로 온몸을 문질렀다. 부르는 것도 비난하는 것도 웃을 수도 없는 생명의 모든 충동을 버리는 것이 아침 행사 중 하나였다.

원래부터 이런 장소에서는 상쾌하게 기분 좋은 날은 일본의 맑은 날 보다도 적었다. 이런 경우에 패배하는 삶을 알지 못하는 습성으로부터 매일하는 이런 노력은 불편하기도 하고 신경 쓰게 되어 마치 결핵 초기의 작은 징후를 놓치는 것과 다름이 없었다.

그 무렵 나는 경시청에서 출장 나온 직원에게 조사받게 되어있었지만, 처음부터 조사받아야 할 범죄사실이 없다는 것은 그에게 있어서도 어이없는 일이었다.

"저쪽 창가에서 책이라도 읽어요. 나는 여기서 좀 잘 테니까" 라고 말하며 그는 책상에 팔을 괴고 한 잠 자고는 돌아갔다. 사상범죄자에 작은 기적을 들어내는 "전향"이라는 참회도, 참회할 사실이 없을 때에는 어쩔 수 없었다.

나는 죄를 뉘우칠 마음이 없다고 하는 이 경찰로부터의 정보에 그저 맡겨 둘 수밖에 없었다. 극동에 대제국을 현재 진출한다는 군부나 사상가의 법안은 그 훨씬 전부터 누구의 눈에도 명백했다.

그 안이 강행하는 수레바퀴 자국 아래로 여러 조직이나 사상이 소리를 내어 타격당했다. 29일 이상의 구류를 고려해서 세워지

---

36 가지(加持):주문을 외며 부처의 도움 · 보호를 빌어, 병이나 재앙을 면함.

지 않는 유치장이 갖가지 사상자의 수용장으로 변했다. 그들은 사상가가 지칠 대로 지쳐 자신의 사상에 번복 할 때까지 도둑이나 도박사와 함께 매일 벽의 한 곳을 응시하도록 두는 것이었다. 때때로 혼잡해서 앉을 수 없을 때에는 절반의 사람만 세워놓고 밤중에도 그것을 계속했다.

"칼날의 녹이 되려나."라고 굳은 결의를 눈썹에 나타낸 천리교 신자도 있었지만, 좋은 대우를 받기 위해 순사의 구두를 닦는 학자도 있었다.

"기다리는 사람도 없는 곳으로 빨리 돌아가도 달리 방법이 없으니까."

나는 조심스럽게 자신의 결의를 표명하는 것 밖에 없었다. 실제로 이상하다. 나는 그 다다미 2장에 살면서, 밤에는 잠옷을 입고 점심때의 기모노를 개서 주름을 잡을 정도로 일상적이 되어 있었다.

전쟁이 끝날 때 까지는 — 라는 전망에서 보면 아직 긴 체재를 은밀하게 나는 기대하면서 모든 기대를 조금씩 내려놓는 노력을 했다. 굳이 말하자면 나의 재난은 우연이라 말할 수 없고, 18세가 되어 부모의 곁을 떠나게 된 때부터 소위, 이러한 것의 수난은 각오하고 자신의 길을 걸어온 것이었다.

이윽고 봄이 오고 높은 창문에 비치는 무명 한 쪽 정도의 햇살도 자연의 애정이 되살아 난 것과 같은 감격 이었다. 같은 창틀에 매일 밤 보는 별이 흐릿해져 오는 것조차 뭐라 말할 수 없는 즐거움이었다. 완고함에 닫혀있던 나의 기분과는 관계없이 머리카락은 기름기로 부드럽게 되어 입은 기모노의 체취도 스스로 알 수 있는 것이었다. 간수에게 부탁해 보자기의 봄옷을 꺼내 입어도, 기모노 시중을 하는 사람이 없어서, 남편의 신세는 역시 나의 가슴을 어둡게 했다.

그 무렵, 나는 밤에 하는 기침으로 고민하고 있었지만, 나무의 싹을 피게 하는 보드라운 한차례의 비가 십일 이상 계속된 후에는 낮에도 심하게 기침을 하게 되었다.

그 해는 그때부터 쭉 비가 많이 내려 돼지가 쓸려갔다고 경찰서에 보고가 될 정도였다. 내 기침은 심해질 뿐이고, 완전히 육체 깊숙이 눌러 붙어있는 누군가가 그만두려 해도 그만둘 수 없는 것처럼 같이 뛰쳐나올 기세였다.

기침이 멈추니 열이 일시적으로 올랐다. 그러나 열은 기침정도 괴로운 것은 아니었기 때문에, 나는 오히려 매일 귀한 손님이라도 맞이하는 기분으로 내습을 기다리는 경지에 이르렀다.

실제로 체력도 쇠약한 몸에 남몰래 열이 오를 때는 이미 30세가 넘어 퇴색한 육체에도 충실하게 온몸에 잘 미끄러진 빠른 혈맥의 움직임이 술과 같이 뜨거운 혈액을 가득 채워 뛰어 다녔다.

그러나 열이 내려 일상의 감각이 눈을 뜨는 아침이나 심야에는 말로 표현 할 수 없는 기분의 미로를 헤맸다. 자신 생애의 길로 선택한 무산자운동도 뒤돌아볼 때 충분하지 않는 여러 가지 일이 있었지만 후회는 없었다. 하지만 미끄러지기 쉬운 타일이 깔려있듯이 모든 생각의 끝이 미끄러져 들어가고 부부사이의 문제로 되면 후회와 슬픔이 치밀었다. 그것은 마음을 부드럽게 해주듯이 흘러 넘쳐오는 달콤한 눈물로 얼버무려지고 있다고는 해도, 미래의 오랜 세월에 걸쳐서 풀 수 없는 하나의 절망적인 매듭을 갖고 있다고조차 생각되었다.

서로 남편이라 부르고 아내라고 부르며, 맞은편 이웃 세 집과 큰 차이 없는 경사진 지붕아래에서 생활하면서 우리들은 아내가 걸터앉고 남편이 서있는 사진과 같이 한가로운 한쌍이었던 날은 하루도 없었다.

남편과 아내를 둘러 싼 내외의 큰 문제를 비롯하여 때로는 집안에서 오늘밤 누가 모기장을 설치할까하는 문제까지 흔히 있는 습관을 제외하고 일단 근본적으로 원칙을 검토해야만 할 흘러넘치는 감정의 정력을 가지고 마주 보았다.

그러나 또 다른 입장에서 보면, 발랄한 정력의 결과로 두 명이 서로 나누는 나날의 감정은 지금 샘이 지금 솟기 시작해 흐르고, 또 솟기 시작할 정도로 매일 새로웠다. 두 사람은 매일 새롭게 서로 사랑하는 부부라고 하는 공유의 연못이나 무엇인가를 소유할 계획으로 그 쌓인 물이 오래되어 썩어도 더 한가롭게 둘이서 보고 있는 안정과 여유는 좋은 의미에서든 나쁜 의미에서든 두 사람에게는 없었다. 두 사람이 가지고 있는 토대는 매일 파내어 확인 받는 듯한 것 이었다. 외로움도 목마름도 없을 정도.

그 버릇 한편에서는, 또 두 명은 버선으로 말하면 오른쪽이나 왼쪽만의 한 조가 아니라는 서로 의문이 생겨 괴로워하고 있었다. 그러면서도 오른쪽과 왼쪽으로 나누는 것조차 상유 하지 못한 것은 왜인가?

어떤 때에는, 마음이 폭발하는 대로 화로에 잡고 있던 부젓가락으로 자고 있던 남편의 머리를 딱 친 적도 있다. 말다툼의 끝에 덤벼든 적도 있었다. 그리고 두 사람 사이에서는 그것이 남녀를 분별할 수 없는 것이라고는 생각하지 않았다.

둘이서 한 마음을 가지고 있는 우리는 이번의 헤어짐으로 서로 불완전한 마음을 서로 나누어 가지게 되었다. 나는 내 마음이 남아 아직 반쪽의 마음을 원해서 욱신거리는 것을 보고, 그 반쪽도 마찬가지로 쑤시고 있다는 것을 언제나 느꼈다. 지금도 나는 스스로 이 문제로 고민하고 있으므로, 저 콘크리트 벽에 기대어 앉은 남편의 마음에서 무엇이 오가고 있는지가 괴롭고 생생히 보이는 것이었다.

그도 40세가 되어, 정열이나 감격에 겨워 일을 행할 때는 지나치게 매달려서, 남은 생에는 무엇에 힘을 쏟아야 할 것인가를 새삼스럽게 생각하는 나이가 되었다는 것이다. 그것을 성취하기 위해 필요한 후방기지로서의 가정에 지나치게 뜨겁지도 차갑지도 않은 따뜻한 평범함을 원한다고 해서, 그것을 퇴보라고 왜 무조건 비방하려고 하는가? 우리와 같은 여자에게 있어 평범한 아내가 되는 것은, 비범한 아내가 되는 것보다도 지극히 어려웠다. 하지만, 그가 그렇게도 바라고 있다면, 애쓰지 않으면 안 되는 것도 아니지 않은

가. 좋아, 되어서 보여주자. 그 평범한 아내의 모습을. 만약, 남편이 긴 옥중생활에서 돌아와 다시 가정을 가지게 될 때에는 나는 교외의 텃밭이 있는 집을 그리면서 생각했다.

봄에는 된장을 끓여 발효시키고, 여름에는 박고지를 잘라서 말리고, 가을에는 단무지를 노란색으로 절이자. 그리고 나서, 산양과 닭을 기르고, 닭이 낳은 알에는 검은색으로 날짜를 적어놓고, 또 나무통에 송어를 기르고…

거기까지 생각하는 것만으로, 나는 이미, 그 프로그램을 전부 실행 해본 후와 같은 피곤함을 느껴, '아이아' 하고 깊은 탄식을 하지 않고는 있을 수 없었다. 그 무렵, 나는 몇 번이나 드러낸 소원이 드디어 이루어져서, 의사에게 진찰을 받게 되었다.

전화로 부른 근처의 의사는 2층에서 기다리고 있고, 나는 찾아온 당직 형사에게 불려갔다. 보니까 그것이, 이전, 이 지역에 살고 있을 때, 주치의였던 박사이어서 기쁘기도 했다.

그는 뇌수에 대해 연구하는 박사로 내과 간판을 내걸고 있지만 근처에 평판이 좋은 의사는 아니었다. 그러나 나는 전부터 의사의 평판이라는 것에는 의문을 가지고 있었다.

의학에 어두운 일반인들에게 의술에 대해 비판할 수도 없고, 약값이나 서비스의 좋고 나쁨은 뭐라고 해도 이차적이라고 생각하면, 그러한 것을 표준으로 하는 평판은 반드시 의사의 본질로서 생각하지는 않았다.

단지 그가 진료실에서 반드시 자신의 특기인 에스페란토Esperanto

쪽으로 이야기 해 나가는 것은 곤란하다고 생각하고 그 점에서 역시 그다지 존경하고 있는 것은 아니었다.

나는 수건을 가늘게 찢어서 만든 끈을 허리끈 대신으로 사용하며 오비도 없이 솜면지 투성이의 머리도 같은 끈으로 묶고 있는 자신만의 수수한 모습을 왠지 가련하게 생각하면서 그에게 만 들리는 소리로 '오랜만입니다'하고 인사했다. 계단아래에 상반신을 앞으로 내민 사람이 나 인 것을 알고 그는 일종의 이상한 표정으로 잠시 응시하고 있었다.

"나는 이 사람에게 '오랜만입니다' 등의 말을 들을 정도로 잘 알지 못합니다. 정말로 단지 한 두 번 진찰한 것이 고작입니다."라고 형사를 뒤돌아보며 말했다.

겨드랑이에 끼운 온도계는 그 사이 빼서 보았지만 "열은 없습니다."라며 그것도 형사쪽으로 말했다.

처음 한마디로 냉대를 받은 나는 열이 없다고 하는 말을 들으니 갑자기 용기가 나서 지금까지의 불쾌감은 모두 자신의 생각이 지나쳤다고 생각하고, 그 순간에 자신의 반생애의 생각이 조금은 과실을 전부 반성할 정도였다.

그리고 스스로도 두려워 아직 정면으로는 생각조차하지 않았던 '결핵'의 의문이 비로서 술술 입에서 나왔다

" 이 체격에 결핵 걱정 따위는……."

그는 오히려 쓴웃음을 지으며 왕진료는 필요 없다며 나에게 약간의 애처로운 눈빛을 보이며 돌아갔다,

그러나 3,4일 지나 나는 한 장의 군대 모포 속에 떡갈나무에 쌓인 떡처럼 누운 채로 마구 빛과 소리가 싫어 낮과 밤에도 흠뻑 땀을 흘리며 몸을 뒤척이는 자신을 발견한 것 이었다,

추석이 가까워져 도박이 많은 교외에서는 밤중에 들어 온 신입한 사람 한 사람의 신체검사와 몰수한 소지금이나 자릿세 계산 등 꽤 시간이 걸렸다.

그리고 그쪽을 보았다거나 말을 했다거나 한 것을 비난하거나 구타하거나 하는 소리가 언제까지나 나의 잠을 깨웠다.

나의 감방은 간수의 책상 옆에 있어 그들이 인권에 대해서는 팔을 부러뜨릴 정도로 태연하게 돈이 되면 일 전, 이 전까지 세심하게 몇 번이나 꼼꼼히 계산하고 서류에 지주의 인주를 찍을 때까지 반응 없이 시종 지켜보지 않으면 안 되는 것이었다.

어느 샌가 나는 신경상으로는 간수보다도 고자세를 취하며 두려워하는 이 악의 없는 범죄자들에게 "빨리 팬츠의 끈을 잡아. 들어가기 전에 변소에 가니까, 제멋대로 일 때에는 내 보내지 않으니까"라고 배워 익힌 욕설을 마음으로 퍼붓고 있는 자신을 발견했다. 만약 문에 500돈이나 되는 열쇠가 걸려 있지 않았더라면 나와서 지금쯤 뻔뻔스럽게 나타난 이 바보들을 때려주고 싶을 정도로 안달이 나 있는 것이었다.

씁쓸한 마음으로 간수를 통해 담당자에게 보낸 진찰 요구에는 답이 없고, 그들은 내가 석방되고 싶어 꾀병을 부리고 있다고 해석

해 유치장으로 보러 오지 않았다. 각 경찰서를 미토 고몬水戸黄門[37] 처럼 돌아다녀 도오리마通り魔[38] 처럼 두려움 받고 있는 경시청의 감찰관이 이 유치장에도 불시에 찾아 온 것은 그쯤이었다. 그는 여자 유치인이 제멋대로 자고 있는 문 앞에 멈춰 서서,

"이 사람은 언제부터 들어와 있는 거야." 라고 두려워 움츠리고 있는 간수에게 물었다. 그리고 간수가 오랜 일수를 말하자, 조금 만족했는지 조용히 물러갔다. 왜 자고 있는지는 그에게 조금도 문제가 되지 않았다. 유지창에서 자고 있어도 좋은 권리가 있을 정도로 이 여자가 오래 들어와 있었는지 어쨌는지 알고 간수의 성적에 채점하고 싶었던 것이었다.

무엇이든 간에 극도로 훈련된 개성이라고 하는 것은 역설적으로 아름답다는 생각마저 들어 나는 노란 견장의 인상을 잠깐 반추하는 것이었다.

밖에서는 이 쯤 전쟁이 쉬저우徐州까지 진행, 각 서에서 나와 함께 집어넣은 사람들의 심문은 일단 뒤로 두고, 동지가 뜻밖의 행동을 한 뉴스가 새로운 유치인으로부터 몰래 전해져 온 일도 있었다. 여기저기 무너져 가는 건강에 얽혀 이성적으로 포석하고 있던 이후의 행동 강령綱領은 치밀어 오르는 충동과 감정의 소용돌이에 손끝도 댈 수 없을 만큼 엉켜버렸다.

---

37 미토 고몬(水戸黄門): 에도 시대를 배경으로 하는 일본의 사극 드라마

38 도오리마(通り魔) : 순식간에 지나치면서 만난 사람에게 해를 끼친다는 마물

젊은 시절 몸에 익힌 교양도 각오도 나라는 사람의 본성까지 철저하지 않았던 것을 좋든 싫든 알 수밖에 없었다.

아무것도 믿을 게 없다. 애절한 것도 없다. 누구든 모두 자신의 생명의 힘만으로 전 세계를 향해 서 있는 것이라고 말하는 것 같은 고독한 생각이 내 안에서 자라게 되었다.

"복수"라고 하는 것이 진지하게 나의 문제가 되었다. 왜 지금, 내 손에 한 자루의 기관총이 없는 것일까 하는 생각에 분해서 남자의 기름 냄새가 나는 군대 모포의 가장자리를 이빨로 물어뜯는 밤도 있었다.

하지만, 위로도 없는 병상에서 때로는 마음의 위안이 되는 유랑의 눈물조차 샘솟지 않았다. 눈물을 대신한 땀이 눈 밑이나 옆구리나 허벅지를 통해 흘렀다. 무수한 벌레가 지나가고 있는 느낌이었다. 병자를 인도해야 할 의사와도 관련이 없고, 병자를 길들여야 할 간병인도 없는 나는, 말하자면 방자하게 마음껏 아파하고 싶어 통증을 확산시킨 병자였다. 내가 병자가 되어 깨달은 것은 병자에겐 낫고 싶다, 낫고 싶다고 하는 한 줄기의 비원悲願의 역작용으로, 불안 초조한 마음을 견디지 못하고 도리어 전신을 누룩과 같은 병균에게 맡겨 무너지고, 다 무너지면 안도할 수 있을까 생각하는 간사한 간절함이 있었다.

그것에서 해방되었다고 해도 가야 할 집이 없고, 간호해 줄 가족이 없는 나는 자유의 몸이 되어 거리에 쓰러지는 것보다도 차라리 여기에서 매춘부나 도둑이 되어 깨어진 그릇에 마지막 물을 마실까, 라고 하는 근심에 조금은 사로잡혀 있었다.

그렇게 생각하다 정신이 들면 여기가 방값도 필요 없고, 식비도 필요 없다는 이유로 무상에 감사한 안주의 장소로 생각되었다. 나의 성격으로 만일의 경우 무슨 일이 있어도 여기를 나가 명의가 있는 병원에 입원하고 싶다면, 뭔가로 문을 연 순간에 복도에 나가 책임자 누군가가 올 때 까지 고함치고 소리를 질러 어수선하게 하는 것 정도는 불가능하지도 않았다. 또한 나는 이 유치장을 이전에 각혈로 나간 사상범이 사실은 손가락 피를 먹어 입으로 뱉은 것이라는 이야기를 밖에서 들어서 알고 있었다.

여기 오고 나서, 간수에게 얼마나 그의 병이 거듭되었는지를 들었다. 속으로는 웃고 있었지만, 그 정도의 재치는 나에게도 없지는 않았다. 하지만, 그렇게는 하지 않는 마음의 약점이 여기 있었다.

사실 나는, 순식간에 어떤 막힘도 없이 산에서 돌이 굴러 떨어지는 것 처럼 병의 혼미 안에서 무너져 가는 자신이 불쌍해서, 일종의 의무감으로 문 입구에 서서,

"부장님을 불러 주세요." 라고 두세 번 부르짖은 적은 있었지만, 그것은 누군가에게 들려주기보다 나에게 들려주기 위해서였다. 그 어미語尾도 통하지 않는 약함은 어쩔 수도 없었다. 그렇다고 하지만, 나는 얼마나 살고 싶어 했던 것일까. 목숨 건 진리를 위해서라도, 웃으며 죽을 수는 없었다. 게다가 나는 검거된 후에 기필코 지배자와는 타협하지 않겠다는 것을 가슴에 깊이 새겼다. 비록

손톱자국 하나일지라도, 이 세상에 살아 괴로워 발버둥 친 흔적을 남기지도 않고 죽을쏘냐. 그러한 한 줄기의 노여움 이외에, 생물로서의 불안이나 공포나 미련이나 슬픔이 머리카락처럼 붙어도 있었다. 나에게 있어서 한명의 아들이기도 하고 아버지이기도 한 남편을 이 인생행로에 단지 혼자 남겨놓고는 갈 수 없었다.

남편에 대해 이런 저런 생각을 하는 동안에, 나는 마침내 남편을 내가 낳은 아이처럼 생각하게 되었다. 자신이 낳아 품어 기른 것 같은 생각을 마음속으로 하며 남편을 대해왔다. 모든 결합이 깨어지고 찢겨 산산조각 난 이 반동시대에도 사랑만은 끝까지 찢기지 않았다는 사실에 순결한 눈물로 만족해하는 것이었다.

나는 오히려 그렇게 해서 당분간 방치되어 왔지만, 이윽고 유치장을 관리하는 사법부의 항의로 다시 의사의 진단을 받게 되었다.

이번에 불려 온 의사는 경찰관의 주치의로, 들은 이야기 중에서 가솔린 배합권 등을 둘러싸고 여러 가지 이해利害가 뒤얽혀 있다는 것을 알았다. 그는 유치인을 진단하는 것에 익숙해져 알게 된 요령으로 병은 어쩌면 복막염이 될지도 모른다, 라고 지금은 아니라는 듯한 의미를 포함하여 내가 듣고 있는 곳에서 증언했다. '걸렸다'고 말하지 않았기 때문에 나는 다시 유치장으로 보내졌다.

그날 밤 잠 못들고 있는데 문 안에서 푸 – 하고 깨끗한 알콜 냄새가 흘러 왔다. 무서울 정도의 직감으로 머리를 치켜들어 보니 낮

동안 사과 껍질을 벗긴 칼과 찜질 플란넬[39] 을 자른 가위를 빌려 준 간수가 내가 자는 것을 기다렸다가 소독하고 있는 것이었다.

나는 조금도 찍소리 못하고, 그것을 자각하는 것에서 결정적으로 결핵을 각오하고 있지 않았던 자신의 모호함을 비웃어 보는 것이었다.

나는 새삼스럽게, 내가 잘 것을 기다려 준 이 간수에게서 건강한 사람의 상냥한 정을 느꼈다.

하지만, 이런 꼬인 절차에서 내 병의 진상真相을 알게 하는 것은, 알리는 방법으로서는 직접 듣는 것보다 몇 배의 괴로움이라는 것을 생각했다. 그리고 모든 결핵 환자에게 온통 둘러싸여 있는 이런 번거로운 신경망을 생각하고 암담해졌다. 또한 가소롭다고도 생각, 그 허술함을 웃고 싶기도 했다. 그렇게 해서 건강한 사람과의 사이에 하나의 틈이 생겼다.

내가 밖으로 내보내지기 위해서는 오히려 정규 경찰의의 진단을 받을 필요가 있었다. 하지만, 나는 그것을 기대하고 있지 않았다. 낮과 밤을 가리지 않고 어디에나 어두운 악몽의 목소리가 머리맡에서 들려, 고달파 진 육체의 행선지인지 해가 저문 마음의 행선지인지를 검문하는 기분이었다.

이미 우리의 거처는 집 주인에게 탈환되어 가구는 팔거나 주거

---

39 플란넬: 방모사로 짠 털이 보풀보풀한 모직물

나 빌려 주거나 집주인에게 압류당하거나 해서 흩어져 있었다. 내가 병든 것을 알게 되면 다다미 한 장의 지붕 아래, 한 그릇의 죽을 베풀어 줄 지인 친구가 없는 것도 아니지만 이미 많은 민폐를 끼치고 있는 이상, 병은 병이고 운명은 운명이었다.

우선 친척이자 친구인 F씨에게는 상담의 편지를 보냈지만, 그것에 결정적인 것은 쓰지 않았다.

"만일 이런 곳에서 사망하면 큰일이야." 라는 경찰의 의향이 작용해서, 다른 서와 겸임했던 경찰의는 빨리 호출되었다. 그리고 인수자는 오지 않아도 나와도 좋다는 명령이 뜻밖에 빠르게 유치장으로 왔다.

"아아……. 그렇군요. 2, 3일 더 놔둬 주시지 않겠습니까? 조금 사정이 있어서요."

나는 궁리 끝에 그런 것 외에 당장은 어쩔 지혜도 활용하지 않았다. 담당 순사는 뜻밖의 대답을 들어 불쌍한 듯,

"꺼내 준다고 했는데도 기다려 달라고 말한 사람은 지금까지 한 명도 없었다고. 갈 곳이 없는 건가?"

그 2, 3일은 금방 지나갔지만 사정은 변하지 않았다. 나는 추방당한 것 같은 느낌을 들면서도, 사는 게 익숙해진 유치장을 나와 곰팡이 투성이인 게다下駄를 신었다. 헤어지게 되니 갈색 벽이나 쇠창살에도 어떤 마음은 남았고, 나중에 들어온 불행한 여자들의 위로에 무언가 따뜻한 말을 공기 중에 남겨 두고 싶은 여러 감상도 느꼈다. 결국 회양목으로 만든 빗 한 장을 남기고 xx행 표를 사서

전차를 타고 오다 도중에서 갈아탔다. 현기증이 나는 머리를 유리에 기대고 있으니, 머지않아 전신주가 하나씩 달리며 스치듯 지나가 낯익은 xx역 구내가 보이기 시작, 나의 당혹감은 심해졌다. 원래 xx역이라고 말하고 표를 산 것은 그곳에 오랜 시간 살았기 때문의 습관 같은 것으로, 집 주인에게 반환한 집으로 돌아갈 수도 없었다.

그곳에서 15분쯤 걸으면 갈 수 있는 하나花씨의 집도, 마을에서 방해가 된다며 철거 운동이 일어나고 있을 정도의 다다미 넉 장 반 연립 주택이므로 전염병 발효가 왕성해 보이는 몸을 옮겨 갈 곳은 아니었다.

마침내 전차는 속력을 떨어뜨리고, 전에 살고 있던 집 주위를 조용히 돌아가고 있어 창밖으로 보였다. 그 부근의 하늘은 특히 밝은 것처럼 생각되었고 그 집을 둘러 싼 전신주, 도랑 등에 몸을 갖다 대고 싶은 정도의 친근감이 끓어오르지만, 그 끝에 있는 그 집이 냉랭한 타인의 집이라는 것은 아마도 믿지 못할 슬픈 일이겠지.

나는 조용히 그 슬픔을 음미하며 쓰러질 듯 짐을 들어 올려 전차에서 내렸다. 나오기는 했지만, 짐을 들고 걸을 수 있는 몸은 아니었다. 나는 흐름의 밑바닥에 가라앉은 무거운 돌처럼 내리는 승객들과는 뒤쳐져 '달칵 달칵' 하고 한 계단씩 내려갔다. 이 역에 내린 이유가 점점 마음속에서 애매해 져, 다리는 당황했기 때문인지 더욱 둔해졌다.

그 때 개찰구의 인파에 섞여 아이를 업은 하나씨의 모습이 슬쩍 보인 것은, 어쩌면 구원이었겠지. 나의 가슴속에서는 육친肉親을 만난 때에 느끼는 뜨거운 물 같은 것이 끓어올랐다. 그녀는 나의 편지를 보고 경찰에 전화를 걸어 아마 여기에서 내릴 것이라고 생각해서, 이미 한 시간이나 기다리고 있었다고 말했다.

나는 두 세 마디 그녀의 권고를 듣고 잠시 생각했을 뿐, 떨어질 것 같은 선반의 물건을 건드린 사람에게 떨어지는 것 처럼 그녀의 집에 가는 것으로 정하고 말았다.

'그리고, 오늘 밤 중으로 어디에 갈지 다시 생각하자 –' 라고 자기 자신에게 변명하면서.

역 앞의 택시에 올라타자, 등에 있는 큰 아이가 "작은 자동차네" 라고 즐거워하며 시끄럽게 떠들었다. 그 말에서, 이 아이가 버스 이외에 타본 적이 없다는 것에 나의 머리가 띵해졌다. 그에 따라 이제부터 가려고 하는 하나씨의 집 상태가 마을 속에서 자동차 속도와 같은 속도로 스쳐 지나갔다.

그 집은 다다미 넉 장 반의 한 칸방으로, 창문이라는 것도 없고 입구의 유리 문 두 장이 성선省線[40] 선로와 몇 척 정도 밖에 떨어져 있지 않은 콘비브Conviv 같은 연립 주택 중의 한 채였다.

하나 씨는 나의 무거운 마음을 분산시키기 위해, 마침 남편이 지방에 가고 없는 것과 구입해서 들고 가려고 생각해 달걀구이를

40 성선(省線): 민영화 이전 철도성, 운수성이 관리하고 있던 시절에 부르던 철도선 이름

만들기 위해 기름을 둘러 놨다고 말했다. 달걀구이로부터 나온 한 방울의 기름이 열을 내리는 묘약이라는 것은 요전 그녀가 면회에 왔을 때에도 빈번히 말해 온 것이었다.

하지만 미안하게도, 나는 그런 견실한 생각에서 벗어나 저 방에서 밀려오는 듯한 가난함과 메주를 띄우는 방 같은 비위생적인 곳에 몸을 밀어 넣어 몸 안에 아직 포자인 채 잠식해 있는 병균에 모두 싹을 틔워, 그 균에 또 포자를 낳게 해 누구도 의식해서 연구한 적 없는 죽음 일보 직전인 병의 절정이라는 것을 이 눈과 몸으로 밝혀내고 싶다는 악마적인 기욕嗜欲이 있었다.

나는 감사함보다도, 잔혹한 기대로 노지露地의 전방에 나타난 연립 주택의 모퉁이를 보았다. 마침 전차가 와 나의 옷자락은 부채 바람에 흔들렸다. 그녀는 오래 이 집에 사는 것에 익숙해져, 절박한 어조의 이야기도 뚝 끊고 통과를 기다리는 것이었다.

나는 두려운 현기증을 느껴 집 안으로 기어 들어가, 그대로 방 한가운데서 자고 말았다. 하나씨는 여유롭게 근처의 민생 위원이 있는 곳으로 갔다가 돌아와서 다시 인감을 들고 나가서 새의 내장을 사 오거나 했다.

아이는 그 사이 있는 힘껏 큰 소리로 울부짖거나, 나무총을 들고 형과 둘이서 내가 있는 바닥 주변을 이리저리 휘젓고 다녔다.

저녁이 되자 그녀는 역까지, 공장에서 돌아오는 딸을 마중하러 나갔다. 너무 늦어서 인지 연립주택 끝에서부터 뛰어 나가는 것이 미묘하게 지축이 흔들려 나의 베개로 전해졌다. 그리고 돌아와서는 샤워를 하는 딸을 위해서 나의 이불보를 걷고 고리짝을 벌려 속옷을 찾았다. 그것들은 전부 그녀의 바쁨을 부추기는 반주와 같은 것으로서 나의 기숙으로 일상에 이상이 생겨 손에 겉도는 것 같은 생각이 들었다.

러시 아워로 전차 대수는 저녁부터 많아져 하루의 노동에 지친 사람이 타고 있는 것이 분명하다고 생각하면서 밝은 등을 비추고 가는 모습은 아주 즐거운 환락을 싣고 가는 듯이 생각되었다. 전차가 바깥쪽을 비추자 실내보다 밝은 전차의 불빛이 들여다보여 넓은 리본과 같이 내가 보고있는 벽의 위를 옆으로 달렸다. 그 때마다 모공에서 뿜어져 나오는 땀이 구슬이 되어 눈 밑이나 옆구리를, 거기에 벌써 물결이 되어 버린 것처럼 흘러내렸다.

밤이 깊어지자, 나가야 앞에서 차고로 들어가는 전차의 회송이 시작되었다. 손님이 없는 깜깜한 전차가 여기까지 와서 '팟' 하고 밝아지고, 반대로 움직이기 시작하는 충동을 '달카당 달카당' 거리며 한 대씩 뒤로 보내면서 이전엔 뒤를, 이번에는 앞으로 해서 셀룰로이드 손잡이를 일렬로 흔들며 어딘가로 돌아간 것이다.

'맙소사'하고 생각할 틈도 없이 또 그것이 되풀이되었다.

이 전차는 어디로 가는 것일까? 전차의 차고로 가는 것 일까? 하늘을 나는 새나 굴에 숨어있는 여우처럼은 아니겠지만 전차도 잘 곳이 있을 터——

나는 눈과 귀로부터 체내에 들어오는 소리와 빛에 대항하며 씨름판에서도 맞서 방어하듯이 필사적으로 되어 마음을 전환하려고 시도해봤다. 그리하여 수면의 고삐를 몇 번이나 움켜쥐듯이 하고는 내려놓고 하다보니 어느새 여름의 짧은 밤은 짙은 보라색으로 밝아졌다. 샘터와 같은 새벽 공기를 들이마시자 통증으로 아팠던 신경도 잠시는 나아져서 땀이 멈춘 피부가 기분 좋게 어루만져졌다.

그리고 어제 점심부터 자지 않겠다는 마음은 버티지 못하고 힘없이 꺾여 이 나가야長屋라고 하는 조건에 꼭 맞는 패배적인 감정을 강하게 받으면서 비장하게 영웅적으로 병을 앓으려고 했던 자신의 어리석은 공상이 송두리째 빗나간 것을 알게 되었다.

현실의 지표라고 생각했던 과장적이고 이상적인 현실이 하나의 허물을 벗고, 그 정도도 아니라고 하는 점에서 더욱 세상살이에서 힘들고 옹졸한 현실의 지표가 갑자기 자신의 앞에 솟아올라 온 것 같은 환멸감은 지금까지도 열정이 없을 때 자주 겪었다. 그을린 다다미 한올 한올이 베개 건너편에 확실하게 보이는 것은 그런 순간이었다.

아침이 되었다. 저녁때 잠자리에서 골똘히 생각했던 나의 생각이 하나(花) 씨의 생각과 우연히 일치했다.

그것은 우선 약간의 가진 돈으로 저렴한 병원에 들어가서 무료 치료를 받으려는 생각이었다. 나는 일어나 보라색의 입술이 비치는 작은 거울을 들여다보고 머리를 묶었다. 충실한 시녀처럼 유치장까지 따라 갔지만 끝내 쓰이지 못했던 작은 거울이었다. 배가 어제보다 한층 더 부풀어 올랐다는 것을 허리끈의 여분이 적어 졌다는 것으로 알았다.

하나씨는 옆으로 다가와서 구빈법救貧法의 조문일절을 설명하고, 그것이 도움이 되면 세대주의 공권은 정지되는지, 이런 병을 무료로 치료해 주는 곳은 어느 곳인지, 지금까지 들어본 적도 없는 세균연구소나 종교단체의 취급 태도를 비교했다.

나는 어제부터 그녀의 박식함에 따라 여러 가지 음식을 참고해 먹으며 감탄했지만, 지도가 끝나고 유리문에 기대여 무심코 올려본 한 장의 초상화가 가슴을 쿡쿡 찔러지면서 그 의심은 풀렸다.

그래 그래, 매제도 이 병으로 몇 년이나 앓다가 숨졌던 것이다.

전국시대의 한 장수를 시조로 아무개 대학지기의 직함까지 조정으로부터 받았던 유서 깊은 집안의 차남이 도쿄의 시료병원에서 죽은 것은 고향을 크게 흔든 비화였다.

비싼 병원요양에서 자택으로, 자택에서 시료병원이라는 이 병자 특유의 전락 경로 속에서 당시 그는 의학자답게 교외의 자그마한 집의 창호지를 일절 없애고, 곧은 마음으로 결핵의 요양 생활을 보내고 있었다.

아아, 나는 병문안을 가서 의무처럼 2,3척인 그의 병상 옆으로 무릎걸음으로 다가가 이런 경우 건강한 사람은 상대의 병세에 어디까지 무관심한 척 해야 하는 것 인가,

아니면 정직하게 조심해서 묻는 게 좋은가 라고 생각하면서 심각하게 망설이고 있었기 때문에, 필시 마음과 행동이 달라 우습게 보였을 것이다. 모든 것은 건강이라는 무지가 행하는 소행인 것이

었다.

그렇다 해도, 어젯밤 중에 그의 사진이 내려다보고 있었다는 것은 무언가의 의미가 있는 게 아니었을까 하는 생각에 내가 자고 있던 장소를 관찰했다. 하지만 그렇게 생각하면서 죽은 그와 자신과의 사이에 그만큼의 거리도 느낄 수 없었다.

일종의 기분을 받아들인다고 한다면 오히려 하나씨의 이골이 난 결핵환자의 취급방법에 짚이는 것이 있어 그 매제가 앉아있었기 때문에 따뜻해진 의자나 이불에 내가 대신 앉아 있었던 듯한 뒷맛의 씁쓸함을 느꼈다. 아무튼 하나씨의 경험으로는 결핵환자의 순리는 하나임에 틀림없다.

어떻게든 고쳐보자 라는 애달픈 애정과는 별개로 그녀는 나의 아픔을 본 순간 매제의 긴 병세의 단계에서의 몇 가지를 무의식적으로 대조해 본 적이 없다고 보증할 수 있을까.

어느 정도 하나씨에 대해서 걸으면서 그런 일들을 생각하자 하나씨의 경험이 터무니없이 원망스러워졌다. 그리고 모든 방관자는 아픈 본인보다도 한발 먼저 병자의 앞길을 끝까지 지켜보고 체념하는 존재라는 생각에 도달하자, 버릴 수 없는 세상의 부정함을 발견한 것처럼 한탄하였다.

오늘 아침 하나씨가 근처에서 듣고 온 것은 새로운 시 구역이 구 시내에 들어오려 한는 장소에 목표로 했던 시 운영의 병원이 있어야 했지만 좀처럼 찾을 수 없었다. 가로수를 낀 주택이 특색 없이 나란히 늘어선 길의 모퉁이에 운전수는 멋대로 차를 주차시키고 말았다.

차에서 내려 우연히 본 쪽에 일반 주택으로 보기엔 지나치게 큰 건물이 있었다. 그것이 목표로 한 병원이었던 것은 의외였다. 하지만 자세히 보니 어딘지 모르게 손을 대서 부족한 정원나무의 모양새와 구조는 훌륭하고 가구가 부족한 현관의 모습이 확실히 저렴해 보이는 병원의 구조였다.

진찰의 수속은 간단하여 금방 내과의 복도로 향하였다. 하지만 대합실에 서거나 앉거나 하며 기다리고 있는 환자의 큰 무리를 봤을 때에는 내 마음의 바람의 밧줄은 소리 내어 툭 끊어졌다.

나는 운반 차 위에서 울부짖는 아이 옆의 벽에 기대 웅크리고 있었지만, 줄 서 있는 하나 씨 손에 작은 진찰권이 부적과 같이 단단히 쥐어져 있는 것조차 처량해 보였다. 그러나 진찰 시간이 짧았기에 기다리는 순번이 의외로 빨라 진찰실을 가리는 발이 끊임없이 소맷자락같이 이리저리 움직이며 오비를 잡은 환자를 한 명씩 내보내기도 하고 들여보내기도 했다. 그것은 기계가 같은 형태의 물건을 많이 만들어내는 대량생산이라는 말을 연상하게 하는 듯한 기계적인 움직임이었다. 일단은 절망했지만 역시 나는 모든 기대를 그 방 안에 둘 수밖에 없었다.

결핵 환자의 수와 구료救療 병상 수의 문제는 건강할 때부터 잘 알고 있었다. 그 때문에 발병한 사람이 병상 하나를 얻기 위해 대체로 어떠한 방법을 취하는 지도 잘 알고 있었다. 어떤 특별한 권리도 뒷배도 없는 나는 얼마간의 시간과 절차를 건너뛰어, 어떻게든 병상 하나를 얻어야만 하는 절체절명의 처지에 놓여있었다.

하나씨도 내게 뒤지지 않는 비장한 심정을 내리뜬 눈에 보이며 내 앞에 서 있었지만, 차례가 왔다고 생각하는 순간 갑자기 아이를 업은 채로 그 발 문짝을 밀지 않고 밑으로 빠져나가 안으로 들어갔다. 아이의 모자가 그 문에 걸려서 툭 하고 떨어졌다.

한 순간의 그 동작이 내 가슴을 찔렀다. 손을 들어 뒤에서부터 하나씨가 열고 들어갈 별 가리개 문을 받아주려고 하던 내 어깨는 맥이 빠진 듯 처져버렸다. 나도 반사적으로 아래로 몸을 구부리고 빠져나가 들어갔지만 나에게는 공기를 가르는 듯한 그녀의 기세는 없었다.

인생의 여정에서 자기 불찰로 쓰러진 당사자인 나조차 언제 이만큼 진지하고 겸손할 수 있을까. 나는 자신의 생활을 둘러싼 해이해짐과 덤불같이 성가신 헛된 상념조차 쓸데없는 일이라고 생각하면서 돌이켜보지 않고서는 있을 수 없었다.

한눈 팔고 있는 백의의 학생들 뒤에 둘러싸여 그곳에 기다리고 있던 사람은 50세정도의 의사였다. 벌써 몇 명이나 되는 의사의 손에 시달렸는가 하고 몹시 불쾌하게 생각하면서 같은 증상을 말하는 나에게 더 이상 병 질환에 관한 최초의 감동은 없었다. 거기에 나에게는 진찰 이상의 목표가 있었다.

의사는 한마디도 안하고 건방진 태도로 턱을 움직여 조수에게 두꺼운 바늘을 잡게 하여 나의 배에서부터 흐려진 물을 채취했다. 그 바늘을 찔려도 아무런 느낌이 들지 않을 정도로 내 마음은 초조해 있었다. 해야 할 말이 입 안으로 삼켜고 있는 나에게는 멀리 있는 책상 위의 거즈를 가져오게 시키거나, 바늘을 찌르게 하고 옷 표면에 빨간 진을 바르는 절차까지 모두 심각하게 돌려 생각하고 그저 마지막만을 기다리기 위해 지켜봤다.

마침내 진찰이 끝나고 일반적으로 의사가 그 결과를 말할 때가 왔다. 나는 그것을 자신만의 기회라고 생각했는데 그는 마침내 조수 쪽을 향해 처방을 말하였다.

나는 약한 마음이 몰아쳐 오는 기분을 뿌리치고 그 구술 속으로 몰입해 갔다. 그리고 암기한 듯이 스스로의 입원희망을 말했다. 그는 대답하지 않고 고개를 저었다. 나는 바로 한 번 더 같은 말을 했다. 그는 또 고개를 저었다.

그리고 "지나치게 돌아다니지 말게" 라고 주의를 주는 것으로 입을 처음 열었다. 이번에는 내 쪽이 대답을 하지 않았다. 나는 내키지 않은 채 기모노를 정리하여 도움을 바라는 듯이 뒤를 보았더니 하나씨는 아이가 떼를 써서 밖에 나가 있으며 불안한 눈빛으로 나를 맞이하였다. 오히려 내 태도에 벌써 반은 결과를 직감한 것 같아서 몇 번이고 인생의 항로에 실패했던 남편 인 것처럼 조심스럽게 서서 오비 매는 나를 도와주었다.

"안돼-"라고 나는 사양하듯이 말하고 쓸쓸히 웃었다.

그리고 문밖에 나와서부터 어느 정도의 거리를 두 사람은 목적도 없이 걸었다. 그 눈앞에 자동전화가 서있었다.

나는 "기다려" 하고 하나씨에게 말하곤 안으로 들어가 정처도 없이 쇠사슬에 연결한 번호 장을 훌훌 넘겼다. 병들고 여윈 손으로 집어 든 탓인지 그 책의 방대한 두께와 무게에 새삼 놀랐다. 그리고 그 책의 두꺼운 페이지를 여백 없이 빽빽하게 가로쓰기로 채워 넣은 그 문명 이기의 이용자 수가 많은 것에 놀랐다. 가발에 심은 머리카락처럼 많은 전선이 그들의 머리 위를 사방으로 주위를 돌며 빨리 움직이며 그들의 편리를 주어, 생활을 활기차게 지내고 있는 모습이 보이는 것 같았다. 그러나 그 끝없는 사람의 이름 어느 하나도 한사코 나에게 어떤 연고도 느끼게 하지 못했다.

나는 얼마 지나지 않아 아무 목적 없는 손끝으로 페이지를 넘기고 있었지만, 문득, '자신은 잘못하고 있었는가' 라고 하는 격렬한 자문이 가슴을 찔러 오는 것을 떠올렸다.

'자신은 잘못하고 있었는가. 이 사회제도에 반항하려면 이런 경우에도 곤란하지 않을 정도의 재산을 준비하고 나서 시작해야 했던가' 아니야 아니야라고 나는 스스로 의기양양하게 대답하지 않을 수 없었다. 그 이유는 여러 가지로 가슴에 떠올랐다. 하지만 그러한 자문자답을 하는 동안에 머릿속에 희미하게 켜진 누군가의 이름은 사라지고 여린 눈물이 눈을 껌뻑이게 했다.

'다시 신세 질 수밖에 없지' 라고 생각하고 하나씨의 집에 낙담해서 되돌아온 때는 해질녘이었다.

나가야에서는 아무리 왕진 의사를 부탁해도 와 주지 않았다. 단지 하나씨가 먼 공동 우물에서 물을 가져와서 극진한 처치를 해 주는 것이 유일한 위로였다.

"음식도 필요 없고, 돌봐주는 사람도 필요 없어. 단지, 마구간이라도 좋으니 사람이 없어서 돈이 청구되지 않으며 물이 있고, 어두운 곳에 자게 해 주었으면 해."라고 내가 마음 약한 소리를 하자, 하나씨는 눈물을 줄줄 흘렸다. 집착이 강한 성격의 탓도 있어, 역시 나는 나온 유치장을 제일 안이한 장소로 떠올리지 않고서는 견딜 수 없었다.

다음날도 자고 있을 수만은 없기에 하나씨가 알고 있는 시바芝의 병원에 갔다. 그곳에서도 거절당하고 이제 나는 걷지 못해 그때까지 있었던 경찰서에 하나씨만이 상담하러 갔다. 일단 집으로 돌아가지 않으면, 어떻게든 방법이 있었지만, 다른 관할에 가게 되면 어렵다고 하는 대답이었다. 더 이상 방법은 없었다.

그 다음날, 나는 감금되어 있는 남편에게 면회하기 위해 스스로 자동 전화를 걸러 가서 우연히 만난 Y씨가 어쨌든 오라고 말한 대로 그 경찰서에 갔다. 그리고 그의 소개로 근처의 병원에 갔다. (경관으로서는, 승진도 하지 못하고 성적도 오르지 않았던 Y씨는 예복의 줄무늬 바지를 매일 입을 만큼 가난하였다. 그러나 동료에게도 유치인에게도 평판이 좋았지만 나중에 그만두었다.)

이런 여자
こういう女

온도표상에서 '분마성奔馬性'이라고 하는 말 그대로, 미친 말이 무서운 기세로 땅을 차고 달려 나가는 것처럼 열의 높낮이가 고르지 않는 날들이 반복되었다. 낮은 골짜기는 36도를 밑돌 때도 있고, 높은 산봉우리는 39도 선조차 넘어버린 적도 있었다.

나는 드디어 작은 병원의 평평하고 견고한 다다미 한 장의 병실을 얻을 수 있게 되었다. 앞일은 어찌 되던 지금은 단지 힘차게 돌진하는 바쁨으로 잠깐의 통증을 느끼지 못했다. 그러나 병의 진행 속도가 생각 외로 빨라 통증이 진척되고 있어 병으로 정신을 잃어 갔다.

아편이나 모르핀은 아니라고 해도, 술에 만취하거나 잠의 숙면과는 비교도 되지 않을 정도로 도취의 경지에 이르렀다. 때때로, 그 틈새로 선명해진 병의 현실이라고도 말하고 싶은 것이 엿보였다.

좋든 싫든 간에 그때 눈에 들어온 것은 배두렁이 같이 부풀어 오른 복막염에 걸린 배였다. 열이 내렸을 때의 좀스러운 속셈으로 소변을 많이 내보내기 위해 돈을 벌어 저축할 만큼 성실하게 노력하려고 해도 점점 변소에 가는 것도 어려워졌다. 스스로 격려하고 격려해 바닥 위에 손을 짚으며, 일어서서 화장실에 가기까지는 미묘한 심장의 호흡을 잠시 기다려야만 했다.

벽을 의지해서 화장실에 도착해도 화장실 안에서는 무릎을 구부리고 앉을 수밖에 없었다. 그러나 그 지저분한 곳도 앉을 수 있을 정도로 친숙해지니 호감이가는 고독한 은신처였다. 일어서기 위해 바닥에 손을 짚는 것에 아무런 주저도 필요 없을 정도로 익숙해졌다.

그리고 잠자리로 돌아와 한동안은 잠을 깨운 심장의 짐승 같은 흥분을 지켜보아야 했다. 심장은 때때로 미친 듯이 나의 고삐를 휘둘러 마음대로 뛰어다녔다. 때로는 무시무시한 진군가가 되어 스스로 혈관을 쳐부숴 버리는 것은 아닐까하는 걱정이 될 정도로 심장이 두근거리며 혈액 순환 관문마다 공격했다.

그럴 때 입술은 뽕나무 열매 색이고, 발목은 술병처럼 차가워지고, 얼굴에는 소나기처럼 땀이 흐르고, 양 정강이는 스스로 구9자처럼 안으로 굽어 있었다.

온도표에서 열선의 푸른 산맥 위에 백 이삼십 개 맥의 붉은 선이 여기저기 분화하듯 뛰어 올라 있는 것을 보고 섬뜩했을 때부터 스스로 맥박을 세는 것을 익힌 것도 질병의 덫에 깊이 빠지는 결과를 낳고 말았다.

얕은 지식으로 심장 이상이 복막염의 부작용이라는 것을 알게 되고 부터, 가끔 생리에 이상 징후를 느낄 때는 자주 나의 오른손의 손가락은 왼손의 엄지손가락 아래로 맥박의 탁선託宣을 찾으려고 분주했다.

멀리 떨어진 가슴 부근에서 움직임에 지친 심장이 한 마리 동물의 단말마를 생각할 정도로 약하게 경련을 일으키는 모습이 거기까지 손에 잡힐 듯 울려왔다. 그것을 알고 깜짝 놀라는 것이, 그 동물에게 채찍질을 한 번 하는 것 같아 심장이 더 조금씩 힘없이 달리기 시작했다.

그렇게 하루에 몇 번이나 나는 생명의 벼랑 끝에 몰려, 위급하여 의사를 불러 강심제를 맞을 수밖에 없었다. 그 주사액의 아픈 자극으로 잠들려고 하는 생명의 졸음을 깨우려는 듯이 나는 최선을 다했다.

또한, 한밤중에 문득 눈을 떠 바로 팔의 정맥을 만지며, 그런 심야에 자신이 무의식적으로 잠에 빠져 있을 때조차 심장이 게으름 피우지 않고 음으로 양으로 정확하게 움직여주는 것을 알았을 때의 감사함. 그것에 감사하는 바보스러움.

결국은 그 심장의 움직임이 어떻게든 나의 생명을 지배하려 해도 어차피 나의 지배 와 상관없이 독립된 생명을 영위하고 있는 것이라고 생각되어, 의연한 인격에 대한 것과 같이 공포를 품게 되었다.

그러나 때로는 또 모든 어리석음을 업신여기는 안목으로 머리맡의 온도표를 쥐려하는 손놀림에 '알려고 하지 마. 느끼지 마. 그저 믿고 가.' 라고 늠름하게 격려하며 온도표를 잡으려는 손이 저린 것처럼 움직이지 못하게 된 적도 있었다.

하지만 결국 하루에 두 세 번은 손에 쥐고 빈번하게 열과 맥박의 선을 보는 것에 의해 내 온도표는 누구보다도 더러워져 페이지가 구겨져 있었다.

그 페이지를 손가락으로 펴는 내 기분은 '나야말로 병의 두려움을 정말로 아는 사람으로 적의 힘을 아는 자에게만이 최후의 승리는 주어지는 것이다.' 라는 담대한 긍지가 왠지 빛나고 있었다.

그 자랑이 심해진 결과 '내가 병을 앓는다.' 라고 의기양양하게 콧방귀를 끼는 자기 자신을 발견하게 되는 것이었다.

이렇게 해서 잡을 수도 없는 마음의 모습을 쫓아가는 동안에, 자신이 한때 예술을 사랑했던 것처럼 한결같은 열정을 가지고 병을 열애하고 있다는 생각에 무심코 쓴웃음을 지었다.

일찍이 건강하던 때에 예술에서 이루지 못했던 생명의 감동을 나는 지금 병을 앓는 것으로 이루려고 하는 마음은 아닐까.

분명히 아름다운 예술과 추악한 병 사이에는 뭔가 한 가지 공통되는 소홀할 수 없는 생명을 건 것이 있다고 생각했다. 그 생명을 건 것이 슬프고 슬퍼서 가끔 배게 위에 눈물이 떨어졌다. 자신의 병에 울며, 자신의 예술에 울었다.

이렇게 내가 병 삼매경에 빠져있을 때에도, 잠을 자는 바닥의 주변에는 눈에 보이지 않는 어떤 것이 높이 싸여가고 있었다.

나는 그다지 잘 알지 못하는 경찰관 Y씨의 교섭으로 생판모르는 외과병원의 일 인실에서 용기 있게 편히 자며 하루를 보내고 있는 것이었다.

각자 스스로 처리한 후, 다른 사람에게 베푼 호의나 동정에는 한계가 있다. 그런 사람들이 자신에게 주어야 할 동정의 용기容器는 이미 가득 차서 넘칠 것 같다는 것을 나는 얼마 전부터 생각하기 시작했다.

때때로 문병 와 주는 Y씨가 이 병원에 대해 나와 같은 마음의 부담을 느끼고 있다는 것을 생각하니, 그 부담감이 전해졌다.

병실은 거의 날마다 주로 맹장염의 수술환자가 밀려들어, 안타까운 환자를 다른 병원으로 돌려보내는 모습이 계단아래에서 울리는 네다섯 마디 전화 답변으로 아플 정도로 나의 귀에 꽂혔다. 그러한 기분에 한쪽 발을 걸쳐 보면 창밖의 넓은 지붕에서 국화를 가꾸고 있는 사환이 "누구야! 휴지통을 이런 곳에 두는 사람이!" 라고 호통치고 있는 것도, 여기에 한사람 밖에 없는 호흡기 환자인 내가 가래를 뱉은 종이를 넣어 둔 휴지통을 이런 곳을 두는 것에 대해 비위생적이라고 매도하는 것이었다. 이것은 치우고 안 치우고의 문제가 아니었다.

아무래도 혼자서 화장실에 갈 수 없게 된 나를 위해 병원 간호사가 친절하게 아침 수술실의 붕대와 거즈를 씻은 뒤 시간에 맞춰 마루 옆에 둔 큰 변기를 버리고 씻어 소독까지 해 주었다.

"정말로 죄송하지만 당신에게 기댈 수밖에 달리 방법이 없어요. 부탁입니다. 내가 사용하는 변기를 하루 한 번씩이라도 좋으니 버리러 와주시면 안 되겠습니까?" 라고 나는 맥을 짚으려고 온 그녀에게 말했던 것이었다.

"아, 그런 일이라면 걱정하지 마세요. 저도 당신이 걸어가는 것을 보고, 이건 안 되겠다고 지난번부터 생각했습니다."라고 그녀는 편안하게 승낙을 해주었던 것이다.

나는 처음 이방에 들어올 때부터 빼어난 미모는 아니지만 견실한 이 아가씨 내면에 체온 같은 평범한 따뜻함을 느꼈다. 잠깐 만난 것만으로는 깨닫지 못할 정도이지만 온화함을 재빠르게 간파하고 있었다. 나의 차가워진 영혼은 식사 배달과 습포를 비롯해 모두 그녀를 의지하지 않으면 안 될 정도 타산에 끌려 재빨리 그 따뜻함을 알아차렸다는 쪽이 적당한 것인지도 모른다.

나는 작은 커브이지만 이 커브에서도 운명이야 어찌되었든 자신의 재치에 의해 이루어진 것을 느끼고, 만족함과 동시에 자신의 성격에 대해 혐오감을 느끼지 않을 수 없었다.

한 인간의 성격이 타인에게 보이는 면만으로 구성되지 않는 것처럼, 자신이 볼 수 있는 면만으로도 구성되어 있지 않은 것을 오래전의 형편을 상기해 나는 아프게 느끼고 있었던 것이다. 만약 내가 스스로 표면적으로 느낄만한 의지박약이나, 예민한 작은 짐승처럼 항상 쫑긋쫑긋 귀를 기울이는 인간이라면, 어째서 오늘 이와 같이 아무 관계도 없는 Y씨를 보내어 돈을 일 전도 지불할 준비도 없이 낯선 병원의 한 병실을 차지하여 자고 있는 것이 가능할 수 있을까.

실제로 나는 이 다음의 국면에 대한 미봉책으로써 오랜 친지 모씨에게 이곳에 온 다음날 현혹과 불쾌를 억누르며 바닥에 앉아 조력을 청하는 긴 편지를 써 보냈다. 그 답변은 결국 오지 않았다. 그리고 조금 틈을 두고 다시 다른 날, 다른 모씨에게 같은 의미의 편지를 우편함에 넣었다.

그 편지도 또 대도시의 혼돈 속에 빨려들어 아무 대답도 없었다. 거미줄보다도 믿음직스럽지 못한 줄이었다 하더라도 나에게 있어서 단지 하나의 희망의 밧줄은 그것으로 완전히 끊겨 버렸다.

그러나 아무튼 당면한 급한 변기 문제만은 병원의 간호사에게 울며 매달리는 것으로 해결되어, 그 부분에서 만은 마음이 자유로워졌다. 변기를 두게 되자 복도 근처에서 빙글빙글 날아다니고 있던 파리가 방 안으로 들어와 하루 종일 환자들 위로 날아다니고 밤에는 눈썹 같은 작은 다리를 뻗어 천장에 매달려 있었다.

옆의 탈장환자는 그 광경을 보고 재빨리 병실을 바꾸었다. 다음으로 온 치질환자도 하루 지나서 다른 병실을 요구하기 시작하였다.

그러나 현실적으로 높은 영혼의 선을 걸쳐놓은 나는 가능한 한 그 위를 고답하려고 노력하여 눈에 들어오는 현실의 소도구는 보려고 하지 않았다.

'고집이 센 꽃대였던 한 여자, 여기에 지레를 움직여도 꼼짝하지 않고 자고 있다.' 나는 차라리 이런 식으로 자신을 재미있게 말할 수밖에 없었다. 그렇게 해서, 전신 질환 중에 자면서 머리만은 쳐들고 이런저런 대책을 궁리하고 있는 의욕적인 여자를 그려 좋은 의미에도 나쁜 의미에도 자신이라고 생각하는 것이었다.

이런 사소한 걱정은 한편으로 현실에 초연하려는 노력 견제로 대단히 추상적인 형태로 다시 태어났다. 병의 경과에 대한 관심은 점차 생사의 문제로 변해갔다. 또한 자신의 가난함을 세로로 보거나 가로로 보거나 하는 노력은 곧 재산과 같은 일반적인 문제가 되어 나의 사색 속에 생겨났다.

나는 지금 여러 번의 절체절명을 경험하면서 나 한사람을 위해서가 아니라 나를 받아들이고 있는 연대 세상에 폐 끼치는 것을 방지하기 위해서라도, 언제든 이 정도의 병에 걸려도 자력으로 회복할 만큼의 재산을 가져야 하는 것은 아닌가 하는 과제에 봉착한 것이었다.

재산. 태어나서 삼십 몇 년째 나는 비로소 정면으로 이 문제에 부딪혔다. 아니, 지금까지도 몇 번인가 가식적으로 이 문제에 마주쳐 왔음에 틀림없다. 그러나 겹겹이 나의 머리를 감싸고 있던 주관적인 생각이 직접 뇌수에 타격을 가하는 것을 막고 있는 채로 그 타격이 드러나 나에게 주는 힘의 크기를 멍청하게도 모르고 지나쳐 온 것이었다.

일 년으로 말하면, 제일 해가 긴 여름에 해당하는 30세의 어느 날, 나는 가끔 변덕스럽게 아이도 재산도 없는 자신의 장래를 생각해 본 적이 있었다. 그리고 보잘 것 없는 개미조차 부지런히 먹이를 운반하고 있는 이 괴로운 세상에서 양로원이라든가, 시료(무료치료)병원이라는 영화 세트처럼 실용적이지 않은 것을 목표로 하여, 보아야 할 것에 눈을 감고, 들어야 할 것에 귀를 막고 자신의 노래만 불러왔다.

물론 거기에는 신변의 작은 일상사日常事를 송두리째 던져 넣어도 후회하지 않을 젊은 정열의 격류가 끓어오르고 있었기 때문이기도 하다. 가계부의 페이지를 넘기는 대신에 「국가·가족·사유재산의 기원」의 페이지를 넘기고 있던 시각에서는, 노후라든가 병이 걸렸다든가 하는 정체의 날은 생각 할 수도 없을 정도로 생활은 거센 흐름과 같았다.

하지만 써도 써도 다 쓸 수 없는 온수처럼 생각되었던 청춘의 날을 언젠가 쓸 수 없게 됨과 동시에 생활을 회전시켰던 축의 회전이 갑자기 느려지는 시대가 습래襲來하여 신나게 도약을 즐기고 있던 나는 지겹도록 현실의 땅에 부딪혔다. 그리고 처음처럼 현실의 단단함과 아픔을 알았던 것이었다.

재산 – 자신이 살아가기에 충분한 재산 – , 나는 그 누구보다도 격심한 허기와 갈증의 깃발을 앞 세우고 일단 발길질 해온 그 지점을 돌아 오른쪽으로 다시 찾아올 수밖에 없는 것이었다.

"아아, 싫다 싫어."하고 아무렇게나 던지는 말이 몇 번이고 내 입술에서 새어나왔다.

또 그 횟수의 몇 십 배가 될 정도로 여러 번 그 괴로움을 음미해 보았다. 하지만 나는 살려고 했다. 무슨 일이 있어도 살려고 했다. 처음에 이 병을 알았을 때 스스로에게 서약한 생환의 맹세는 철의 맹세에도 견줄 만한 맹세였다.

'인간은 이런 불행 때문에 죽어서는 안 된다.'고 하는 분노의 불꽃이 간헐적으로 나를 계속 고통스럽게 하는 것이었다. 아니, 그런 억지 이론이 아니다. 단지 살고 싶은 것이었다. 어떻게든 살고 싶은 것이었다. 일찍이 어쨌든 내가 태어나야만 했던 것처럼, 사랑해야만 했던 것처럼, 반항하지 않으면 안 되었던 것처럼, 그것은 한 조각의 이론 봉투에 억지로 밀어 넣을 수 없는 우주 크기 정도의 충동이었다.

기분이 다운되기 시작하자, 그 나름대로의 시야가 눈에 들어온다. 입원료가 하루에 몇 엔, 치료비가 수십엔, 게다가 새로 고용 된 간호사 비용과 매일 들여오는 박래舶來 과일의 다양한 색깔과 형태가 말하는 가격 등을 생각해보면 그것들을 가져오는 입원 환자의 재산이라는 것은 어느 정도 축적된 것으로, 혼자서 걷기를 시작하고 있는 나는 생각되었다.

실제로 이 작은 병원의 좁은 병실에 입원하려고 하는 계급은 나의 손이 닿지 않는 곳의 사람들이라고는 생각하지 않았다.

다만 그곳에는 그들과 내가 펼치고 있는 일상생활의 차이가 있었다. 그들의 일상생활에서는 저축이라는 물방울이 넘치고 있는데도, 왠지 나의 일상생활은 항상 오히려 수분을 요구하고 있는 것 같다고 생각했다.

이런 생각을 하면서 미음에 젓가락을 옮기자,

"결국 이곳의 경비는 어떻게 지불할 것인가?"라는 공격이라고도, 경고라고도 할 수 없는 질문이 떠올라서 자갈을 씹을 정도로 움직이던 턱을 갑작스럽게 멈추었다. 하루 세 번의 식사를 세 번의 전투로 생각해서 한쪽 손에는 토사물을 받는 컵을 들고 미음 안에는 얼음을 넣어 토하자마자 토한 그 분량만큼 씹지 않고 삼켜버리는 참담한 식욕은 그 자문으로 파괴되었다.

나는 음식을 빼앗긴 것과 같은 아쉬움을 남기고 은색의 아름다운 미음을 남긴 채 그릇을 두고 식후에 어김없이 고요한 심장의 두근거림에 귀를 기울이는 것이었다.

의사와 간호사를 상대로 하루에 두 세 마디 말하는 것 외에는 얘기할 상대도 없는 나는 배게 맡에 있는 작은 손거울을 들고 한 시간이고 두 시간이고 석유색의 거울 표면을 들여다보며 병을 직시하는 마음을 내려놓으려 노력 했다. 희미한 환상처럼 지난날의 추억이 머릿속을 스쳐 지나갔다.

어느 날, 나는 젊은 날의 몇몇 장면을 그림엽서처럼 펼쳐서 허무하게 생각할까, 미소 지으며 생각할까, 기분의 갈림길에서 아련한 애수를 맛보고 있었다.

그 때,

"－씨, －씨."

하고 나를 부르는 소리가 들려 혼자만의 생각에서 벗어났다.

사람이 자주 바뀌는 내 바로 옆 취침 장소 건너편의 거만해 보이는 여자를 병문안 온 그녀의 남편이 나를 상냥하게 불러 아이스크림을 주었다. 사람에게 말을 하는 것도 숨이 막히는 지금 상태에서, 이 사람과는 가장 오랜 친분이 있으면서도 인사밖에 없었다.

어제 문득,

"아아, 꽤 열이 내렸다. 7도 6분……."

하고 체온계를 보고 있는 나를 향해, 그녀의 남편이,

"실례지만, 당신의 배 위로 담요를 들어 올리세요. 아직 그렇게 내리면 위험해요. 해열제가 늘었기 때문에 속지 않는 것이 좋아요."

하고 옆에서 품위 있는 목소리로 말을 걸어 왔다. 들어 보니 그의 아내도 작년 늑막염을 앓은 적이 있었다. 이 병에 관한 사소한 경험을 두 사람은 번갈아 가며 알려 주었다.

아름답고 기가 센 호스티스로 보이는 아내에 비해 남편은 성격이 유해 보이며 여린 잎 같이 애처로워 보이는 젊은이였다.

이야기의 상황을 보면, 그는 최근 어떤 사정으로 유명한 식료품 회사를 그만두고 지금은 당분간 임시로 근처의 마을 자치회 사무소에서 근무하며 업무 틈틈이 와이셔츠의 소매를 걷어 올리고 하루에 몇 번이고 여러 가지 구실을 대서 병문안을 왔다. 그녀의 얼굴을 보지 않고는 견딜 수 없다는 마음이 유리 속 같이 비쳐 보이는 구실이었다.

가만히 보고 있으니 특별히 화목한 사이로 남자가 여자의 매력에 빠져 똑바로 설 수 없을 정도로 매료되어 있는 모습이 보였다. 아무래도 남자가 그 큰 회사를 그만두고 본의 아니게 자치회 근무를 어쩔 수 없이 하며 그것에 만족하고 있는 사정도 이 아내와의 말 못할 사연이 얽혀 있다고 상상하지 않을 수 없었다.

간호사들의 절반은 호기심과 질투 때문에 여러 가지 얘기를 하는 것 같지만, 여자로서 사랑에만 한정해서 이야기하자면 남자가 자신의 마음에 못된 속셈의 사유물을 멈출 수 없을 정도로 여자에게 빠져 있다는 것은 솔직히 축하해도 좋은 일이라고 나는 생각했다.

땀자국이 밴 배게 위에서 그 부부의 대화를 보지도 듣지도 않고 관찰하면서 어느 새인가 나는 눈에 비치는 것을 다시금 깨닫는 것 같은 작용으로 극히 자연스럽게 그 부부의 모습을 자신의 부부 모습으로 바꾸어 보고 있었다.

예전부터 남편의 모습이 마음속에 떠오를 때마다 달궈진 철판에 액체가 떨어질 정도의 처참한 생각에 잠겨있던 나는 시간이 지날수록 침통한 마음으로 그의 마음과 무거운 사슬로 고정된 자신의 마음 형태를 묵묵하게 바라보게 되었다.

그건 그렇다고 하더라도 이 젊은 부부가 요란하게 애정 행각하는 것을 볼 때마다 자신의 마음 대부분이 남편에게 가 있기 때문에 수중에 남은 마음이 시들해지는 것은 어쩔 수 없었다.

절반은 그렇게 충족되지 못한 기분에서, 절반은 딸에 대한 그리움으로 나는 주저하지 않고 병아리를 만지작거리는 듯한 심정으로 두 사람을 멀리서 보고 있었다. 아이스크림을 받은 오후, 두 사람 사이에 있던 환자가 퇴원해서 나와 그녀는 급속도로 가까워졌다.

그녀는 이상할 정도로 어쩔 수없는 나의 신상에 대해 알고 있었다. 그것이 그녀의 마음을 자꾸 꾀어, "아무 것도 생각하지 말아요. 아무것도. 언니 –. 인간은 병에 걸렸을 때 잠자코 남에게 신세를 져도 괜찮다고 생각해요. 그 대신에 병이 나았을 때는 많은 사람들을 위해 일 하는 거예요."

짚으로 만든 구멍 난 이불 너머에서 그녀는 새된 목소리로 격려하듯이 말했다.

실제로는 통용되지 않는 틀에 박힌 생각을 하면서 절박한 지금의 사정, 그 생각의 갈피에는 나를 웅석 부리게 하여 이끌어 가는 꿀 같이 달콤함이 있었다. 공통된 화제가 부족한데 상대방이 나의 신상에 대해 알고 있어 화제는 자연스럽게 일신상一身上 으로 옮겨갔다.

그녀의 남편은 어머니가 재혼할 때 친정에 두고 간 외아들로 친척집에서 성장했다. 그리고 그녀와 결혼하는 것에 대해 분쟁이 생겨 그 집을 나오고 말았다. 그런데 그녀가 늑막염을 앓아 두 사람은 신혼 초부터 고난의 길을 걸어야만 했다. 사랑과 병고와의 장난. 나는 그녀가 말을 꺼낸 요란한 원색의 사랑이야기에 더욱 과장을 더해 병약하고 아름다운 열정적인 아내와 순정적이고 나긋나긋한 청년이 대야와 나무욕조도 백목白木으로 준비한 신접의 교외생활을 생각했다.

그녀가 요양 중에 세탁을 하면 남편이 곁에서 우물 펌프를 눌러주었다고 한다. 그녀가 어깨 결림을 호소하면 밖에서 보이는 장지문을 닫고 남편이 어깨를 주물러 주었다고 한다. 그럴 수 있어, 그럴 수 있어.

나는 부부의 얽힘이 단지 그 종류로 꼬여져 있는 모습에 왠지 모를 쓸쓸함을 느끼면서도 자신들 부부와 같은 고통스러운 인연은 이 세상 어느 부부도 겪지 않기를 빌었다.

"그저 서로에게 행복을 주는 부부라면 물론 문제가 되지 않겠죠. 서로에게 고통을 준다 해도 병이나 돈 문제뿐이라면 아직 괜찮은 거지, 이 세상에는 상상도 못 할 방식으로 살아가는 부부도 있으니까요."

말을 할 때마다 다리를 절며 엄지손가락의 끝으로 맥을 어루만지며 낮은 목소리를 내고 있자니 호흡이 끊기기도 하여, 나의 말은 경련을 일으키듯 간헐적이었다.

"예에, 당신의 경우에는 당연히……"

그녀는 말하다 말고 몇 장의 다다미 너머에 있는 나를 보고 있던 눈을 번뜩였다.

"－씨, 저는 뭐든 잘 알고 있어요. 실은, 당신이 말하고 있는 그 의미도 분명하게 알고 있답니다."

나는 이 부부의 말이 때때로 내 속에 감추고 있는 마음을 불쑥 가리키고 있는 것에 대해 지난번부터 이상하게 여기고 있었다. 하지만 그것은 Y 씨를 통해 병원 간호사에게서 전해지는 것이겠지 하고 생각했다. 어차피 가능한 한 그 문제는 정확하기 보다는 가지를 잘라내듯 다듬어져 왔었을 것이었다.

하지만 지금, 이렇게 새삼스레 알려지게 된다면 하는 생각에 마지못해,

"도대체 무엇을 알고 계신 거예요?"

라고 되묻지 않을 수 없을 것이다.

"나는 말하지 않으려고 했지만 지금까지 말해버렸다면 말한 거나 다름없지. 당신도 이시야마石山라는 사람을 알고 있죠. 그 사람한테서 우리 모두 당신의 얘기를 듣고 있어요."

그런 이름은 내 기억에는 없었다. 그 사람이 Y 씨의 상관인 XX 경찰 경부보警部補라는 것을 알게 되기까지는 얼마간의 시간이 필요했다. 그건 그렇다 하더라도 어떻게 이시야마 경부보가 이 사람들과 그렇게나 친밀한 관계인지는 반문할 여유도 없이,

"당신은 알고 계실지 모르지만 이시야마씨는 그 일 이후 경찰을 그만두고 우리 남편과 같은 주민자치회에 다니고 있어요."

"주임主任님이 주민자치회에……" 라고 나는 무심코 작은 목소리로 소리칠 수밖에 없었다.

이시야마씨나 이시야마 경부보야말로 나와는 별로 관계가 없는 이름이었지만, 내가 그곳에 관계되었을 시기에 나를 담당했던 부서의 "주임"이라 하면, 그 말만으로 그 코의 형태도 동그란 눈도, 전체가 떠오르지 않는 그의 풍모의 전부를 표현하는 것이었다. 더구나 나에게 있어서는 그 추상적인 두 글자의 직책을 살짝 말하는 것만으로 복잡하고 숨 막히는 기억의 그림이 순식간에 마음속에 투영되기 시작할 정도로 잊으려야 잊을 수 없는 이름이기도 했다.

긴 근심의 벨트가 있는 자리에 가끔 구름 사이로 햇빛을 보는 즐거움이 비출 때가 있었다. 언젠가 이런 기회에 예전부터 은혜를

입은 사람이나 감사해야 할 사람의 이름을 마음의 장부에 꼼꼼히 기록해 두자고 생각해, 열심히 두근거리는 심장과 다투면서 반평생 접해 온 사람들의 이름을 떠올려 본 적이 있다. 그중에는 자신의 재능을 발견해 준 초등학교의 열정적인 교사도 있었고 방랑과 다름없던 여행지에서 월급 16엔으로 고용해 준 삼등三等 우체국장도 있었다. 그리고 "은혜를 입었다."까지는 아니지만, 이 이시야마씨의 이름도 왠지 함께 불린 것이다.

하지만 사람의 정이 그리운 현재, 옛 은의恩誼를 회상하는 것은 좋은 것이라기보다 우선적으로 때와 사정의 느낌이 와서 비참하고 한심하게 느껴져 그런 근심은 중단해버렸다.

그 후 나는 그때에도 얼마간 잠시 이시야마씨만을 떠올리며 뭐라 말해야 좋을지 모르는 슬픈 인연을 회상했다. 그 당시 나도 간절하긴 했지만, 그가 지금쯤은 경찰의 밥을 먹고 있을까 혹은 그만두지는 않았을까 라고 하는 생각도 한 번은 생각해 본 적이 있었다.

게다가 연금연한恩給年限 단 2년 전에 그는 경찰을 그만두었다. 그렇게 해서 장래에 승진의 희망도 없는 주민자치회 사무원이 되었다. 나는 그 말을 듣자마자 그것은 도대체 누구를 위해서였는지 생각하지 않을 수가 없었다. 거기에 나온 원망스러운 사람의 이름은 다름 아닌 바로 나였다.

그러나 또 생각해 보면, 내가 이런 병이 들어 생사를 몽유병 환자와 같이 방황하고 있는 것도 구태여 따지자면 그와의 일로 시작된 것이라고 말할 수 있었다. 피차일반이라고 하면 그걸로 끝이지만, 빚을 지고 있는 점에서 역시 저울은 훨씬 내 쪽으로 기우는 것을 느꼈다.

그것은 여전히 일본이 중화민국 여기저기에 일장기를 꽂으며 진격하고 있을 때였다. 그 무렵, 나와는 별도로 아파트에 서재를 갖고 있던 남편을 방문한 어떤 지인은 사회운동 자금으로 거액을 제공하겠다는 제의를 했다. 그 사람의 교양과 일상생활의 관계분야로 부터 상상하여, 그 돈이 어디에서 나오는지 추정하는 것은 어렵지 않았다. 하지만 어쨌든 운동 명분으로 받는 돈은 혼자서 결정하기 어려운 일이고, 남편의 신념 또한 그러한 성질의 원조에 의해 일본의 사회운동을 전개시키는 타입이 아니었다. 그 이외에도 무엇인가 이유가 있었는지 모르지만, 남편은 조심스럽고 신중한 입장을 취하며, 그 일에 대해서 한마디 대답도 하지 않고 지인을 돌려보냈다

그대로 그 일을 잊어버렸을 즈음, 어느 날 남편과 함께 볼일이 있어 외출하여 당시 우리들이 살고 있던 어느 여관의 별채에 돌아와 보니, 부재중에 요전 날의 지인이 방문한 것을 칠판을 보고 알았다.

순간 남편의 표정이 긴장된 것을 본 나의 질문에, 남편은 지금까지의 일을 말하며 아마 오늘 방문은 그 사이 흐른 기간을 보아 지인이 돈을 구해 돌아와 방문한 것 같다고 했다.

일본의 사회운동의 어떤 방면에서도 지원금 고갈枯渴되고 있었다. 주의주장主義主張의 투쟁인 선거전조차 실은, 그 바로 돈 싸움

이었다. 당사자인 우리들 자신도 마르크스 엥겔스 전집을 저당 잡힐 정도로 가난에 쪼들리고 있었다. 어느 쪽을 향해도 손바닥을 편 손들이 무수히 내밀어 져 있는 것 같은 한복판에서 남편이 그런 태도를 보인 것에, 나는 용기와 의지 할 수밖에 없는 긍지를 보고 더욱 격려했다.

지인은 전에 만났을 때부터 남편의 태도를 대충 봐 왔기 때문에 그 뒤로는 연락도 없어 그 일은 그대로 잊어버리고 말았다.

그러던 어느 이른 아침, 그 전날부터 내 쪽에 와있던 남편을 찾아 관할 경찰의 그쪽 부류인 주임 이시야마 경부보가 부하를 한 명 데리고 좁은 뒷문의 열쇠를 어떻게 열었는지 돌연 출입구에 서 있었다.

여름의 짧은 밤이었지만 하늘은 청자색으로 서 너 개의 큰 별이 광채를 잃은 흰 유리와 같은 빛으로 빛나고 있었다. 그 순간의 눈치로 단순한 시찰이 아닌 것은 바로 직감할 수 있었다.

법률에 걸릴 듯 말 듯 살아가는 사람의 아내로서, 이전에 나는 심야의 자동차 폭음조차 한 번도 긴장하지 않고 들어본 적이 없다. 이전의 검거 절차는 경시청의 자동차가 체포하려는 인물의 집 근처까지 와서 그 사람을 태워 가는 것이 보통이었기 때문이다. 그러나 요즘에는 경시청으로부터 그 인물이 사는 지역의 경찰서로 지령이 내려와, 그 곳에서 경관이 연행해 자신의 경찰서에서 신병身柄을 인수하는 것이 통상으로 되어 있었다.

역시 용건을 묻기 전에 상대가 직감했던 대로 말했다.

단지 지령만 받아 일을 진행하러 온 이시야마씨는 아마 깊은 사정도 모른 채, 자신이 발기하지 않은 기분의 덧없음, 또는 나중에 생각해 보니 본래의 경관에 맞지 않은 성격으로부터, 이러한 역할을 짊어진 자의 당혹감마저 조금 드러내며 우두커니 서있었다.

나는 그런 모호한 표정을 용서할 수 없다는 듯 맹렬히 흘기고 나서 식사를 끝마칠 때까지 기다려달라는 의미를 돌이라도 던질 것처럼 말했다.

그러나 식탁 앞에 앉은 나의 손은 후들후들 떨려 찻잔 뚜껑마저 열 수 없었다. 이시야마씨는 무언가 생각하는 듯한 눈으로 열어젖힌 옆문 쪽을 보고 있었지만 잠시 망설이다 구두를 벗고 올라왔다. 그 손에 방금 벗은 구두를 조심스럽게 쥐고 있는 모습에서 그들이 직업상 받는 밉살스러운 훈련이 녹아들어 있었다. 옆방의 창문을 통해 옆집으로 남편이 도망갔을 때를 대비하고 있는 모습이 내 눈에 똑똑히 읽혔다. 그의 손에 있는 구두를 흘끔 보다가 돌린 내 시선과 이시야마 씨가 나를 별생각 없이 내려다본 시선과 딱 마주쳤다.

무심코 직업이라는 껍데기에서 벗어난 생생한 마음의 피부에 내 시선이 선뜩하게 닿는 듯한 반응이 그의 표정에서 보였다. 이시야마씨는 소심하게 시선을 돌려 다시는 나의 얼굴을 보려 하지 않았다.

식사를 하면서 냉정하게 생각해 보니 이시야마씨가 이런 목적으로 오게 된 사정은 지난번 지인과의 자금 문제와 관련 있다는 것을 판단할 수 있었다. 남편은 그 지인이 아무래도 검거된 것 같다는 소문을 바로 2, 3일 전에 우연히 들었다. 그 문제라면 간단하니 곧 돌아올 수 있다고 남편은 말했다. 나도 "그렇고말고요. 물론이죠."라고 맞장구를 치긴 했다.

그러나 더욱 불길한 예상도 슬그머니 늘어놓았다. 남편도 마찬가지였을지도 모른다. 벌써 여러 차례 경험했을지라도 이런 상황의 괴로운 감정은 처음 경험했을 때와 조금도 변하지 않았다.

나는 몹시 마음이 급해져 유유히 젓가락을 움직이는 남편 뒤로 돌아가 참견하면서 그의 머리카락을 빗어 넘겨주었다. 유치장에서 불편하지 않게끔 충분히 챙겨 주려고 해도 새 수건과 휴지를 한 첩의 다다미 위에 모으니, 그 외에 거기까지 가지고 들어갈 수 있는 것이 없었다.

저런 장소에서 담당 경관에게 경멸당하지 않고 조금이라도 너그러운 대우를 받기 위해 격식을 갖춘 기모노着物를 옷장에서 꺼냈지만, 천이 두꺼워 덥다며 남편이 거절했다. 수의와 두타頭陀의 주머니 하나로 극락정토까지 떠나는 사람을 배웅하는 것처럼 마음이 놓이지 않았다. 실제로 나보다 높게 우뚝 솟아있던 남편이 갑자기 애처롭게 보여 아이를 홀로 여행 보내는 기분과 다르지 않았다.

"나도 따라갈게요, 그럴 리가 없으니까. 조사해보면 금방 돌려보내 줄 거예요. 집에서 마음 졸이고 있느니 차라리 같이 가서 기다리고 있을게요."

나는 오랜 궁리 끝에 말을 꺼냈다. 남편은 그것은 견딜 수 없다는 식으로 '그만 둬'라고 말했지만, 나는 그 생각으로 가득 차 그 외의 어떤 일에도 관심이 없었다. 우리는 네 명이서 동행했기 때문에 남들이 보기에 이상해보일 것이라고 담소를 나누며 걸어갔다. 경찰이 관련 객실에 도착하자 이시야마씨는 잠시 심사숙고하다가, 내가 따라왔기 때문에 빈 책상을 가리키며 그 곳에 남편을 앉힐 수밖에 없었다.

당연히 유치장에 넣어야 할 경우이지만, 내가 있어 그렇게 할 수 없는 모순이 이시야마씨의 무력하고 애매한 표정에 역력했다. 나는 유치인용 인 듯한 나무의자 가장자리에 조용히 걸터앉으면서 용기 있게 따라 온 보람이 어쨌든 지금의 경우만이라도 있었던 것에 만족하는 것이었다. 이윽고 경찰청에서 담당자가 왔다.

상관의 도착으로 실내에 있는 사람이 목상처럼 딱딱하게 굳어지는 순간, 나는 일어서서 검속자檢束者의 아내인 신분을 말하면서, 어쩐지 기선을 제압하려는 듯이 허리를 굽혀 인사를 했다. 그 순간, 상반신이 그리던 부채꼴의 선은, 숙였다가 올린 머릿속에는 남의 일인 것 같은 느낌을 받고 있었다.

"거의 초등학교 이후, 이 정도로 무의미한 체조를 한 적이 있었을까?"라는 비웃음의 한편에서는, 검속자의 아내가 남편이 걱정되어 따라 왔다는 것으로 상대에게 어떻게 심리적인 부담을 줄 수 있을까 하는 의도로 열심이었다.

실제로, 내 반평생의 경험은 모든 생활감정 위에서, 그들과는 서로 만날 리가 없는 평행선을 걷고 있는 것을 배웠다. 단지 조금 그들에게 하소연을 듣거나, 그들로부터 동감을 받거나 하는 공통된 지반이 있다고 하면, 그것은 가족에 대한 감정이었다. 나는 몇 번인가 상습 도박자 등의 아내가 뒷짐 지고 있던 손을 내리고, 그 뒤에 한 명 정도 거느리고 형사가 있는 방의 널빤지로 된 마루를 게다로 '덜거덕 덜거덕'거리며, 간원懇願인지 면회인지 하러 가는 것을 보고 있었다. 그것은 불쌍히 여겨야 할 풍경이라고 해도, 절대로 어리석은 풍경은 아니었다. 그들은 많은 법률적인 궤변보다 이런 공격수단 쪽이 이러한 인종을 함락하는 데에 몇 배나 효과가 있다는 것을 잘 알고 있는 노련하고 영리한 사람이었기 때문이다.

그는 내 인사의 의미를 이해하기 어렵다는 듯이 나를 다시 살펴봤지만, 사정을 알자 나를 한 번 더 보고 나서 이시야마씨에게 뭔가 말을 건네는 것이었다. 나는 지금 자신의 이 모방효과를 보는 것이 아직 빠르다는 사실을 알고 있었다. 그래서 내 인사가 상대방에게 미치는 효과에는 집착하지 않고 남편과 담당자가 다른 방으로 이동하는 것을 배웅했다. 두 사람이 들어간 방은 내가 남겨진 방에서는 직각으로 휘어져 보였으며, 그러한 목적을 위해 창문에 철봉 등을 단 방이었다.

8월의 열기로 마른 목조 건물 안을 패검소리가 교차하는 바람이 계속 불었다. 그 바람이 가끔 실어다 준 말이 띄엄띄엄 들려, 나는 남편이 심문을 받고 있는 내용이 예상한 대로 였다는 것을 알았다. 그 검속은 상대 지인이 한순간 부주의로 실언했기 때문에, 지인이 돈을 건네지 않았다고 증언하고 있는데도 불구하고 '털면 먼지가 나올지도 모른다.'는 기대심리로 행해지고 있다는 것도 상상할 수 있었다. 그렇다면 내가 여기에 온 것은 더욱 가치있는 셈이었다. 그들은 더 이상 용건이 없다는 것을 알고 나서도, 기분에 따라 3일이나 일주일간은 사람의 운명을 늘리기도 줄이기도 하기 때문이다

오후가 되자, 그 조사실 전체의 벽도 판자벽도 놋쇠를 도금한 듯한 석양으로 뒤덮였다. 더위를 타는 남편이 웃통을 벗지 못해, 기모노의 등 부분에 커다란 땀자국이 베여 있는 것이 내가 있는 곳에서 보였다. 나는 계단을 내려가 거리로 나가, 아이스크림을 사가지고 와서 남편이 있는 그 조사실에 보내달라고 했다. 나누는 김에 내가 있는 방에 있던 이시야마씨와 부하 두 명에게도 하나씩 나누어 주었다. 그들은 입으로 중얼중얼 거리며, 감사도 거절도 아닌 말을 하며, 누구 한 사람 손을 내밀려 하지 않았지만, 내가 변소에 갔다 돌아와 보니, 껍데기만이 쓰레기통 위에 놓여있었다.

그 모양을 보니, 남편이 있는 조사실에서의 상황은 보지 않아도 만족스럽게 상상 할 수 있었다. 이윽고, 남편 쪽에서 조금 더 아이스크림을 사와 달라는 주문이 있었다. 무언중에, 남편이 무엇을 추가로 요구하고 있는지 알 수 있는 느낌이 들어, 나는 작은 새처럼 가볍게 거리로 다시 나갔다. 그리고 이번에는 스스로 들고 그 조사실을 방문할 생각을 했다.

나는 문을 형식적으로 두드리고 나서 뻔뻔하게 들어가, 밤이 되어도 자신은 기다릴 생각이고, 언제라도 신병인수 서류는 작성

할 수 있도록 준비는 하고 왔기 때문에, 아무쪼록 오늘 중으로 조사를 끝내주길 바란다고 정면에서 요구했다.

그리고 '그렇게 까지는 할 수 없다'라고 마음 속으로 겁먹은 마음을 밀어내고 또 밀어내며, 나의 간절한 희구希求 그 자체를 나타내듯이 단숨에 지갑에서 더러운 목제의 막도장을 내보였다. 이런 촌스러운 행동이 통할 리가 없어 남편의 얼굴은 전혀 보지 않도록 하면서. 조사실을 둘러보았다. 두 사람이 아침부터 핀 담뱃재가 담배꽁초와 뒤섞여 수북하게 쌓여있는 것이 두 사람의 피곤한 모습처럼 보여, 이미 문제의 고비는 권태를 자아낼 정도로, 내리막길이 되어 있는 것을 읽을 수 있었다.

담당자는 직업적인 습관으로 최대한 빨리 하겠다며, 나에게 답변만 할 뿐, 확언은 하지 않았다. 하지만 아무튼 번거로운 것이 따라왔다고 생각해준다면 나는 그것으로 만족이었다.

이윽고, 저녁 8시 무렵에 나는 그 조사실로 다시 불려가, 간단한 승낙서를 작성했다. "기다리고 있다는 것을 알고있었지만, 이렇게 늦어 버렸어요. 어라, 벌써 버스가 끊겼네." 라고 담당관은 나와 기다리고 있던 이시야마씨를 번갈아 보면서, 회중시계를 들여다봤다. 처음부터 예상되어 있었는지도 모른다. 그러나 나는 오늘의 결착決着 역시 내 의사를 힘껏 표현함으로써 얻은 작은 승리라고 생각하고 싶었다.

어떤 사람과 나와의 빼앗길까 빼앗을까 하는 쟁탈에서, 여실히 내 쪽이 강한 것이었다. 나는 조용히 나란히 걷고 있는 남편을 완전히 전리품으로 생각하고, 그저 만족하면서 오늘 기분의 경과經過에 대해 남편에게 반복해서 말하는 것이었다. 하지만, 남편은 오늘 있었던 조사에서 드러난 의문이 많은 문제의 추세 쪽에 상념이 끌리는 것인지, 말수가 줄고 내 말에만 대답하고 있었다. 문득 오늘 같은 나를 본 남편이 어떤 식으로 생각하고 있을까 라는 것을 생각했다.

강력하고 땅딸막한 물건처럼 몹시 튼튼해서 사용해도 무너지지 않는 나는 이런 때에 유용한 공구임에 틀림없지만, 아내는 역시 집에서 부러진 꽃처럼 고개를 푹 숙이고 있어달라고 하고 싶은 것이 진실한 남자의 마음일 것이라 생각했다.

모두가 나의 애틋한 마음을 풀어내기 위한 몸부림이었기 때문에, 물론 감사와 같은 것으로 그의 마음을 넘치게 하려고는 조금도 원한 것은 아니었다. 그러나 비록 눈에 들어가는 먼지와 같은 작은 괴로움이라고 해도 만약 이 과정에서 고통의 그림자가 그의 마음에 비치면 내 마음은 비참하여 견딜 수 없었다.

"이런 주제넘은 일을 하는 바보 같은 여자. 나는 누구의 부탁을 받은 적도 없는데. 민폐를 끼쳤지요?"라는 내 말투에는 냉소와 분노 같은 가시가 선 진정한 마음속의 본류와는 다른 반대의 표현이었다. 이런 말로 노골적인 기분을 유도하고 나서 이쪽에서도 노출시킨 마음의 피부로 얇은 막이 어느 샌가 남편의 마음의 표면에 붙어 있는 듯이 생각되는 것이었다.

"누가 민폐라고 말했어. 이상한 말을 하고 있네." 그는 처음에 조금 듣고 그저 반문한 것뿐이었지만, 점점 던진 말의 아픔이 스며들어가는 것이 보였다.

"당신이 수고롭게 도와주어 용케 돌아 왔으니까 다행이라고 서로 생각하면 그것으로 만족할 수 없는 거야? 내가 땅에 손을 짚고 감사라도 표시하지 않으면 기분이 풀리지 않는 다는 것인가."

"그렇지 않아요. 그런 말을 하는 것이 아니에요."라는 것 이외 나는 달리 설명 할 방법이 없었다. 그리하여 자신의 던진 폭발물 이외의 규모에 놀라 겁에 질려있었다. 두 사람은 말이 점점 더 격해져서 갑자기 풀이 죽어 입을 다물고 있는 아침에 나왔던 출입구의 나무 쪽문이 있는 별채로 들어갔다. 부드러운 쿠션의 중심에 단단한 탄력을 발견한 것처럼 그가 나의 그런 성격을 느끼기 시작했다는 것은 전부터 알고 있었다. 그것이 그의 안에서 점점 자라 지금은 누를 수도 넘어뜨릴 수도 없는 큰 나무가 되어 가로막고 있는 것이 내 눈에 보이는 듯했다.

나는 갑자기 얼어붙은 듯한 고독감을 느꼈다. 하지만 그것도 그때뿐이었다. 여하튼 남편이 하루 만에 돌려준 행복은 너무 만족스러울 정도였다. 그 기억이 희미해지는 며칠 동안 남편의 가치는 내 안에 진정한 재목材木과 같이 선명했다. 그리하여 그 동안은 서로의 존재를 필요 이상으로 뒤얽히게 하였지만, 결국 이전처럼 각각의 생활로 향해 갔다. 그리고 잠시 지난 어느 아침이었다.

나는 비몽사몽간에 출입문이 열리는 소리를 들었다.

'이런'하고 생각할 틈도 없이 지난번과 같은 보행의 구두 발소리 뒤에 누군가가 방문한 목소리가 들렸다.

나와 보니, 생각대로 사복의 경찰이었다. 이번에는 이시야마씨는 오지 않았지만 말을 꺼낸 내용은 똑 같았다. 나는 남편은 어젯밤 이곳에 오지 않았다는 말을 하고 세 걸음 정도 되돌아오자, 방 안의 전등불을 켜는 시간도 아까웠다. 그래서 그림자처럼 움직이며 이불을 개비지도 않고 벽장에 던져 넣고, 머리맡에 흩어져 있던 핀을 꼬챙이처럼 연이어 틀어 올린 머리에 꽂아 넣고 기모노를 입고 나오기까지 5분밖에 걸리지 않았다. 남편의 아파트로 갈 때까지의 길은 경사진 내리막길은 큰 자갈이 뒤덮혀 있고, 골목 끝은 하얀 포장도로가 되어있었다. 새벽 별이 그 길을 가는 사람을 위해 땅에 꿰찌르는 듯한 빛을 던지고 있었다. 우차牛車도 자동차도 다니지 않는 그 시간에 포장도로는 몽환적인 폭포처럼 내 앞 길에 있었다.

나는 자신의 발자국 소리를 들으며 잔걸음으로 달렸다. 아마 그들은 내가 있는 쪽과 아파트 두 쪽으로 나뉘어 찾아온 것이라고 상식적으로 판단할 수 있었다. 그렇다면 재빨리 서두르지 않으면 남편을 만날 수 없을 것 같았다. 어떻게 해서든 한 번 만이라도 남편을 만나고 싶다는 일념 하나로 달려오기는 했지만, 눈높이의 눈동자처럼 빛나고 있는 가로등이 갑자기 꺼지는 것을 보니 자연스레 내 두 다리에서 힘이 빠져나갔다.

대략, 일전에 너무 이쪽으로 치우친 안성맞춤으로 지나갔다. 요전에 그쪽으로 침입한 부분을 이번에는 이쪽에서 만회할 차례

라고 하는 것 같은 감이 나를 처음부터 움직이고 있었다.

이윽고 아파트 문이 보이기 시작해 무표정하게 닫힌 얼음 같은 두 겹의 유리를 보자 내 가슴은 끊임없이 요동쳤다. 그러나 문을 밀고 안으로 한걸음 내딛자, 안의 정면에 입구를 보여주는 남편의 방문이 잘 닫혀있는 것이 보였다. 걸음을 나아갈수록 이 승부의 결말은 명확했다.

그 문은 밖에서 잠긴 자물쇠로 짓궂게도 잠겨 있었다. 손잡이에 손을 올리고 남편의 이름을 부르며 몇 번이고 당겨보아도 완강히 거절을 되풀이 하는 것처럼 꿈쩍도 하지 않았다. 동굴처럼 된 복도에 남에게 보이는 것도 부끄러울 정도로, 마음 속 항아리에 담아 둔 그 이름이 '퐁, 퐁'하고 울렸다.

"벌써 가버렸군요." 하고 생각한 순간, 나와 남편의 사이에는 여러 개의 산과 강이 놓여있었다.

체포되었다고 하는 것이 좋을까, 다시 탈환 당했다고 하는 것이 좋을까, 지금까지 긴장했던 마음의 공허에 이런 저런 잡념이 갑자기 한꺼번에 밀려왔다.

이런 일은 이런 시대의 일상다반사라고 하는 의식, 그렇다 하더라도 아무렇지 않게 있을 수 있는가 하는 생각, 그 외에 자신에게 관대한 사상이나 그것을 채찍 하는 사상이 한 줄씩 얽혀서 신호등처럼 점멸했다.

이렇게 된 이상 돌아가 식사를 하고 다시 와 보는 수밖에 없었다. 게다가 또 일이 왜 이렇게 되었는지도 그 남편의 아내라는 시각에서 조금 넓은 시각으로 응시해 볼 필요도 있었다.

남편이 관계되어 있는 운동 쪽에 전화를 걸고 나서 경찰에 간 것은 9시 지나서였다. 예상한 대로 남편은 유치장에 들어가 있고, 담당자실에는 이시야마石山씨가 혼자서 우두커니 서류를 훑어보고 있었다. 일 전에 검속자를 따라 온 사람은 이곳에 왔었기 때문에 이 방의 분위기에 익숙해져 버려 혼잡이나 불균형, 이완이 완전히 사라져 규칙과 관료주의 등이 청결하게 그의 주위를 정돈하고 있는 듯했다.

이 딱딱한 공기의 한 곳을 파괴하여, 나는 남편을 만나고 싶다는 요구를 그의 옆으로 가서 억양이 없는 말투로 청하였다.

한 시간이든 30분이든 여기로 나와 있으면 그것만으로 남편의 고통은 줄었기 때문에 이렇게 되어버린 이상 나에게 할 수 있는 것은 여기서 그를 만나서 그 고통의 할당 몫을 받은 것뿐이었다.

귀가가 허용되는 날까지 나는 매일 여기로 올 생각으로 중간정도 까지 오는 버스와 그곳에서 묘지 안쪽을 통과해 오는 지름길을 등을 보고 묘비의 모양에 표시를 붙여왔다.

그러나 이시야마씨는 여느 때와 같은 애매한 표정으로 본청으로부터 누군가가 오기전에는 면회는 어렵다고 조심스럽게 말했다.

다음날도 갔지만 같은 대답이었다.

그 다음날에는 자연스러운 감정의 기세로, 그 본청이라고 하는 곳으로 가지 않고서는 기분이 진정되지 않았다.

전차나 버스의 창문으로부터 평소 익숙해져 있는 그 견고한 근대건축은 한 걸음 안으로 들어가면 이상한 어둠으로 밝은 곳에 익숙한 눈의 시력을 빼앗았다. 거기에 이러한 건축에 어울리는 장치나 조도가 설치되지 않아 조금 오래된 큰 복도나 계단은 인간 생활에 아직 제대로 뒤섞인 일이 없는 듯 차가운 무표정이어서 인간은 줄지어 왕복하고 있는데도 사람이 없는 폐허를 가는 것 같은 적막을 느끼지 않을 수 없었다.

더듬더듬 점점 속으로 들어감에 따라 나는 스스로 가지고 온 용무가 아마 그들에게는 손에 쥐고 볼 수도 만질수도 없는 무색투명의 기체와 같은 것이라는 생각에 이르렀다. 나는 들 수 없을 정도의 무거운 이 마음의 짐 뚜껑을 열어보였을 때 그들이 들여 다보고 나타낸 멍청한 얼굴은 보지 않아도 나는 상상할 수 있었다.

그것은 벽이나 거울을 향해 무엇인가 호소할 수밖에 없는 어제 오늘의 고충으로부터 오는 충동의 하나에 지나지 않았다는 생각이 들었을 때, 나에게는 이런 곳에서 그 고독으로부터 나와서는 안 된다고 꾸짖는 것이었다. 그러나 그 고독안에 가만히 틀어 박혀만 있을 나도 아니었다.

나는 남편을 맡고 있는 담당자를 알 수 있다면 거기서 만난다고 해도 이쪽의 사정을 호소할 방침은 그만두고, 간단한 정신테스트를 시도할 생각을 했다. 다른 지인들이 무사한 일이나 여러 가지를 생각해서 앞으로의 문제에 대해 생각되는 점이 많았다.

남편의 담당자는 그 방의 접수로 바로 알 수 있었다. 그는 외출중이였지만 그 이름이 그 전과 같다는 것으로 모든 것을 확실히 알아차렸다.

그렇다면 외부 관계로 내가 움직이지 않아도 단지 남편의 신병만을 돌봐주면 그것으로 좋았다. 그 사정은 너무나도 명료하고, 아무리 그들이 초조해해도 어디에나 잘맞은 열쇠는 없으니까.

나는 집에 돌아와 발의 형태로 부풀어 오른 버선을 내던진 채 아무것도 하지 않고 밤을 맞이했다. 전등을 켤 때는 전등을 켤 때의 남편의 모습이 있고, 이불을 깔 때에는 이불을 깔 때의 남편의 모습이 눈앞에 선했다.

나는 이불을 깔고 잠옷을 입고 나서도 머리맡에 멍하니 서있었다. 응시하고 있는 사이에 남편의 모습에서 밉살스러운 부분은 점점 사라지고, 천진난만하고 순수한 한 소년의 모습이 나의 가슴 속에 서 있었다. 그것은 이전에 내가 저 세상으로 놓쳐버린 아이의 환영과 꼭 닮아 있었다. 내가 좇고 있던 것은 남편의 모습이었는지 그 아이였는지, 이 순간 두 사람의 모습은 하나가 되어 저편에서 나를 응시하고 있었다. 번개에 맞은 것 같은 감동에 눈시울이 뜨거워졌다.

나는 평소 남편에게 주는 마음을 나누어 작은 부적 주머니처럼 그 아이의 기억을 응시해 왔다. 그것은 젊었을 때, 젊은 마음이 반응하는 강한 생生의 요구에 따라 인생의 황야를 방황하며 가시와 그루터기 사이에 낳은 아이였다. 아이는 나의 유방으로부터 나가는 씁쓸한 국물만을 들이마셔 엄마 젖의 달콤한 맛도 알지 못하고 일주일 만에 세상을 떠났다. 나는 너무 혼란스러워 통곡하며 운명의 악의를 비난했다. 나의 여러 가지 감정은 분화처럼 하늘을 찌를 것이라고 생각 되었다.

그렇지만 시간이라는 것의 상냥한 위무慰撫가 풍화처럼 나로부터 조금 씩 조금 씩 허망한 집착이 깎여져 갔다. 그러나 그 집착이 깎여 없어진 후에는 놀라 울 정도로 차가운 엄청난 비애의 색이 생겨났다.

이윽고 내 마음을 태우는 것으로 단지 바쁜 청춘시절이 지나가고 아이 없는 나에게는 불쌍하게도 슬픈 엄마의 마음이 자라나 지금 다시 잃어버린 모습을 찾는 비애가 더욱 절실해졌다. 한 해의 시작에 자신의 연령에 한 살을 더할 때마다 죽은 아이에게도 한 살을 더해주는 어리석은 일도 하고 있었다.

그리고 문뜩 이제 어른에 가까운 신장과 마음을 가지고 어쩌면 어딘가의 낯선 세계를 가련한 생명의 등불로 상야등常夜燈처럼 작고 영리하게 비추며 살아가고 있지는 않을까 하는 공상해보면, 맑디맑은 눈물이 이유 없이 흐른 적도 있었던 것이다.

나는 지금 이 순간 그 남편과 이 아이의 환영을 하나로 합쳐, "남편이 내가 낳은 그 아이"라고 생각하는데 아무런 주저도 모순도 없었다. 그런 식으로 솔직한 기분의 흐름에 맡겨 행복하기도 하고 슬프기도 한 눈물을 흘리면서 잠드는 것이었다.

다음날도 다음다음 날도 남편의 모습을 볼 수 없었다. 그래서 역시 버스를 타고 내려 묘비 안을 거쳐 끈기 있게 갈 수 밖에 없었다. 그 자극을 간접적으로 남편에게 영향을 미치게 하는 것 외에는 직접 남편에게 닿는 방법은 없었다.

며칠 지났을 때 Y씨가 내가 말한 그럴 듯한 용건으로 배신당한 얼굴로 본청으로 전화를 걸어 주었다.

그렇게 하여 짧은 시간이 배정되어, 창백한 남편은 짚신을 신고 가냘픈 모습으로 내 앞에 나타났다. 그러나 우리의 대화는 그들의 감시를 여과하고 있었다. 그 여과기를 통하도록 단어를 꾸며 바꾸는 것이 바보 같아서 할 말도 들을 말도 입술 안에 깃들어 있었다. 게다가 남편의 얼굴을 보자, 하고 싶은 말은 자국눈처럼 사라져 버렸다.

나는 그냥 초췌한 남편으로부터 여러 가지 위구危懼만 받고 돌아왔다. 잠들지도 깨어 있지도 못하는 밤은 온갖 추억이 한결같은 회한의 빛을 띠고 떠올랐다.

움푹 들어가거나 패거나하는 것도 자신의 유연함으로 바꾸어 버리는 고무와 같은 젊은 날의 젊은 치유력은 어느새 사라지고, 실패도 회한도 그대로 거푸집이 되어 남게 되는 중년의 날이 어느새 자신들 앞에 와 있는 것이 자꾸 보였다.

안에 넘쳐나는 것을 서로 그냥 던지고 보내는 두 사람의 기억조차가 애증 자국의 깊은 소상에 되어 그날그날의 모습 그대로 군상처럼 나중에 나란히 있는 것을 문득 뒤돌아본 거 같아서 나는 우울했다. 그리고 그도 그 장소의 그 철망 속에서, 공동의 기억을 바라보고 있을까하고 생각하면 당장 달려가서 그의 근심거리를 뒤흔들어 흩뜨려버리지 않고서는 견딜 수 없는 고통을 느꼈다.

이렇게 사라지는 나날, 마음 한구석에서 태어난 기교인 예술 일은 책상 위에 먼지를 덮어 쓴 채 묶어 있었다. 가끔 마음에 걸려서 바라보면, 예술로 불타올라야 할 마음속에는 뜬숯처럼 불 꺼진 것이 돌이 많이 쌓여있는 것이 따분하게 와르르 버려져 있는 것이었다.

이윽고 기다리고 기다리던 남편의 조사가 시작되고, 지인이 들고 돌아 간 많은 돈의 사용처의 불분명함이 이 재혐의의 이유가 되어 있는 것이 점점 드러났다.

어느 날 갔을 때에는 무리하게 남편을 끌어들인 그 힘의 연속으로, 더 나아가 단숨에 남편과 관련된 운동을 모조리 한꺼번에 타진해 버리려고 하는 의도 등을 어딘 가로의 보고 전화에서 들었다.

직접적인 이유는 아무것도 없지만, 어떻게 해서든 당분간 어렵게 하여 바닥으로 떨어뜨리려고 하는 당국의 의도가 이 사연에 얽혀 있다는 것은 숨길 수 없었다. 그렇다면 그것과 이쪽의 마음이 이미 굳혀져 있다고 해도, 어쨌든 서로가 얼굴만이라도 볼 수 있는 현재의 순간은 불꽃이 타고 있는 듯한 덧없는 것으로 생각되었다.

감시당하면서도 매일 서로가 교류하게 되면, 나름대로의 마음에 안정이 생기는 것은 이상할 정도였다.

나는 어느새 연속적으로 편물을 짜고 있는 것처럼, 집에서 운반해 온 일상생활의 연속을, 이곳에서 계속하려는 자신을 보았다. 귀에 익숙해지고 보면 패검의 쇳소리도, 꽃집의 가위 소리도 생활의 반주로서는 별로 다르지 않은 것이었다. 부부 생활이 너무 즐거워서 포기할 수 없는 나 같은 인간은 맛있는 밥에 반찬이 필요 없을 정도로, 대개 반주 등을 필요로 하지 않은 것이었다.

누에고치 같은 것을 만들어 그 안에 혼자 갇혀 있었던 고독한 마음은 어느새 스스로 기어 나오고 있었다.

자신의 행동에 아무런 반응도 없는 독신 생활인 것에는 변함이 없었지만, 때로는 뭔가를 생각해 내어 혼자 웃고 혼자 미소 짓는 것도 가능했다. 그러고 나서 추억의 많은 장면에는 우표를 붙인 것처럼 남편의 얼굴이 있었다.

어느 때에 나는 거울을 향해 다리를 모아 옆으로 비스듬히 앉아 거울을 보면서, 문득 그 거울의 가장자리에 있던 작은 눌은 자국에 시선을 고정시켰다. 그것은 아이의 얼굴 정도로 둥글고 분홍색 셀룰로이드의 태두리가 있으며, 눌어붙은 것은 목욕탕 굴뚝에 접하여 생긴 것이었다.

그 추억에서 많은 흐뭇한 추억을 끌어내었다. 그것은 교외에 있는 집에 살고 있을 때 남편이 면도를 하기 위해 내가 근처의 번화가에서 50엔인가에 사온 것으로 그 거울 앞에 남편은 털이 많은 젖은 몸으로 서서 자주 번개처럼 빛나는 서양 면도칼을 썼다.

수초처럼 젖어 자라나 피부를 기어 다니는 가슴털이 건조해져 원래처럼 오그라들어 가는 것이, 석탄을 건져내고 있는 내가 있는 곳에서 잘 보였다. 남자의 전 나체를 아무것도 아닌 듯이 한 눈에 바라볼 수 있는 연령에 달했던 나는 우리 보다 늦게 결혼한 S씨가 언젠가 남편을 향해 "네가 자주 수염을 깎는 의미를 알게 되었어.” 라고 실실 웃으면서 말한 의미 따위는 바보스러운 것이라고 생각하고 있었다.

오히려 전 나체의 멋들어진 자유로운 느낌이 강하게 들면, 어느 날 밤 나도 또 목욕탕에서 막 나온 전 나체로 거울 앞에 서서 찬찬히 주시했다.

그리고 젖꼭지나 배 등을 다시 바라보고 있는 사이에, 무슨 기분 때문인지, 전 나체로 부엌에서 다다미방으로 올라가서 두 방을 가로질렀다. 두 번째 방에는 남편이 전기스탠드를 향해, 무언가 하고 있었다.

그리고 내 신체에 하얗게 반사된 빛에 깜짝 놀란 듯이 얼굴을 들고,

“뭐야! 바보!” 라고 나를 거칠게 작은 소리로 꾸짖으면서, 당황해서 뜰 밖에 있는 담 건너 편 길을 들여다보는 것이었다.

그 울타리에는 5, 6개의 옹이구멍이 뚫려있었지만, 여전히 나는 호걸같이 웃으며 서 있었다. 지나고 보면, 부부의 일상은 이런 어리석고 바보 같은 사소한 일의 쌓임이라고 할 수 있다. 그러나 지금 멈춰있는 장소에서 생각해보면 아직 그곳에는 펼쳐지지 않은 부분이 다 이루지 못한 꿈이 되어 묶여져 있다고 생각되는 것이었다.

남편은 한 달 쯤에, 그전과 마찬가지로 나와 둘이서 출입구의 쪽문을 통해 별채로 돌아왔다. 생각해보면 긴 투쟁으로 한 달 만에 돌아왔지만, 그전에 나란하게 걷고 있는 남편을 전리품이라고 여

기는 교만한 생각은, 이번에는 마음 속 한 구석에도 없었다. 오히려 그것이 일단 마무리되었다고 보는 것조차 어리석다고 생각했다. 남편을 자신의 것으로서 완전히 손에 넣지 못했다는 걱정이 식사 때에도, 나란히 전차에서 흔들리고 있을 때에도, 끊임없이 나를 애달프게 하는 잠재의식으로 남아있었다.

그러나 어쨌든 남편은 돌아왔다. 그 전에 탈환했다고 생각했던 남편은 이번에는 우연한 은총에 의해, 혹은 우연한 낙수落手에 의해 예기치 않게 나의 손에 떨어졌다고 생각했다. 그리고 그렇게 생각할 때에, 겸허하고 겸허하게 그 뜻밖의 호의를 황공하게 받아들이려고 하는 모습이 내 안에 있었다. 있어야 할 사람이 있어야 할 곳에 있는 만족감에서, 아침잠에서 눈을 뜨는 것도 과실이 익어서 자연히 입을 벌리는 것 같은 자연스러움이었다.

그리고 똑같이 산뜻하게 잠에서 깬 듯한 남편에게,

"아아, 꽤 오랜 시간을 낭비 했네. 벌써 이것 저것, 올해도 거의 끝나버렸네. 공부 공부" 라고 말을 걸자,

"정말이네. 나에게는 좋은 인생 공부였지만, 당신에게는 미안하게 됐다. 회복하기 위해서 큰 힘을 쏟지 않으면."이라며 기분 좋게 나의 말에 큰 소리로 대답해 주었다. 그리고 이렇게 주고받은 대화가 마치, 아침공기를 방울처럼 울리는 한 운율의 순결한 시에라도 있는 것 같은 과장된 감동이 나의 가슴에 되돌아오는 것을 느꼈다.

나는 사람의 좋은 흥분에 말려들면서,

"인생 공부도 되었지만, 그 이상으로 나에게는 괴롭고도 괴로운 인간수행이었어, 그렇지만 너무 싫어. 나 따위 정말 아무 쓸모없다는 걸 알기 위한 수행이었다니까."

"쓸모없지 않아. 당사자로서의 내 문제 안으로 들어 온 것은 별개지만, 두 사람 걸 말하자면 그런 경우 나의 역할보다도 당신 쪽이 배포가 필요한 역할이니까. 권화장勧進帳[41] 이라면 당신은 벤카이弁慶고, 나는 요시쓰네義経라고 하는 것인가."

라는 말을 시작으로, 과연 도가 지나치는 통속적인 비유에 스스로 쓴웃음을 띄우는 모습이었다.

화제는 돌고 돌아 점점 이후 또 그 수에 넘어갈 때 라는 생각에 잠겼다.

"사실은 이번에는 도망가 버릴까라고 생각하고 있었지만, 만약 또 저 녀석들이 그 문제로 계속 찾아온다면 이번에야 말로 심해. 게다가 너무 어처구니없는 희생이 따르니까 숨어서 진행 상태를 살펴볼까 생각해."

"좋아, 그럼, 도망가는 것으로 정해요. 나도 그럴 각오로 있으니까. 자, 그렇게 정한 겁니다."라고 나는 비장하고 진지하게 말했다.

그렇다고는 하지만 그뿐, 우리 사이에는 그 일에 대해 구체적인 합의도 아직 없고, 굳이 말하자면 각오조차 확실하지 않았다.

41 권화장(勧進帳): 권화의 취지를 적어, 기부를 모으는 데 쓰는 장부

그럼에도 불구하고 그 원망해야 할 기회는 곧 우리들이 가야 하는 길에 독수리처럼 날아서 내려온 것이었다.

나는 이전의 두 번의 경험으로, 나무 쪽문 자물쇠가 손을 찔러 넣어도 그냥 열린다는 것을 알고 이번에 남편이 돌아오고 바로, 자신이 못을 박아 쇠 장식을 붙여 못 열게 해 두었다. 설마 그 작은 쇠 장식 하나로 국가권력을 가진 그들을 막을 수 있다고 생각하지는 않지만 본능적으로는 그렇게 하는 것으로 그들의 침입을 봉쇄해 버리고 싶은 어리석은 여자의 기원이 담겨있었다.

그러나 그들은 언제나 같은 시간에, 이번에는 여관 현관문을 돌아서 정문을 두드렸다. 좀 세게 두드리는 것은 깊은 밤에 숙박을 원하는 사람의 집요함과 닮아있었다. 나는 반쯤 잠들어 남녀 동반의 수상한 숙박인들을 생각했다.

여자가 문 등의 불빛이 닿지 않는 어둑한 곳에 들어가 숄을 입에 댄 채로 서성거리며 기다리고 있으면, 남자는 하룻밤의 환락의 문을 밀어젖히며 기사騎士라도 된 듯이 '쾅 쾅.'

이윽고 여관 주인이 손님으로 받겠다는 생각을 할 틈도 없이 그 집의 여주인이 긴 복도를 지나서 우리들이 묵고 있는 곳으로 걸어오는 소리가 들렸다.

"남편 분에게 볼일이 있는 사람이 현관에 와 있어요."

그녀는 남편이 있다고 생각해, 조심스럽게 밖에서 말을 걸었다.

현관에서 비추는 먼 불빛에 단젠丹前[42] 의 앞섶을 누르며 떨고 있는 그녀의 모습이 환영처럼 장지문에 비쳤다.

"지금 쯤 남편에게."

라고 말 한 것일까, 생각만 한 것일까. 신경이 쓰였을 때에는 이미 나는 인왕仁王[43] 처럼 서 있었다.

"안 계십니까? 그럼, 그렇게 말할게요. 경찰인 것 같아요."

라고 말하는 데도 대답도 하지 않고,

"아아아, 정말로 더는 못 견디겠어. 내가 가는 게 차라리 낫겠어."

라고 부끄러워할 경황도 없이 외치지 않고서는 견딜 수 없었다.

이 전의 경험으로 바닥도 정리하지 못하고, 머리도 다듬지 못한 채 상투 꼬리 위로 숄을 당겨 걸치고, 여느 때 보다 어두운 그 길을 평소처럼 달렸다. 남편이 일어나서 간단한 대화를 주고받고 기모노를 갈아입으며 문을 채우는 시간을 계산하니 다른 변수가 있다고 해도 이번에는 시간에 맞출 가능성이 있었다.

12월의 서리를 머금은 어둠을 깨우는 닭의 긴 울음소리가 들렸다. 그것은 아무리 생각해도 충분한 휴식에 정력이 차고 넘치는 남성의 노래 소리처럼 들렸다.

나는 얼굴을 들어 살아있는 모든 것이 차고 넘치는 새벽을 피

---

42 단젠 : 방한용으로 두툼하게 솜을 댄 기모노의 겉 옷.

43 인왕 : 금강신, 불교의 수호신.

부 구석구석부터 폐 속까지 느꼈다. 한 발 물러나 생각하면, 남편의 몸도 살아있는 한 사람의 싱싱한 체력을 충실히 받고 있는 것으로 생각되어, 거기에 뭔가 부탁이 있는 듯한 생각이 들었다.

나는 하늘의 별에게 묻는 모습으로 중얼거렸다.

"어쩌면 이번이라고 하는 이번은…"

조금 전에 벌떡 마루에서 일어난 순간, 이미 그전의 생각이 머릿속에 잠시 스쳤다. 하지만 그 때의 약속은 그렇게 진심이었음에도 불구하고 아직 이라고 하는 방심에서 구체적으로는 아무것도 하지 않은 둥근 모양 그대로 두 사람 곁에 내던져 놓은 채로 오늘을 맞이한 것이다. 나도 없는 상태에서 출입구가 하나 뿐인 아파트에서는 오늘 벼락치기로 어떤 총명한 생각이 스친다고 해도 지라이야地雷也[44] 도 사루토비猿飛도 아닌 뚱뚱한 몸을 아무래도 감출 수 없을 것이다.

나는 그 모험이 실패했던 때 가중되는 손해가 무서워서, 오히려 단념하기를 바라는 소심한 사안으로 마음을 졸였다. 하지만 이번 저 철문으로 들어가는 것이야말로 끊임없는 골짜기로 내몰리는 것이라는 생각이 들었다. 그들은 두 번 다시 사냥감을 호락호락하게 놓치는 일은 없을 것이며, 직업상의 면모로 보아도 이번에야말로 견고하게 만들어낸 법률 틀을 준비하지 않고 이 사냥을 할리

---

44 지라이야(地雷也): 에도시대 후기의 요미혼(読本)에 등장하는 가공의 도적·닌자(忍者)

가 없었다.

부디 어떻게 해서라도 도망가 있으라고 비는 마음과 이번만은 나를 봐서 단념해 달라는 애원하는 듯한 모순된 기분이 오가는 가운데 어두운 발밑에 서릿발을 밟아 으깼다고 생각했을 때 아파트의 유리문이 바로 눈앞에 있었다. 그 문을 밀어 바로 정면에 보이는 남편이 있는 방의 문을 응시할 때 짐승이 날뛰는 것 같은 가슴의 통증은 여느 때와 같았다. 하지만 나는 보지 않고서는 견딜 수 없었다. 두 줄기의 시선에 모든 희망을 실어서.

있다. 남편이 있다.

그 방에는 귤색 전등이 켜지고 누군가의 그림자가 박쥐처럼 움직이고 있었다.

기쁜 걸까, 무서운 걸까, 슬픈 걸까. 무섭게 그것들을 합친 여러 색의 감정이 내 안에서 파도 쳤다. 나는 여닫이문을 왼손으로 밀면서 그것이 기둥에 부딪히는 소리가 나지 않게 하기 위해 문을 연 그 손으로 손잡이를 누를 정도로 침착했다. 남편은 웬일로 아직도 자고 있다. 그리고 그 주위에 이시야마씨와 두 사람의 부하가 줄지어 에워싼 것처럼 걸터앉아 있었다.

"이번엔 무슨 일입니까"

나는 웃으면서 말했다.

"그게 말이에요. 지금도 말하고 있는 그렇게 큰일도 아니라고 생각하지만, 어쨌든 본청의 명령이니까. 벌써 여러 번이나, 안쓰럽지만 가면 결국 알게 될 거니까."

라고 이시야마씨는 남편도 들었으면 하는 눈초리로 그 쪽을 보면서 말했다. 내 쪽으로 온 경찰과 이 경찰이 그곳까지 함께 왔다고 가정하자마자, 이제 약간의 시간 사이에 남편은 이 모습 이대로 계속 자고 있었다고 상상 할 수 있었다. 그리고 이시야마씨의 이 설명도 빨리 남편의 심중을 결정하게 하려는 재촉으로 보였다. 그 분위기를 보고 있자 나는 이시야마씨와 공동으로 남편을 주시하던 시선을 돌려, 아주 미묘한 시선을 남편에게 보냈다.

그 남편의 갈비뼈는 햇볕가리개 발처럼 들여다보이고, 그곳에 지금 어떤 사안이 조급히 달리고 있는지 나에게만 보이는 것이 있었다.

서 있던 나의 발은 어느새 두 마리의 겁 많은 동물처럼 부들부들 떨기 시작하고 있었다. 그 버릇이 있는 남편이 지금 설마 싸우려고 하는 방향을 따라 움직이는 것이 그것을 포기시키는 방향을 향해 움직이는 것인지. 순간적으로는 여전히 결정하기 어려웠다.

"자, 어쨌든 일어나서 준비하면 어떨까요?"

라고 말하면서 벽에 걸려있던 하오리[45] 와 접어 두었던 단젠을 집어 남편의 옆에 가지고 가는 손은 부들부들 떨려 자기 손이 아닌 것만 같았다. 남편은 나의 말에 따라 일어나, 기모노를 입었다. 그리고 옆에서 검은 허리띠를 내미는 내 손은 보지 않고 토방의 나막

---

45 하오리: 일본 옷 위에 입는 짧은 겉옷

신을 아무렇게나 신고서, 기모노를 앞섶을 누른 채,

"잠깐 소변보고 올게."

라고 말하면서 문을 닫고 밖으로 나가 버렸다.

그 문을 얼굴이 파래져서 계속 응시하던 나의 손에서 무거운 비단으로 된 폭 넓은 허리띠가 순식간에 축 늘어졌다. 그러나 이 순간 나에게 있어 꼭 해야 할 역할이 남편으로부터 내던져진 것이라고 판단을 하지 않을 수 없었다.

나는 금방 원래 기분으로 돌아와 무엇을 어떻게 하면 좋을까 냉정하게 주변을 둘러보았다. 금방 손이 닿는 탁자 위에 다갈색의 봉투가 있었다. 때마침 있어서 다행이라고 그 '극비'라는 붉은 도장이 있는 표면을 손으로 만지며,

"이건 뭐예요? 극비, 이시야마 센키치石山千吉씨 앞……. 아아, 이거군요. 매번 집 주인에게 이상한 데코마이手古舞[46] 를 추게 하는 그 지령이라는 것은……."

라고 횡설수설하고, 그럼에도 가까스로 미소 짓는 얼굴로 누군가 그것을 돌이키기 위해 허둥지둥 대들어 올 것을 기대했다.

그러나 그것을 가장 옆에서 봤을 이시야마씨 조차 이외로 애매한 표정을 조금 움직였을 뿐,

"네, 어제 저녁에 서장한테 그런 편지가 와서, 오늘 아침 5시에

---

46 데코마이(手古舞) 제례 때, 남장을 한 기생이 쇠막대기를 끌고 신여의 앞장을 서서 가며 추던 춤.

역 앞의 파출소에 가서 열어 보라는 지시가 있어 그대로 했습니다. 그러자 또 여기로 와서 데려오라고 하는 수배입니다. 서장 쪽에는 어제 이미 와 있었던 것 같지만 – 우리라고 좋은 기분으로 이런 걸 하고 있을 리가 있겠습니까?"

"어디 어디서 열어라, 마치 도고東郷함대 고인의 계략 같네. 확실히 일본해日本海 해전 때였는데, 그런 편지를 어떤 군함이 겐카이玄海 부근에서 열지 않았었어요?"

라고 입으로는 말했다. 미묘하게 시간을 지체하는 신경을 1초의 1/10정도의 길이조차 섬세하게 느껴가면서도 조금 더 지연시켜, 라고 나에게 필사의 명령을 내리고 있었다.

"그렇지만, 나에게 말할 거라면 대체 어느 정도의 증거가 있어서 데리고 가는 건지, 먼저 알려주세요. 그렇죠? 데려가고 사서 한 달이나 팽개쳐 둔 후에야, 겨우 알았어요. 아무것도 아니었어요. 수고하셨어요, 돌아 가주세요. 그럼, 아무리 벌레 같은 우리라도 너무 불쌍하네요."

"이번에도 어쩌면 그 일인지도 모르겠어요. 뭐, 어쨌든 일단은 가주시지 않는다면 우리들의 직무가 끝나지 않으니까요."

이 때, 경관으로서는 이시야마씨보다도 경험이 많아 보이는 부하 한 사람이 이시야마씨의 지나치게 숨김없이 이야기하는 것이 불쾌하다고 생각했는지,

"무슨 일이지, 변소 간 시간이 조금 긴 것 아닌가요."

라고 이야기를 막으며 귀를 기울이게 했다. 이 사람도 그것을

깨닫기 시작했던 걸까. 사실, 나는 이미 몇 초 전부터 그 일에 정신이 팔려, 떠들고 있는 말이 뚝 뚝 끊기는 사이 묘한 침묵이 흐르는 것을 최대의 재량으로 융통성을 발휘하여 온 것이었다.

"잠깐 보고 올게요." 하고 나간 그 부하는 "큰일이야. 변소에 없어." 라며, 출입구로 되돌아와서 소리치며 다시 달려갔다. 모두 달려갔다.

나도 그에 따라 복도를 달렸다. 그리고 제발 멀리 도망가 주길 바라며, 허리띠도 매지 않은 모습으로는 아주 멀리까지 도망갈 수 없으니까 어딘가 그 근방에 숨어 있 다면, 다른 사람이 아닌 나의 눈에 발견되길 바랐다.

아파트 입구까지 나가자 앞 공터의 서릿발을 깨뜨리며 주택에 연결되는 양 쪽 길과 역 쪽에 그들이 흩어져 가는 것이 회색 빛 속에서 보였다. 선택의 여지가 없다. 주사위는 던져지고 말았다. 잠깐 서 있었으나 아무도 되돌아오는 사람은 없었다. 어쨌든, 도피의 제1관문은 빠져 나갔다고 하는 안도감으로 가슴에 메여있던 끈을 풀었다. 그러나 앞으로 끝없는 도피의 여정이 기다리고 있었다. 만약 그가 바란다면, 어떤 북쪽 끝의 설원을 걷거나 달리거나, 이 시기하고 의심하는 압제의 나라를 차라리 버리는 것도 나쁜 것은 아니라고 생각했다. 하지만, 나에게로 되돌아와서 보자면, 아직 그런 감개에 잠겨 있을 수 있는 상황은 아니었다.

나는 집으로 되돌아오자마자 다다미 위에 놓여 있던 허리띠를 벽장에 숨겼다. 큰일을 결행하기 위해 허리띠를 매지 않은 저 모습은 아무리 생각해도 슬퍼서 체념 할 수 없었지만 자세히 다시 생각해 보면, 내가 내민 허리띠를 거들떠보지도 않고 나간 저 자태야말로 그들에게 이 정도 실수를 초래한 수훈의 명연기라고 생각되었다.

아직 그들은 허둥대고 있으나, 뜻밖의 실수일지도 모르고, 그가 허리띠를 하고 가지 않았다는 것을 만일 간과하고 있는 경우도 생각했다. 그렇다면 나는 허리띠를 하고 가지 않았다고 하는 것을 끝까지 숨겨, 그들이 바로 발표했을 수배의 인상착의에서 허리띠를 하고 있지 않았다는 특별한 특징을 알리지 않기 위해 허리띠를 숨겨 놓자고 생각했던 것이다.

"큰일이다. 결국 도망치고 말았어."라고 말하며 이시야마씨는 되돌아 와서 아직 아쉬운 듯 붉은 전등이 붙은 비상구를 들여다 보고나서, 방에 들어와 못에 걸려 있는 코트와 외투와 책상 위 등을 탐색하기 시작했다.

나는 적잖이 상기되어 있는 이시야마씨가 코트 주머니에 손을 찔러 넣는 것을 잊고 다음으로 이동해 가는 것을 보고 있었다. 그것은 남편이 오른손의 습관으로 자주 손을 넣고 있는 주머니였다.

나는 이시야마씨가 향하는 곳을 향해 책상 서랍을 덜컹덜컹하고 있는 틈에, 그 주머니에 손을 넣어 보았다. 그 주머니는 조금 무게가 나가고 불룩했고, 남편이 늘 사용하고 있는 돼지가죽의 지갑이 들어 있었다.

몰래 그 지갑을 내 호주머니에 넣으며 나는 얼굴부터 핏기가 가시는 것을 마비되는 것 같은 감촉으로 잘 알았다.

만일 책상 속에라도 넣어 두고, 지갑을 들지 않고 뛰어나간 것은 아닐까 하는 걱정은 처음부터 나의 머리를 스치듯 지나갔다. 그것이 엄청난 중대사라는 생각에 겁이 나 명료하게 하고 싶지 않은 마음에서 건드리지 않고 가만히 놔둔 것이었다.

전혀 돈도 없는 도망자. 구름처럼 샘솟아 오는 불안을 억누르며 나는 그 타격 안에 갇혀있고 싶은 자신을 질타하며 남편을 도와줄 계획도 세우지 않으면 안 되었다. 외부적으로는 어디까지나 일종의 중립자적인 가면을 쓰고 이시야마씨에게 향하지 않으면 안 되는 것이었다.

"어딘가 이런 때 금방 몰래 숨겨줄 만한 짐작 가는 데가 있습니까?" 라는 질문에도 "글쎄……. 없네요." 등으로 흐리는 것은 아무리 생각해봐도 남편을 옹호하고 있는 것 같아서, "음, 있긴 있어요. 하지만 너무 많아서 어디를 말하면 좋을까……. 그 집에 민폐도 끼치는 일이고……." 라고 머뭇거렸다.

이시야마씨는 그런 나의 얼굴을 들여다보고, 무언가를 측정하고 있었는지 골똘히 생각하고 나서, "부인" 하고 새삼스레 절실하게 나를 불렀다.

"사실은 – 당신이 세 번이나 이런 좋지 않은 일을 겪는 것이 아무리 생각해도 딱해서 조금 방심했던 게 운을 다 해서 이렇게 되어버렸습니다. 그래서 말인데요, 저 당신에게 상의할 일이 있어요. 어떻게든 이 상황을 얼버무려 본청에 보고하고 싶은데 조력해 주시지 않겠습니까?"

"어떤 보고 말이죠? 제가 할 수 있는 일이라면 무엇이든……."

"글쎄요. 지금 달아난 것이 아니라 오늘 아침 여기에 와 보니까 없었다, 라고 해 주시지 않겠습니까?"

"네. 그건 얼마든지, 그런 거라면……. 그럼, 그렇게 하기로 해요."

라고 말 한 나는 마음속에서 환희가 난무하고 있었다. 그것은 남편을 잡을 수 있는 비상수배를 하지 않고 유유히 도망갈 수 있도록 약속을 해 준 것과 같으니까.

하지만 처음으로 이 사람의 솔직한 마음이 와 닿아, 어쩔 수 없이 두 사람이 파서 준비했던 빠져나갈 구멍은 이런 사람을 떨어뜨리는 것이 목적이 아니었을 텐데, 라고 생각하지 않을 수 없었다.

그들이 나가고 나서 정중하게 그 근방을 정리하면서 열쇠를 집으려고 책상 위를 보자, 아까 그들이 가지고 온 서장의 수배명령 서류를 부주의하게도 두고 가버렸다.

거기에 열거되어 있는 압수해야하는 서책이나 문헌 등의 종류로, 그들이 그리고 있는 야심적인 구도가 확실히 납득되었다.

나는 무일푼인 남편이 내 쪽으로 연락해 올 경우를 생각해서 종종걸음으로 집에 돌아왔다. 그런데 처음으로, 자신 한사람에게 오히려 어딘가 내가 모르는 장소에 어떤 기분으로인가 있을 남편의 마음을 대면했다.

이렇게 멍하니 책상에 기대어 생각하고 있자 요사이 두 번 있었던 검거 날처럼 오늘도 다시 우리 부부 관계의 계산을 해야 하는 페이지가 끝나는 날 같은 느낌이 들었다.

이 페이지에도 전의 각 페이지처럼 두 사람 사이에 일어난 일상의 작은 충돌의 불꽃은 기록되어 있었지만, 결국 음극과 양극 사이에서 행해지는 방전에 지나지 않는 것이었다.

나는 남편이 어느 땅 끝까지 도망쳐 사이가 멀어져 가고 있다고 해도 그의 몸에 붙어 있는 어느 밧줄의 끝은 내가 꼭 잡고 있는 것을 분명히 생각하지 않을 수는 없었다.

지금 같은 경우 이런 것을 확인하고, 바로잡는 것은 왠지 뜻밖이라 비참했다. 하지만 어떤 경우에도 호적의 사실이나 습관으로 둘을 못 박아 놓는 것을 떳떳하게 여기지 않는 두 사람은 그 날 솟아오른 애정으로 그 날의 결제를 해 온 것이었다.

어느 쪽인지 한쪽이 그런 기분이라면 자동적으로 그 밧줄은 절단되어 얻는 것이라고 하는, 비유하자면 보증할 수 있는 밧줄을 나는 쥐고 있는 것이었다. 그리고 그 보증할 수 있기에 그 밧줄이 지금의 경우 더 믿음직하다고도 말할 수 있는 것이라고 스스로 납득하는 것이었다.

나는 남편의 옷과 허리띠와 다비足袋를 보자기에 싸서 언제 연락이 닿아도 금방 건네줄 수 있도록 벽장에 넣어두고, 또 남편이 살던 아파트 쪽의 상황을 보러 나가지 않을 수 없었다.

입구에서 망을 보러 온 이시야마씨의 부하 Y씨를 만나, 그도 오늘 아침 X씨를 검거하기 위해 서장의 봉인장을 가지고 어딘가의 파출소로 갔던 것을 말했다. 이 봉인장은 이번이 처음이었던 것 같이, 이시야마씨의 기분에 주어져 있던 영향이 이 사람에게는 더 강하게 반영되고 있는 것이 보였다.

"서장은 우리들까지 신용하지 못하게 됐으니까요." 라고 그는 말했다.

나는 맞장구를 칠 수도 없고, 비평을 할 처지도 더 더욱 아닌, 그저 무슨 힘에서인지 그들이 그렇게 샐러리맨 화化 되어가는 모습에 그저 잠시 귀를 기울였다.

내가 아파트 자물쇠를 열자 Y씨는 나의 옆에서 방을 엿보면서,

"어라, 모자가 있어. 외투도 있네. 수상한 걸."

라고 말했다. 나는 이 실수에 깜짝 놀라 Y씨의 얼굴을 보았다.

"왜 또 — 그는 모자도 안 쓰고 외투도 안 입고 나가서 저녁에 안 돌아온 건가요? 이상한 일이네. 항상 그러한 가요?"

"글쎄, 흔치는 않지만요."

나의 대답은 명확하지도 않고 색도 엷었다.

나는 다시 곧장 집으로 돌아가서 온기도 없는 방에 앉아서 연락을 기다렸지만 마음은 점점 불안해졌다. 그곳에 뭔가 힘을 보태야 하는 목표가 주어졌다면, 나는 안으로 촉진해 올 정력을 갖고 후에 화禍를 당하더라도 남편을 위해 어떤 격랑激浪 속으로든지 뛰어 들어갈 용기가 있다고 생각했다. 실제로 오늘 새벽, 마루에서 일어난 순간 무심결에 나온 "내가 가는 게 차라리 낫다."는 말은 과장이 아니었다.

하지만 보람 없이 지나간 것에 대해서는 힘을 보탤 수 없어서,

힘이 남아있으면 남아있을수록 그것이 원한과 같은 느낌으로 발효되어 가는 것이 보였다.

나는 모든 아집과 충동을 냉정하게 지우고, 다시 한 번, 당장 그를 위해 무엇을 해야 하는지 스스로 답을 구했다. 나의 지나침이나 모자람 없이 적극적인 성격에서 나온 답으로써 "그가 돌아다닐 만한 곳으로 가 보자." 라는 답이 나왔다.

나는 자신 안에 몸부림치는 근심을 두고 오는 곳으로서 이 사건에 관계없을 것 같은 아무개와 아무개를 머릿속에 그렸다. 그러나 자신이 있는 곳으로 연락해 오지 않는 깊은 조심성으로부터 짐작하건대, 그곳에 연락이 있을 가능성도 희박했다.

하지만, 어찌 됐든 외출하기로 하고 잠시 생각한 뒤 여관 안주인이 있는 곳으로 갔다. 그 사람과의 짧지 않은 시간 동안의 관계로, 나는 그 사람의 센 배짱과 결단을 믿고 있었다.

자기가 없을 때, 만약 남편으로부터의 심부름꾼이나 전화가 온다 해도 후환을 두려워하지 않고 연락을 해 줄 사람이라고 생각되었다.

게다가, 그 사람은 죽은 경찰관의 부인으로, 경찰관이라는 사람에게 사실 이상의 공포나 존경을 갖고 있지 않다는 사실이 지금 같은 경우 도리어 안성맞춤이라 생각되었다.

안주인은 선뜻 일을 맡았다.

나는 따뜻한 먹을 것이라도 대접받은 듯한 생리적인 따뜻함을 맛보면서 내 방으로 되돌아가려고 한 긴 복도에서 뒷문이 열리는 소리를 들었다.

갑자기 듬성듬성한 낙엽수 사이와 반대편에서 이쪽을 향해 주시하고 있는 것이 보였다. 제복 차림에 대검 소리가 나지 않도록 살짝 누르고 이시야마씨가 발소리를 죽이면서 오고 있는 것이었다.

그는 그래도 어쩌면 남편이 와 있지는 않을까하는 모호한 표정 속에 침 한 개정도의 음험함으로 보이는 빛을 번쩍이면서 눈은 내 얼굴보다도 그 배경의 방 쪽으로 집중하고 있었다.

"사실은 이제, 지금부터 연설회 임시 감독을 하러 가기 때문에 몹시 급하게 들른 겁니다만, 오늘 저녁 즈음 본청에서 와서 당신을 불러 신문訊問하기로 되어 있습니다. 그에 관해 오늘 아침의 약속을 부디 지켜주셨으면 합니다만."

"그건 물론이죠. 하지만, 신문이 끝나지 않으면 저를 잡아두실 생각입니까?"

"글쎄요, 어쩌면 하루 밤 정도는 -. 하지만 부자유스럽지 않도록 최대한 노력하겠습니다."

차라리 자신도 모두 포기하고 어딘가로 도망가 버리고 싶다는 생각이 가득했다. 그러나 이시야마씨가 돌아오고 나서 생각해 보니까, 가령 자기에게 아무 소식도 보내지 않고 아무리 멀리 도망가 있다고 해도 남편의 행동이 나라는 존재를 원의 축으로 하여 움직이고 있는 것은 의심할 여지가 없었다. 그렇다면 나는 어떠한 희생을 감수하더라도, 그 중심의 위치를 차마 움직일 수 없었다.

게다가 나는 금후 그의 긴 도피 생활을 지켜보고 있었다. 그것을 유지하는 어려운 사업들이 내게 지워져 있다고 생각하면, 점심엔 숨고 밤에만 나오는 쥐와 같은 안전한 길을 정할 수가 없었다.

나는 다른 사람을 방문할 계획을 그만두고 오히려 즐기면서 운명에 정면으로 부딪혀 보기로 했다. 전방의 저항이야말로 나의 삶의 보람이라고 생각되었다. 오늘 아침부터의 공허함이 실제 이상으로 자기 힘의 과잉을 느끼게 하는 것이기도 하다. 생각해 보면 나는 온기가 전혀 없는 곳에서 차가운 것들뿐인 두 끼 분량의 식사를 계속 하고 있었지만, 몸속에는 불처럼 타오르는 게 있었다. 차가운 흰 입김조차 그 뜨거워진 몸 속으로부터 솟아오르는 수증기처럼 스스로 바라볼 수 있었다.

예상했던 시간에 본청에서 두 사람이 와서 나를 연행했다. 그들의 목표는 막연히 남편의 도피에 내 작위의 흔적을 찾아내려고 하는 일에 직면했다.

이시야마씨에 비하면 상당히 경찰관에 어울리지 않는 본청 경부보 앞에 기대서 그 아침의 전말을 초등학생처럼 순서에 따라 말하는 것이 나의 일이었다. 그러나 고백은 남편 방 앞까지 오는 진술로, 갑자기 일전에 검거할 때의 모양으로 전환되었다.

그들은 오랜 경험으로 거짓말을 한다고 생각되는 자에게는 몇 번이고 같은 이야기를 반복시켰지만, 이 전의 경험을 이어서 지껄이고 있는 나의 사실이 진심으로 다가오고 있었기에 손대지 못하는 것 같았다.

제복을 입은 이시야마씨는 진정되지 않은 얼굴로 가끔 방을 들여다보고 갔다. 저녁 식사를 위해 본청의 두 사람이 밖으로 나가자 이시야마씨는 교대로 옆으로 다가와서 낮은 목소리로 무언가 말하면서 종잇조각을 내밀었다. 수상한 눈으로 보자, 거기에는 이 방에서 요즘 자주 유행하는 하이쿠俳句가 둘, 셋 수 적혀 있었다.

운구는 소나무에 닿아 문을 나오지 못하고

"어머"하고 말할 정도로 놀라서 나는 이시야마씨를 다시 보았다. 조금 전부터 말하는 사이에 구두로 정강이를 차여 딱딱한 것에 부딪혀 가는 기세만으로 익숙해진 기분으로 바라보자, 이곳이라는 장소의 느낌도 첨가되어 이 하이쿠는 너무 부드러워서, 보는 이쪽 마음의 힘이 생기는 듯한 이상한 착각을 일으켰다.

"당신이 지으신 겁니까?" 라는 질문에 그만 상당한 모멸감이 든 감정을 금치 못했다.

"부끄럽지만 많이 지었습니다. 또 뵙겠습니다."

라며, 그는 본청의 사람이 돌아오는 것을 신경 쓰는 듯이 자신의 책상 쪽으로 지나갔다. 그리고 다시 신문이 시작되었다. 몇 번을 반복해도 내 할 말은 한결같았다. 그들은 곧 가방을 매고 돌아갔다.

그러고 나서, 나는 허접한 과자 향응 등을 받으면서 그들이 특별히 바쁘게 전화를 걸거나 드나들거나 하는 것을 바라보고 있었

다. 그것도 모두 내 남편이 뿌린 씨앗이었다. 이시야마씨는 실내에 사정을 아는 부하만 있게 되면 다가와서,

"오늘 아침부터 서장이 한 마디도 말씀을 안 합니다. 저는 이제 죄다 싫어졌습니다."

라고 하는 고백을 갑작스레 내 옆에서 속삭였다.

하지만, 나는 딱하다는 마음만으로 이 사태를 보고 있을 수는 없었다. 오늘과 같은 문답이 반복되고 있을 뿐, 나는 닷새든 열흘이든 여기 있어야 한다는 사실은 명백했다.

양지는 걸을 수 없는 핸디캡이 있는 남편이 저 지붕의 물결은 익숙한 거리 어딘가에서 빌릴까 받을까 했던 낯선 헤코오비兵児帯[47] 를 매고 한 군데를 응시하면서 나라는 이야기 상대도 없이 금후의 처신에 머리를 짜내 생각하고 있을 모습을 생각했다. 그러자, 나는 역시 근처로 날아가서 떠들썩하게 그들 생각의 이해득실을 남편에게 당당히 말하고 싶은 일상의 기분이었다.

실제로, 우리는 밤나무의 쌍둥이 같은 한 쌍으로 어느 한 명을 택해도 상대의 모양과 조화를 이루기 위해 한 명만으로는 갖추어지지 않는 묘한 모양을 하고 있었다. 말하는 곳의 내조의 공이라는 듯한 간접적인 조력이 아닌, 직접적인 조력자로서 그에게 필요한 사람이 나라는 사실을 믿어 의심치 않았다. 내 조력자로서 그가 필요

---

47 헤코오비(兵児帯) 어린이 또는 남자가 매는, 한 폭으로 된 허리띠.

하듯이.

지금에 와서는 나는 모든 경우에 어울리는 부부인 사실을 끊임없이 느끼는 것이었다.

마침내, 나는 유치장에서 그 하룻밤을 지새웠다. 잠을 잘 수 없는 혼이 우왕좌왕 방황하는 듯한 잠 못 이루는 밤이었다.

밤이 지나기 전에, 이시야마씨의 호출이 있었다. 계단 입구에 어젯밤 제복 차림의 이시야마씨가 경석輕石과 같이 얼굴의 모공이 넓어지고 머리칼이 헝클어진 초췌한 모습으로 서 있는 꼴이 전형적이 배우처럼 보였다.

"어떻게 하셨어요?"

라는 말이 나도 모르게 입술 밖으로 나왔지만, 이상한 농간을 부린 듯한 싫은 메아리가 귀에 돌아왔다. 게다가 그의 편인 것 같은 친한 태도도 부끄러웠다.

"본청으로 끌려가서 어제 하룻밤동안 기름을 짜야 했습니다. 제가 어제 아침에 당신의 별채로 – 당신을 찾으러 갔을 때 올라가지 않고 입구에서 아주머니에게 여쭤본 것이 문제가 된다는 것입니다. 그래서 결국 제가 올라가지 않았기 때문에 – 당신이 와서 저 방으로부터 도망쳤다고 했으니까 – 오늘의 조사는 그렇게 말을 맞추어 주십시오."

"그렇군요.……."

라고 잠시 생각했긴 했지만 내가 도망의 조력자로서 비난받는 거라면 아파트든 자신의 집이든 똑같으리라고 순간적으로 판단하였다.

"네, 좋아요. 그럼 그렇게 합시다."

생각해 보면, 이미 남편의 도망은 그들의 수배에 들어가서, 언제 어디에서 도망쳤는지는 바로 그 이시야마씨 이외에는 심각한 문제가 아니었다. 그저, 나로서는 도망친 남편의 무사태평을 기원하는 마음으로부터 그 직접적인 피해자인 그들의 궁상을 보고 뿌리치는 건 벌을 받을 것 같은 기분이라 그 제안을 승낙한 것이다. 남편을 대신한 속죄로써 본청의 담당 공무원은 이 경찰서 사람들의 솜씨를 신용할 수 없다는 의미에서인지, 스스로 데려 온 부하를 우리 집에 가택수색을 목표로 여러 가지 것들을 가지고 돌아갔다. 그 중에는 어제 아침 남편의 외투에서 나온 손지갑 안에 들어 있던 명함이 남편의 것이라는 증거가 되어 가지고 갔다.

"어떤가. 속였군. 당신이 묘책을 부려 뒷문으로 도망갔어. 뭐냐, 어제의 수다는?"

나는 텅 빈 감정으로 그들이 유도하는 구멍으로 빠지는 좋은 기회를 엿보고 있었다.

"이 뒷문을 봐라. 그 때 당신 남편이 두고 간 게 아니냐? 게다가 아파트에는 모자도 외투도 있고, 전날 밤부터 나가 있었다니, 누가 그런 말에 속겠는가? 어때! 어때!"

잠시 침묵이 흐르고 나서, 나는 결국,

"죄송하게 되었습니다."라고 풀이 죽어 말했다.

그거다! 라는 무언의 구호를 받은 듯한 일종의 기합이 생겨, 줄

지어 기대고 있는 두 명으로부터

"그 때 인상착의는? 허리띠는?"

라는 질문이 비처럼 내려왔다. 지금까지 단단해서 계속해도 깨지지 않았던 견과가 갑자기 깨져서 먹을 수 있다는 걸 알았기에 단숨에 까마귀들이 쪼기 시작한 듯이 아이 같은 연상이 재미있게 내 머리에 떠올랐다.

입고 있는 옷은 견직물과 같은 재료의 기모노와 하오리, 띠는 비단, 남색 무명 버선이라고 나는 공간을 보면서 공기에 쓰인 글자를 읽는 것처럼 술술 말했다.

멀리서 이시야마씨가 슬며시 안테나를 세워서 이쪽의 이야기하는 소리를 듣고 있었지만, 착의의 부분에 서도 표정 하나 움직이지 않았다.

그는 진지하다고 생각하자, 나는 자기 어깨에 걸려온 짐의 부담이 가중되는 느낌이었다. 그들은 일단락 짓는 것에 만족하고 다른 방으로 옮기기 위해 가방과 재떨이를 나르고 있었다.

이시야마씨는 그 틈을 타 가까이 다가와서,

"이것 보세요. 사표입니다. 저는 애당초 경찰 밥 따위 먹을 인간이 아니었습니다만 대수롭지 않은 동기로 들어와서 올해는 그만둬야지, 올해는 그만둬야지 생각하면서 결국 여기까지 와 버렸습니다. 내후년이면 연금 대상이 되지만 그런 것은 어떻게 되든 상관없습니다. 실제로 내후년까지 참기 너무 힘들 것 같아요."

"하지만 그것은 재고하시는 게 어떨까요? 경찰이 싫어서 그만두신다면 아무튼 이러한 사건으로부터 그만두는 건 당신으로서도 바라던 바가 아니기도 하고요."

저는 한 사람의 인간을 경찰관이 망치게 할지 그만두게 할지라는 사회적인 문제로서보다도, 지금은 남편의 도망으로부터 오는 피해를 작게 해 두고 싶다는 요구가 앞섰다. 그것은 나중에 반드시 남편 위에 무언가의 형벌이 되어 나타나야 할 것이었으니까. 그것은 나에게 약속을 지키게 하려는 측면 엄호의 포즈라도 취하면 취할 수 없는 것은 아니었다.

곁에서 부하 한 명도 나에게 맞장구를 치고 있었다.

그날 밤도 결국 나는 유치장에서 보내게 되었다. 다음날 아침 내가 어제처럼 조사받고 있는 옆방에서,

"좋아 저 아줌마를 데리고 와. 도대체 뻔뻔스러운 여자야."

라는 소리가 나고 본청에서 온 부하가 밖으로 나가는 것 같았다.

나는 물정에 어두워 이런 이야기를 들었을 때 여관의 안주인이 거절하는 성가심을 조금도 고려하지 않았다.

아마 어제와 같은 추구가 나에게 가해지기 전에 그녀가 몇 번이나 그 일에 대해 신문당하고 있었다는 것을 생각조차 하지 못했다.

그날 밤 남편이 나의 방에 없었기 때문에 그녀는 그대로 말했을 것임에 틀림없다. 그런데 그것을 완전히 뒤집어 그녀가 거짓말을 하고 있는 것으로 되어 처음 이시야마씨가 나의 방으로 남편을 체포하려 왔을 때부터 큰 거짓말쟁이의 낙인이 찍히고 말았다. 도

망자를 원조하여 관사의 공무방해를 했다고하면, 뭔가 법률에도 저촉되는 것은 당연했다.

나는 말도 안 되는 일을 하고 있다. 나는 창백해져서 딱딱한 책상에 기댄 채 검은 목탄과 목탄사이의 붉은 불을 응시하고 있었다. 그런 풀죽은 모습이 마주보고 있는 경찰 담당자의 안경에 작게 비추었다. 잘 보면, 숯불도 남천의 열매와 같이 보였다. 이런 가엾은 현실에서는 없는 것을 새삼스럽게 끔직한 주변을 두리번거렸다.

이윽고 달칵달칵하고 게다와 구두 소리가 요란하게 옆방에 그녀를 데리고 온 기척이 있었다.

나를 조사하는 작은 소리사이 사이에 '찰싹 찰싹' 손바닥으로 호되게 치는 소리가 울렸다. 그 소리는 자신이 맞는 것보다도 훨씬 아프게 나의 전신을 때렸다.

" 잠깐 기다려 주세요."

라고 외친 나의 목소리는 상대의 담당자에게 보다는 오히려 옆방을 향하고 있었다. 원래 혈액형이 다른 경찰관에게 의리를 지킬 것인가, 저 친근감이 더하는 안주인에게 의리를 보일 것인가라고 하면 아무런 은혜를 입지 않았다고 해도 대답은 간단했다. 하물며 이번 일에 구체적으로는 무엇보다 힘을 빌리지 않았다 고해도 그녀의 기분이 후원자가 되어 준 것에 감사할 뿐이었다.

나는 물이 흐르는 듯한 기세로 진실을 말하는 것 외는 이 상황을 둘러 댈 방법이 없었다.

바로 그 곳에서 이시야마씨는 한사람의 담당자에 의해 경시청으로 끌려갔다. 조사가 끝나 유치장으로 돌아오니 비로소 여러 가지 무거운 족쇄를 벗은 한사람의 기분으로 돌아와 눈물이 줄줄 돗자리 위에 떨어졌다. 눈물샘이 자연히 흘러내린 듯한 조용한 눈물이 별과 같이 빛나면서 방울방울 떨어져 가는 것이었다.

경찰관을 조작할 정도로 막 굴러먹은 여자라고 인지하며 나에 대한 담당관의 조사에서는 얼굴도 돌릴 수 없는 격함이 있었다.

아침 6시정도부터 밤 12시까지, 남편의 행방을 계속 추궁하며 신문하는 사람이 몇 번이나 바뀌었다. 그러나 요령 없이 15일째 밤 남편은 불쑥 자수해 왔다. 내가 잡혔다는 것을 알면, 반드시 그가 그렇게 할 것이라는 것을 나는 전부터 믿고 있었다.

또 이렇게도 말했다.

"잘난 척 하는 여자"라고 얻어맞은 적도 있었지만, 역시, 내가 주도권을 잡고 있는 것은 확실했다.

그날 밤, 남편이 자수하지 않고는 끝나지 않는다는 분함과 안도감으로, 한없이 눈물이 났다. 사실 나는 밖으로 나갈 수 없다는 것을 알고 나서는, 혼자서 헤매고 있을 그의 모습이 무겁게 와 닿아와, 차라리 자수할 것을 바라기도 했다

나의 심증은 완전 바닥으로 떨어졌다. 연 초의 시무식도 끝났지만, 나는 버려진 채로 결국 점점 심한 기침을 하게 되었다. 그리고 끝내 병이 들고 말았다.

나는 살아간다
私は生きる

오토메おとめ씨의 두 번째 맞선 날에는 공동 우물에서 대낮부터 내일 쌀을 씻는 소리가 나고, 석양이 커튼 구멍으로 베갯머리로 떨어지는 시간에 다다미 위에 나의 저녁 식사가 놓였다. 나는 광택 없는 파이버fiber 밥공기 속에 빛이 통과하고, 가쓰오부시鰹節 조각이 부유물처럼 떠있는 것이 마흔 살의 결혼 자체의 느낌으로 받아들여졌다.

그녀가 나의 아카시明石[48] 를 입고 계단을 내려가면, 나는 아이가 어머니가 있는 곳을 확인하는 것처럼 곳간의 이불을 거두어들이고 있는 남편 쪽을 바라봤다. 그리고 쉰 목소리로 "왜"라는 말도 없이 웃으니까,

"저기, 이번 맞선은 꼭 잘 될 거야, 느낌이 좋아."

어쩐지 나에게는 그 맞선이 종두種痘라는 것과 동일하게 생각했다.

48 아카시(明石): 'あかしちぢみ'의 준말; 오글쪼글한 비단 여름 옷감(여자용).

그 남자를 만난 후, 마음의 피부에 남은 달아오름, 부종, 그래서 그 순간부터 뭔가 작은 생명의 영위가 시작되었다고 하는 상처 자국. 사랑이나 연애 같은 것도 아니고 육욕도 아닌, 육체가 임신하기 한 단계 전의 마음의 임신과 같은 것.

"40세의 처녀라는 건 부끄러운 걸까? 명예인 걸까?"

"그건 - 그렇지만 오토메씨의 경우는 어느 쪽도 아닌 것 같아요."

처녀라는 관념이 잠시 두 사람 사이에 기물처럼 놓여 있었다. 왠지 모르게 나는 남편의 관심이 그런 쪽으로 나아가는 것을 바라지 않았다. 게다가 처녀라는 저항을 모르는 남편이 마흔 살의 처녀 오토메를 두꺼운 벽처럼 엄청 두려워하는 것을 조금 다른 시각으로 어떻게든 받아들였다.

그렇지만 나는 그런 것보다도 이미 맞선 결과가 결정되어 있는 것으로 남자와 여자 사이가 아무 이유도 없이 차별당하고 있다는 생각을 했다. 마음대로 생각하는 것이 허용된다면 그것을 오토메씨의 한심함처럼도 생각되었다.

요즘은 사십년 가득 채워온 견고한 둑이 심하게 결궤決潰되어 있을 때라고 생각하자, 그런 육체와 삶의 큰 흔들림이 그 약해진 신경은 생각하는 것만으로도 받아들일 수 없다는 생각이 들었다.

그러나 그들의 초조함 뒤에는 또 다시 내버려 두었던 질병에 노출되어 지친 이 흰살생선 같은 나 자신의 괴로운 생각이 있었다.

생각하면 남편에게 죽을 끓이게 하고, 머리를 묶게 하고, 변기를 들게 하는 생활은 물에 빠진 인간이 구조자 팔에 매달려 있는 것 같은 생활이었다. 지금까지도 회사에 근무하고 있었던 남편에게 전화로 심장의 위급을 호소하여 계속 조퇴시켜 남편을 회사에서 잘리게 하는 결과에 빠뜨리고 있었다.

매일 있는 일인데, 매일 또 다른 창백하고 우울한 얼굴로 허둥지둥 책상에서 일어나 오는 남편은 그 회사에서 분명 동정을 넘어선 웃음거리가 되고 있었던 것이 틀림없었다.

그러나 '드르륵 드르륵' 소리를 내며 하늘의 동굴이라도 여는 기세로 대문을 여는 남편의 서두르는 소리를 아래층에서 듣는 순간, 서투른 솔기처럼 멋대로 누비고 나아가던 부정맥이 갑자기 정돈되어 아무 일도 없는 보통 걸음이 되는 것도 나로서도 불가능했다. 그러나 이런 어리석은 두 사람에게는 그들에게만 통하는 생각의 배경이 있는 것이었다.

내가 병원에서 불타 끊어질 것 같은 생명줄을 계속 태워가며 '이제 꺼지지 않을까, 이제 꺼지지 않을까.' 하며 지켜보고 있을 때, 남편은 경찰의 유치장 잡역일로 아무리 손을 뻗어도 닿을 수 없는 초초함에 내 생명의 졸음을 쫓아내기 위해 허공을 향해 힘을 넣는 것 밖에는 할 수 없었다. 남편은 매일 생명의 길보吉報를 알기 위해 어김없이 그날그날의 길흉을 교도관에게 묻는 것이었다. 어떤 날이 아내의 생명에 있어 좋은 날인지 나쁜 날인지를 전혀 알 수 없다면, 어떤 근거에서든 특성화하여 그날그날의 그런 신비적인 개성에라도 의지할 수밖에 없었다.

"오늘은 무슨 날입니까?"

매일의 질문에 교도관도 남편을 불쌍히 여기며 달력을 보았다.

"대흉일이다."

'대흉일'이라는 말을 듣고 남편은 살짝 침울해졌다.

"어쩌면 오늘쯤이겠지."

그리고 밤에 잘잘 때, 오늘 하루는 아무런 소식도 없었다는 것을 생각하고 안심하면서 마음의 끈을 푸는 것이었다.

그 다음날에도 역시 남편은 찾아갔다.

"오늘은 무슨 날입니까?"

"오늘은 선승길한 날이다."

"선승입니까……"

남편은 오전 중에는 나의 생활이 보증된 것 같은 생각이 들어 마음이 가벼웠으나, 오후가 되면 오전중의 분도 더해진 슬픔으로 역시 침울했다. 유물론자가 적어도 웃는 자는 웃는다. 게다가 남편은 웬일인지 자신에게 기쁜 일이 있던 날에 내 병세의 흉보를 듣는 일이 많았다. 어차피 기쁜 일이라 해도 대복大福 떡을 먹었다거나, 목욕을 하였다거나 하는 정도의 것이었다.

어느 날, 지쳐있는 이 잡역수雜役囚를 위로하기 위해 한 명의 교도관이 남편을 대기실로 데려가서 차를 권했다. 남편은 아무렇지 않게 찻잔을 입에 가져갔다. 그리고 연한 차라고만 생각한 그 호박색 액체는 술이었다. 의외로 술이 향기와 맛이 좋아서 요즘 퇴화하기 시작하고 있던 혀도 인후도 되살아 나 마비 직전 미각의 현혹을 맛보는 것이었지만, 그 때 마음속에서 손바닥으로 남편을 찰싹 때리는 것이 있었다.

뜻밖의 술을 얻어걸려 아귀가 되었던 순간부터 급전직하하여, 남편은 깜짝 놀라 평상심으로 돌아와, 길흉의 저울을 서둘러 바라보는 것이었다. 남편 쪽이 내려올 때에 내 쪽이 오르는 것은 요즘 더 이상 움직일 수 없는 경험인 것이었다.

"당했다!" 며 미묘하게 안색이 변하는 남편을 교도관이 바라보며,

"무슨 일이야." 라며 의아해했다.

그 무렵 나는 등살이 빠져 바닥에 스치는 등의 통증으로 계속 괴로워하고 있었다.

그날 대낮, 깜빡 졸며 얕은 잠에 든 순간 남편이 방에 나타났다.

"등의 아픈 곳에는 솜을 대라고."

라고 말해 얕은 대낮의 덧없는 꿈에서 깨어났다.

바닥은 열이 가득 차서 오히려 솜은 좋지 않았다. 하지만 지금까지 환자에게 전혀 인연이 없는 남편이 꿈속에 나타나도 여전히 그 무지를 드러낸 것이 나에게는 오히려 그리웠다. 나는 실없이 눈물을 흘리며 간병인에게 꿈 이야기를 들려주었다.

"모처럼 남편이 그렇게 말씀하셨다면, 잠시라도 그렇게 해보시겠습니까?"

라는 솔직한 말은 그대로 내 마음에 빠져들기 좋은 생각인 것이었다.

그로부터 우리의 운명도 뒤바뀌었다.

남편은 드디어 내가 있는 곳으로 돌아왔다. 남편은 보석으로 나온 그 날부터 근무하러 다녔다. 그리고 교외의 마을저택이 끝나고 빈민가가 시작되는 곳에 있는 이전에 살았던 이 지저분한 이층집을 찾아 나를 들것과 자동차로 옮겼다.

나는 대부분 다른 사람의 손을 빌려 옷을 입거나 벗거나, 안기거나 하여 도움을 받을 수밖에 없는 큰 인형처럼 별다른 생각이 없었다. 안아 올려도 목이 고정되지 않아 한 손으로 받치고 있어야 했다.

나는 질병으로 처음 병원에 입원했을 때, 옆방에서 변기 앞을 열어 이상한 모양의 기물에 시원한 바람을 쐬고 있는 청년이 있어, 그 모습 그대로 천진난만하게 바라보았다. 나는 그의 생명력의 머지않은 종말을 직감하며 고개를 숙였다. 지금은 바뀌어 그 청년이 내가 되어 있는 것이었다.

어느 날 임시 고용된 소녀 간병인이 변기를 다다미에 두고 나의 옷을 벗기는데, '어머' 하며 눈을 내리뜨고 내가 부끄러워하지 않는 모습에 오히려 그녀가 부끄러워하며 새빨갛게 되어 있었다.

"아, 아침이 힘든 소녀여. 나도 한때 그런 날이 있었어."

라며 그 사랑스러움을 온몸으로 애무하는 신경은 줄어들지 않았는데, 차가운 공기에 닿기 전에 특별히 느끼는 나의 신경을 잃어버린 것이었다.

"덥고 추워!"

라며 때때로 나는 호소하는 듯한 오만으로 고독하고 어려운 환자로 바뀌어 있었다.

"무슨 말이야? 무엇을 어떻게 해달라는 거야?"

라며 남편은 나의 그런 신경을 꾸짖으면서도 더운 추위, 추운 더위라고 마음속으로 그 감각을 반복하면서 뭔가 그 파고든 감각을 이해하려고 하는 것이 보였다.

여름 한낮에 나는 흠뻑 땀을 흘리면서,

"창문을 닫아줘. 부탁이야. 창문을 닫아줘요."

라고 반복했다.

"더위 속에는 추위가 있어. 더우면 더울수록 춥잖아. 그런 것을 모르는 거야?"

라며 자신의 감각을 어디까지나 주장하려고 했다.

남편은 어쩔 수 없이 털이 난 팔에 땀을 툭툭 떨어뜨리면서 이따금 수건으로 닦아내며 창가에서 사전의 책장을 한 장 한 장 넘겼다.

"아아, 무념무상."

이라며 나는 몇 번이나 자신에게 주입시키며 천정의 구멍을 덮은 종이나 부러진 미닫이 창살은 보지 않으려 했다. 가도 가도 예술의 길이 먼 것처럼, 병의 길도 겪으면 겪을수록 멀었다. 나는 삶과 죽음의 두 색을 목표로 이 외로운 길을 혼자 당당히 나아가 어느덧 병의 영웅이 되어 있었다.

나의 시야에서는 인생도 사회도 죽음에 임박하여 사라져 있었

다. 독일 후원 의사가 플랑드르전[49] 때,

"독일은 조만간 영국 본토에 상륙합니다."

라고 한 말을 기억하고, 터무니없게도,

"벌써 런던이 점령되었습니까?"

라고 물었을 정도로 초연한 것이었다. 또 어느 지질학자가 암으로 입원한 제국 대학병원에서 저술의 나머지 부분을 구술했다는 이야기를 했을 때, 나는 병이 계속되어 지각이 둔해진 부분과 둔해지고 남은 정신의 부분을 들어 냉소했다.

"나는 질병 삼매三昧로 좋아요. 이 안에 시도 있고, 생활도 이상도 창조도 있어."

그것은 간병과 생활로 지쳐, 조금이라도 내가 몸을 구부려 일어나는 것을 기대하는 남편의 희망을 발로 짓밟아 땅에 문지르는 것 같은 말이었다. 그런 말의 이면에서는 아이스크림을 사달라고 졸라 도쿄의 번화가라는 번화가를 남편에게 찾아가게 하거나 밤중에 유탄포[50]를 데우게 하거나 맥을 짚게 하거나 하는 내 제멋대로 옳다고 생각하는 방법이 자리 잡고 있었던 것이다.

남편이 회사에서 해고되어 집에서 업무를 보게 되고 나서 나는 종종 이런 것도 말할 수 있게 되었다.

---

49 플랑드르전(フランダース戦) 제1차 세계대전 당시 플랑드르에서 연합군과 독일군이 오랫동안 벌인 참호전, 플랑드르 지역은 제1차 세계대전 당시 독일과 프랑스가 대치했던 서부전선 중 가장 북쪽의 저지대 지역.

50 유탄포(湯たんぽ) 더운물을 넣어 잠자리 등을 따뜻하게 하는 난방기구.

"저기, 부탁이야. 불을 어둡게 해줘요."

남편은 전기스탠드에 보자기를 씌우고 그 옆에서 책의 페이지를 넘겼다. 그러나 여전히 희미한 불빛은 낮은 천정과 그을린 다다미결을 어슴푸레 비추었다.

"저기, 부탁이에요. 더 어둡게 해줘요"

라고 하는 나의 심장은 빛만 보면 마구 달리기 시작하는 야생마 같아서 감당할 수 없었다.

"그렇게 어둡게 하면, 글씨를 쓸 수 없잖아! 이것이 밥줄이라고."

하며 결국 남편은 분노했다. 그러나 어둡기는 그런대로 괜찮았지만 가끔 나는 움직이는 인간이라는 것조차 신경이 쓰여서 신경을 지탱할 수 없게 되어,

"여보, 부탁이에요. 30분만 밖으로 나가 주지 않겠어요?"

라는 말을 했다.

"나도 좋아서 이런 일을 하고 있는 것은 아니야. 도대체 당신은 어떤 생각이 길래 그런 말을 할 수 있는 거야? 당신은 그런 말을 할 때에 내게 미안한 마음은 없는 거야?"

"없어요……."

나는 여느 때처럼 자신 없는 듯한 목소리로, 그러나 단호히 대답했다.

"그런 마음이 안 생기는 것은 왜 일까?"

남편은 기가 막혀 내 쪽을 바라보았다.

"당신에게는 미안하기도 하지만 말이에요. 사람이 아프면 치료할 권리도 있어요. 어쩔 수 없어요……"

눈물은 그 말의 반주로써 여기저기 낙엽처럼 흩날렸다. 그런데 또 그 말은 흩어진 곳에서 남편의 다리를 휘청거리게 만드는 힘을 가지고 있는 것이었다. 남편은 점점 더 놀라 내 얼굴을 계속 쳐다보았지만 무언가 지켜야할 도리 중 하나에 타격을 받은 것 같은 느낌을 바로 잡아 더욱 암담해하면서, 시계와 이 시계의 일부를 비추는 듯한 좁은 불빛으로 계속 펜을 빨리 움직이는 것이었다.

이런 나의 곁에서 간병인은 몇 사람이나 그만두고 나가버렸다. 그러나 나는 단 둘이 남는 것을 기쁘게 생각 할 뿐 그 외에는 아무런 생각도 없었다. 그 곳으로 몇 번째의 아가씨가 나타났다.

그 때는 추운 한겨울이었다. 나의 방은 옆방과의 경계를 없애려고 창문을 심야에도 열어 놓고 있었다. 두 사람은 화로를 사이에 두고 한 사람은 의복을 깁고, 한 사람은 펜을 움직였다. 때때로 손을 난로에 쬐이거나 입김으로 얼어붙은 손을 따뜻하게 녹였다. 꼭 나의 양치질 통에 가느다란 바늘 같은 얼음이 팔랑팔랑 아른거려 보이는 추위였다.

"춥네. 못 참겠어. 창문 닫자."

두 사람은 이야기하며 창문을 닫았지만 곧 나는,

"답답해." 라고 말했다.

"아, 신경 쓰여, 하지만 추워서 환자가 반대해도 어쩔 수 없으니까 열어주세요."

결국 창문을 열었다. 나는 마치 이미 질병의 힘에 정복당한 남편까지 병수발을 들게하고 새로 온 오토메에게 요리를 시키려고 했다. 사실 남편은 내 병 때문에 아주 망가져 있었는지, 예를 들어 아래층까지 소리가 닿지않자 내 머리맡에 작고 녹슨 초인종을 두어 그 소리를 대신하게 했다. 그것의 고요한 소리는 내 육성 이상의 소리로 남편의 신경에 특별한 반응을 하도록 습관이 되어 버렸다. 남편은 길을 걷다가도 그와 비슷한 소리가 나면 움찔했다.

어느 때는 교차 지점을 통과중인 신호 기둥 위에서 이 소리가 요란히 울렸다. 뭔가 생각하던 남편이 멈추어 섰기 때문에 교통순사가 크게 호통을 쳤다. 게다가 슬 슬 남편은 고용주로서는 익숙해지지 않는 어색함으로, 사람이 변했다고 생각 될 정도로 나약한 사람이었다.

보석으로 막 풀려났을 때, 어느 날 분홍색 달리아를 세 송이 사와서 내 머리맡에 두었다. 그러자 그 때의 간병인이었던 남편 친척의 딸이,

"어머, 예쁜 꽃이다. 나도 갖고 싶어."라고 말했다.

나와 남편이 의아스럽게 보고 있는 앞에서 그녀는 다른 한 꽃병에 물을 떠 와서 그 달리아 한 송이를 집어 자신의 책상에 꽂았다. 그 행동의 이상한 점을 본 후에 내 화분을 보니 나머지 두 송이가 왠지 볼품없이 제각각의 방향에 멋대로 기울여져 있는 것이었다.

"두 송이의 꽃꽂이라니?"

라며 마음속에서는 주먹을 움켜쥐고 힘을 설수 없는 다리로 발을 동동 굴렀던 것은 당연했다. 그녀는 그 전부터 평등주의를 어떻게 취급했는지, 이 집에서는 그것이 허용된다는 얼굴로 환자 한사람이 사치를 하는 것은 불공평하다는 명분에서 나에게 고기를 먹게 할 때는 자신도 고기를 먹고, 내가 계란을 먹는 수만큼 자신도 계란을 먹었다. 그래서 우리 집에 올 때의 검푸른 피부에서 아름답고 흰 윤기 있는 피부로 바뀌었다. 그녀의 이러한 방식에 대한 우려도 있어, "돈이 조금 많이 드네."라고 말 할 수밖에 없는 남편이었지만, 생화로 인한 우스꽝스러움을 보고도.

"두 송이의 생화를 환자가 이상하다고 말하고 있어."라고 밖에 역시 말할 수없는 것이었다. 그러나 오토메가 올 무렵에는 실제로 필요에 의해서 상당히 변해 있었다. 남편은 언젠가 내가 매운 장국을 먹던 것을 보고나서 세 번의 식사는 때마다 자신이 먼저 입에 넣어 보고는,

"이건 매워. 환자는 쇠약하기 때문에 소량의 염분만 있으면 되는데."라고 비평했다. 약을 삼키는 것도 뜨겁거나 미지근한 온도를 스스로 먼저 마셔 보고 나서,

"자, 이 정도면 좋아. 미지근한 것은 숨이 막히기 때문에, 차라리 이 정도로 차가운 것이 좋아."

그래서 두 사람의 음식을 정하는 것을 그녀에게 요구했다. 나는 그 무렵 매일 일곱 국자씩 육즙을 마시기로 했다. 육즙을 마시도록 권유한 것은 남편이지만, 지금까지의 경비에 그 비용이 더해

지는 것이 남편에게 큰 부담이 되므로 고려해야만 했다. 그래서 남편은 자신의 제안으로 그 말을 하면서도 내 답변은 이미 예정되어져 있는 것 같은 기분이었다. 어쩌면 내가,

"마시기 힘든 것은 싫어." 라고 대답을 하지 않을까하고 희미하게 기대하고 있는 듯했다. 그러나 나는 절대 싫다고 말하지 않았다. 육즙을 한 번도 먹어 본 적이 없었고 삼키기 힘들다는 것을 알고 있었지만,

"살아야하기 때문에 삼키기 싫어도 삼켜"라는 기세로 밀어 붙이듯 위압적인 기분으로 남편의 섬세한 마음을 흔들었다. 남편은 생각이 많은 얼굴을 하고 정육점에 협상하러 갔다. 육즙은 양식이 나오기 전에 소스를 넣었던 항아리에 넣어 찌꺼기 고기를 대나무 껍질에 사서 부쳐 매일 보내왔다.

나 이 외의 두 사람의 반찬값은 깎이고 그 액체를 짜낸 찌꺼기가 두 사람의 식탁에 오르게 되는 것은 자연스러운 일이었다.

"아아아, 맛이 없다. 마치 설태雪 의 이면이구나."

남편은 그것이 나오는 식사를 마치자, 이쑤시개를 사용하면서 2층에 올라왔다. 하지만 조금도 불쾌한 것이 아니라 오히려 나를 위해 그 맛을 즐기는 듯한 울림이었다. 그러나 나는 그런 말조차 전혀 귀에 들어오지 않았다. 나는 매일 천정과 창문 밖의 푸른 하늘을 바라보며 요즈음 계속되는 푸른 하늘조차 말할 수 없는 기분으로 혐오하고 있었다.

"하늘이란 인간이 도망 갈 수 없는 우산이다. 완전히 선택을

허용하지 않는 우산이다."

나는 또한 그것과 맥락 없이,

"꿈을 꾸지 못하는 인간은 살 자격이 없다는 말이 있지만, 그렇게 말한 토루라トルラー 자신이 자살했다고 말하는 것은 좀처럼 이해하기 어려워요."

남편은 내 기분이 좋은 것을 보고 외출을 결심했다.

"오늘은 좋아. 왠지 맥박이 뛰고 있는 것 같아."

가능한 한 외출하지 말아달라는 내 마음에 떠밀려 결국 남편은 책상 앞에 앉아 있는 수밖에 없었다. 하루 종일 나가지 않아도 시간에 한번 정도

"창을 닫아."

"열어."

"땀을 닦아."

"천이 무겁다."

라며, 기관총탄처럼 주문이 연발되므로 남편은 운동 부족이 되지 않았다.

"서방님, 나는 왠지 신장이 나쁜 것 같아요."

그녀가 갑자기 말을 시작한 것은 이 무렵이었다.

"얼굴이 붓는거야?"

"붓는 것은 큰 문제가 없다는데요. 왠지 심장 박동이 느려요."

"그럼 될 수 있는 한, 몸을 편안하게 하고 우유를 한 개 더 늘려보세요"

그러나 이것은 지금 말하는 영양실조라는 것이었다.

오토메는 저녁 식사를 빨리하고 친척에게 상담하러 갔다. 간병인이 저녁 심부름을 빨리하고 자주 외출하는 느낌은 몇 번이고 사람을 바꾸어 우리의 경험에 비추어 볼 때에 짐작이가는 것이 있었다.

"오토메는 가정부를 관두기 위하여 결혼할 사람을 찾고 있네."

나는 이런 것을 알아차리는 감이 보통 건강한 사람의 천배 정도나 있었다.

오토메는 어렸을 때의 과실로 박꽃과 같은 하얀 2개의 앞니가 안면과 직각으로 튀어 나와 있었다. 그녀는 평생 독신으로 살기로 하고 파출부가 되었다. 파출되기 전에 젖먹이가 손을 펴서 경이로운 눈으로 그 치아에 닿아 오는 비애는 40세인 오늘 날까지 결혼이라는 것을 전부 타인의 궤도에서 약간의 자갈을 던지는 생각조차 해 보게 했다. 그러나 돈의 소비를 줄이고 집에 거주해 조금의 저금이 가능해졌다. 그 돈으로 치아를 고치겠다는 마음은 그 고친 그 치아로 결혼을 하려하는 기분과 같은 것이었다. 거기까지는 다시 회전해서 갈 수 있다.

완전히 내 상상대로였다. 그녀는 아카시明石로 가서 와서 맞선을 봤다. 한 번은 여기에서 거절했다. 그리하여 또 두 번째 맞선을 보게 된 것이었다. 저녁 늦게 드르륵드르륵 문 여는 소리가 들리고 오토에가 돌아왔다. 그 다음날 상대방 심부름꾼이 와서 아래층에서 조금 비밀스러운 이야기가 있고, 이야기는 몰두하고 싶어 하는 곳으로 빠졌다. 오토메가 가버리면 곧 남편의 어깨에 지워지는 일상의 잡다한 일들이 있었다. 남편은 그것의 여러 가지 생각을 하고 있었지만, 나는 "헌 짚신도 짝이 있다고 누가 생각한 말이지요." 그런 말을 하고 있었다.

오토메가 그쪽으로 가는 날은 대안大安으로, 우리 집과 마찬가지로 한집을 칸막이를 이용해서 여러 가구로 나눈 집에도 며느리가 온다는 이야기였다. 그 집에서 아침부터 2층에 오르내리는 발소리 때문에, 나의 방은 끊임없이 '흔들흔들' 흔들렸다. 그러나 오늘은 아둔한 금속이 잘리는 비명이 들리지 않는 것으로 방이 흔들리는 것도 충분히 보상받은 것이었다.

"대안인가 – 대안은 결혼하는 날인가?"

남편은 창문에 걸터앉아 2층의 연립 주택이 이어진 골목을 충혈된 눈으로 쳐다보았다. 그것은 눈에 보이는 것을 보기 보다는 훨씬 뒤에 남겨두고 온 기억을 보는 눈빛이었다. '대안'이라고 말만으로 남편의 가슴에는 자신의 생각으로 여러 색으로 물들인 유치장의 안타까운 심정이 되살아나는 것이었다.

화강암으로 만든 2층 건물 유치장의 교도관 뒤에 있는 기둥에 걸려있는 달력. 급한 일이나 송사訟事등에 나쁘다 하여 피하는 날과 길하다는 날의 택일.

"대안이 결혼 날인 것은 몰랐네……"

남편은 갑자기 이렇게 말했다. 오토메는 가버렸다. 엇갈린 자동차가 와서 옆집은 갑자기 활기차게 또 다시 2층은 흔들렸다. 그

날 저녁, 남편은 기울어 진 파란색 모기장 끈을 쥐고 위 미닫이 틀 못을 쳐다보면서 모퉁이를 돌았다. 모기가 윙윙거리는 소리가 슬픈 노래처럼 들려 왔다.

"또 당신이 모기장을 쳐 주네요."

그런 내 눈에는 몸 전체에서 스며 나오는 온 것 같은 탄력 없는 눈물이 있었다. 그 때 쳐다 본 천장의 판자 틈새에서 '팍'하고 옆의 이층에서 기념 촬영 플래시 빛이 보였다. 같은 문을 두 집에서 사용하고 있어도 바른 천정의 안쪽은 칸막이가 없는 것이었다.

"치아의 결혼歯の結婚."

그 자극이 나에게 그런 말을 중얼거리는 것이었다.

남편은 나를 잠자리에 들게 하는 절차 중의 하나로 아래층에서 변기를 들고 왔다. 그 함석제품의 나무틀 기물을 내 허리 아래에 붙이고 용변이 끝나는 것을 기다렸다가 부드러운 종이로 닦아주고 들고 사라지는 것은 벌써 몇 백번이나 남편이 해 온 일이었다. 나는 갓난아이처럼 몸 절반을 남편 앞에 드러내고, 무심하게 그렇게 해 받아 온 것이었다.

그러나 오늘 밤은 – 문득, 나는 남편이 머리에 모기장을 얹고 우물우물 모기장에 기어 들어가려고 하고 있는 동작을 봤을 때에, 문득 무언가 경계를 느끼지 않고는 있지 못했다.

나는 남편이 하루나 반나절이라도 나를 떠나서 보이지 않는 대도시의 벽 너머에 있는 것이 얼마나 싫고 슬펐는지 심한 자석처럼 몸 옆으로 끌어들여 두고 싶어 하다가도 남편의 얼굴과 몸이 어느

거리 이상 가까이 오는 것만으로도 답답하여 구슬땀이 났다.

키스는 해녀가 잠수하고 있는 동안과 같은 힘든 시간이었다. 하물며 남편이 "한번 안아 줄까"라는 농담을 하는 것만으로도 제정신이 아닐 정도로 격렬하게 거부했다. 이런 농담이 의외로 농담이 아님을 잘 알고 있는 나는 중년 여성이기 때문이었다.

"변기는 내가 하겠어. 도와 줘!"

라고 나는 순간 날카롭게 말했지만 이미 늦었었다. 차가운 변기는 엉덩이 밑에 꼭 맞게 대어졌다.

건너 편 방에 달린 전기스탠드의 엷은 빛이 모기장을 통해서 내 양 다리의 주위의 늘어진 피부에 희미한 흰색이 보였다.

볼일이 끝나고도 남편은 변기를 제거하지 않고 그 하얀 경사진 어두운 주위를 이상한 눈매로 응시하는 것이었다. 그것은 이제까지도 여러 차례 경험한 적이 있는 쓰라린 침묵이었다. 뭔가 상냥한 말로 위로를하고, 남편의 등을 조용히 쓰다듬어야 하는 슬픈 한 때임에 틀림없었다.

그럼에도 불구하고, 나는 쇠약해진 나의 마음에 강하게 남아 있는 잡초 같은 목소리로 외쳤다.

"엉덩이가 아파요. 빨리 들어 줘요."

그 말과 함께, 그 순간은 벽처럼 무너졌다. 남편은 피의 격류가 더욱 거칠어진 솜씨로 한 손에 흔들리는 변기 손잡이를 쥐고 신중하게 모기장을 나갔다.

그 초연한 모습을 바라보며 나는 말했다.

"오늘밤은 지금까지 해 온 것처럼, 당신은 다른 모기장을 치세요. 부탁이에요."

남편은 변기 손잡이를 쥔 채 모기장 너머의 희미한 선으로 내 쪽으로 향했다.

"나는 신이 아니니까. 도대체 당신 생각에 내가 어떻게 하면 좋을지 말해주게."

"…… 어쩔 수 없어. 살고 싶어."

라고 말하며 나는 울고 있었다.

이런 괴로움으로 출발했는데도, 나에게 단 둘의 생활은 역시 즐거웠다. 병은 나라는 야채에서 낡은 잎을 모두 따내고 푸른 신선한 잎과 바꾼 듯한 마음이었다. 나의 낡고 지친 혈기는 소모되어 버려서, 억지로 새로운 젊은 피와 교체하고 있는 것이었다.

남편은 그 고기 찌꺼기를 혼자서 먹고, 역시 "맛없어, 맛없어"라며 이층으로 올라오는 것이었다. 그러나 낮에 변기와 죽을 먹이는 일의 시간은 새벽녘에 보충하게 되므로, 밤샘은 점점 심해지기만 하였다.

"불빛을 어둡게 해줘요."라며, 여전히 나는 되뇌고 있었지만, 그것은 뭔가 몸에 나쁜 심야의 작업을 방해하는 수단으로도 바뀌고 있었다.

어느 밤, 남편은 사전에 돋보기 쓰고 있던 얼굴을 들어,

"어이 잠깐, 이번 전등은 뭔가 바뀐거야?"라고 물었다.

"아무것도 바뀌지 않았어요."

"이상하네. 빛의 중앙부가 보이지 않는 거야."

"이상하네. ㅡ"

라고 그 밤은 말했을 뿐이지만, 다음 날 쇼핑에서 돌아와서

"나 이상한데. 가끔 물건이 보이지 않아. 큰일이야. 밥줄 끊기겠어."

"하지만, 본 곳은 아무것도 없어요. 어찌 된 거예요?"

라며 이미 나는 울고 있었다.

남편은 의사에게 갔다. 혈액 등의 검사가 수차례 있고, 뭐라고 하는 근대적인 안질명眼疾名이었다. 원인은 모른다고 하지만 눈과 관련된 것이기 때문에 영양과 관계가 있음에 틀림없었다.

"일을 하면 장님이 되어 버린다는 이야기다. 난처해."

라고 말은 하면서도 남편은 역시 한 장에 얼마 씩 벌 수 있는 일을 그만둘 수는 없었다.

몇 번째 추운 겨울이 다시 돌아오고, 남편은 추운 창에서 손을 불며 사전의 페이지를 넘기고 있었다.

"조만간 무슨 좋은 일이 있겠지."

라는 것이, 요즘 두 사람에게 있어 막연한 위로이지만, 남편은 그 당시 재판이 진행되고 여러 가지 서류가 등기로 우송되어 오는 것이 많았다. 그 우체부의 목소리를 듣고, 오른쪽 옆의 아이 많은 집에서

"저 집에는 자주 돈을 보내오는데도 집으로는 아무도 오지 않는다. 당신의 친정 따위 아무 도움이 안 되네."

라고 남편이 불쾌하게 말해 부부 싸움을 했다는 말을 듣자, 두 사람은 얼굴을 마주보고 웃었다. 남의 불행이 이쪽의 행복이 아니라고 해도 가난에도 동행이 있다는 것은 위로가 되는 것이었다.

어느 날 밤에 남편은 "아주 눈이 안 보이게 되었다. 일은 잠시 중단할 수밖에 없어."라며 펜을 내려놓고 절망적으로 잠자리에 들어갔다. 그리고 어린아이 다루듯이 나의 이불을 덮어주고 나서,

"내 눈은 이렇게 되었지만, 당신은 살려 주마. 살고 싶은 거지. 이 살고 잡이야!"

"응응."나는 고개를 끄덕이며, 역시 또 눈물을 흘렸다.

| 작가 소개와 연보 |

■ 히라바야시 다이코

히라바야시 다이코平林たい子:1905년10월3일 - 1972년2월17일는 신슈信州, 지금의 나가노 스와諏訪에서 아버지 고이즈 사부로小泉三郎와 어머니 가쓰미かつ美의 3녀로 태어났다. 할아버지는 제사소製糸所를 경영했으나 마쓰카타 디플레이션정책에 의해 생산가격 폭락으로 몰락했다. 데릴사위인 아버지는 사업 부채의 해결을 위해 조선으로 돈을 벌러 가고, 어머니가 농사와 잡화점을 하며 어렵게 생활하였다.

다이코는 현립 스와고등여학교에 입학하여 교감인 쓰치야 분메이土屋文明로부터 아라라기파アララギ派의 사생표현과 시가 나오야志賀直哉와 구니키다 돗보国木田独歩문학을 배운다.

15세 때는 프랑스 탄광노동자 쟁의를 다룬 에밀 졸라Emile Zola의『제르미날Germinal』을 읽고 감격하여 번역자인 사카이 도시히코堺利彦에게 편지를 보내기도 한다. 다이코가 사카이에게 끌린 것은 일본의 자유 민권운동은 여성문제에 있어서는 냉담한 반면, 사카이는 새로운 원리에 의해 무엇이든 혁신을 꾀하려고 하는 열정으로 여성이나 가정의 문제에도 많은 관심을 보였기 때문이기도 했다.

그리고 스즈키 분지鈴木文治의 강연에 감명 받아 『자본론資本論』『씨 뿌리는 사람種蒔く人』등을 읽고 급속하게 사회주의 사상에 눈뜨게 된다. 수학여행 도중에 사카이를 의지하여 도쿄로 상경하려 했지만 실패하고, 졸업과 동시에 상경하여 도쿄 중앙 전화국 교환수 견습생으로 근무하게 된다. 그런데 근무 도중에 사회주의자로 지목받고 있던 사카이 도시히코와 통화한 것이 문제가 되어 한 달 만에 해고당한다. 그 후, 도시히코의 소개로 독일 서점 점원이 된다. 그곳에서 알게 된 아나키스트 야마모토 도라조山本虎三와 동거17세를 시작한다.

두 사람은 May Day에 전단을 뿌린 일이 문제되어 도망치듯 경성에 있던 도라조의 누나를 의지하여 1923년 6월 5일 조선으로 간다. 그러나 한 달 가량 체류 후 다시 귀국하고 얼마 되지 않아 관동 대지진이 일어났다.

관동 대지진 직후 도라조는 다수의 아나키스트들과 함께 체포되어 1개월 정도 이치야 형무소市谷刑務所에 구속되었다가, 도쿄 퇴거退去 조건으로 석방된다. 생활을 위해 시모노세키에서 3등 우편국에 근무하지만 도라조가 요주의 인물인 것이 밝혀져 해고당한다. 결국 일본에서 생활할 수 없게 된 두 사람은 중국에서 마차 철도회사를 경영하고 있던 도라조의 형을 의지하여 1924년 1월 중국 대련으로 간다. 도라조는 현장에서 일하고, 다이코는 중국인의 취사炊事를 담당하였다. 그러나 형의 밀고로 5월에 섭정궁[51] 성혼 축하 연회식 날 전단을 뿌린 일에 연좌되어 도라조는 불경죄로 2년의 실형을 받게 된다. 다이코는 임신 중에 무리해 과로와 영양실조로 각기병에 걸린다. 혼자서 딸 아케보노를 출산하지만 사망하자, 일본으로 돌아오게 된다.

다이코는 작가의 꿈을 이루기 위해 귀국했지만, 자신을 기다리는 곳은 아무데도 없었다. 결국「마보MAVO[52]」동인 다가와 스이보田河水泡[53] 에 끌려 동거를 시작했으나 서로 성격이 맞지 않아 헤어진다. 다가와 스이보가 오카다 다쓰오岡田龍男[54] 를 소개시켜 주었으나 이틀간의 동거로 끝난다. 그 당시는 도쿄에서 방랑생활을 하며 사회상식을 파괴하려는 사람들은 어제 남편과 헤어지고, 오늘은 그 남편 친구의 부인이 되는 일이 허다했다.

그 후, 다이코는「다무다무ダムダム」동인의 합숙 생활에 가담하여 이이다 도쿠다로飯田徳太郎[55] 를 알게 되어 함께 생활하게 된다.

---

51 섭정궁(摂政宮:쇼와 천황): 일본의 제124대 쇼와천황은 1926년(대정15년)11월 25일 부친·다이쇼천황의 병약에 의해 20세에 섭정에 취임하므로 이후는 섭정궁이라 칭한다.

52 마보(MAVO): 일본의 전전(戦前)의 미술계통의 그룹

53 다가와 스이보(田河水泡,1899년 – 1989년) 는 쇼와(昭和)기에 활약한 일본의 만화가, 현대 미술가, 세계 최초의 전업만담(専業落語) 작가이기도 한다.

54 오카다 다쓰오(岡田龍夫, 1904 –미상): 쇼와(昭和)·다이쇼(大正)기의 판화가.

55 이이다 도쿠다로(飯田徳太郎, 1903년 –1933):사회주의자. 1925년 히라바야시 다이코와

이렇게 다이코는 여성에게만 강요된 성적 속박을 부정하며 다수의 남성과 성적관계를 가진 것에 대해,「사막의 꽃」에서는 남성 편력을 반복한 것은 "타인의 경험을 읽고 듣는 것만으로는 만족할 수 없어 직접 인생의 파란을 봐 가려고 하는 나의 마음은 그 때 말 그대로 악마였다"라고 쓰고 있다. 그리고「나의 이력서私の履歴書」에서, "나는 여자이기에 부정해야 할 하나를 내 속에 지니고 있었다. 나는 사회에서 행해지는 가치판단을 스스로 뒤엎으며 통쾌하다고 부르짖었다. 그것은 정조를 부정하는 것이었다."고 회고하고 있다.

다이코는 1927년에 야마다 세이자부로山田清三郎의 소개로「문예전선」동인 고보리 진지小堀甚二[56] 와 정식으로 결혼다이코 22세했다. 이때「오사카 아사히신문」의 현상소설「비웃다」(=「상장을 팔다」)가 입선, 이어서 작가가 경험한 중국 대련에서의 비참한 체험을 소재로 한「시료실에서施療室にて」1927년 발표로 다이코는 일약 프롤레타리아 문학의 유력한 신인으로 인정받는다.

그리고 때를 같이하여, 아오노 키요시青野季吉, 하야마 요시키葉山嘉樹, 나카노 시게하루中野重治, 가네코 요분金子洋文등의 일본 프롤레타리아 예술 연맹의 멤버를 알게 된다. 동 연맹이 분열1927년

함께 생활 함.

56 고보리 진지(小堀甚二:1901年 – 1959年) :1926년 잡지「해방(解放)」에 희곡「어떤 저축심(或る貯蓄心)」을 발표하고, 프롤레타리아문학 운동에 참가. 1937년 인민 전선 사건(人民戦線事件)으로 체포되었다. 1927년 히라바야시 다이코와 결혼하여 1955년 이혼.

했을 때 아오노, 하야마들과 노농 예술가 연맹을 결성, 소위 문전파의 대표적 작가 중 한 사람으로서 나프파전일본 무산자 예술 연맹에 대립하면서 왕성하게 집필활동을 계속하지만, 1930년 문전파에서도 탈퇴하여 프롤레타리아 작가로서 독립적인 길을 선택한다.

당시 일본의 프롤레타리아 문학 운동은 고바야시 타키지小林多喜二, 도쿠나가 나오徳永直등을 포함하는 나프파NAPF, 공산당계 마르크시즘이 주도권을 쥐고 있었는데, 다이코는 일관하여 이 파의 첨예한 관념성에 대항했다.

이어서 발표한「비간부의 일기非幹部派の日記」「간장공장醬油工場」「부설 열차敷設列車」「경지耕地」「프롤레타리아 별プロレタリアの星」「프롤레타리아 여자プロレタリアの女」도 호평을 받았다.

시대는 전향시대에 들었지만 파시즘비판을 모티브로 한「사쿠라櫻」,「그 사람과 아내その人と妻」「하오리羽織」등 대표작으로 연결되는 수작을 발표하며 전향소설은 쓰지 않았다.

다이코가 생애 최대의 사건 1937년 12월 15일의 노농파勞農派 간부가 일제히 검거된 인민작전선파 대 검거사건이다. 다이코가 운영하고 있는 이쿠이나 여관生稲旅館으로 인민전선사건人民戰線事件의 정치자금을 받은 혐의가 있는 고보리를 검거하기 위해 경찰관이 왔다.

2년 전부터 두 사람은 별거를 하고 있었다. 그런데 그때는 마침 고보리가 그 여관에 묵고 있었다. 그 때 진지는 자신을 체포하러 온 것을 알아채고 재빨리 도주했다. 그러자 경찰은 달아난 진지를 대신하여 다이코를 참고인으로 소환했다. 그 후 다이코가 경찰에 자신을 대신하여 잡혀 들어간 사실을 알게 된 진지가 25일에 자수하여 출두했음에도 불구하고 다이코는 이듬해 8월 중순까지 석방되지 못했다.

한마디로 말할 수 없는 공포의 시대가 계속되는 가운데 다이코는 점점 건강이 나빠져 고열과 기침에 시달리다 못해 경찰의사의 진찰을 신청해도 허락되지 않아 자비로 의사를 불렀다. 복막염에 늑막염까지 병발했다는 진단이 나왔지만 석방해 주지 않았다. 급기야 중태에 빠져 생명의 위험을 느낄 때쯤에야 석방시켜 주었다.

그러나 이미 다이코는 갈 곳이 없었다. 이런 사정을 알고 있던 엔치 후미코円地文子, 가미치카 이치코神近市子들이 중심이 되어 히라바야시 다이코 위로회를 발족하여 그 성금으로 입원시켰다. 그러나 병의 증상이 조금이라도 호전되면 입원비 때문에 시료병원으로 옮기고, 다시 악화되어 병원으로 옮기기를 여러 번 되풀이 하는 사이 몇 번이나 생사의 갈림길에 서게 된다.

1939년 1월에 임시 면회 허가 받은 진지는 다이코가 입원에 해 있는 병원을 찾았다. 다시 감옥으로 돌아가서 9월에야 겨우 보석 출소하게 된 진지는 헌신적으로 간호하면서 옥중에서 마스터한 독일어 번역으로 의료·생활비를 벌지만 다 충당할 수 없었다. 다이코에 고깃국을 먹이면서도 자신의 건강을 돌보지 않아 영양실조에 걸려 왼쪽 눈이 실명될 위기에 놓였다. 번역이 불가능하게 되자, 토목사업장으로 직업을 바꾼다.

진지의 헌신적인 간호와 다이코의 살고 싶은 의욕은 유례를 볼 수 없을 정도로 치열했다. 다이코는 병을 극복하기 위하여, 먹으면 바로 토하면서도 먹는 것을 포기하지 않았다. 이 시기를 그린 일련의 작품에는 다이코의 맹렬한 의지력, 열렬한 자기 긍정욕에 생명력의 구가가 나타나고, 다이코 문학의 자질이 전면적으로 개화하고 있다. 다이코가 회복한 것은 1943년 후반으로, 44년 11월 까지는 신변기록을 하기 시작했다.

1945년 3월 말 고향의 생가로 소개하여 패전 후 도쿄로 돌아와 신일본문학회 중앙위원에 선정되었지만, 전쟁전의 나프파 중심 운동 재건을 문제 삼아 그 제안이 받아들여지지 않았기 때문에 작품에 몰입하는 길을 선택했다.

전후戰後 재빨리 문단에 복귀한 다이코는 전시하의 검거, 투옥, 투병의 체험을 기초로 하는 일련의 자전작품을 썼으며, 대표작이 된 걸작 「혼자 가다一人行く」 「이런 여자こういう女」 「나는 살아간다私は生きる」 「노래일기うた日記」 「겨울 이야기冬の物語」 등은 경악적이고 감동적으로 그려져 있다. 특히『이런 여자かういふ女』로 제1회 여류문학자상을 수상했다1946년. 이런 문학 활동을 하면서도 민주 부인연맹을 창립1947년하며 바쁜 다이코는 고보리와 가정부로 들어온 시모무라 세이조下村清壽 사이에서 딸이 태어나고 6년1949년11월15일이 지나서야 두 사람의 관계를 알게 되었다. 여권확장을 주장하고, 남녀차별에 대해 활발하게 발언을 해 오던 다이코는 자신의 남편이 가정부를 임신시켜 아이까지 출산했다는 사실에 아

주 충격을 받았다. 그 후, 다이코는 세이조와 딸의 양육비와 생활비를 모두 책임지며 따로 생활할 수 있게 배려했으며, 1주일에 하루 부녀 상봉을 자택에서 가능하게 했다. 그러다 끝내 1955년 협의 이혼한다.

다이코는 1950년 무렵부터 급속하게 반공적 자세를 강화하여 보수계의 언론인 단체 일본문화 포럼 · 간담회에도 참가하며, 아라하타 간손荒畑寒村 등과 문화 자유회의 일본위원회를 설립1951년 하였다.

1957년에는 여류 문학자회 회장을 역임했으며, 1967년에는 「비밀秘密」로 제7회 여류문학상[57] 을 수상하며, 작품 활동을 계속하다 1972년67세 폐렴으로 사망한다.

사망 후, 다이코의 유언에 의해 「히라바야시 다이코 문학상」[58] 이 창설되었으며, 스와시 나가스후쿠시마諏訪市中洲福島 에「히라바야시 다이코 기념관」이 있다.

57 여류문학상: 1946년부터 1960년까지「여류문학자회」에서 수여한 문학상이 '여류문학자상'이며, 1961년부터는 「중앙공론사」가 인수하여 '여류문학상'으로 개명.

58 히라바야시 다이코 문학상: 히라바야시 다이코의 유지에 의해 만들어졌으며, 1973년에 시작하여 1997년 제 25회로 끝남.

| 작품 소개 |

시료실에서施療室にて

「시료실에서施療室にて」의 배경은 다이코가 첫 출산을 경험한 만주의 자선병원으로 되어 있다. 여주인공〈나〉를 중심으로 구성되어 있으며, 남편은 하층 노동coolie 쟁의를 지도하고 계획한 테러가 발각되어 수감되었다. 마철공사馬鐵公司에서 일하던 〈나〉도 공범으로 출산 후에는 바로 수감될 상황에 놓여 있다.

임신 각기병에 걸린 〈나〉가 입원한 자선병원에서 우유 공급이 되지 않아 어쩔 수 없이 모유를 먹여 아이가 사망한다. 그 과정에서 노출된 병원 부조리는 사회에 만연해 있는 빙산의 일각일 뿐이었다. 사회단체 중에서도 봉사정신을 내세우는 자선병원의 기독교인마저도 인간의 생명을 위협할 정도로 부패되어 있는 사회의 윤리성을 고발하며, 자신은 무산계급 운동가가 되겠다는 의지를 보인다.

그러나 무산계급 운동가가 되기 위해서는 남성과 동등한 입장이 되어야 한다고 생각하면서도, 남편에게 만은 여성스러운 면을 부각시키고자 하는 이중성을 동시에 보이기도 한다.

결국, 다이코는 「시료실에서施療室にて」에서 스스로의 신체 체험을 매개로하여 무산계급 운동가로서의 결의를 획득하기 위해, 미력하고 극한 상태에 있는 여주인공을 통하여 사회와 자신과를 동등하게 대치시켜 혁명을 이루고자하는 결의를 표방하고 있다.

이런 다이코의 개인보다는 사회 전반적인 구조 개혁을 위한 운동가로서 자리를 구축하고 싶다는 자신 내부의 사실적인 작품이라 할 수 있다.

비웃다嘲る

「비웃다嘲る」(「상장을 팔다 喪章を売る」)는 다이코가 "1925년 7월부터 8월 사이의 실생활을 소재로 집필"한 작품으로, 생계를 위해 부인이 옛 애인을 찾아가 정조를 파는 것에 암묵적인 합의가 되어 있는 부부의 이야기이다.

「비웃다」에서 〈나〉는 3번이나 남자와 동거한 경험이 있었다. 그런데 4번째 남자인 고야마는 이런 〈나〉의 과거를 이용하여 자신의 생활을 영위해 나가고자 한다. 결국 고야마의 권유로 〈나〉는 자신의 정조가 생계 수단으로 사용되며, 남자의 담뱃값으로도 충당되고 있어도 별 저항 없이 그 생활을 지속하고자 했다.

〈나〉는 남편 고야마의 친구들이 자신을 친구부인이 아니라 정조를 파는 여자로 치부하고 있음을 알면서도 생활비 충당을 위해 견뎌낼 수밖에 없는 자신이 처해 있는 환경을 "지옥"이라고 표현하고 있다. 그러나 고야마는 〈나〉의 상처받은 마음을 헤아리려고 생각하지 않는다.

이렇게 처음 정조를 부정하는 것으로 자기 탈출을 시도하기 위해 시작된 〈나〉의 남성편력이 이제 자신에게 멍에가 되어 돌아 온 것이다. 그때서야 순수했던 첫사랑의 남자와 그 사이에서 태어나서 바로 죽어버린 아이에 대한 애절한 감정이 자신 속에 살아 있음을 느끼게 된다.

다이코는 여러 남자들과의 만남과 이별이 있었지만, 결국 이다 도쿠다로와 같은 남자를 만나 생활하면서 비로소 처음 남편이었던 도라조에 대한 미안함과 아쉬움을 통감하게 된다. 이런 자신의 아픈 과거를 〈나〉를 통하여 그려내며, 과거의 아픔을 고백하는 것에 그치지 않고, 앞으로 남성편력을 이어가고 싶지 않다는 의미도 함축되어 있다.

야풍夜風

「야풍夜風」은 다이코의 고향으로 알려진 신슈 스와信州諏訪 주변의 농촌을 배경으로, 산업화 기조에 의해 지주들이 전기회사 주식과 제사공장 부지 확보를 위해 소작지를 몰수해 가는 과정 속에서 희생당하는 소작농민들의 고통을 잘 묘사해내고 있다.

러일전쟁 이후, 일본 농촌의 생활모습이 많이 바뀌게 되었다. 농촌에서 평범하게 생활하던 자작농들은 갑작스럽게 복잡해 진

사회구조 속에서 자녀들의 학비와 생활비 부족 등으로 논밭을 팔고 소작농이 되었다. 이들의 땅을 싸게 사들인 지주들은 자본가로 급부상하기 위하여 되팔고 싶어 했다. 그러나 그 땅에 소작하고 있는 빈농과의 계약 때문에 땅을 쉽게 팔수가 없어 지주들은 소작료를 높게 책정하였지만, 빈농들은 틈틈이 공장에서 일을 하면서 까지 농사를 포기 할 수 없었다. 그러다보니 어린 여자들도 환경이 열악한 공장에서 일을 할 수 밖에 없었다.

이런 환경 속에 살아가고 있는 소작인들의 모습을 스에키치末吉와 누나 오센お仙, 형 세이지로清次郎가족을 비롯해, 요노스케陽之助 부부의 생활상을 중심으로 그리고 있다.

우선 스에키치 가정을 보면, 장남 세이지로는 집을 떠나 제사공장의 누에고치를 건조하고, 스에키치가 본가에 남아 대를 이어 농사를 짓고 있었다. 그리고 남편의 사망으로 실가로 돌아온 오센은 닭을 키우면서 가사를 전담하고 있었다. 그런데 오센이 일용직으로 모내기를 하면서 알게 된 남자의 아이를 가졌다. 출산일이 가까워지자 외부의 소문이 두려워 바깥출입도 할 수 없었다. 그런데 오센이 불륜으로 임신한 사실을 알고 세이지로는 자신이 하고 있는 일이 뜻대로 잘 되지 않을 때도 오센을 구타한다.

이런 학대 속에서도 오센이 세이지로에게 반항하지 못하는 것은 스스로 인습因習에 물들어 굴레에서 벗어나기 위한 방법을 시도하지 않았다고 볼 수 있다.

이처럼 과도기의 농촌에서 최고의 희생자가 여성일 수밖에 없다는 것을 다이코가 부각시키며 자신의 의지와는 상관없이 학대 당하며 살아갈 수밖에 없는 여성의 삶을 '여자의 일생'이라고 표현하고 있다.

짐수레荷車

「짐수레」는 다이코의 고향인 신슈信州에서 많이 볼 수 있는 제사공장을 무대로 하여 열악하고 위험한 작업환경과 비위생적인 기숙사에서 생활하며 노동력을 착취당하고 있는 여공들의 군상을 그리고 있다.

특히 다이코는 오하나お花와 오코메お米 같은 기혼여성의 직장생활로 인한 육아문제와 가족의 생활비 충당을 위해 결혼도 할 수 없는 미혼 여성의 고충에 관심을 보이고 있다. 더 나아가 노동법을 위반하면서까지 채용한 유여공幼女工 오케이를 감사단의 눈을 피하기 위해 건조장에 가두어 끝내 죽음으로 몰아간 일까지 그려내고 있다.

또한, 맞벌이 부부 오하나와 미요시, 오코메와 게이사쿠의 생활을 그리고 있다. 오하나는 아이가 있지만 모유 수유 시간마저 주어지지 않아 배고픈 아이에게 모유를 먹이지도 못하고 짜서 버려야하는 아픔을 겪고, 남편 미요시는 양수작업을 하다가 기계화에 밀려 갑자기 회고 당해, 생계유지를 위해 오하나는 남겨두고 혼자서 아이를 데리고 공장을 떠나 살고 있다.

오코메는 아이를 원하지만 차가운 곳에서 하루 종일 일을 하다 보니 임신이 되어도 유산이 되고 만다. 유산하고도 바로 일을 하다가 머리카락이 기계에 말려들어가는 사고를 당한다. 남편 게이사쿠는 소작료를 내고 나면 가족의 생계가 위협을 받고 있는데 가뭄으로 농사가 힘들어지자 소작인들과 단합하여 공장으로 흘러들어가는 물줄기를 자신들의 논으로 끌어들이기로 하였다.

그런데 때마침 공장에 화재가 발생하였다. 이를 계기로 지주이기도한 공장주에 대해 불만이 많았던 소작인들이 화재를 핑계 삼아 불길이 진압되어도 물을 퍼부었다. 공장주가 만류했지만 여공들까지도 합세하여 남은 건물들마저 모두 물로 무너뜨렸다.

그 곳에서 여공들은 오케이의 기모노를 발견하고 오케이의 죽음을 알게 된다. 이미 이시다는 알고 있었지만 숨기고 있었던 것이다. 그제야 경찰이 움직이기 시작하였다. 그때도 역시 공장주는 배제하고 소작인과 여공들, 이시다를 경찰서로 불러 조사를 시작하였다. 그러니까 경찰까지도 공장주와 결탁되어 있음을 시사하고 있다.

그러나 용기있는 소작인과 여공의 단합으로 오케이의 죽음을 확인할 수 있었으며, 공장주에게 손해를 입혀 복수하는 과감한 행동을 통해 현실의 모순을 근저에서부터 척결해 나가려는 의지를 표출하고 있다.

프롤레타아 별과 프롤레타리아 여자

「프롤레타아 별プロレタリヤの星」과 「프롤레타리아 여자プロレタリヤの女」는 히라바야시 다이코가 동일한 주인공과 배경설정 아래 여성으로 인한 사회운동 내부구성원들의 갈등을 그리고 있다.

두 작품의 "프롤레타리아 여자" 사에小枝와 기요코清子는 살아가는 방식과 의식에서 확연한 차이를 보인다. 가부장제의 전형적인 여성으로 남성에게 의존하여 살아 갈 수밖에 없는 사에와는 대조적으로 기요코는 노동조합에도 주체적으로 활동한다. 이렇게 정반대 성향의 두 여성을 "기생하는 프롤레타리아 여자"와 "일하는 프롤레타리아 여자"로 등장시켜, 그들의 삶과 사상에 중점을 두고 있다.

사에의 남편 이시가미石上는 좌익활동 혐의로 투옥되어 유치장에서 참혹한 고문을 당하면서도 동지와 조직을 위해 견디어 내고 있었다. 그러나 사에는 어릴 때부터 삼종지도三從之道 교육을 받아왔기 때문에 이시가미가 갑자기 투옥되자 경제적 어려움으로 힘들어 한다. 그때 야스다가 사에를 도우면서 두 사람은 함께 생활하게 된다. 이시가미는 사에가 동지 야스다安田와 동거하고 있다는 사실을 알고, 두 사람에 대한 배신감으로 사회주의 운동에 대한 투지도 잃어가고 있다.

이렇게 스스로 자립할 수 없는 사에에 비해 기요코는 공장위원회 여공 뉴스 책임자로 일하면서 노동조합 기금으로 사치스러운 생활을 하는 간부 이토 부부의 부정에 맞서 투쟁한다.

사에와 기요코가 함께 생활하게 되었을 때, 두 사람은 처음에 서로를 견제하였으나, 어색함은 곧 사라지고 기요코로 인해 사에가 크게 변한다. 이렇듯 대비되는 두 성향의 여성상을 통해 작가가 발신하고자 하는 것은 여성이 스스로 사회적 지위와 역할에 의문을 가지고 변화해야 하며, 이를 위해서는 남녀의 유기적인 협력이 필요하다는 것이다. 무엇보다 가부장제도하에 갇혀 있던 여성들의 삶과 그 여성으로 인한 남성의 피해를 부각시키며 남녀가 평등하게 서로 화합하여 자신의 길을 추구해나가는 것이야말로 사회주의 운동도 제대로 해 나갈 수 있다는 것이다.

더 나아가 여성이 선도하여 남성중심의 가부장제 시스템에 균열을 내고 사회운동에 보다 적극적으로 나설 것을 촉구하는 프롤레타리아 여성작가만의 중층적인 인식을 엿볼 수 있었다.

혼자 가다一人行く

「혼자 가다一人行く」는 히라바야시 다이코가 인민전선사건과 관련하여 체험한 일련의 체포, 투옥, 발병, 투병 등을 제재로 하여 발표한 첫 작품이다.

다이코는 유지창에서의 발병이 원인이 되어 결핵에 걸렸으며, 그 외 심장병도 앓고 있었다. 다이코와 친분관계가 있던 엔치 후미코円地文子는 그녀의 투병 생활을 옆에서 볼 때 처참할 정도이었다고 밝히고 있을 정도로 위험한 상태가 지속되었으나, 고보리 진지小堀甚二의 극진한 간호로 회복되어, 8년간의 침묵을 깨고 창작활동을 재개한다.

「혼자 가다一人行く」에서 주인공 〈나〉는 남편 대신 경찰서로 구인되었다. 그러나 남편이 자수를 해 와도 〈나〉의 사상을 문제삼아 석방시키지 않는다. 〈나〉는 유치장 생활에서의 불편한 진실에 대해 출소하면 어떻게 복수를 할까하는 마음으로 하루하루를 보내고 있었다. 그러다가 끝내 생명을 잃을 수도 있는 큰 병에 걸리고 서야 출소를 하게 되지만, 경제적 여건이 어려워 치료는 고사하고 당장 거주할 곳도 없었다. 오히려 돈이 전혀 들지 않은 유치장 생활에 미련이 남을 정도였다.

〈나〉는 갈 곳이 없어, 자신이 기댈 수 없다는 것을 알면서도 형편이 어려운 친척 "하나상"을 의지하여 출소한다. 돈이 없어 치료도 받을 수 없는 생사의 갈림길에서도 자신이 겪은 부조리한 사회의 희생자로 인생을 마름할 수 없다는 강한 의욕을 보이기도 한다.

또한, 다이코는 사망한 아이에 대한 애절한 마음이 남아있었다. 사회 구조상 우유획득이 어려웠다고 해도 각기병에 걸린 자신의 모유를 먹이면 죽는다는 것을 알면서도 먹인 것은 모성보다 사상을 우선시했기 때문이라는 죄책감을 표현하고 있다. 이런 아이에 대한 후회를 남편과의 사랑으로 승화시키고 싶어 했다.

힘든 가운데서도, 남편이 출소하면 평범한 사람들처럼 "교외의 밭이 있는 집"에서 "봄에는 된장을 끓여 발효시키고, 여름에는 박고지를 잘라서 말리고, 가을에는 단무지를 노란색"으로 절이며, 살고 싶다는 희망을 가져보기도 한다. 그런 상상을 하다가 평범한 생활을 하는 아내가 되는 길이 더 어렵다는 생각을 한다.

결국 다이코는 〈나〉를 통하여, 자신이 힘들었던 시기를 상세하게 그려내며, 그 당시의 사회 부조리 고발과 함께 절망적인 고독을 감수하며 견디어 낸 지난날을 회고하고 있다. 또한 평범한 결혼생활에 대한 희구도 함께 그려내고 있다.

이런 여자こういう女

「이런 여자こういう女」는 다이코가 전후 "사소설계열의 작품으로 일관하는 불굴의 정념情念"을 인민전선사건과 관련하여 발표하기 시작한다. 제일 먼저 발표한 작품이 「혼자 가다一人行く」이지만, 이야기의 전개는 1회 여류문학자상을 수상한「이런 여자こういう女」에서부터 시작된다.

「이런 여자」의 대부분은 "중일전쟁 당시의 다이코 부처夫妻를 소재"로 하고 있으며, 여주인공 〈나(다이코)〉의 남편(고보리 진지, 小堀甚二)의 검거 도중에 도주 사건이 발단으로 되어 있다.

작품에서 사회의 부당한 탄압과 타락으로 인해 〈나〉는 오랜 유치 생활 끝에 병마와 싸울 수밖에 없는 것에 대해 절망적인 고독감에 휩싸인다. 그러나 자기 주도적인 삶을 지향하는 〈나〉는 타의에 의해 자신의 생生을 절대로 마름할 수 없다는 강한 의지로 자신이 살아야 하는 이유와 욕망을 형용할 수 없는 아주 큰 "우주"에 비유한다.

다이코는 프롤레타리아 작가로서 독립적인 행보를 취해 온 만큼 "건방지고 강한 여자"로 비쳐지고 있지만, 스스로 "연약하고 조금은 결단력이 부족한 것이 나의 본질"이라고 「문학적 자서전」에서 적고 있듯이, 전후戰後 작품에서는 자신의 본연의 모습을 솔직하게 쓰고 싶은 충동을 느꼈을 것이라는 추측을 가능하게 한다.

이런 다이코가「이런 여자」에서 〈나〉를 통해, 사회개혁을 위한 젊은 날의 열정이 아무 의미 없이 끝나고, 오히려 부패한 사회구조의 희생자가 되었다고 적고 있다. 또한, 여성으로서 모성보다 사회운동가로서 사상을 중시하여 자식을 잃었다는 회한을 여과없이 진솔하게 그려내고 있다.

나는 살아간다私は生きる

최초로 발표한 작품「혼자 가다一人行く」는 경찰서 유치장에서 병든 몸으로 나와 힘들게 병마와 싸우고 있을 때의 회상, 「이런 여자こういう女」는 남편의 검거 동기와 〈나〉가 구인되는 과정들이 그려져 있다. 그리고「나는 살아간다」에서는 병마를 극복해나가는 모습을 그려내고 있다.

〈나〉는 유치장에서 생명의 위협을 느낄 정도로 건강이 악화된 상태에서 석방 되었다. 그러나 당장 머물 곳도 없었다. 그때서야 〈나〉

는 사회운동가로 현실과 동떨어진 삶을 살아온 자신을 되돌아보며 회의감에 빠지기도 한다. 그러나 그렇게 자신이 오랜 수감생활을 할 수밖에 없었던 것을 부패하고 부조리한 사회 구조로 인한 결과로 인식하며, 이런 사회구조 속에서는 자신이 사회운동가로서 활동할 수밖에 없다는 시대적인 배경도 함께 그려내고 있다.

「나는 살아간다」에서 〈나〉가 병원에서 퇴원하여 힘들어 할 때 남편이 보석으로 풀려나 약값과 생활비 조달을 위해 무리하게 번역 일을 하다 결국은 앞을 볼 수도 없다는 의사의 진단을 받기에 이른다. 그러나 남편은 자신을 돌보지 않고 〈나〉를 꼭 살려내겠다는 의지를 보인다. 이런 남편의 극진한 간호를 받으며 용변 보는 일까지 남편에게 의존할 수밖에 없는 〈나〉는 40대 여성의 아픔과 수치심을, 병을 극복해 나가고야 말겠다는 강한의지로 승화시켜 나가고 있다.

이렇게 전후 발표한 첫 작품에서부터 다이코는 인민전선 사건과 관련된 모든 사건들을 〈나〉에 투영시켜, 병마와 시름하며 겪었던 고통스러운 자전적 경험을 바탕으로 한 작품을 발표하여 제기했던 것이다. 이 시기를 그린 일련의 작품에서 볼 수 있는 강한 의지력과 강한 생명력은 다이코의 문학적 자질이 돋보이게 하며, 「나는 살아간다」는 이 사건과 관련 된 마지막 작품이다.

| 역자 소개 |

이상복

일본 대동문화대학 대학원 졸업(문학박사) 전 삼육대학교 일본어학과 교수.

일본 근대 여성문학에 관한 최다수의 논문과 번역활동을 하고 있다.

[주요 저·역서]로 『일본최초의 여성문예잡지 세이토』(공역), 『뜬구름』(공역) 『노부코』 미야모토 유리코의 작품모음집 1 (공역), 『두개의 정원』 미야모토 유리코의 작품모음집 2 (공역), 『반슈평야』 미야모토 유리코의 작품모음집 3 (공역), 『처음 배우는 일본 여성 문학사』(공역), 『단념』 다무라 도시코 작품모음집 1 (공역), 『 미라의 립스틱』 다무라 도시코 작품모음집 2 (공역), 『일본 근·현대 문학사』(공저), 『羅惠錫の作品世界』(공저) 『전쟁과 검열』(공역), 『남경사건』(역서), 『혁명과 문학 사이』(저서), 『조선인과 아이누 민족의 역사적 유대』(역서) 등이 있다.

일본 근현대 여성문학 선집 15

히라바야시 다이코 平林たい子

초판 1쇄 발행일 2019년 3월 31일

지은이 히라바야시 다이코
옮긴이 이상복
펴낸이 박영희
편집 박은지
디자인 박희경
표지디자인 원채현
마케팅 김유미
인쇄·제본 태광인쇄
펴낸곳 도서출판 어문학사
서울특별시 도봉구 해등로 357 나너울카운티 1층
대표전화: 02-998-0094/편집부1: 02-998-2267, 편집부2: 02-998-2269
홈페이지: www.amhbook.com
트위터: @with_amhbook
페이스북: https://www.facebook.com/amhbook
블로그: 네이버 http://blog.naver.com/amhbook
다음 http://blog.daum.net/amhbook
e-mail: am@amhbook.com
등록: 2004년 7월 26일 제2009-2호

ISBN 978-89-6184-918-0 04830
ISBN 978-89-6184-903-6(세트)
정가 16,000원

이 도서의 국립중앙도서관 출판예정도서목록(CIP)은 서지정보유통지원시스템 홈페이지(http://seoji.nl.go.kr)와 국가자료공동목록시스템(http://www.nl.go.kr/kolisnet)에서 이용하실 수 있습니다.
(CIP제어번호: CIP2019014842)